AF288217

Roman Rausch: Bombennacht

© schruf & stipetic 2022
Gustav-Adolf-Str. 152
13086 Berlin
www.schruf-stipetic.de
info@schruf-stipetic.de

© 2016 Roman Rausch

Satz, Layout und Covergestaltung: JBC
Verwendete Fotos:
Vyacheslav Bobin, pexels
nnaakk, pixabay

2. Auflage

Druck: Totem

ISBN 978-3-944359-65-6

ROMAN RAUSCH

Bombennacht

schruf & stipetic

Von den Bergen, von den Brücken
fasst man Würzburgs Schönheit leicht,
und man spürt es mit Entzücken:
keine Stadt ist dieser gleich.
Vom Marienberg wir schauen
vieler Türme Schattenspiel;
frommer Pilger Gottvertrauen
sucht im Käppele sein Ziel.

aus: Würzburgs Zauber, Studentenlied

März 1945. Der Krieg ist im sechsten Jahr. Im Westen ist die Ardennenoffensive gescheitert, die den Vormarsch der Alliierten hätte stoppen sollen. Im Osten schreitet die Rote Armee unaufhaltsam voran. Einen Zweifrontenkrieg kann Nazi-Deutschland nicht länger führen, der Krieg ist verloren. Aber die Kämpfe gehen weiter – auch und gerade wegen der Sturheit Hitlers und seiner Helfer.

Amerikanische und britische Bomberverbände beherrschen den deutschen Luftraum. Gegenwehr gibt es kaum noch. Die deutschen Abfangjäger bleiben am Boden, hauptsächlich wegen Spritmangels, aber auch weil die erfahrenen Piloten längst tot sind. Wer jetzt noch aufsteigt, ist jung und unerfahren, leichte Beute für die Jabos – die feindlichen Jagdbomber.

Wer die Lufthoheit über sein Land verliert, ist der Gnade des Stärkeren ausgeliefert. Von Gnade für das kriegsmüde Deutschland kann aber nicht die Rede sein, die flächendeckende Bombardierung deutscher Großstädte geht unvermindert weiter – am 13. Februar hat es Dresden getroffen: Die Stadt wurde völlig zerstört.

Es geht längst nicht mehr darum, kriegswichtige Einrichtungen zu zerstören – die sind es längst. Die neue Strategie der britischen Regierung heißt Moral Bombing. Ihr liegt die Annahme aus dem Ersten Weltkrieg zugrunde, dass das Bombardieren von Wohngebieten die Durchhaltemoral und den Kampfwillen der Bevölkerung schwächt und der Krieg schneller zu Ende ist.

Für die deutsche Propaganda sind diese Bombardements Terror-Angriffe gegen die schutzlose Bevölkerung, obwohl die deutsche Luftwaffe nach dem gleichen Prinzip schon Jahre zuvor London bombardiert und andere englische Städte (unter anderem Coventry) ausradiert hat.

Bis ins Frühjahr 1945 greifen hauptsächlich britische Bomberverbände kriegswichtige deutsche Städte mit einer Einwohnerzahl über 100 000 an. Im Bombenhagel werden sie dem Erdboden gleichgemacht. Als die Liste der 100 000er abgearbeitet ist, könnte man damit aufhören, denn der gewünschte Erfolg der Demoralisierung zeigt nicht die erhoffte Wirkung.

Ein anderer Begriff geistert durch die Köpfe der Strategen – Zerstörungseffizienz. Er beschreibt das Verhältnis des eingesetzten Kriegsmaterials zum Grad der Zerstörung. Spricht das Verhältnis zugunsten einer großen Zerstörung bei nur wenig Materialeinsatz, ist das Schicksal der betreffenden Stadt und ihrer Zivilbevölkerung besiegelt, egal, ob die Stadt von kriegswichtiger Bedeutung ist oder sich viele Krankenhäuser oder Flüchtlinge darin befinden.

Würzburg findet sich erstmals am 23. Januar 1945 auf einer Liste möglicher Ziele für flächendeckende Angriffe. Am 10. Februar 1945 steht die Stadt dann erstmals auf Platz zehn der demnächst zu zerstörenden Städte. Diese Liste arbeiten RAF (Royal Air Force) und USAAF (United States Army Air Forces) in den kommenden Wochen systematisch ab.

Würzburg hat am 16. März 1945 zirka 110 000 gemeldete Einwohner und ist bislang vor einer großflächigen Zerstörung verschont geblieben, obwohl es davor schon kleinere Angriffe gegeben hat, denen rund 400 Menschen zum Opfer fielen.

Die Würzburger glauben fest an die Verschonung ihrer Stadt. Der Bahnhof – einst Verkehrsknotenpunkt – ist bereits zerstört, kriegswichtiges Material wird nur noch in kleinem Umfang hergestellt, Munition wird in ein paar städtischen Betrieben abgefüllt, doch im Großen und Ganzen ist Würzburg eine Stadt des Barock und eines Bischofs. Es gibt eine weithin berühmte Universität mit einer noch berühmteren Residenz und dem Fresko von Tiepolo. Man versteht sich als Kulturmetropole mit bestem Wein und hübsch anzusehenden Fachwerkhäusern. Eine in den Norden verirrte italienische Stadt sei Würzburg. Nicht zuletzt habe der britische Premier Winston Churchill hier studiert, so sagt man, er werde seine alte Alma Mater nicht zerstören, schließlich sei er trotz allem ein Gentleman.

Doch die Realität jenseits dieser beruhigenden Gedanken sieht anders aus. Würzburg ist in den letzten Monaten und Jahren Zufluchtsort einer unbekannt großen Zahl Ausgebombter und Flüchtlinge aus den ehemaligen Reichsgebieten geworden. Zehntausend Verwundete finden in den rund vierzig Krankenhäusern und Lazaretten ärztliche Hilfe, rückflutende Soldaten verschärfen die Lage.

In der Stadt wird es unerträglich eng, die Stimmung zwischen Einheimischen und Flüchtlingen ist schlecht, die Versorgung mit Nahrung, Wasser und Energie knapp. Die Müdigkeit von den vielen Fliegeralarmen und dem Gerangel in den Luftschutzkellern ist allenthalben zu spüren. Lange kann es nicht mehr so weitergehen. Selbst jene, die die Wirtschaftskrise und den Aufstieg Hitlers miterlebt haben, seinen Versprechen glaubten, ihm bedingungslose Treue schworen, den Abtransport von zweitausend jüdischen Mitbürgern in die Vernichtungslager protestlos hinnahmen, ihn mitunter unterstützten, meinen jetzt, dass es genug sei. Friede müsse her.

Der 16. März ist ein Freitag, ein überraschend warmer, sonniger Frühlingstag. Das Wochenende steht bevor, auch wenn viele am Samstag noch arbeiten müssen. Zeit für Entspannung und Ablenkung. In den Kinos laufen Filme wie *Eine Nacht in Venedig* und *Viel Lärm um Nixi*. Wer es sich noch leisten kann, geht danach auf einen Schoppen an den Main. In den Gartenhäuschen an den drei Hügeln über der Stadt kann man ein paar Kartoffeln ins Feuer werfen, dem Trubel der Stadt entkommen, endlich wieder befreit durchatmen und mit Freunden die erste richtige Frühlingsnacht unter einem sternenklaren Himmel verbringen.

Der Krieg ist bald vorbei, so glaubt man, und Würzburg hat ihn überlebt.

Im dunklen Krankensaal roch es nach Urin und Desinfektionsmittel. Zwei der rund zwanzig Patienten wälzten sich in den Betten, die anderen schliefen fest. Der eine Unruhestifter war mit Lederriemen am Bettgestell fixiert. Er brabbelte unverständlich, die Augen folgten seinen Worten, als ob sie eine Antwort jagten, die sich ihnen fortlaufend entzog.

Der andere war erst vor wenigen Stunden notärztlich behandelt und auf Station gebracht worden. Zur Visite am Morgen sollte er von Professor Werner eingehend untersucht werden. Woher der an der linken Kopfseite Verletzte kam und wie er hieß, konnte bislang nicht festgestellt werden. Ihm fehlten sowohl die Erkennungsmarke als auch die Ausweispapiere. Lediglich seine Uniform, die auf einem Stuhl neben dem Bett hing, wies ihn als Offizier im Rang eines SS-Sturmbannführers aus.

Der Kopf und das linke Auge waren unter einem weißen Verband versteckt, Blut sickerte durch die Verbände. Sein einäugiger Blick war unbeweglich auf die weiß getünchte Decke gerichtet, als sei er offenen Auges gestorben. Doch in diesem Soldaten steckte noch Leben. Seine Hand ging zum Stuhl, auf dessen Sitzfläche ein Armeerucksack lag. Darin einige wenige Habseligkeiten – eine Pfeife und eine Tabakbüchse, ein Bild von ihm und seiner Frau während einer Bootstour, eine Taschenlampe, ein Kamm, der Ehering, sein Tagebuch, in dem der Name Dorle auftauchte – die Koseform von Dorothea –, zum Schluss schwungvoll gezeichnet: Dein dich liebender Ferdinand.

Auf den folgenden Seiten des Tagebuchs hatte Ferdinand die Schrecken eines Feldzugs beschrieben, die Erschießungen, die

Schreie der Kinder und das Klagen der Alten, die Namen der Befehlshabenden, den astronomischen Verbrauch von Munition, den ständigen Ärger mit dem Nachschub und schließlich die Luftangriffe des Feindes. Tausendfaches Leid auf Seiten der Besatzer und der Bevölkerung, zerfetzte Körper, verschüttete Kameraden. Und immer wieder die Jabos – die feindlichen Kampfflugzeuge. Sie machten ihnen das Leben zur Hölle.

Der letzte Eintrag war mit zittriger Hand geschrieben, kein Datum, schnell hingeworfen: Ungeordneter Rückzug. Wir rennen in alle Richtungen davon, kopflos, jämmerlich, wie aufgeregte Hühner. Verteidigung ist nicht mehr möglich. Keiner von uns weiß, ob er seine Liebste noch einmal wiedersieht. Der Hunger, die Kälte, der Wahnsinn eines sinnlosen Kampfs. Ich werde hier verrecken wie ein heimatloser Hund. Verflucht seien der Verbrecher und sein mörderisches Pack. Was haben wir nur angerichtet?

Über den Wipfeln der Bäume ein Brausen und Tosen. Sie kommen wieder. Mindestens ein Dutzend. Dieses Mal geben sie uns den Rest. Die Motoren dröhnen wie zorniges Wespenvolk. Schnell in den nächsten Unterschlupf, alles verdunkeln, keinen Mucks mehr. Sie sehen jede Bewegung. Oh Gott im Himmel, verzeih mir meine Sünden … und lass mich meine Dorle ein letztes Mal in die Arme schließen.

Die Tür ging auf, mit ihr fiel das fahle Licht des Gangs in den Saal. Die Silhouette in der Tür hatte eine schmale Taille, gerade Beine und hochgestecktes Haar, darauf eine Haube.

Dorle?

Fanny, die Krankenschwester, ging geradewegs zu den Fenstern. Die Absätze ihrer Schuhe klackten auf dem frisch gewienerten Linoleum.

„Guten Morgen."

Ihre Stimme klang bestimmt, aber freundlich. Sie wusste um das Leid und die Schmerzen dieser Männer, die Erschöpfung, die Albträume, die panische Angst, so kurz vor der Rückkehr in die Heimat zu sterben oder durch die Erinnerungen verrückt zu werden.

„Der Professor wird in wenigen Minuten bei Ihnen sein", sagte sie und zog die schweren schwarzen Vorhänge zurück, die keinen Lichtstrahl entweichen ließen, um den feindlichen Fliegern kein Ziel zu bieten.

Der schwarze Mantel, der die Stadt und das gesamte Tal in der Nacht verborgen hatte, hob sich. Der nächtliche Himmel wich einem tiefen Blau, und nur eine dünne Mondsichel behauptete sich noch gegen den anbrechenden Morgen.

Durch die geöffneten Fenster schwappte frische Morgenluft herein. Es roch nach Frühling, begleitet von einem bunten Chor der Frühaufsteher hier am Schalksberg, wo einst Kelten gehaust und Hexen Schindluder getrieben hatten. Buchfinken konkurrierten mit Rotkehlchen und einem Kuckuck, der Zilpzalp rief unablässig seinen Namen, nur die Kohlmeise pries eine Frau – Judith, Judith stach es durch all das Werben für ein gemeinsames Nest hindurch.

„Vorhang zu!", rief eine Stimme quer durch den Raum. „Sie sehen uns." Der Soldat mit dem Kopfverband saß aufrecht im Bett, in seinem Gesicht die Erinnerung an den Schrecken der Jabos.

Fanny ging zu ihm und je näher sie ihm kam, desto merklicher wurde seine Gereiztheit.

„Beruhigen Sie sich", sagte sie, „es ist alles in Ordnung." Sie bückte sich zu ihm hinab, versuchte ihn an den Schultern aufs Bett zurückzudrücken, doch der Mann meinte es ernst.

„Die Vorhänge zu! Sie kommen!" Ein Stoß warf Fanny zurück. Obwohl sie seit einem Jahr auf dieser Station der schwer Hirnverletzten eigentlich nichts mehr überraschen sollte, war sie blindlings in die Attacke gelaufen. Nun war es an ihr, den Mann zu besänftigen, bevor die Visite kam und sie sich vor der gesamten Ärzteschaft blamierte.

„Es ist Morgen, niemand kann uns sehen."

„Sie haben Augen wie die Adler", schrie er sie an, frisches Blut drang durch den Verband.

„Ich verstehe", gab sie vordergründig klein bei, während sie den Druck auf seine Schultern verstärkte, „aber ..."

Er schlug nach ihr, sie stürzte nach hinten, die weiße Schwesternhaube fiel zu Boden.

Der Mann mühte sich ächzend aus dem Bett, seine nackten Füße auf dem Linoleum, gleich neben Fanny. Sie packte ihn an den Fußgelenken.

„Sie dürfen nicht aufstehen", rief sie und hielt ihn fest.

„Die Fenster ... sie sehen uns."

Das Licht ging an. Es blendete den aufgebrachten Soldaten und Fanny gleichermaßen. Eine Stimme erhob sich.

„Was ist hier los?!" Es war Professor Werner, ein stattlicher Mann von Mitte vierzig, Stirnglatze, der Haaransatz an den Seiten ergraut, die Augenbrauen aber dunkel, für manchen Geschmack etwas zu buschig. Auffällig waren seine feinen, geschwungenen Lippen, die nicht so recht in dieses Gesicht passen wollten. Unter dem offenen weißen Kittel trug er seine Uniform im Dienstgrad eines SS-Obersturmbannführers.

„Licht aus!", schrie der Mann.

Jemand aus dem Tross um Professor Werner eilte herbei. „Um Himmels willen, Fanny, was hast du jetzt wieder angestellt?!"

Es war die Oberschwester, die von allen gefürchtete Mutter der Kompanie ohne Dienstrang, Verständnis oder Gnade, ein knorriger, alter Hausdrachen, wie man ihn sich nicht schlimmer vorstellen konnte.

„Der Patient ist renitent", antwortete Fanny entschuldigend und erhob sich, ihr Kopf schmerzte, dazu ein leichter Schwindel.

„Bringen Sie das in Ordnung", ordnete Professor Werner mit mürrischem Blick auf das Malheur an.

„Sofort", erwiderte die Oberschwester eilfertig. Ihr Blick hätte Eisen schneiden können, und er galt Fanny. Das würde ein Nachspiel haben, so viel war sicher. „Hol Verbandsmaterial."

Fanny bahnte sich gesenkten Haupts den Weg durch die Gruppe der Ärzte, die sich wie ein Rudel um das Alpha-Tier Werner scharten. Sie biss sich auf die Lippen. Verdammt, peitschte es ihr durch den Kopf, wieso musste das ausgerechnet vor der Visite passieren? Die

Oberschwester würde ihr das nicht durchgehen lassen, das freie Wochenende war damit gestrichen.

Wenigstens hatte der Professor den Vorfall nicht weiter aufgeblasen, ihn nicht zum Anlass genommen, seinem Unmut über die unerträgliche Situation in der Nervenklinik freien Lauf zu lassen. Die Stationen waren mit Verletzten und Kranken überfüllt, und ständig wurden ihnen neue Patienten zugewiesen, die anderswo nicht unterkamen. Es musste dringend etwas geschehen. Der Erweiterungsbau, den Werner zur Chefsache erklärt hatte, ging nur langsam voran. Er brauchte mehr Arbeiter und vor allem Baumaterial, das in den vergangenen Monaten knapp geworden war.

Seufzend stand Fanny vor dem Regal mit dem Verbandszeug, konzentrierte sich. Was brauchte sie alles? Der Patient hatte eine schwere Kopfverletzung, Splitter in seinem Gehirn, so hatte es der aufnehmende Arzt auf dem Krankenblatt festgehalten. Er würde noch heute operiert, sofern genug Morphium vorhanden war. Bis dahin brauchte sie Mull, Schere, Desinfektion …

Ein lauter Ausruf ließ sie aufhorchen.

„Sind Sie verrückt geworden?!"

Es war Werners Stimme. Für einen Moment verharrte sie, hörte genauer hin. Jemand anderes sprach, sie konnte es nicht verstehen. Dann wieder Werner.

„Legen Sie die Waffe weg!"

Waffe? Sie packte in beide Arme, was sie greifen konnte, und lief los.

Auf dem Gang sah sie zwei Ärzte, die an der offen stehenden Tür ausharrten, in ihren Gesichtern Furcht und Überraschung.

„Gehen Sie nicht da rein", sagte einer, doch sie beachtete ihn nicht.

Die Patienten drängten sich in einer Ecke zusammen, außer dem, der am Bett fixiert und noch immer in seinem Wahn gefangen war und an den Lederriemen zerrte. Ihnen gegenüber standen Professor Werner, die Oberschwester und noch zwei Ärzte um das Bett des renitenten Kopfverletzten. Fanny konnte nicht erkennen, was da vor sich ging, aber pflichtbewusst wie sie war, schob sie sich vorbei und ... erstarrte im Angesicht der Bedrohung.

Wo zum Teufel hatte der Patient die Waffe her? Er hielt sie vorgehalten, nahm abwechselnd den Professor, die Oberschwester und die beiden anderen Ärzte ins Visier. Dabei konnte er kaum etwas sehen, das Blut lief ihm über die Stirn in das verbliebene Auge.

„Machen Sie sich nicht unglücklich", beschwor ihn der Professor, „wir können Ihnen helfen."

„Dorle ... Wo ist meine Dorle?!" Er wischte sich das Blut aus dem Auge, blinzelte, suchte zu erkennen, mit wie vielen er es zu tun hatte.

Der Professor schaltete schnell. „Dorle ist Ihre Frau?"

„Bringt sie her! Jetzt. Sofort!"

Fanny legte vorsichtig das Verbandszeug auf ein Bett. Ein schneller Blick zur Seite. Das Fenster stand noch immer offen, der frühe Morgen und die Vogelstimmen fielen herein, sie verliehen dem Schauspiel eine makabere Seite. War es nicht die Entdunkelung gewesen, die dieser bemitleidenswerten Gestalt vor ein paar Minuten noch die nackte Angst eingeflößt hatte? Die Furcht vor Entdeckung, das Ziel eines Angriffs zu sein, der sichere Tod?

„Wo ist Ihre Dorle?", fragte der Professor.

„Tulpenstraße, Haus Nummer 3."

Ein rätselnder Blick des Professors, die Oberschwester zuckte die Schultern.

„Wo in Würzburg soll das sein?"

Der Mann schreckte auf, blinzelte gegen das Blut an, das ihm stetig ins Auge lief. „Würzburg?" Er schniefte. „Würzburg ... Wollt ihr mich umbringen?"

„Sie haben eine sehr schwere Kopfverletzung davongetragen", erklärte der Professor mit ruhiger Stimme. „Ein Wunder, dass Sie überhaupt bei Bewusstsein sind. Ich schlage vor ..." Er ging einen Schritt auf ihn zu.

„Halt dein Maul!", keifte der Patient. Mit letzter Kraft mühte er sich auf die Beine, schwankte, zitterte und setzte dem Professor die Pistole auf die dekorierte Brust. „Ich habe von euren Schweinereien gehört … “

Werner reagierte unbeeindruckt. „Wovon reden Sie?“

„Mich führst du nicht hinters Licht.“ Er spannte den Hahn.

Die sonst so energische Oberschwester machte keine Anstalten, ihrem Chef zu Hilfe zu kommen, auch die anderen beiden Feiglinge kümmerten sich nur um ihre eigene Haut und traten zurück. Wenn Werner mit dem Leben davonkam, würden sie unter ihm keine Karriere mehr machen.

Nur eine hob sich von der allgemeinen Passivität ab – Fanny. Sie wusste in dem Moment selbst nicht, was sie dazu veranlasste, vielleicht war es der Respekt vor ihrem Chef oder einfach nur der Übermut der Jugend.

„Ich kann Dorle holen.“

Erstaunte Gesichter wandten sich ihr zu. „Sei still!“, fauchte die Oberschwester sie an.

„Geh sie holen“, widersprach der Mann. „Keine Tricks.“

„Sofort“, bestätigte Fanny, zögerte dann aber. „Sollten wir nicht zuerst die Verdunklung wieder anbringen?“

Richtig, die Gefahr, durch Jabos unter Beschuss zu geraten, bestand immer noch, zumindest in der Schreckensvorstellung des Mannes. Er dirigierte sie mit der Waffe zum Fenster. „Geh, mach alles dicht“, sagte er und wischte sich das Blut abermals aus dem Auge. Doch ihm wurde auch schwindelig, er konnte sich kaum noch auf den Beinen halten.

Die Oberschwester erkannte die Chance, der Professor hielt sie zurück.

„Warten Sie.“

Es dauerte einen Moment. Die Kraft wich vollends, die Erschöpfung zwang den Mann auf sein Bett, die Waffe glitt aus der Hand zu Boden. Die Oberschwester hob sie eilends auf, zischte giftig zur Seite: „Was hat die Waffe hier verloren?“

Der Vorwurf war an Fanny gerichtet. Die zuckte die Schultern. „Er wurde von der Nachtschicht aufgenommen.“

„Und du hast sein Gepäck nicht überprüft?!"

„Beruhigen Sie sich, Oberschwester", mischte sich der Professor ein. „Fanny hat uns gerade das Leben gerettet."

*

Im rückwärtigen Hof der Nervenklinik wartete unterdessen SS-Scharführer Gottlob auf das Antreten seiner Gefangenen. In der Hand hatte er eine Reitgerte, mit der er sich ungeduldig gegen den Stiefelschaft klopfte.

Der Hof wurde seit Ende der Verdunkelung von Scheinwerfern erleuchtet – ein Luxus bei der knappen Versorgungslage der Stadt. Doch der Einsatz war begründet. Auf Betreiben Professor Werners hin entstand hier unter anderem ein Erweiterungsbau des SS-Lazaretts. Dafür hatte er rund fünfzig Zwangsarbeiter aus dem oberpfälzischen Lager Flossenbürg nach Würzburg verlegen lassen – zur Hälfte polnische Kriegsbeute, der Rest rekrutierte sich aus Russen, Jugoslawen, Griechen, Franzosen, Tschechen und drei Deutschen, darunter ein Asozialer und zwei sexuell Abartige, so der Sprachgebrauch. Anfänglich waren sie in einem Gefängnis der Gestapo in der Friesstraße im Frauenland untergebracht gewesen und mussten deshalb für ihren Arbeitseinsatz quer durch die Stadt laufen, was immer wieder für Unmut in der Bevölkerung sorgte, andererseits neigten einige wirrköpfige Frauen zur Barmherzigkeit und steckten den Gefangenen Lebensmittel zu. Besser war es, sie dem tagtäglichen Augenschein zu entziehen und sie direkt am Ort des Arbeitseinsatzes unterzubringen.

In einem mit Stacheldraht umzäunten Kellergeschoss auf dem Gelände der Nervenklinik hatten sie eine neue Bleibe gefunden.

„Antreten!", rief Gottlob den Kelleraufgang hinunter. „Wie lange soll ich noch warten?!"

Einer nach dem anderen drängte aus dem engen Kellereingang nach oben, angetrieben von zwei jungen SS-Männern. Sie hatten sich vor Gottlob in zwei Reihen aufzustellen. Es waren ausgehungerte, bemitleidenswerte Kreaturen, die aber im Vergleich zu ihren Leidensgenossen in anderen Lagern mit der Verlegung nach Würzburg das Glückslos gezogen hatten – so sagte man allenthalben. Hier sei das Essen besser und reichhaltiger, die Unterkünfte seien weniger verrottet, die Zustände erträglicher als in den Steinbrüchen von Flossenbürg und seinen zahlreichen Außenlagern.

Man hatte Unglaubliches von den anderen Lagern gehört und Unbeschreibliches in Flossenbürg erlebt. Dabei beruhte ihre vermeintliche Besserstellung lediglich auf dem Kalkül Professor Werners, seine Anstalt kostengünstig zu erweitern. Er brauchte Arbeitskräfte für seine neuen Lazarette hier am Schalksberg und im Steinbachtal, wo das Waldhaus umgebaut wurde. Gefangene schlichtweg zu verwahren, entzog sich seinem Verständnis, jetzt, nach sechs Kriegsjahren, umso mehr, da sich kaum noch Männer aus Stadt und Land fanden, die seine ehrgeizigen Pläne umsetzen konnten.

Im blendenden Scheinwerferlicht fanden sie sich zusammen, von der nicht abreißen wollenden Arbeit ausgezehrt, von der Kühle eines Frühlingsmorgens hier auf dem Schalksberg zitternd. Außer der dünnen Gefangenenkleidung trugen sie einen viereckigen Flecken auf der Jacke mit dem Buchstaben ihrer Herkunft. P stand für Pole, R für Russe und so fort. Aber es gab auch die Abzeichen mit einem schwarzen Viereck für asozial oder ein rosafarbenes für homosexuell.

„Durchzählen!", blaffte Gottlob sie an.

Neunundvierzig waren es beim letzten Mann, einer fehlte.

„Andrzej krank", sagte der Erste in der Reihe, ein hagerer Mann mit schwarzem Haar und eingefallenen Wangen. Er trug auf der Jacke ein T für Tscheche und hörte auf den Namen Viktor. Er war der Vorarbeiter, das Verbindungsglied zwischen den Gefangenen und den Herren.

„Krank?!" Gottlob schnappte nach Luft wegen der Ungeheuerlichkeit. „Dem geb ich krank. Wo ist er?"

„In Keller", antwortete Viktor.

„Herbringen!", befahl Gottlob seinen Wachleuten. Einer hastete zum Kelleraufgang und verschwand darin. In der Zeit, in der

Gottlob auf den kranken Gefangenen wartete, ging er die Reihe ab, inspizierte jeden. Eine Schwäche zu zeigen oder für den heutigen Arbeitstag auszufallen, konnte lebensgefährlich werden. So drückte jeder die Brust heraus, wenn Gottlob vorbeiging, hob das Kinn, machte den bestmöglichen Eindruck, auch wenn ihm nach Schlaf zumute war.

„Andrzej wird sterben", flüsterte eine Stimme an Viktors Ohr.

Viktor drehte sich nicht um. Er schüttelte vorsichtig den Kopf. „Er darf nicht."

„Was willst du tun?"

„Wir müssen ihm helfen."

„Gottlob wird uns umbringen."

„Nicht, wenn wir zusammenhalten. Der Professor braucht uns."

„Er holt sich neue aus Flossenbürg."

„Zu spät. Die Amerikaner sind bald hier. Er muss vorher fertig werden."

Gottlob fuhr herum. „Wer macht hier ungefragt sein faules Maul auf?!" Er ging die Reihe erneut ab, sprach jeden Einzelnen an. „Du? Hast du etwas zu sagen? Was ist?" Jeder schüttelte den Kopf, bis auf einen.

„Andrzej guter Arbeiter", sagte Viktor.

Gottlob baute sich vor ihm auf, was nicht einfach war, Viktor war gut einen Kopf größer als er. Mit der Reitgerte hob er Viktors Kinn an.

„Was ist, Polacke?"

„Tscheche, Herr."

Ein Hieb mit der Gerte ließ ihn verstummen. „Wer hat dich gefragt?!"

Aus dem Kelleraufgang kam der Wachmann zurück. Er trieb Andrzej mit Fußtritten vor sich her, der sich auf allen Vieren bis zu Gottlob schleppte und zu dessen Füßen zusammenbrach.

Gottlob stellte sich breitbeinig auf, die Gerte klopfte nervös am Stiefelschaft. „Was ist mit dir?", fragte er in einem fürsorglichen Ton, der einen erschauern ließ.

„Andrzej krank", erwiderte der. „Bauch tut weh."

„Zeig mir, wo genau du krank bist, vielleicht kann ich helfen."

Spätestens jetzt wusste jeder, dass die Fürsorge in einer Katastrophe für Andrzej enden würde.

„Er wird ihn umbringen", flüsterte jemand hinter Viktor.

„Das wird der Professor nicht zulassen", antwortete Viktor leise.

Andrzej drehte sich unter Schmerzen auf den Rücken. Die Hand ging zum Bauch, vollführte dort eine kreisende Bewegung. „Essen nicht gut."

„Unser Essen schmeckt ihm nicht", rief Gottlob quer über den Platz, damit es auch noch der Letzte in der Reihe der Gefangenen hören konnte. „Aber vielleicht ist es auch so, dass du dem Essen nicht schmeckst … dass du faules Schwein es überhaupt nicht verdient hast."

Ein Tritt in die Magengrube ließ Andrzej zusammenfahren. Ein erstickter Schrei.

„Essen ist der verdiente Lohn für gute Arbeit", predigte Gottlob. „Wenn du nicht arbeiten willst, dann hast du unser Essen wohl auch nicht verdient." Ein weiterer Tritt folgte und auf einem Wink Gottlobs stimmten die zwei anderen Wachleute mit ein. Sie traten auf den wehrlosen Andrzej ein, bis dessen Schmerzensschreie verstummten.

„Wir müssen was tun", sagte einer neben Viktor.

„Willst du auch sterben?", antwortete ein anderer.

„Viktor, hilf ihm. Sie bringen ihn um."

Wenn Viktor der Aufforderung nachkäme, dann wäre er als Nächster dran, so viel war sicher. Er blickte zur Seite, hinauf zu dem erleuchteten Fenster, wo sich der Professor gewöhnlich aufhielt und die Bauarbeiten verfolgte. Warum schritt er nicht ein? Er war doch sonst so aufmerksam, wenn es um den Fortgang auf der Baustelle ging.

„Du willst nicht arbeiten?!", ereiferte sich Gottlob, noch immer mit dem Malträtieren des armen Andrzej beschäftigt. „Warum sollst du dann noch leben?"

Die anderen stimmten ihm zu, lachten.

Viktor fasste sich ein Herz. „Herr Scharführer", rief er laut und nahm Haltung an. „Andrzej wichtig für Ausschachten. Nur Andrzej kann machen."

Anfänglich glaubte Gottlob seinen Ohren nicht zu trauen, aber es stimmte, einer dieser verlausten Polacken legte Widerspruch gegen seine Behandlung ein. Er trat vor Viktor.

„Was hast du da gesagt?"

„Andrzej wichtig. Ohne Andrzej …"

Ein Schlag in den Magen ließ ihn auf die Knie sacken. „Sag das noch mal", giftete Gottlob, „und ich erschlage dich an Ort und Stelle."

Obwohl Viktor die Luft zum Sprechen fehlte, presste er es heraus. „Andrzej … muss arbeiten." Es folgte ein Hieb mit der Reitgerte, der Schmerz fuhr Viktor in den Rücken. Ein zweiter Schlag folgte, ein dritter und so fort.

„Ich werde dich lehren, mir zu widersprechen", keuchte Gottlob, während er auf Viktor eindrosch.

Plötzlich Schritte, Stiefelabsätze klackten auf dem harten Stein. „Was ist hier los?"

Es war Professor Werner. Sein strahlend weißer Arztkittel stand weit offen, die SS-Uniform trat in den Vordergrund. Die zwei Wachsoldaten erkannten ihn sofort, gingen in Habachtstellung und machten Meldung.

„Herr Obersturmführer. Gefangener weigert sich zu arbeiten."

Werner blickte zu Boden, sah zwei Gefangene, der eine blutüberströmt und bewegungslos, der andere in geduckter Haltung. Über ihnen das hochrote Gesicht Gottlobs mit der Gerte in der Hand.

„Gottlob, was soll das?"

„Diesem verfluchten Gesindel muss Respekt eingetrichtert werden."

Werner schnaufte, wie er es oft tat, wenn er mit etwas nicht einverstanden war. Doch vor den versammelten Gefangenen konnte er Gottlob, seine rechte Hand bei den Bauarbeiten, nicht bloßstellen.

„Was steht für heute auf dem Plan?", fragte er versöhnlich.

„Das Dach fürs Lazarett", antwortete Gottlob, „und der Umbau vom Waldhaus im Steinbachtal."

„Wann können die Arbeiter ausrücken?"

„Sofort, Obersturmbannführer."

„Dann Beeilung. Wir haben keine Zeit zu verlieren."

„Jawoll." Gottlob gab den Befehl. „Gruppe Waldhaus abrücken!"

„Was ist mit dem Mann, der da am Boden liegt?", fragte Werner.

„Klagt über Schmerzen. Aber das ist nur ein Trick, um sich vor der Arbeit zu drücken."

„Andrzej krank", schaltete sich Viktor ein, der langsam wieder auf die Füße kam.

Die Hand Gottlobs zitterte bereits, seine Gerte würde auf die Frechheit antworten.

„Bringt ihn in seine Unterkunft", beschied Werner, „einer meiner Ärzte wird nach ihm schauen."

Gottlob japste nach Luft. „Das … hat das Pack nicht verdient."

Werner ging nicht darauf ein. Stattdessen: „Meine Frau braucht Hilfe im Garten. Können Sie einen Mann abstellen?"

„Jawoll, Obersturmbannführer." Gottlob schaute sich nach einem geeigneten Kandidaten um. Die Vorderen machten eine hoffnungsfrohe Miene, einer tat gar einen Schritt nach vorne.

„Wie schaut es mit diesem aus?", sagte Werner und meinte Viktor, der vor ihm stand.

„Ein renitenter Aufwiegler", warnte Gottlob, aber die Entscheidung war gefallen.

„Schicken Sie ihn zum Haus."

„Aber…"

„Pünktlich um sieben Uhr ist er dort. Verstanden?"

Gottlob ging in Habacht. „Jawoll, Obersturmbannführer."

Viktor hielt sich den schmerzenden Bauch, ein zufriedenes Lächeln huschte über seine Lippen. Er würde Paul wiedersehen. Alles lief nach Plan.

*

In einem Gartenhaus, einen Steinwurf entfernt von der Nerven-klinik, öffnete Helene die Tür zum Zimmer der Kinder. Mit der Kerze in der Hand stieg sie über die kleinen Körper hinweg, die da im Raum eng an eng lagen. Sechs Kinder waren es gewesen, die ihr die Nachbarn und Freunde letzte Nacht auf den Schalksberg geschickt hatten. Seit den Luftangriffen im Februar war man vorsichtig geworden. Hier oben am Rande des Würzburger Talkessels sollte den Kindern kein Unheil drohen, wenn es tatsächlich noch einmal zu einem Angriff käme.

Helene rüttelte an der Schulter des schlafenden Julius. „Aufstehen, es ist höchste Zeit."

„Mama", stöhnte der Junge, „lass mich doch bitte noch ein wenig schlafen."

„Du hast heute Ministrantendienst. Schon vergessen?"

„Ich will nicht …"

Sie lächelte, denn sie wusste, wie sie ihn rumbekam. Seit Wochen lag er ihr damit in den Ohren, heute wäre es endlich soweit. „Es soll ein wunderschöner Tag werden. Sonnig und warm."

Mit einem Mal war er hellwach. „Darf ich kurze Hosen tragen?"

„Wenn du willst."

Er sprang auf, von Müdigkeit keine Spur mehr. Endlich kam das Frühjahr. Seit Silvester wartete er darauf. Sonne, Fußball spielen, in den Wiesen herumtollen, Boot fahren, mit den Freunden Fangen spielen, seine geliebte mausgraue Lederhose anziehen. Er hüpfte wie ein Hase über Traudel, Benno und Fredericke zur Truhe, erwischte den einen oder anderen an Kopf und Beinen und erntete empörten Protest, der ihn aber nicht scherte, er wollte der Erste sein, der den Sonnentag begrüßte, während sie wie Faultiere den halben Tag verschliefen.

Im Dunkeln tastete er nach der Truhe, fand sie endlich, der Deckel knarrte, als er sie öffnete. Obenauf Hemden, Unterwäsche, Socken … sie musste ganz unten sein. Tief wühlte er sich hinein.

Ja, da war sie. An Oberschenkel und Po hart und glatt wie ein Panzer, die Träger mit dem Edelweißmedaillon waren noch zart und biegsam. Und wie sie roch! Er atmete den Duft des vergangenen Herbstes tief ein. Die Erde, das Heu, Äpfel, Birnen und Quitten, die Abreibung seiner Mutter mit dem Kochlöffel für den zerbrochenen Hochzeitsteller mit dem Goldrand. Er hatte erwartungsgemäß laut geweint, während sie ihn übers Knie legte, insgeheim hatte er sich aber köstlich amüsiert. Durch diesen harten Panzer am Po drang nicht der Hauch eines Schlages auf seine Haut. Damit konnte er den Berg runterrutschen, Geröllhalden meistern wie Luis Trenker auf Skiern die Abhänge in den Alpen, im Tor die härtesten Bälle abwehren. Durch dieses erprobte Leder ging nicht einmal ein Indianerpfeil.

Eilig schlüpfte er hinein, nahm frische Socken und die alten Sandalen, ein Hemd, kurzärmelig natürlich, und ging in die Küche, wo ihn bereits eine Tasse mit dampfendem Kamillentee und Zwieback erwarteten. Das Licht war schummrig, auf dem Tisch stand eine einsame Kerze.

„Hast du deinen Schulranzen gepackt?", fragte Helene an der winzigen Kochstelle, ohne ihn anzusehen. Sie musste sich beeilen, es würde nicht lange dauern, bis die anderen Kinder an den Tisch kamen. Sechs hungrige Mäuler galt es an diesem Morgen zu stopfen, und bei Gott, sie fraßen wie die Heuschrecken. Die Kiste mit dem Dörrobst war schon zur Hälfte leer, die Brotration war dem Abendessen zum Opfer gefallen. Sie hatte es Fredericke zu verdanken, dass sie nicht ganz mittellos dastand und sich vor den Kindern blamierte. Frederickes Mutter hatte ihr Kartoffeln, ein paar Eier, Schmalz und Zwieback mitgegeben. Wusste der Teufel, wo sie das noch herbekommen hatte, in einer Zeit, in der es offiziell kaum noch etwas gab.

„Ich muss los", sagte Julius, packte den Zwieback in die Hosentasche und schulterte den Ranzen.

Das ging nun selbst für Helene zu schnell. Sie schaute über die Schulter zurück. „Aber du hast doch noch gar nichts gefrühstückt."

„Mach ich unterwegs." Er umarmte sie an der Hüfte, „Hab dich lieb", und drückte seinen Kopf gegen sie.

Sie seufzte zufrieden. „Ich dich auch."

Kaum gesagt, war er zur Tür hinaus. „Pass auf, dass du nicht hinfällst", rief sie ihm hinterher. Doch er war schneller, als die Warnung einer Mutter je sein konnte.

Der Morgen auf dem Schalksberg war zapfig kühl. Julius rieb sich die nackten Arme. Auch an den Beinen kroch es nasskalt zu ihm herauf. Das sollte ein Frühlingsmorgen sein? Er zögerte. Sollte er zurückgehen und Pullover und lange Hose anziehen? Unsinn. Die eine Stunde bis Sonnenaufgang würde er auch ohne überstehen. Wenn er etwas schneller lief, würde es ihm schon warm werden, und singen konnte auch nicht schaden. So rannte er den Berg hinunter, vorbei an der Irrenanstalt, wie man sie gemeinhin nannte, sah die Gruppe Gefangener in ihrer blau-weiß gestreiften Häftlingskleidung, wie sie sich auf den Weg ins Steinbachtal machte. Es war ihm nicht ganz wohl bei deren Anblick, finstere Gestalten waren sie, gebeugt und hoffnungslos, Galeerensklaven gleich. Was, wenn einer ausscherte und ihn packte? Er ging auf Abstand, nahm den anderen Weg, und je weiter er sich von ihnen entfernte, desto größer wurde seine Zuversicht.

„Im Frühtau zu Berge wir ziehn, fallera …"

Das Lied trug ihn beschwingt den weiten Weg zu St. Josef – der zentralen Kirche inmitten Grombühls –, gleich daneben lag die Josefsschule mit dem noch immer nicht reparierten Dach, in das letztes Jahr ein kanadischer Lancaster-Bomber auf seinem Rückflug von Schweinfurt gestürzt war.

Die kleine Glocke verklang, das letzte Zeichen, dass bald der Gottesdienst beginnen würde. Er war viel zu spät dran, obwohl er so schnell gelaufen war, dass ihm warm und der Atem knapp geworden war.

„Wo warst du denn so lange?", fragte Pfarrer Titus in der Sakristei, ein im Vergleich zu seinen Brüdern noch junger Mann, der erst seit Kurzem in Würzburg war. Nicht einmal, wie er genau hieß, wussten die Leute. Titus war kurz und einprägsam, so beließ man es dabei.

Titus ließ sich von Fritzi und Georg in den Ornat helfen. Man sagte von ihm, er stamme aus einem Dorf im Steigerwald und dass er auf wundersamen Wegen zu Christus gefunden habe. Von Berlin, Paris und London war die Rede, von irgendwelchen verruchten Etablissements, in denen er angeblich gesungen hatte. Und tatsächlich war seine Stimme außergewöhnlich. Wenn er sang, verstummte die ganze Gemeinde in den Kirchenbänken und hörte ihm andächtig zu.

„Tschuldigung", keuchte Julius, „wird nicht mehr vorkommen." Er schnallte den Schulranzen ab und schlüpfte in das Gewand eines Ministranten.

„Ist das nicht ein wenig optimistisch?", fragte Titus mit Blick auf die nackten Beine und Arme. „Du wirst in der kalten Kirche frieren wie ein Neugeborenes im Winter."

Julius blickte an sich hinunter. „Keine Sorge, Herr Pfarrer. Ich zähle auf die Einsicht unseres Herrn Jesus Christus."

Titus lächelte. „Und welche Einsicht soll das sein?"

„Dass es genug ist mit dem Winter und der Kälte. Der Frühling beginnt heute. Hat Mama gesagt. Und es ist besser, ihr nicht zu widersprechen."

Jeder andere Pfarrer hätte ihm dafür eine Ohrfeige verpasst, nicht aber Titus. Mit ihm konnte man reden, als wäre man ein Erwachsener. Er lachte.

„Dann wollen wir hoffen, dass unser Herrgott auf sie hört. Nicht auszudenken, wenn er andere Pläne hat." Er rückte den Ornat zurecht, schlug das Kreuzzeichen. „Lasst uns beten."

Die drei Ministranten senkten andächtig die Köpfe und falteten die Hände.

„Allmächtiger Gott und Schöpfer, Herr, Jesu Christ. Wir danken dir, dass du uns das Licht dieses neuen Tages schauen lässt. Lass uns allzeit daran denken, dass wir vor dir Rechenschaft ablegen müssen – über unser Leben, über alles, was wir getan, aber auch, was wir unterlassen haben. Herr, unser heutiger Tag soll so sein, dass er vor dir bestehen kann. Amen."

„Amen", wiederholten die drei Ministranten und schlugen das Kreuzzeichen.

„In diesem Sinne", sagte Titus, „lasst die Glocken singen."

... / Domerschulgasse

„Jetzt jeht dat schon wieder los!"

Ursula saß aufrecht im Bett. Das Zimmer war stockdunkel, die Fenster mit rußgeschwärztem Papier verdunkelt. Obendrein trug sie eine Schlafbrille mit aufgestickten Rosen – ein Geschenk ihres Ehemanns Hans, von ihr liebevoll Hänschen gerufen. Die beiden Kölner gehörten zu den vielen Ausgebombten, die in Würzburg untergekommen waren und an denen die hilfsbereiten Bürger mitunter schwer zu tragen hatten. Obwohl sie selbst aus einer großen Bischofsstadt kam, war Ursula das allmorgendliche Geläut der zahlreichen Kirchenglocken zu viel. Sie rüttelte ihren Hans wach. „Hänschen, so wach doch auf."

Schlaftrunken drehte der sich zu ihr um, nahm die Wachspfropfen aus den Ohren. „Wat is, Uschi?"

„Hörst du denn die Glocken nicht? Hunderte. Sind denn in Würzburg jetzt alle verrückt jeworden?"

„Et jeht in die Kirche, Röschen. Sind halt gottesfürchtige Menschen hier." Er steckte sich die Wachspfropfen wieder in die Ohren und drehte sich um. „Komm, schlaf noch ein bisschen, is noch früh am Morjen."

„Wer kann denn bei dem Radau noch schlafen?"

Hänschen antwortete nicht, er hörte nichts mehr.

„So tu doch etwas. Dat kann so nich weiterjehn."

Sie rüttelte ihn abermals, aber Hänschen war gerade dabei, wieder in den Schlaf zu fallen. „Ruhisch, Uschi. Schlaf weiter."

„Dat lass ich mir nicht länger jefallen."

Sie streifte die Schlafbrille ab und tastete sich am Bett entlang. Der Morgenrock lag griffbereit am Fußende. Noch zwei Schritte bis zur Tür, größer war das Zimmer nicht. Auf dem Gang brannte eine geweihte Kerze am Fuße einer Marienfigur. Sie sollte das Haus und ihre Bewohner vor Unglück schützen. Darüber an der Wand ein Bild in einem schweren Rahmen. Es zeigte eine Gebirgslandschaft mit verschneiten Wiesen, einen röhrenden Hirschen und eine Holzhütte mit beleuchtetem Fenster. Weißer Rauch stieg aus dem Schornstein in den anbrechenden Morgen. An einer Stelle war das Gemälde mit einem Faden geflickt. Bei ihrem Einzug war Uschi darangestoßen und hatte damit die Grundstimmung zwischen ihr und Vinzenz, dem Eigentümer der Wohnung, etabliert. Das Bild hatte seine Frau gemalt, die verstorbene Gerda – ein Kind der Alpen, sie ließ einen Ehemann und eine Tochter zurück.

Doch das war im Moment Nebensache. Dieser Krach musste aufhören. Uschi klopfte vehement gegen Vinzenz' Tür.

„Vinzenz, aufwachen!" Nichts regte sich. Sie klopfte erneut. „Vinzenz, hörst du nicht? Die Glocken!" Drei Schritte weiter ging dafür eine andere Tür auf. Es war Waltraud, verschlafen, mit offenem Haar und im Nachthemd.

„Was ist, Ursula? Wieso machst du so einen Krach?" Sie gähnte.

Dieses oberschlesische Flüchtlingsweib hatte ihr gerade noch gefehlt. „Nicht deine Sache. Geh wieder schlafen."

„Aber du weckst die Kinder auf."

Eines ihrer vier Kinder tauchte schlaftrunken an ihrer Seite auf. „Muttel, was is?"

Sie kniete sich zu ihm herab, streichelte dem Kleinen sanft über den Kopf. „Nichts is. Die Tante Uschi kann nur wieder mal nicht schlafen."

„Dat hat ja auch seinen Grund", trotzte Uschi. „Mit diesem Geläute weckt man Tote auf."

Sie klopfte erneut, nein, sie hämmerte gegen Vinzenz' Tür.

„Und was soll denn der Vinzenz dagegen machen?", fragte Waltraud kopfschüttelnd.

„Wat weiß ich", entgegnete Uschi, „dem Pfarrer die Faxen austreiben."

Die Tür ging auf. Ein ebenso verschlafener wie gereizter Vinzenz stand im weißen Nachthemd vor ihr. Der linke Ärmel hing schlaff herab, den Arm hatte er im letzten Krieg in Frankreich verloren.

„Was ist jetzt schon wieder?", raunzte er Uschi an.

Die grauen Haare standen quer, der graue Bart war stoppelig, eine Rasur erst wieder möglich, wenn seine Tochter Fanny Zeit dafür fand. Diese Woche hatte sie Frühschicht, ging also um fünf Uhr aus dem Haus, und wenn sie abends zurückkam, konnte sie vor Müdigkeit kaum den Suppenlöffel halten.

Uschi stemmte die Hände in die Hüfte. „Hörst du denn das nicht?"

„Was?", fragte er überdrüssig.

„Die Glocken!" Sie zeigte mit dem Finger nach oben. Vinzenz hörte in die Stille. Das Geläut war inzwischen verstummt, überall hatte die allmorgendliche Messe begonnen. Ruhe war eingekehrt.

Er seufzte. „Wie lange wohnst du jetzt schon unter meinem Dach?"

„Einen Monat."

„Und dir ist seitdem nicht aufgefallen, dass die Glocken nach drei Minuten wieder verstummen?"

„Darum jeht et nich."

„Sondern?"

„Dass sie mitten in der Nacht überhaupt läuten."

„Dann hast du dir die falsche Stadt ausgesucht. Wir sind stolz auf unsere Kirchen."

„Willst du uns etwa vor die Tür setzen?"

„Erspar mir die Antwort." Er gähnte. „Geh jetzt wieder schlafen."

Die Zornesröte stieg ihr ins Gesicht. „Ich werde mich auf dem Amt über dich beschweren."

„Tu das, und vergiss nicht, gegen wen du dein Geschrei erhebst."

Er knallte ihr die Tür vor der Nase zu. Zurück blieb eine konsternierte Uschi. „Dat is unjeheuerlich."

Waltraud ging auf sie zu. „Überleg dir das gut. Wo wollt ihr hin, wenn Vinzenz euch nicht mehr haben will?"

„So weit kommt et noch. Ich kenne Leute ..."

„Beruhige dich und sei dankbar. Uns wurde alles genommen. Haus, Habe und unser Stolz als Deutsche. Sei froh, dass du hier eine neue Bleibe gefunden hast."

„Das interessiert mich nicht!" Sie stapfte in ihr Zimmer zurück und schlug die Tür zu, sodass die Kerze vor der kleinen Marienfigur umfiel.

Zum Glück hatte es Waltraud bemerkt. Die Flamme hätte die gehäkelte Unterlage entzündet. Sie seufzte und richtete die Kerze wieder auf. Ein kurzes Gebet zur Heiligen Jungfrau und dass dieser Wahnsinn bald vorüber sein möge.

„Was ist los?", fragte Erwin, ihr Mann, der aus dem Zimmer kam. An jeder Hand hatte er ein Kind, das vom Gezänk auf dem Gang geweckt worden war.

„Ursula", antwortete Waltraud. „Sie kann es einfach nicht verwinden, dass sie kein Zuhause mehr hat. Arme Frau."

Über dem winzigen Dorf im Nordosten Englands ging die Sonne auf. Das Kaff lag inmitten unendlicher Wiesen und Weiden und schien von jeglicher Zivilisation abgeschnitten. Es gab zwar eine Durchfahrtsstraße, über die aber kaum ein Auto fuhr, dafür zahlreiche Scheunen für die Schafe und ein paar Wohnhäuser für die wenigen Einwohner. Noch nicht mal eine anständige Kneipe hatte sich in Morton Hall etablieren können, und das wollte im Land der Pubs etwas heißen, wo sich das soziale Miteinander am Tresen mit einem Pint in der Hand abspielte. Am Polarkreis war mehr geboten, und vermutlich war das einer der Gründe, wieso die sagenumwobene Bomberstaffel Nummer 5 der Royal Air Force dort ihren Stützpunkt hatte. Die Konzentration der Bomberbesatzungen sollte auf die Angriffsziele in Deutschland gerichtet sein und nicht auf das Lächeln einer Wirtstochter.

Im Gedächtnis vieler, insbesondere der Deutschen, befand sich in rund einhundert Kilometern Entfernung zu Morton Hall die Stadt Coventry. Im November 1940 hatte die deutsche Luftwaffe die Industrie- und Rüstungsstadt in Schutt und Asche gelegt, sechzigtausend Häuser waren dabei getroffen worden, sechshundert Menschen waren ums Leben gekommen. Im kriegsbegeisterten Deutschland hatte man von der flächendeckenden Zerstörung geschwärmt, dass man Coventry dem Erdboden gleichgemacht hatte. Im Rausch des Sieges hatte Propagandaminister Goebbels einen Geistesblitz: Für die totale Zerstörung kreierte er das neue Wort coventrisieren.

Ein ähnliches Schicksal wie Coventry hatte die spanische Stadt Guernica erlitten, in Holland Rotterdam und in Polen Warschau, bis das Pendel umgeschlagen war und viele deutsche Städte *coventrisiert* wurden – unter ihnen Hamburg, Köln, Braunschweig, Nürnberg und im Februar 1945 die weithin vom Krieg verschonte Perle an der Elbe: die Lazarett- und Flüchtlingsstadt Dresden.

Nun war es Mitte März geworden und die Liste mit den zu zerstörenden deutschen Städten war von den englischen und amerikanischen Bomberstaffeln nahezu abgearbeitet. Was jetzt noch übrig war, hatte keine militärische Relevanz mehr, war aber in den Augen der englischen Politiker und Kriegsherren von entscheidender, kriegsverkürzender Bedeutung. Die Moral der Deutschen sollte mit Flächenbombardements auf die Innenstädte und Wohnbezirke gebrochen werden, so die Annahme, damit sie ihren Führer endlich zum Teufel jagten. Ob der Plan aufging, war fraglich. Schließlich beging man damit Massenmord an Zivilisten, was den Wunsch nach Rache an den Angreifern schürte, nicht die Ursache hinterfragte. Selbst unter den Besatzungen der Kampfbomber herrschten inzwischen Zweifel.

„Wir haben Dresden ausradiert", sagte Henry, der Bordschütze, der eigentlich Heinrich hieß und dessen Familie aus Frankfurt stammte, „Köln, Braunschweig, Darmstadt und Heilbronn sind ein einziges Trümmerfeld, aber ich sehe keinen Aufstand der Krauts gegen ihren Führer." Der Kaffee in der Tasse dampfte, er schlürfte daran und schaute aus übernächtigten Augen sein Gegenüber, den Piloten William, an.

„Es ist nicht unsere Sache, einen Befehl zu hinterfragen", antwortete William, der nicht weniger müde dreinschaute. In der vorangegangenen Nacht hatte er an der Lagebesprechung teilgenommen. „Erledige deinen Job, und alles fügt sich."

Henry war nicht damit zufrieden. „Aber wir töten Tausende Unschuldige. Frauen, Kinder, Alte …"

„Nazis", unterbrach William.

„Nicht alle."

„Vermutlich. Aber hast du eine andere Lösung?"

Nein, hatte er nicht. „Wir sind nicht besser als die Nazis, wenn wir so weitermachen."

„Sag das den Toten in London, Birmingham und Coventry. Diese verfluchten Teufel haben sich einen Dreck darum geschert, auf wen sie da ihre Bomben und V2 abgeworfen haben."

„Ich weiß", lenkte Henry ein.

„Dann vergiss das nicht", antwortete William. „Wer Wind sät, wird Sturm ernten."

Ein Ruf hallte durch die lange Kantinenhalle. Die Soldaten blickten auf.

„Zur Einsatzbesprechung antreten!"

William trank seinen Kaffee aus und erhob sich. „Ich kann mich doch auf dich verlassen?", fragte er.

„Was meinst du?", antwortete Henry.

„Heute Nacht, wenn wir wieder einen Angriff fliegen … Dann wirst du deinen Job richtig machen, hörst du?"

„Sicher. Warum nicht?"

Er schaute Henry missbilligend an. „Du hast deutsches Blut in dir."

Henry drohte zu erröten. „Das hat der König auch."

... / Nervenklinik

Es würde ein wunderschöner Tag werden, daran bestand kein Zweifel mehr. Die Sonne war über die Hügel gekrochen und flutete die Stadt im Tal mit farbenfrohem Licht. Das Gold an all den Kreuzen, barocken Putten und Marienfiguren protzte in seinem Glanz, die roten Ziegelsteine der Fachwerkhäuser waren wie in Spätburgunder getaucht und in den Mainauen öffneten die Schneeglöckchen, Krokusse und Schlüsselblumen ihre bunten Kelche. Die Stadt war erwacht aus ihrem langen Winterschlaf, das Leben floss in die Straßen, die Gassen und auf die Plätze zurück, wo die Ladenbesitzer sich daranmachten, die wenigen Waren an die Kunden zu bringen. An den kargen Auslagen vorbei zockelten die Straßenbahnen über das Kopfsteinpflaster, schwer beladen mit den bedauernswerten Geschöpfen, die an diesem Tag arbeiten mussten.

Am Himmel störte keine Wolke das helle, vielversprechende Blau, das einem das Herz öffnen konnte. So musste es am Meer sein, dachte Fanny, die am Fenster im Schwesternzimmer stand und tief einatmete. Mit der Wärme des Sonnenlichts auf den Wangen, die Augen geschlossen, sehnte sie ein friedliches und ereignisfreies Wochenende herbei.

„Ich könnte mich auf der Stelle verlieben."

„Männer hast du ja genug da", antwortete Schwester Valeria, eine Freundin und Ordensangehörige des St.-Anna-Stifts. Sie war auf eine Tasse Tee vorbeigekommen, kostete vom Rührkuchen und massierte dabei ihre müden Waden.

„Männer, ja. Nur keinen Mann. Wenn ich dir erzähle, was heute Morgen passiert ist, weißt du, was ich meine." Sie spielte auf die Mutlosigkeit der beiden Ärzte an, die in Begleitung des Professors gewesen waren. Der hatte die beiden mit einem verachtenden Blick gestraft, als sie den Krankensaal verlassen hatten. Ihre Karriere an der Würzburger Nervenklinik war damit beendet, kaum dass sie begonnen hatte. Da konnte die Oberschwester noch so lange gegen Fanny giften. Ein Lob des Professors für ihre gedankenschnelle Reaktion machte jede Nachlässigkeit wett.

„Und die anderen auf Station?", fragte Valeria. „Niemand darunter, der …"

„Vergiss es", blockte Fanny ab. „Glaub mir: Du willst nicht wissen, was diese Männer erlebt haben." Ihr Blick schweifte über den zerstörten Bahnhof und die herausgesprengten Gleise am Fuße des Schalksbergs. Seit dem Bombenangriff im Februar war kein Zug mehr gefahren, dafür trafen umso mehr Busse und Laster auf dem Vorplatz ein und entluden ihre Fracht. In der Mehrzahl waren es verwahrloste Gestalten aus irgendeiner deutschen Stadt des ehemals weiten Reichs, die mit dem Leben und etwas Handgepäck davongekommen waren. Daneben Verletzte, Verwundete und Verkrüppelte. Durchreisende Soldaten begleiteten sie mit leerem Blick. Es war ein beschämender Anblick.

Sah so das neue Deutschland aus, das der Führer ihnen versprochen hatte? Zweifel waren längst angebracht, nur sollte man sie nicht offen aussprechen: Sie war umringt von SS-Soldaten und hätte sich alsbald im Hof bei den Zwangsarbeitern wiedergefunden, hätte jeden Gedanken auf eine Rückkehr in ein normales Leben aufgeben müssen. Es war besser zu schweigen und auf die Erlösung zu warten. Lange konnte es ja nicht mehr dauern. Die Front kam mit jedem Morgen näher und damit der nächste Schrecken. Hoffentlich waren es die Amerikaner und nicht die Russen, die sie von Hitler befreiten. Fanny hatte von den Flüchtlingen aus dem Osten von unvorstellbaren Gräueltaten gehört, von vergewaltigten Frauen und erschlagenen Kindern, von niedergebrannten Häusern, Raub und sinnloser Zerstörung. Tiere seien die Russen, unfähig zu einer menschlichen Regung.

„Deinen Großeltern geht es so weit gut", sagte Valeria in die Stille hinein. „Ich meine, sofern es dich interessiert." Fanny drehte sich um und seufzte. „Entschuldige, ich war in Gedanken. Brauchen sie etwas? Ich habe noch ein paar Essensmarken und aus der Küche …"

Valeria legte ihr die Hand auf die Schulter. „Sie sind gut versorgt bei uns im Stift. Keine Sorge. Allerdings würden sie sich über einen Besuch von dir freuen. Sie vermissen dich."

„Ich bin eine schlechte Enkelin", erwiderte Fanny schuldbewusst.

„Unsinn. Du arbeitest Tag und Nacht, und sie wissen das. Dennoch …"

„Gleich heute Abend nach dem Dienst gehe ich bei ihnen vorbei. Komme, was wolle."

Von den beiden unbemerkt stand plötzlich jemand in der Tür. „Das kannst du vergessen", sagte die Oberschwester spitz. „Wir bekommen heute eine neue Fuhre Verwundeter. Du hilfst bei der Aufnahme."

„Aber …"

„Keine Widerrede. Das Wochenende ist für uns alle gestrichen."

„Die Stationen sind hoffnungslos überfüllt. Wo sollen wir sie denn unterbringen?"

„Im Keller, auf dem Dachboden …"

„Aber der Dachboden ist doch gesperrt, auf Anweisung des Professors."

„Soll ich ihm vielleicht sagen, dass du dich widersetzt?" Sie lächelte erwartungsfroh.

Fanny senkte den Kopf. „Nein, natürlich nicht."

Damit hatte die Oberschwester abermals über sie triumphiert. Es wäre auch zu schön gewesen. Hoch erhobenen Hauptes und mit siegesbewusstem Lächeln verließ sie das Schwesternzimmer. Valeria nahm Fanny in die Arme.

„Sei nicht traurig. Deine Großeltern werden es verstehen."

„Ich könnte dieser Giftspritze den Hals umdrehen", zürnte Fanny.

„Still!", befahl Valeria und hielt ihr den Finger an den Mund. „Versündige dich nicht."

Ein kurzer Blick, dann brachen beide in ein befreiendes Gelächter aus.

„Was glaubst du", sagte Valeria, „wie oft ich schon meine Oberin zum Teufel geschickt habe? Es vergeht kein Tag ohne."

„Es ist schön, mit dir zu lachen." Fanny beruhigte sich. „Irgendwie habe ich mir das hier anders vorgestellt."

„Kopf hoch. Das wird schon."

„All das Leid. Ich wünschte, es gäbe keinen Krieg. Nie wieder."

„Das wünschen sich mittlerweile alle. Na ja, wenigstens die mit etwas Verstand. Den anderen ist nicht mehr zu helfen."

„Ich mache mir Sorgen um Vinzenz. Wenn er so weitermacht, holt ihn noch die SS ab."

„Machen ihm seine Untermieter wieder die Hölle heiß?"

„Die Kölner – besonders die Frau sei unausstehlich. Ständig beschwert sie sich über etwas. Es macht ihn noch völlig verrückt."

„Ich rede mal mit ihr. Wenn sie nicht einsichtig ist, hol ich sie zu uns ins Kloster. Das wird sie lehren, eure Gastfreundschaft auszunutzen."

„Du bist ein Schatz." Eine feste Umarmung folgte, bis sie von einem schüchternen Klopfen unterbrochen wurden. Es war …

„Herr, Professor", sagte Fanny überrascht und löste sich aus der Umarmung. „Benötigen Sie etwas?"

„Eigentlich war ich auf der Suche nach der Oberschwester“, antwortete Werner etwas unsicher. „Aber es reicht, wenn ich es Ihnen sage: Ich bin für eine Stunde außer Haus. Im Notfall können Sie mich zuhause erreichen.“

„Gerne, Herr Professor.“ Ein unwillkürlicher Knicks, nicht tief, aber er reichte aus, um ihn zu einem kleinen Lächeln zu bewegen.

„Nicht nötig.“ Dann ging er genauso unscheinbar, wie er gekommen war.

Fanny spürte, wie ihr das Blut zu Kopf schoss.

„War er das?“, fragte Valeria aufgeregt. „Dein Chef?“

Fanny nickte nur. Die Stimme versagte ihr.

„Kein Wunder, dass man dich kaum noch zu Gesicht bekommt.“

„Wie meinst du das?“, stammelte Fanny und drehte sich zum Fenster.

„Er könnte dein Vater sein.“

„Zwanzig Jahre. Mehr nicht“, widersprach Fanny.

„Aber für einen Mann seines Alters sehr attraktiv.“

„Du spinnst.“

„Komm schon, mir kannst du doch nichts vormachen. Du himmelst ihn …“

„Schweig!“ Fanny bewahrte Haltung. „Er ist mein Chef. Nichts weiter.“

„Wer's glaubt, wird selig.“

... / Kleßbergsteige
im Stadtteil Steinbachtal

Die Villa bot beste Sicht auf die Festung Marienberg – einen auf Felsen gebauten, wehrhaften Koloss, der seit vielen Jahrhunderten Feinde aus dem Maintal fernhalten sollte. So auch jetzt, da Jungvolkführer mit ihren Gruppen den steilen Weg hinaufstiegen, um sie an Gewehr und Panzerfaust zu schulen. Für die Zehn- und Elfjährigen war das ein Riesenspaß, gemessen an den fröhlichen

Liedern, die sie sangen, und den Späßen, die sie machten. Lange bevor sie erwachsen wurden, lernten sie die Dinge, die Erwachsene taten. Dass sie als Teil des Volkssturms irgendwann einmal tatsächlich auf Menschen schießen mussten, war ihnen als Gedanke präsent, kaum einer von ihnen würde aber der Erfahrung gewachsen sein, einen Menschen in Stücke zu schießen.

Dass sie kaum rechnen und schreiben konnten, die Gedichte von Goethe und Schiller niemals aufsagen würden, niemals aus der Geschichte lernen oder einfach nur ein Bild vom Alten Kranen oder von der Mainbrücke malen würden, fiel mittlerweile nicht mehr ins Gewicht. Sie hatten ihr Leben dem Führer versprochen, und der brauchte jeden Mann und jedes Kind, um den anrückenden Feind zu bekämpfen.

Ein geregelter Unterricht fand in den Schulen ohnehin nicht mehr statt, viele hatten sich seit den kleineren Bombenangriffen zu Verwandten und Freunden aufs Land geflüchtet, wo sie die weitere Entwicklung abwarteten.

Davon konnte in der Familie von Professor Werner keine Rede sein, ein Weichen von Haus und Herd wäre dem Verrat am Vaterland gleichgekommen. Uneingeschränkte Herrin über die Geschicke von Familie, Ruf und Geltung war Werners Ehefrau Hildegard, eine hochgewachsene Frau in den frühen Vierzigern. Das braune Haar hochgesteckt, den wenigen Schmuck dezent platziert, war sie zu jeder Tageszeit und Gelegenheit angemessen gekleidet, da sie immer damit rechnen musste, dass ihr berühmter Ehemann einen Kollegen aus Heidelberg, München oder Berlin mit nach Hause brachte, ein SS-Offizier unangemeldet in der Tür stand oder der Bürgermeister um eine Unterredung bat. Eine strenge preußische Erziehung war ihre Schule gewesen und in demselben Sinn führte sie auch das Haus. Jedes Ding stand am rechten Platz, Schnickschnack suchte man vergebens, alles und jeder hatte eine Funktion zu erfüllen. So auch die Dienstboten, die ihr zur Hand gingen.

Für den heutigen Tag war Großes geplant. Der Salon musste hergerichtet werden, die Bücherregale abgestaubt, die Teppiche ausgeklopft und der Flügel zur Gartenfront gerückt werden, damit die Gäste genügend Platz fanden. Grund der Feierlichkeiten: der Geburtstag von Tochter Charlotte, die heute neunzehn wurde.

Die Befehlsausgabe fand wie immer auf dem Gang statt, wo ein großer, goldgerahmter Spiegel an der mit grünem Damast verkleideten Wand hing, über ihr ein Lüster mit geometrischen Kristallen, zu Füßen ein orientalischer Läufer. Die ersten Blumenbouquets waren bereits eingetroffen. In den einen steckte ein dezenter Hinweis in einem Kuvert, die anderen trugen offen NS-Symbole.

„Ich erwarte einen reibungslosen Ablauf", sagte Hildegard, die an diesem Sonntag mit einem perlmuttfarbenen Kostüm bekleidet war. In einer Reihe vor ihr angetreten war ein halbes Dutzend Dienstboten in akkurater Kleidung, die Köchin und der Gärtner in entsprechender Arbeitskleidung, und zwei Mädchen aus der Stadt, die den Lohn dringend brauchen konnten. Ihre Kleidung war alles andere als akzeptabel, wenngleich sie ihre besten Sachen herausgesucht hatten, um vor den Augen von Frau Professor zu bestehen.

„Bis heute Abend bringt ihr das in Ordnung", sagte Hildegard mit Blick auf ein Loch in einem Strumpf, einen fehlenden Knopf und einen Fleck auf einem Kragenteil.

Die beiden Mädchen machten einen Knicks. „Jawohl, Frau Professor."

„Und wenn ihr nichts Besseres habt, dann wird euch Maria ein paar alte Sachen von Charlotte geben."

Das Dienstmädchen Maria nickte kurz, die Mädchen knicksten erneut. „Vielen Dank, Frau Professor."

„Die Feier beginnt um neunzehn Uhr", sprach Hildegard zu allen. „Wie immer werden die ersten Gäste bereits früher eintreffen. Ihr empfangt sie höflich, eine Begrüßung ist nicht notwendig, außer sie sprechen euch direkt an. Als Antwort verbeugt ihr euch oder macht einen Knicks. Klara und Josef", sie wandte sich den beiden zu, „ihr werdet ihnen ein Glas Sekt anbieten, sobald sie den Salon betreten. Josef, du hast den Schlüssel und damit die Verantwortung für den Weinkeller. Ich verlasse mich auf dich."

„Jawohl, gnädige Frau."

„Das Essen wird um zwanzig Uhr serviert. Magda", sie wandte sich an die beleibte Köchin, „es werden exakt vierzig Portionen benötigt. Kommst du mit allem zurecht?"

„Ja, gnädige Frau."

„Spar nicht mit dem Wildschwein, auch vom Fasan ist genügend da. Meine Gäste sollen satt und zufrieden das Haus verlassen."

Die Köchin nickte.

„Und für alle gilt: Ich dulde heute Abend keine Fehler. Graf zu Sassen-Trantow aus Berlin wird zu Gast sein. Ihr wollt doch nicht, dass ich mich vor ihm blamiere?" Die Frage war rhetorisch.

„Wenn es ein Problem gibt, das ihr nicht alleine lösen könnt, dann gebt mir ein unauffälliges Zeichen. Habt ihr verstanden?"

Alle: „Ja, gnädige Frau."

„Gut, dann macht euch an die Arbeit."

Die Einsatzbesprechung war damit beendet. Die Dienerschaft ging an ihre jeweiligen Arbeiten. Zurück blieb Hildegard. Sie blickte hinüber ins Esszimmer auf den feierlich gedeckten Tisch. Drei Personen würden am Frühstück teilnehmen, einer fehlte, ihr Sohn German, von dem sie nun seit zwei Monaten nichts mehr gehört hatten. Er war bei einem Einsatz der SS in der Nähe von Bologna als vermisst gemeldet worden. Seitdem suchten sie nach ihm. Das Gebiet wurde von Partisanen der Stella Rosa terrorisiert. Die machten keine Gefangenen. Hildegard konnte nur beten, dass er ihnen nicht in die Hände gefallen war.

Auf der Treppe über ihr hörte sie Schritte.

„Guten Morgen, mein Schatz", sagte Hildegard und breitete die Arme aus. Sie strahlte über beide Wangen. Körperliche Nähe war eigentlich nicht die Sache Hildegards, da hielt sie es wie ihre Eltern. Kinder sollten gehorchen, lernen und wachsen. Alles Weitere war Luxus. An Weihnachten und an Geburtstagen gönnte sie sich eine Ausnahme.

Der Schatz war das Geburtstagskind Charlotte, allerdings nicht in einem luftigen Sommerkleid, wie man es an diesem Tag hätte erwarten können, sondern in der Uniform einer Nachrichtenhelferin. Der schlichte Aufzug – knielanger Rock, ein Jackett, weißes Hemd und dunkle Krawatte – war lediglich mit dem Reichsadler auf der rechten Brustseite geschmückt. Das gewellte kastanienbraune Haar trug sie schulterlang, die Ohren waren freigekämmt, als Kopfbedeckung diente ein Schiffchen, das sie in der Hand trug.

„Guten Morgen, Mutter", antwortete Charlotte emotionslos und begab sich in die mütterlichen Arme, ließ sich herzen und auf die Wange küssen. Es schien ihr alles zu viel, ihrem Gesichtsausdruck nach zu urteilen. Fast hätte man glauben können, sie wäre lieber im Bett geblieben, um dieser unerwarteten Umarmung zu entgehen.

„Alles Gute zum Geburtstag." Ein mütterlicher Kuss auf die Stirn. „Ich wünsche dir alles, alles Gute und …"

„Danke, Mutter." Mehr wollte sie nicht hören.

Sie wand sich aus der Umklammerung und ließ ihre Mutter überrascht stehen. Doch Hildegard fasste sich schnell, von einer Sekunde auf die andere kehrte sie wieder den Haushaltsvorstand hervor.

„Ich habe uns ein Frühstück zubereiten lassen."

Charlotte war nicht danach. Sie setzte das Schiffchen auf und kontrollierte den Sitz im großen Spiegel. „Ich bin spät dran."

„Aber doch nicht heute, an deinem Geburtstag."

„Dienst ist Dienst. Das wirst du doch verstehen."

Die Haustür ging auf. Längst erwartet traf Professor Werner ein, in der Hand einen kleinen Frühlingsstrauß mit Blumen, die er auf der Wiese gepflückt hatte. Im Vergleich zu den opulenten Bouquets, die entlang der Wand aufgereiht waren, ein eher armseliger Gruß. Doch für Charlotte schien er heller und prächtiger als alles gekaufte Zeug um sie herum. Ihre Laune schlug um, als er ihr das Sträußlein überreichte.

„Alles Gute, Lottchen. Ich wünsche dir tausend Sterne …"

„… und tausendeinen zurück."

Eine innige Umarmung von Vater und Tochter, die Hildegard nur neidvoll ertragen konnte. Ein kurzer Blick zur Seite, dann riss sie sich wieder zusammen. „Schön, dass du endlich da bist", sagte sie mit einem gequälten Lächeln. „Der Kaffee wird kalt." Sie ging voran.

„Ich muss zum Dienst", seufzte Charlotte.

Werner ließ keine Ausflüchte zu. „Der kann noch einen Moment warten." Er legte den Arm um sie und führte sie zu Tisch. Ein Strauß prächtiger Blumen stand darauf, ein kleines und ein großes Päckchen, eingewickelt in Geschenkpapier, und viele Leckereien drumherum, die es seit Monaten in den Bäckereien nicht mehr zu kaufen gab. Und natürlich ein Geburtstagskuchen mit zwei Kerzen in Form einer Eins und einer Neun. Hildegard zündete sie an.

„Fünf Minuten", lenkte Charlotte ein, „dann muss ich wirklich los." Sie setzte sich wie immer an die Längsseite des Tisches, Werner und Hildegard an die Stirnseiten.

„Bevor du gehst, müssen wir mit dir reden", sagte Werner. Mit einem kurzen Blick versicherte er sich bei Hildegard, die preußisch kühl keinerlei Regung zeigte.

Der ernsthafte Ton jagte Charlotte einen Schrecken ein. „Ist etwas mit German? Haben sie ihn endlich ausfindig gemacht?"

„Nein, Liebes", beruhigte sie Werner. „Nichts dergleichen. Es geht um dich, besser gesagt um deine Zukunft."

„Was ist damit?"

„Der Graf zu Sassen-Trantow hat um deine Hand angehalten."

„Er hat was?"

„Nicht so mittelalterlich, wie du denkst, aber er hat durchblicken lassen, dass er eine Braut sucht, und bei eurem letzten Treffen …"

„Es war nicht unser Treffen. Ich war zufällig im selben Raum."

„Da bist du ihm aufgefallen. Er würde dich gerne kennenlernen und hat gefragt, ob wir etwas dagegenhätten."

„Auf jeden Fall." Sie blickte zwischen Hildegard und Werner hin und her, die schwiegen aber. „Ihr habt ihm doch gesagt, dass es aussichtslos ist? Kein Interesse. Niemals!"

„Beruhige dich", schaltete sich Hildegard ein. „Der Graf ist …"

„Das ist doch bestimmt wieder auf deinem Mist gewachsen!", fuhr Charlotte sie an. „Alter preußischer Adel. Bleibt alles in der

Familie. Nee, ohne mich." Sie stand auf. „Danke für dieses tolle Geburtstagsgeschenk."

„Setz dich!"

Hildegard saß kerzengerade, der Mund schmal und bissig, in ihren Augen konnte man die Ungeheuerlichkeit des Widerspruchs erkennen. Zögernd kam Charlotte dem Befehl nach.

„Der Graf wird heute Abend unser Gast sein und du wirst dich gefälligst benehmen, wie es sich für eine heiratsfähige Frau gebührt."

„Auf keinen …"

„Schweig, ich bin noch nicht fertig. Du wirst dir anhören, was er zu sagen hat. Danach können wir immer noch entscheiden."

„Wir?"

„Es würde mir sehr viel bedeuten", lenkte Werner ein, „er ist ein wichtiger Mann in Berlin."

Die Hausglocke unterbrach, ein Dienstbote eilte zur Tür. Während am Tisch eine frostige Stille herrschte, drang Gemurmel herüber, Schritte näherten sich. In der Tür stand Paul, der Klavierlehrer, ein etwas schlaksiger Kerl in einem abgetragenen dunklen Anzug. Er mochte Anfang dreißig sein, das Alter war schwer zu schätzen, sein Gesicht gehörte nicht in die Gegend. Am ehesten konnte man ihn als Südländer beschreiben, als Sizilianer oder Franzose aus Marseille mit seinem schwarzen Stoppelbart, die Haare wie mit Pomade nach hinten gekämmt. Er wirkte keinesfalls zweitklassig oder gar bedrohlich, er war interessant oder einfach nur anders.

„Guten Morgen, Frau Professor", er verneigte sich leicht, „guten Morgen, Herr Professor." Dann sagte er mit einem gewinnenden Lächeln, das die weißen gepflegten Zähne sehen ließ: „Guten Morgen, Charlotte. Ich möchte Ihnen alles Gute zum Geburtstag wünschen."

Der Ärger in Charlottes Gesicht wich einem Lächeln. Für einen Moment war sie drauf und dran, die Regel zu brechen und sich mit einem Juden zu fraternisieren. Doch dann zeigte sich, was Hildegards Erziehung wert war. „Danke, Paul. Haben wir denn heute Unterricht?"

Statt seiner antwortete Hildegard. „Er wird heute Abend spielen, Philomena wird singen."

„Nur das Beste, bravo." Ihr verachtender Blick traf Hildegard.

„Ich habe mir erlaubt", sagte Paul, „Ihnen ein Geburtstagslied zu komponieren."

Einen besseren Ausweg aus dieser unleidlichen Situation würde es so schnell nicht mehr geben. Charlotte erhob sich, ging zum Salon, wo der Flügel stand. „Kommen Sie, Maestro. Ich kann es kaum erwarten."

Paul warf einen fragenden Blick zu Hildegard. Die seufzte und willigte schließlich ein. Paul begab sich an den Flügel. Aus einer Kladde mit Notenblättern zog er einen Bogen, handschriftlich bearbeitet, und legte ihn auf. Ein Moment der Konzentration, dann begann er zu spielen. Charlotte vergaß ihre gute Erziehung und stützte sich mit den Unterarmen auf den Flügel, Hildegard stellte sich an die verglaste Tür zum Garten, Werner neben sie. Doch statt sich Paul und seinem Spiel zuzuwenden, blickte er hinaus auf den Rasen und das Blumenbeet. Es machte den Anschein, als wolle er sich konzentrieren, sich auf das Spiel gänzlich einlassen.

Einer seiner Zwangsarbeiter, Viktor, kniete dort auf der Erde, zupfte das Unkraut, harkte, setzte neue Blumen. Es war eine schweißtreibende Arbeit, er wischte sich die Stirn und den Nacken, öffnete die gestreifte Häftlingsjacke, legte sie zur Seite, war nun am Oberkörper nackt.

Das Stück, das Paul spielte, war getragen, aber nicht traurig, eher sehnsüchtig. Man konnte aus ihm Anleihen bei Franz Schuberts *Leise flehen meine Lieder* hören. Es erfüllte seinen Zweck, es nahm die Zuhörer ein, ließ sie den Zwist für ein paar Augenblicke vergessen, sodass sich eine friedliche Stimmung entfaltete.

Pauls zarte Finger streichelten die Tasten, er hielt die Augen geschlossen, sah nicht, wie Charlotte näher rückte, als wollte sie sich zu ihm auf den Klavierstuhl setzen.

„Das ist sehr schön", flüsterte sie ihm zu.

Er sagte nichts, nickte nur.

„Bist du etwa in mich verliebt?" Sie lächelte kokett.

Er öffnete die Augen, war gefasst, keineswegs verwirrt wegen dieser wahnwitzigen Frage, die ihm das Leben kosten könnte. „Wie kommst du darauf?"

„So ein wunderschönes Lied würde ich nur für jemanden spielen, den ich aus ganzem Herzen liebe."

„Du hast ein gutes Ohr."

„Also doch."

„Du irrst. Ich habe es zwar für dich geschrieben, aber an eine andere gedacht. Tut mir leid. Das ist des Schicksals Fluch."

„Wer ist es?"

Hildegard beobachtete die beiden. Sie sollte dazwischengehen, doch etwas hielt sie zurück. Mehr noch, das Stück lähmte sie, zwang sie, es zu erdulden, bis die letzte Note verklungen war. Es war lange her … der Beginn eines Fehlers. Nie hatte sie den Mut gefunden, ihn aus der Welt zu schaffen. Jetzt war es zu spät.

An ihrer Seite schaute Werner noch immer zum Fenster hinaus in den Garten, der unter den Fingern von Viktor neu erblühte. Der kleine weiße Pavillon, an dem Rosen rankten, eine Symphonie der Farben im Blumenbeet, eine Schaukel für zwei, in der sich trefflich träumen ließ, Manns *Tod in Venedig* noch einmal fern der Welt lesen und sich daran ergötzen … Werner schien kein Ohr für die Musik zu haben, wähnte sich überall, nur nicht hier. Seine Gesichtszüge waren gelöst, sein Atem langsam, zufrieden, eine Katze hätte geschnurrt.

„Hör endlich auf damit!", zischte Hildegard ihn an, in ihren Augen der blanke Hass, der Mund dünn wie eine Klinge.

„Was ist?"

„Du bist ekelerregend."

„Weil ich unseren Garten liebe?"

„Weil du ein Scheusal bist. Sind wir dir nichts mehr wert?"

Der letzte Ton verklang. Charlotte klatschte begeistert, Werner stimmte halbherzig mit ein, Hildegard kämpfte mit der Selbstbeherrschung.

„Das war unwiderstehlich", lobte Charlotte Pauls feines Spiel, auch wenn nur ein winzig kleiner Teil seines Herzens ihr gehörte.

„Nun denn", sagte Hildegard. Ihr Applaus bestand aus einem einmaligen Klatschen der Hände, das ersehnte Ende dieser gefühlsduseligen Farce. „Es gibt viel zu tun bis heute Abend. Wo ist Philomena? Sie sollte doch schon längst hier sein."

Sie erwartete keine Antwort und verließ den Salon hoch erhobenen Hauptes. Ihr Schritt war bestimmt, die Hände verschränkt, von den anderen unbemerkt verkrallten sie sich ineinander, keine Faser ihres Körper sollte die Demütigung preisgeben. Nach außen war sie der Fels auf sandigem Grund, der im Inneren Jahr für Jahr tiefer sank.

„Ich muss zurück an meine Arbeit", entschuldigte sich Werner eilig. „Patienten warten." Er folgte seiner Frau. Auch wenn er in der zackigen Uniform eines SS-Offiziers steckte und die Stiefel auf dem feinen Holz den Takt vorgaben wie bei einem Defiliermarsch, die Entschlossenheit seiner Frau blieb für ihn unerreicht.

Als sie endlich alleine waren, platzte es aus Charlotte heraus. „Ich hätte an jede andere gedacht, nur nicht an sie."

Paul seufzte. „Ich kann nicht anders. Mein Herz hört nicht länger auf mich."

„Sie hasst alles Jüdische."

„Ich weiß."

„Sie ist eine Nazisse, durch und durch."

„Darauf kannst du wetten. Sonst wäre ihre Karriere in Berlin anders verlaufen."

„Wie ist es überhaupt dazu gekommen?"

„Am Wochenende gab es in der Musikakademie eine erste Probe. Ich war wie vom Donner gerührt, als sie den Raum betrat. Die blonden Haare, die hohen Wangen, der stolze Blick."

„Eine echte Arierin eben."

„Als sie dann anfing, das Heideröslein zu singen, war's um mich geschehen. Diese Stimme, dieser Ausdruck … mein Vater wäre ebenso dahingeschmolzen wie ich."

„Kein Wunder, so wie er alles Deutsche vergöttert hat, der stolze Träger des Eisernen Kreuzes. Am deutschen Wesen soll die Welt genesen … und das als Jude. Unglaublich. Hast du endlich was von ihnen gehört?"

Paul verneinte. „Nicht mehr, seitdem sie in Lissabon aufs Schiff gegangen sind."

„Es geht ihnen bestimmt gut." Sie legte ihm die Hand auf die Schulter. „Kopf hoch. Dein Vater weiß, wie man überlebt."

Das wusste er wohl. In der Nacht, als die SS vor ihrer Tür stand, flüchtete er mit seiner Frau über den Hinterhof zum Main hinunter. Mit einem Frachtschiff ging es bis Mainz, von dort aus zur deutsch-französischen Grenze. Bei Neumond überquerten sie den Rhein und waren vorerst in Sicherheit. Zurück blieb Paul, allerdings nicht freiwillig. Als Musik- und Hauslehrer von Charlotte und Bruder German wurde er genauso überrascht wie seine Eltern, für den Abtransport in die östlichen Reichsgebiete aber war er zu wertvoll. So behielt man ihn auf Bewährung, zum Wohl der musikalischen Erziehung der Kinder und als Hauspianisten für die zahlreichen Feierlichkeiten. Das war nicht ungefährlich, selbst für den SS-Offizier Werner nicht, aber wer offiziell Jude war oder nicht, bestimmten in der Stadt noch immer die SS-Größen und nicht der Stammbaum.

„Ich muss los", sagte Charlotte und gab ihm einen Kuss auf die Wange. „Wir sehen uns heute Abend."

Paul nickte und wartete, bis sie den Raum verlassen hatte. Dann ging er zum Gartenfenster, öffnete es und holte mit einem kurzen Pfiff Viktor heran. „Es ist bestätigt", sagte Paul, „er wird heute Abend kommen."

Ein Lächeln huschte Viktor über die Lippen. „Dann ist es abgemacht. Ich kümmere mich um den Fahrer, du um die Uniform."

Es war eine Befreiung, als Julius aus der dunklen und kühlen Kirche von St. Joseph an die frische Luft trat. Die Sonne stand hoch am blauen Himmel. Er blinzelte dagegen an, ließ die Strahlen seine Haut wärmen und seine Sehnsucht nach einem Abenteuer wachsen. Unten am Main würden Schiffe und Boote ankern, Fischer und Matrosen von ihrem Fang und fremden Ländern berichten, Handel treiben und wieder auf große Fahrt gehen. Eines Tages würde er zu ihnen gehören, zu den Eroberern und Entdeckern, zu den Jägern und Abenteurern. Wozu brauchte er noch die Schule? Rechnen und Lesen? Auswendiglernen und Gehorsam üben? Nur auf einem Schiff würde er lernen, was man wirklich brauchte, um den Horizont zu bereisen: Segel setzen, das Steuerrad drehen, Fische aus Flüssen und Ozeanen holen, verschollene Piratenschätze heben. Und ein Buch schreiben, eines, das um die Welt ging und in jeder Bibliothek und auf jedem Nachtschränkchen liegen würde. Titel: Die Abenteuer des furchtlosen Matrosen Julius auf großer Fahrt, mit einem Bild von ihm am Steuerrad in sturmdurchpeitschter Nacht, die Wellen hoch wie ein Gebirge, die Verzweiflung in den weit aufgerissenen Augen seiner Mannschaft, und der Klabautermann in den Rahen – der irre Freudentanz eines Todesengels.

Das war es, was er wollte. Frau Schubert, seine Lehrerin, musste heute auf ihn verzichten. Wenn er das Buch fertig geschrieben hatte, würde er ihr ein Exemplar mit Widmung zukommen lassen. Von der goldenen Küste Trinidads grüßt Sie Julius.

Sein Weg führte ihn über die Grombühler Brücke, vorbei an der zerbombten Zoll- und Güterhalle aus den letzten Februartagen, als englische Flieger den Bahnhof und Teile Grombühls ins Visier genommen hatten. Auch der Hauger-Ring und die Neutorstraße waren getroffen worden. Insgesamt hatte es 178 Würzburgern das Leben gekostet.

Der dünne grüne Streifen des Haugerglacis war nun bevölkert von allen möglichen Fremden, überwiegend Ausgebombten und Flüchtlingen aus den östlichen Gebieten, die in Würzburg Schutz und Aufnahme suchten. Die Strapazen der langen Reise waren ihnen ins Gesicht geschrieben. Hunger und Durst plagten die abgemagerten Gestalten in ihrer schmutzigen, teils zerrissenen Kleidung. Erschöpfung und Krankheit allerorten, der leere Blick erlebten Leids, der Verfolgung und des Verlusts machte betroffen. Besser, er ging schnell weiter.

Aber da gab es auch zufriedene Gesichter, welche, die all dem Leid um sie herum trotzten, die Hoffnung ausstrahlten, endlich in der gelobten Stadt zur Ruhe zu kommen, die wie durch ein Wunder vom Terror des Feindes verschont worden war. Das war ein Zeichen des Allmächtigen, der seine schützende Hand über diese Stadt hielt, während das übrige Reich im Bombenhagel versank.

Der Bahnhof gehörte augenscheinlich nicht dazu. Die Gleise und das Gebäude waren einem Angriff der Tommys zum Opfer gefallen, seit Wochen verkehrte kein Zug mehr. Dennoch war der Infarkt ausgeblieben. Was nicht mehr über die Schiene nach Würzburg kam, wurde nun in Bussen, Transportern und Lastern herangekarrt. Seit dem frühen Morgen drängte, schob und knatterte es auf den Zufahrtsstraßen. Dieselschwaden hingen schwer in der Luft, jeder war in Eile, seine Fracht loszuwerden, Passagiere und leere Kisten mitzunehmen.

Julius tanzte unbeschwert zwischen den Stoßstangen hindurch, warf mitunter einen sehnsüchtigen Blick auf die Ladeflächen, wo Kisten mit Lebensmitteln gestapelt waren. Sein Magen knurrte, und doch musste er sich noch Stunden gedulden, bis es Mittagessen gab. Das ohrenbetäubende Hupen der Lastkraftwagen befahl ihm schneller zu gehen, gefolgt von den Flüchen der übernächtigten Fahrer. Er hatte den Autokorso beinahe hinter sich gebracht, als ihn zwischen zwei Stoßstangen der Anblick eines verletzten Soldaten erschreckte. Dessen Verbände um Bauch, Arm und Schulter waren blutdurchtränkt, das Gesicht von Schmerzen verzerrt, er schrie nach einer Schwester und einem Arzt, und seine Kameraden konnten ihn kaum damit beruhigen, dass sie endlich in Würzburg angekommen waren, wo ein Bett und Schmerzmittel auf ihn warteten.

„Geh weiter, Junge", sagte eine Stimme hinter ihm, „das brauchst du nicht zu sehen."

Der hochgewachsene Mann steckte in einer Uniform der SS, so viel erkannte Julius am Kragenspiegel. Er war unrasiert, die blonden Haare zu lang und ungekämmt, die Jacke nur halb zugeknöpft. Die schweren Stiefel strotzten vor Dreck. Wenn ihn so ein höherer Offizier sah, würde es ein Donnerwetter geben. Doch ihm schien es egal zu sein.

„Sag, stehen die Häuser oben am Leutfresserweg noch?" Sein Blick war müde, die Stimme rau. Er dirigierte Julius hinüber zum Kiliansbrunnen, wo es sich leichter reden ließ.

„Ja", antwortete Julius. „Es gab nur Bomben auf den Bahnhof und in Grombühl."

Beim Wort Grombühl weiteten sich die Augen des Fremden ein Stück. „Steht die Nervenklinik noch?", fragte er.

„Hat keinen Kratzer abbekommen", antwortete Julius.

Ein kurzes, schiefes Lächeln, dann ein Seufzen. „Glück gehabt."

„In der Schiestlstraße hat es aber gekracht und in der Rimparer, auch in der Stadt in der Domstraße …"

„Viele Tote?"

„Einige."

„Friede ihren Seelen." Er griff in seine Jackentasche, holte eine zerknautschte Schachtel mit Zigaretten hervor, bot sie ihm an.

„Auch eine?"

„Nein, danke, ich rauche nicht."

„Du kannst sie gegen Schokolade eintauschen."

Das war eine andere Sache. Julius zog sich eine und ließ sie in der Hosentasche verschwinden.

„Danke."

Der Mann zündete sich eine an, inhalierte tief und schaute sich um. „Solltest du nicht in der Schule sein?"

Julius errötete. „Eigentlich schon, aber der Tag ist zu schön."

„Eine gute Entscheidung. Leb jede Stunde, als wär's deine letzte."

So viel Verständnis hatte Julius nicht erwartet. „Wie heißen Sie?"

„German."

„Würzburger?"

Der Mann nickte und blies eine weiße Wolke Rauch in den blauen Himmel. „Und du?"

„Julius aus Grombühl."

„Freut mich." Er hielt ihm auffordernd die Hand hin, Julius nahm sie und schüttelte sie. „Nun sag mir, Julius, treibt sich SS hier am Bahnhof herum?"

War das ein Test? Die SS überwachte das ganze Treiben am Bahnhof. Was er vermutlich meinte, war, wie er ungesehen an ihr vorbeikam.

„Wo müssen Sie denn hin?", fragte Julius.

„Kleßbergsteige, drüben am Leutfresserweg."

Das war ein weiter Weg, und dann noch unerkannt durch diesen Trubel zu kommen, war schwierig. Aber Julius hatte eine Idee. „Wenn Sie mir Ihre Uniformjacke geben, kann ich sie für Sie tragen."

„Was hast du damit vor?"

„Sagen wir, ich bin Ihr Bursche, der sie zum Waschhaus bringt."

German schmunzelte. „Keine schlechte Idee." Er zog sie aus und reichte sie Julius. „Du hast dir ein anständiges Trinkgeld verdient, wenn wir es bis nach Hause schaffen."

Ein paar Wagen vor ihnen entließ eine Frau ihren Fahrgast mit einem besorgten Rat.

„Pass gut auf dich auf."

*

Das Mädchen war leicht angezogen mit einem dünnen, knielangen Kleid, geblümt, ehemals weiß, jetzt speckig grau. Sie trug abgewetzte, löchrige Hausschuhe, als käme sie gerade aus dem Wohnzimmer. Ihr schulterlanges braunes Haar war ungepflegt, so wie ihre ganze Erscheinung. Sie mochte sechzehn Jahre alt sein, ihrem Verhalten nach war sie aber eher ein Kleinkind. Die Fahrerin musste sich zu ihr hinüberbeugen, um ihr die Tür zu öffnen.

„Mach's gut, und ich hoffe, du findest, wonach du suchst." Ohne ein Wort des Danks stieg das Mädchen aus, in der Hand eine verfilzte Puppe, die sie wie eine kleine Schwester an die Brust drückte. Der Wagen fuhr los, sie blieb alleine zwischen den Fahrzeugen stehen, was nicht ohne Protest der anderen Fahrzeugführer blieb. Sie hupten und riefen ihr zu, doch sie blieb unbeeindruckt. Ihr Blick war starr nach vorne gerichtet, hinauf zum Schalksberg, der sich hinter dem Bahnhof erhob.

„Aus dem Weg!"

„Verschwinde."

„Brauchst du Hilfe?"

Das Mädchen hörte nicht auf die Stimmen, ging einfach los, an den vielen Stoßstangen und qualmenden Auspuffrohren vorbei durch das Hauger Glacis, wo ihr fragende Blicke folgten, junge Männer etwas zuriefen … Aber auch hier: keine Regung. Sie schien wie in Trance zu sein, nahm nichts wahr, was sich um sie herum abspielte, kannte nur den Weg zur Grombühler Brücke, die sie zügig überquerte. Die Puppe in ihrer Hand war arg mitgenommen, ein Knopfauge fehlte, der Arm war halb abgerissen, die Füllung quoll hervor. Dafür waren die Zöpfe noch immer blond und die Kleidung, Rock, Kniestrümpfe und feste braune Schuhe, entsprachen ganz der Vorstellung des Nationalsozialismus.

Das Mädchen nahm die verwinkelten Straßen hinauf zur Nervenklinik, als wäre sie sie schon etliche Male gegangen, und je näher sie ihr kam, desto aufgeregter wurde sie, begann unablässig Zahlenkolonnen zu sprechen.

„Sechs, sechsdreißig, sieben, siebenfünfzehn, siebendreißig, siebenvierzig, acht …"

Die Passanten wunderten sich über dieses seltsame Geschöpf, manche blieben stehen und blickten ihr kopfschüttelnd nach, dann aber gingen sie weiter, kümmerten sich nicht mehr darum. Seitdem

Würzburg von so vielen Fremden heimgesucht wurde, hielt sich ihr Erstaunen nur kurz. Ohnehin hatten sie mit ihren Verpflichtungen genug am Hut, da brauchte es nicht auch noch das Schicksal eines verwahrlosten Mädchens.

Die Nervenklinik rückte näher, Krankenwagen fuhren heran und wieder weg, im rückwärtigen Hof schufteten die Zwangsarbeiter, ein SS-Mann kommandierte sie lautstark. Das Mädchen bewegte sich zielsicher durch das geschäftige Treiben der Heilanstalt, vorbei an den Bauarbeitern und dem erstaunten SS-Mann, hinüber zu dem einen Fenster, von dem sie wusste, dass es zum Zimmer des Arztes gehörte, der sie und ihre Mutter seinerzeit untersucht hatte. Dort blieb sie stehen und zog die kleine Holztafel hervor, die ihr an einer Schnur um den Hals hing.

Darauf der Name, Apollonia, und eine kryptische Zahl.

9:00 Uhr / Luftschutz-
befehlsstelle
Mariannhillstraße
Letzter Hieb

Der Betonklotz war alles andere als hübsch anzusehen – ein überdimensionierter, vierkantiger Brocken mit meterdicken Wänden und nur einem Zugang und keinen Fenstern. Es war der einzige taugliche Luftschutzbunker in Würzburg, der einem Angriff aus der Luft und wahrscheinlich auch zu Land standhalten konnte, selbst wenn er nicht unterirdisch angelegt war. Außer dem speckigen Grau seiner Wände gab es nichts, mit dem man versuchte, seine Existenz zu verbergen. Er stand im groben Gegensatz zu den vornehmen Villen im Frauenland, die wie an einem Armband aufgefädelt entlang der Ludendorffstraße standen, die früher einmal Rottendorfer Straße geheißen hatte.

Dass dieses hässliche Etwas ausgerechnet in der Nähe der Villen gebaut worden war und nicht in der Stadt, war auf Betreiben des Gauleiters Dr. Otto zurückzuführen, damit er sich und seine Familie im Falle eines Angriffs schnell in Sicherheit bringen konnte, so ging das Gerücht. Dr. Otto hatte sich nämlich im Zuge seines kometenhaften Aufstiegs von einem Provinz-Zahnarzt zum ersten Mann im Gau die Villa des wohlhabenden Apothekers Mandelbaum unter den Nagel gerissen – eines Juden –, der dieses Schatzkästlein weit unter Preis hatte verkaufen müssen, um sich dem Zugriff der Nationalsozialisten zu entziehen.

Was ein paar Jahre zuvor keinerlei Beachtung gefunden hatte, war nun zum Ärgernis geworden, wie die Person des Dr. Otto selbst. Er war ein erbitterter Gegner des Bischofs und alles Katholischen. Seiner Tochter hatte er gehässig den Namen Gailana gegeben, der Frau des Herzogs von Ostfranken im siebten Jahrhundert, die der Überlieferung nach die Frankenheiligen Kilian, Kolonat und Totnan hatte töten lassen. Für die vielen gläubigen Würzburger, die so stolz auf ihre Heiligen waren, war das ein unverzeihlicher Bruch mit Sitte, Anstand und Moral.

Während sich nun ein wunderbarer Frühlingstag entfaltete, blieb es im Bunker, der keineswegs menschenleer war, dunkel und kühl. Charlotte saß in einer Reihe mit ihren Kolleginnen vor den Funkgeräten, über die sie den aktuellen Stand der Luftwarnungen verfolgten. Einen Raum weiter tagte der Einsatzstab zur Versorgung der Bevölkerung im Ernstfall und zur Beseitigung der Schäden eines Angriffs. Dr. Otto stand dem Stab vor, Thema war die katastrophale Versorgungslage in Würzburg und der nicht enden wollende Zustrom von Flüchtlingen und Verletzten. Die Kapazitäten waren längst erschöpft, und dennoch schickte Berlin ihnen neue Hilfe- und Schutzsuchende. Das Murren der Bevölkerung war nicht mehr zu überhören, selbst Charlottes Kolleginnen nahmen kein Blatt mehr vor den Mund.

„Ich habe kein Auge zugemacht", klagte eine. „Die ganze Nacht ein Heulen und Klagen. Was kann ich denn dafür, dass sie alles verloren haben?"

„Die Sudeten?", fragte eine andere.

„Das ganze Wohnzimmer haben sie in Beschlag genommen, ich teile mein Zimmer mittlerweile mit vier Berlinerinnen, die eine schnarcht, die andere säuft, und die anderen beiden zanken sich unentwegt. Es ist der reine Wahnsinn."

„Frag nicht, was bei mir los ist", sagte die Dritte, die neben dem Juliusspital wohnte. „Tag und Nacht kommen neue Patienten, ein Geschrei und Gezeter aus den Krankenzimmern, ich sage euch: Ihr wollt nicht wissen, was die von sich geben. Und nachts sind Gestalten unterwegs, man traut sich nicht mehr auf die Straße."

Die Familie von Charlotte blieb von der Einquartierung Fremder verschont, wie die anderen Parteibosse und Funktionäre auch. Charlotte hatte zwar Verständnis für den Unmut ihrer Kolleginnen, aber die Klagen hatte sie schon tausendfach gehört. Sie konzentrierte sich auf die Durchsagen der zahlreichen Warneinrichtungen. Eine davon, und die für Würzburg wichtigste, war die Warnzentrale im bischöflichen Palais in der Herrngasse – ein weiterer Schlag des Gauleiters Dr. Otto gegen den Bischof, der damit nicht länger Herr im eigenen Haus war.

Die Tür ging auf, Unteroffizier Tomas kam herein. Er leitete das E-Regiment, ein Sonderkommando, das sich mit geheimen Geräten unter anderem in den Funkverkehr feindlicher Verbände schalten und deren chiffrierte Nachrichten entziffern konnte. In der Hand hielt er einen Zettel, dessen Botschaft ihn beunruhigte. Er nahm das Geschnatter der drei Frauen nicht wahr, konzentrierte sich alleine auf Charlotte, die allem Anschein nach als Einzige ihrer Arbeit nachging. Er legte den Zettel neben ihr auf den Tisch und beugte sich zu ihr hinunter.

„Wir haben das soeben aufgefangen", sagte er mit Verweis auf den kurzen Text. „Sagt Ihnen das etwas?"

... / Morton Hall

„Wir bringen heute Nacht eine Symphonie von Mozart."

Die englische Funkhelferin wiederholte den Satz ein ums andere Mal.

Hinter ihr stand Henry, der aufgeregt an seinen Fingernägeln kaute und sich fragte, ob das wahr sein konnte.

Eine Symphonie von Mozart. Heute Nacht. In Würzburg.

Was in aller Welt hatten sich die Kommandierenden dabei gedacht?

Offiziell war von der Zerstörung eines kriegswichtigen Industriezentrums die Rede, von der Ausschaltung feindlicher Kommunikationseinrichtungen. Wichtige Ersatzteile für deutsche U-Boote würden in Würzburg produziert, hatte es geheißen.

Deutsche U-Boote?, fragte sich Henry. So ein Unsinn. Der U-Boot-Krieg war längst vorbei, die schwimmenden Särge ruhten auf dem Meeresgrund zwischen Gibraltar und dem Ärmelkanal. Wenn in Würzburg jetzt noch etwas produziert wurde, dann für die Halde.

Granaten und Munition würden dort ebenfalls befüllt. Möglich. Doch wer konnte sie noch verschießen? Der Krieg war entschieden, alle Truppenteile waren auf dem Rückzug oder in Auflösung begriffen. Man feuerte auf einen am Boden liegenden Feind.

Es gab Kasernen in der Stadt, besser an deren Randgebieten. Außerdem einen Fliegerhorst auf dem Galgenberg, wo Flugzeuge repariert wurden. Richtig, doch es gab keine deutsche Luftwaffe mehr, deren Maschinen hätten repariert werden müssen, die deutsche Luftwaffe war schlichtweg nicht mehr existent. Und die Soldaten in den Kasernen? Davon wusste er nur wenig, außer, dass die Deutschen mittlerweile Alte und Kinder zu den Waffen verpflichteten. Die Soldaten waren entweder gefangen, gefallen oder geflüchtet. Was da noch in den Kasernen herumlungerte, war der traurige Rest eines kriegswahnsinnigen Obergefreiten, der von Schlachten und Kriegen so wenig wusste wie von der Kunst der Malerei.

Henry kannte die Stadt. In Würzburg gab es den Barock, Tiepolos *Vier Erdteile* – das einzigartige und größte Deckenfresko der Welt in Balthasar Neumanns einmaliger Residenz – Dutzende Kirchen, eine altehrwürdige Universität, an der er selbst für zwei Semester studiert hatte, das erste Musikkonservatorium des Landes, eine Burg, die ins siebte Jahrhundert zurückreichte, wenn nicht noch weiter, außerdem den besten Wein, den man zu trinken bekam und an dem sich schon Goethe und Wagner gütlich getan hatten, und da gab es die vielen Krankenhäuser und Lazarette. Würzburg schaute auf eine reiche Geschichte in der Medizin zurück, die Krankenhäuser und Ärzte waren über die Grenzen hinaus bekannt. Röntgen hatte dort seine Strahlen entdeckt.

Wenn es stimmte, was die Aufklärung berichtete, hielten sich in Würzburg über zehntausend Verwundete auf, Ausgebombte, Vertriebene und nichtsahnende Bürger. Und einer von ihnen war Paul. Um Himmels willen. Er würde einen Angriff, wie sie ihn planten, nicht überleben. Keiner würde dieser Hölle aus Glut und Flammen lebend entkommen.

Die Zielkoordinaten waren eindeutig. Sie konzentrierten sich auf die historische Altstadt und die angrenzenden Wohngebiete. Die Kasernen in der Zellerau wurden ausgespart, um die würden sich später die Amis kümmern. Industriegebiete, sofern vorhanden, gehörten ebenfalls nicht dazu, genauso wenig wie der einzig bedeutende Verkehrsknotenpunkt: der Bahnhof. Der war bereits zerstört.

Also, wozu sollte dieses Flächenbombardement gut sein, das sie im Begriff waren, heute Nacht durchzuführen?

Für ihn gab es nur eine Antwort: Rache für Coventry und London. Der verletzte Stolz sollte gesühnt werden. Notfalls mit der Vernichtung der Zivilbevölkerung.

War er dafür in den Dienst der Royal Air Force getreten? Um Zivilisten, Verwundete und Flüchtlinge zu massakrieren? Ihm schauderte davor. Aber er würde es auch nicht verhindern können. Über zweihundert Lancastermaschinen wurden soeben mit Brand- und Sprengbomben bestückt. In ein paar Stunden würden sie abheben, und er wäre mittendrin, am Maschinengewehr in der Kanzel des Bordschützen, der deutsche Flieger davon abhalten sollte, ihre todbringende Fracht zu zerstören, bevor die sie zerstörte.

Er würde mithelfen, die Stadt dem Erdboden gleichzumachen, Tausende in den qualvollen Feuertod zu schicken. Damit stellte er sich auf die Stufe der Nazis.

Er spuckte den abgebissenen Fingernagel aus und zog eine kleine Ledertasche aus der Jackentasche, darin sein Ausweis und wichtige persönliche Dinge, ein Bild von ihm, Paul und den anderen, wie sie auf der Mauer der Alten Mainbrücke saßen und Wein tranken, im Hintergrund die Festung. Es war an einem heißen Julitag aufgenommen, die Bäume blühten, im Main schwammen Kinder und hübsche Fräuleins warteten auf einen Spaziergang.

Auch wenn er nicht alle retten konnte, sein Freund Paul sollte leben.

Die Station mit den psychisch kranken Menschen war in den letzten Jahren deutlich kleiner geworden, so sagte man es Fanny. Dies sei der Arbeit von Professor Werner zu verdanken, der mit anderen Nervenheilanstalten im Reich einen regen Austausch führte. Konnte ein Patient in Würzburg nicht hinreichend behandelt werden, wurde er in eine andere Anstalt verlegt, wo man besser auf seine Anforderungen eingehen konnte. Nach demselben Prinzip handelten auch die anderen Anstalten. Es war daher gang und gäbe, dass sich Patienten aus München oder Hamburg in Würzburg aufhielten, manche hatten gar den weiten Weg aus Berlin ins Maintal gefunden, wie umgekehrt Würzburger in Köln oder Freiburg die beste Behandlung erfuhren.

Es zählt das Behandlungsergebnis, hatte Professor Werner festgestellt, nicht die Nähe zu den Verwandten und Angehörigen. Die sahen das naturgemäß anders. Ein Besuch war in einem dreihundert Kilometer entfernten Krankenhaus nicht möglich, schon gar nicht jetzt, da sich das Reich im Krieg befand, Reisemöglichkeiten eingeschränkt waren und jede Hand für den Endsieg am Heimatort gebraucht wurde. So kam es immer wieder vor, dass Angehörige besorgt nach dem Befinden ihrer Lieben fragten und besorgte Briefe an Professor Werner schrieben, in denen sie um Aufklärung baten. Insbesondere, wenn der Patient verstorben war und man um die Rückführung seiner sterblichen Reste ersuchte. Manch einer wunderte sich über die Todesursache auf dem Totenschein.

Der Patient sei an einer akuten Blinddarmentzündung verstorben, obwohl der vor Jahren schon entnommen worden war. Oder: Ein Patient wäre einem Rückenmarksleiden erlegen, nur eine Woche vor seinem überraschenden Tod war er jedoch noch quietschfidel gewesen.

Wie konnte das sein, wie passte das zusammen?

Fehler kamen vor, gerade in dieser Zeit, in der alles drunter und drüber ging, das Personal oft wechselte, eine Krankenakte vertauscht wurde, die Kliniken und Lazarette heillos überfüllt waren, die Ärzte und das Pflegepersonal unter der Last zu zerbrechen drohten und dergleichen mehr. Fanny hatte daran nichts auszusetzen, auch wenn sie es befürwortet hätte, dass so mancher Patient besser in Würzburg geblieben wäre, damit das Klagen der Angehörigen und auch der Patienten über die Trennung von der Familie nicht so anhaltend und groß gewesen wäre. Sie zu beruhigen, kostete die Pflegekräfte viel Zeit und Mühe.

Aber da gab es auch die anderen, die heilfroh waren, wenn der verrückte Onkel oder verhaltensauffällige Sohn endlich aus dem Haus war und ihnen nicht länger auf der Tasche und den Nerven lag. Rückfragen oder Besuche blieben in diesen Fällen aus. Sollte sich der Staat um sie kümmern.

Der wiederum hatte eine eindeutige Position. Von unnützen Essern war da die Rede, auf Plakaten und im Kino wurde gezeigt, wie diese Parasiten den gesunden Volkskörper aussaugten und dadurch schwächten. Selbst der Reformer Martin Luther wurde zitiert, dass er gänzlich dafür sei, dass solche Wechselkinder nur ein Stück Fleisch seien, da keine Seele in ihnen wohne.

Gerüchte über die Irrenanstalten als Tötungsanstalten waren umgegangen, die dieses Übel ein für alle Mal aus der Welt schafften. Eine grausame und menschenverachtende Vorstellung war das. Vor über vier Jahren sei das alles gewesen, hatte man Fanny gesagt, heute würde man wieder humaner mit diesen armen und bemitleidenswerten Menschen umgehen, ihnen all die Zuwendung zuteilwerden lassen, die sie und ihre Angehörigen verdienten.

Professor Werner ging mit gutem Beispiel voran. Er verbrachte viel Zeit mit Untersuchungen und in der Nacht sah man ihn lange in seinem Büro über den unzähligen Krankenakten sitzen. Am nächsten Morgen stand dann ein uniformierter Motorradkurier vor der Tür, um die Akten abzuholen und sie an die anderen Krankenhäuser zu verteilen. So auch heute.

Fanny sah ihn mit der Oberschwester im Schwesternzimmer sitzen. Sie tranken Kaffee und aßen den ganzen Sandkuchen auf.

Sie scherzten, verstanden sich gut. Wie konnte man nur etwas Attraktives an der Oberschwester finden, fragte sich Fanny. Sie war schlimmer als jeder Unteroffizier, der seine Soldaten über den Exerzierplatz scheuchte.

Auf einem Stuhl stand die offene Kuriertasche, aus der das Bündel mit den Krankenakten herausragte, auf dem Tisch neben dem Zucker und der Milch ein anderes Bündel – die Akten, die der Kurier aus anderen Krankenhäusern mitgebracht hatte. Der Zutritt zum Schwesternzimmer war für die Dauer dieses Tête-à-Têtes für jeden verwehrt. Niemand wusste, warum das so war, aber jeder hielt sich daran, um nicht den Zorn der Oberschwester auf sich zu ziehen.

„Alter Giftzahn", schimpfte Fanny leise.

Auf dem Gang herrschte reger Betrieb. Patienten kamen aus ihren Zimmern, irrten zum Teil orientierungslos umher, wurden von anderen Schwestern wieder eingefangen und in ihr Zimmer zurückgebracht. An den Wänden entlang standen Betten, darin diejenigen, die auf einen frei werdenden Platz in einem der Schlafsäle warteten. Manche schliefen – Gott sei Dank –, andere klagten, wimmerten und riefen nach ihrem Vorgesetzten, den Kameraden, der Mutter, der Ehefrau, dem Kind. Wie immer war mindestens einer darunter, der die Schrecken des letzten Angriffs andauernd durchlebte. Nur die Manschetten an Händen und Füßen hielten ihn in seinem Bett, Flucht war das Einzige, was für ihn noch real war. Da halfen auch keine guten Worte mehr.

„Fanny, halt keine Maulaffen feil", hörte sie Schwester Agathe am Ende des Gangs rufen. „Komm her! Schnell!"

Ein weiterer Kriegsheimkehrer musste beruhigt werden. Obwohl am Bett festgeschnallt, konnten drei Schwestern ihn zusammen nicht bändigen. Er zerrte an den Lederriemen, bäumte sich auf, schrie, als ginge es um sein Leben. Vorbei an bandagierten Körpern, geschundenen Händen, die nach ihr griffen, und flehenden Bitten, endlich von den Schmerzen befreit zu werden, eilte sie zu Schwester Agathe.

Zwei Schwestern versuchten den Mann ruhig auf dem Bett zu halten, während Schwester Agathe vergeblich eine Spritze ansetzte. An einen gezielten Stich war nicht zu denken.

„Halt seinen Arm fest", sagte Agathe.

Nicht zum ersten Mal sah sich Fanny mit renitenten Patienten konfrontiert. Sie stemmte sich mit einer Hand auf die Schulter des Mannes, mit der zweiten drückte sie seinen Oberarm nach unten.

„Lasst mich", schrie der Mann, „nicht abschneiden."

Abschneiden? Fanny blickte an ihm hinunter. Erst jetzt sah sie den fehlenden Unterschenkel.

„Beruhigen Sie sich", sagte Agathe, die nun die Spritze ansetzen konnte. „Es wird Ihnen nichts geschehen."

„Lügner!"

Für einen Moment verließ Fanny die Konzentration. Der amputierte Unterschenkel weckte Erinnerungen an ihren Vater und den Verlust seines Armes. Sie hatte ihn zwar nie anders kennengelernt, doch wusste sie aus den Erzählungen ihrer Mutter, wie anders er früher gewesen war, damals, als junger Mann, den Kopf voller Ideen und das Herz im Wind. Nach Paris und Mailand wollte er gehen, seinen Traumberuf als Schneider bei den besten des Fachs erlernen. Dann kam der Krieg, das Jubelgeschrei, dem auch er erlag, Frankreich und die Schützengräben, eine Granate, die all seine Träume zerfetzte. Als gebrochener Mann kam er zurück, unfähig, den Verlust zu verarbeiten. Mutter hatte es nicht leicht gehabt mit ihm, seiner Knorrigkeit, seinem Unmut über das Schicksal, das Leben als Kriegsversehrter, der mit einem Arm nur noch die Hälfte wert war, für einfachste Aufgaben nicht mehr zu gebrauchen, zurückkatapultiert in die Fürsorge wie ein Kleinkind.

Ein stechender Schmerz fuhr Fanny ins Handgelenk, gefolgt von Agathes mahnender Stimme.

„Herrgott, Fanny! Was machst du schon wieder?"

Unwillkürlich zog sie die Hand zurück, was nicht einfach war, die Zähne des Mannes hatten sich darin verbissen. Ein Aufschrei. Sie trat zurück, hielt sich das schmerzende Gelenk.

„Manchmal frage ich mich, ob du für diese Arbeit überhaupt zu gebrauchen bist."

Agathe ließ die leere Spritze in die Kittelschürze gleiten, die beiden anderen Schwestern ließen den Mann los. Das Morphium befreite den Mann binnen weniger Sekunden von seiner Angst. Mit schlaffen Gliedern lag er da, die Augenlider halb geschlossen, auf den Lippen den sterbenden Protest.

„Der wird uns heute keine Probleme mehr machen", raunte Agathe mit einem zufriedenen Lächeln. „Und nun zurück an eure Arbeit."

Die Schwestern gingen davon, außer Fanny, die sich das Handgelenk rieb und mit den Tränen kämpfte. War es der Schmerz oder die Blamage vor den Kolleginnen, die ihr das Wasser in die Augen trieb? Vermutlich beides. Wenn ihr noch einmal so etwas passierte, würde sie ernsthaft darüber nachdenken, ob sie in einem Krankenhaus tatsächlich am rechten Platz war. Sie schniefte, wischte sich die Tränen aus den Augenwinkeln.

„Warum weinst du?"

Die Stimme klang besorgt, sie stammte von Elsa, einer fünfzigjährigen Patientin aus Kassel mit wirrem Haar. Ihr Blick war unstet, sie kratzte mit dem Fingernagel ihres Daumens die immer gleiche Stelle auf ihrem linken Handrücken. Die Wunde heilte schon gar nicht mehr, es war an der Zeit, drastischere Maßnahmen zur Unterbindung der Zwangshandlung anzuwenden. Doch viel schlimmer war: Warum war sie nicht auf ihrer Station?

„Elsa, was machst du hier?", fragte Fanny. „Du solltest in deinem Bett sein."

„Hab dich gesucht."

„Ist denn keine andere Schwester auf Station?"

„Alle weg." Sie zeigte mit dem Kopf den Gang entlang, was so viel hieß wie: Sieh doch. Niemand ist da, der sich um mich kümmern könnte.

Und es stimmte. Die Schwestern wurden im Lazarett dringender gebraucht als auf der Station bei den geistig Behinderten. Die Notfälle häuften sich, der Zustrom der Verletzten nahm kein Ende.

„Komm, ich bring dich zurück", sagte Fanny und hakte sich bei ihr unter. Zusammen gingen sie die Treppe hinunter, begleitet vom Klagen der Soldaten, die in den Ecken kauerten.

„Hab Angst", sagte Elsa leise, sie klammerte sich fester um Fannys Arm und wagte es nicht, den Verletzten in die Augen oder auf ihre Verwundungen zu schauen.

„Musst du nicht", beruhigte sie Fanny. „Die machen dir nichts."

Elsa war die einzige Langzeitpatientin auf Station. Sie war schon hier, als Fanny die Stelle angetreten hatte. Der Grund: Elsas Bruder war ranghoher Offizier und wenn er es einrichten konnte, kam er sie besuchen. Er legte Wert darauf, dass es ihr an nichts mangelte und dass Professor Werner sich eigens um sie kümmerte. Elsa war die Ausnahme im Kommen und Gehen der Patienten, sie entging der Verlegung in noch weiter entfernte Einrichtungen und bekam regelmäßig Besuch eines Verwandten, der sie nicht einfach der Obhut des Staates überließ.

Als Fanny und Elsa auf der Station ankamen, wo Elsa und die anderen untergebracht waren, wurden sie bereits von einer Frau erwartet, an ihrer Hand ein Junge in guter, sonntäglicher Kleidung.

„Kann ich Ihnen helfen? ", fragte Fanny.

Die Frau sah nicht glücklich aus, ihre Augen schienen verweint. Aus ihrer Handtasche zog sie ein Blatt Papier und reichte es Fanny.

„Ich möchte die Leiche meines Bruders abholen." Sie schniefte.

„Welche Leiche?", fragte Fanny erstaunt.

„Adolf Sauer. Er ist … er soll vor zehn Tagen verstorben sein."

„Hier bei uns?" Sie nahm den Zettel, las die Zeilen.

Es war eine Benachrichtigung mit dem Briefkopf der Würzburger Universitätsklinik, darin wurde den Angehörigen mitgeteilt, dass der Patient Adolf Sauer, gebürtig und ehemals wohnhaft in Münster, an einem Nierenversagen verstorben war.

Der Name kam ihr bekannt vor. Ja, es hatte hier mal einen Adolf Sauer gegeben. Wenn sie sich recht erinnerte, war er wegen Wahnvorstellungen eingeliefert worden. Das war vor ein paar Monaten gewesen, da hatte sie gerade auf der Station mit ihrer

Ausbildung angefangen. Wenig später aber war er an eine andere Klinik verlegt worden.

„Da muss es sich um einen Irrtum handeln", sagte Fanny und gab ihr das Schreiben zurück. „Der Patient ist nicht bei uns."

„Ich verstehe das nicht", schniefte die Frau. „Mein Bruder muss doch irgendwo sein, und überhaupt …", sie begann zu schluchzen, „er war kerngesund."

„Offenbar ja wohl nicht, wenn seine Nieren nicht mehr gearbeitet haben."

„Aber", sie suchte nach Worten, nach einer Erklärung, die Sinn machte, „er ist doch bei der Einlieferung eingehend untersucht worden. Da hieß es, er sei körperlich völlig gesund. Nur sein Verstand ließ ihn Dinge glauben, die nicht existierten."

„Adolf, starker Mann", sagte Elsa unvermittelt.

„Haben Sie ihn gekannt?" Die Frau schöpfte neue Hoffnung, irgendetwas über ihren Bruder zu erfahren.

„Adolf immer im Garten, Holz machen."

„Ja, genau, er war Waldarbeiter, stark wie eine Eiche. Was ist mit ihm passiert?"

Elsa hob die Schultern, blickte verschämt zu Boden. „Sagen Sie es mir." Die Frau hatte sich nicht länger im Griff, sie bedrängte Elsa, die sich schützend hinter Fanny stellte.

„Jetzt beruhigen Sie sich", schritt Fanny ein. „Es wird sich schon aufklären."

„Nein, eben nicht. In der Verwaltung konnten sie mir auch nicht weiterhelfen. Wenn ich etwas über einen Bruder wissen wolle, dann solle ich mich an den Arzt wenden, der ihn behandelt hat."

„Und, wer war das?"

„Professor Werner, so hat man es mir gesagt."

Fanny seufzte, sie wusste nicht, wo sich der Professor gerade aufhielt, die Einzige, die etwas wissen konnte, wäre die Oberschwester gewesen. Aber der wollte sie heute nicht noch einmal in die Quere kommen. Außerdem hatte sie andere Dinge zu tun, als aufgebrachte Angehörige zu besänftigen.

„Ich kann Ihnen leider nicht helfen", sagte sie. „Am besten Sie gehen noch mal zur Verwaltung. Dort muss man wissen, was mit Ihrem Bruder passiert ist. Es tut mir leid."

Sie wandte sich ab, ließ eine aufgelöste Frau hinter sich. Das war zwar nicht ihre Art, aber sie musste schnellstens zurück ins Lazarett. Schwester Agathe würde schon nach ihr suchen.

„Adolf Hadamar", sagte Elsa, als sie in den Schlafsaal gingen. Fanny achtete nicht weiter darauf. Wenn der Patient in die Heilanstalt nach Hadamar gebracht worden war, dann war er in guten Händen. Viele Patienten kamen dorthin, und nie hatte sie Schlechtes darüber gehört.

Im Schlafsaal reihte sich Bett an Bett, und nicht alle waren belegt. Früher waren mehr Patienten hier gewesen, hatte man Fanny erzählt, aber das hatte sich in den vorigen Monaten drastisch geändert. Einer nach dem anderen war in eine andere Heilanstalt verlegt worden. Wenn das so weiterging, könnten sie die Station bald auflösen.

Die verbliebenen Patienten hatten sich zu einer Gruppe versammelt. In ihrer Mitte befand sich ein Mädchen mit langen Zöpfen und einem Holzschild an einer Kordel um den Hals. Es saß auf einem Bett und schaute von den Kommentaren der Umstehenden unbeeindruckt geradeaus, als wolle sie damit ein Zeichen setzen. Vor der Brust hielt sie eine zerrissene Puppe.

„Mein Bett", protestierte Gustl, ein Mann aus Kaufbeuren, der an einer rätselhaften Gemütskrankheit litt. Er sagte eigentlich nie etwas, sondern zog sich in eine Ecke zurück, wo er oft weinte und Selbstgespräche führte. Doch in diesem Fall wagte er die Konfrontation. Dieses Mädchen saß auf seinem Bett.

„Geht bitte zur Seite", sagte Fanny und als sie das Mädchen sah, staunte sie nicht schlecht. „Haben wir eine neue Patientin? Wieso hat mir niemand etwas gesagt?"

Elsa schüttelte energisch den Kopf. „Apollonia."

Fanny griff den Hinweis auf. Sie ging vor ihr in die Hocke, lächelte sie an. „Ist das dein Name? Er ist schön."

Das Mädchen reagierte nicht, schaute durch Fanny hindurch.

„Apollonia", wiederholte Elsa, aufkommende Nervosität war in ihrer Stimme zu hören. „Nicht gut."

„Was ist nicht gut mit Apollonia?", fragte Fanny. „Und was ist das für ein Schild um ihren Hals?"

Mehr als das Schild interessierte sie die Ziffernfolge darauf. „Drei, sechs, vier, sieben ... Was hat das zu bedeuten? Apollonia, weißt du, was diese Zahlen bedeuten?"

Doch Apollonia schwieg.

„Werner", sagte Elsa ungefragt.

„Unser Professor Werner?"

Sie nickte, weniger zustimmend als Böses ahnend. „Nicht gut."

Fanny erhob sich, wollte jetzt genau wissen, worum es hier ging. „Was ist nicht gut?"

Elsa mied den direkten Blickkontakt, und wieder traktierte sie ihren Handrücken mit dem Fingernagel.

„Hörst du jetzt bitte damit auf", sagte Fanny bestimmt und trennte die beiden Hände, indem sie sie festhielt. Auge in Auge zwang sie sie nun, die Frage zu beantworten. „Was ist nicht gut?"

„Doktor böse sein", antwortete Elsa.

„Wieso sollte der Herr Professor böse sein? Wegen Apollonia? Kennt er sie denn?"

Zu viele Fragen auf einmal. Elsa reagierte mit ruckhaftem Kopfschütteln. „Da-Dachboden." Stottern war das nächste eindeutige Zeichen der Überforderung.

„Beruhige dich", sagte Fanny und nahm sie in die Arme. Dieser Körper war in Aufruhr, das konnte sie durch die Kleidung spüren. „Es wird alles wieder gut." Sie strich ihr über die Haare. „Ich gehe jetzt zur Oberschwester und frage sie." Energisches Kopfschütteln von Elsa.

„Ich soll nicht zur Oberschwester gehen?"

Jetzt ein Nicken.

„Warum nicht?"

„Oberschwester schimpfen."

„Warum sollte sie das tun?"

„Apollonia. Nicht gut."

Fanny seufzte. So kam sie nicht voran. Sie löste die Umarmung.

„Ich frage den Herrn Professor. Wenn er sie kennt, weiß er, was zu tun ist."

„Nicht …"

Elsa wandte sich von ihr ab und gesellte sich zu Apollonia auf das Bett. Sie nahm ihre Hand, hielt sie, drückte sie, wie es eine Mutter bei ihrem Kind tat. Das Bild hatte etwas Vertrautes und den Anschein, als seien die Dinge nicht so schlimm.

Mit gemischten Gefühlen machte sich Fanny auf den Weg, die Oberschwester zu suchen, nein, doch besser den Professor. Vielleicht war er ja schon zurück. Beim Hinausgehen blickte sie noch einmal zurück. Elsa umarmte dieses geheimnisvolle Mädchen so innig, wie sie es noch nie zuvor bei ihr gesehen hatte.

*

Professor Werner stand am Fenster seines Büros und blickte hinunter auf die Bauarbeiten im Hof. Der Erweiterungsbau des Lazaretts wuchs mit jedem Stein, den die Arbeiter setzten, langsam, aber doch stetig. Er konnte nur hoffen, dass die Zeit ausreichte, die ihnen noch blieb, bevor der Feind in Würzburg einfiel und alles Bisherige auf den Kopf stellte.

Tausend Mal hatte er in den vergangenen Wochen und Monaten, in denen die Niederlage absehbar geworden war, darüber nachgedacht, wie der Umbruch sich gestalten würde. In all seinen Überlegungen – den schlechten wie den guten – war er zu dem Schluss gekommen, dass der Feind nicht auf ihn und seine Klinik würde verzichten können. Schwerverletzte und Traumatisierte würde es auf beiden Seiten geben. Viele.

Um Friede und Ordnung aufrechtzuerhalten, bedurfte es unter anderem eines funktionierenden und vor allem kompetenten Gesundheitswesens. Wer außer ihm vermochte das im Würzburger

Land sicherzustellen? Kein Zweifel, er war auf der sicheren Seite, egal, was man ihm vorwerfen würde.

Und die SS-Uniform? Sie war ein notwendiges Übel, schon immer gewesen. Sie war die Voraussetzung dafür, überhaupt in dem Beruf arbeiten zu können. Das würden auch die Amerikaner oder die Russen verstehen oder wer auch immer über dieses Land befehlen würde, wenn der letzte Widerstand zum Erliegen gekommen war. Er hatte gezwungenermaßen die Uniform getragen, daran würde er keinen Zweifel aufkommen lassen, genauso wenig wie die anderen Ärzte im Reich. Wer sich dem System verweigerte, war in seiner Berufsauffassung gescheitert. Der Eid, den er als Mediziner geschworen hatte, würde ihn gegen jeden Vorwurf in Schutz nehmen. Er war nur dem Wohl des Patienten verpflichtet und damit der Gesundheit der Menschen, aller Menschen. Diese zu erhalten, war oberste Pflicht.

Lange konnte es nicht mehr dauern. In der Nacht hörte man von Westen her den Donner der amerikanischen Geschütze, im Osten waren die Russen nur noch ein paar hundert Kilometer entfernt. Die Amis würden voraussichtlich das Rennen machen. Das war gut. Auch wenn ihre Nation noch jung war, es waren Menschen, mit denen man reden konnte. Die Russen aber waren Tiere. Ihr blinder Hass und die Vergeltung für den Feldzug gegen sie würde viele den Kopf kosten, egal, ob berechtigt oder nicht. Er hatte niemals an der Front gekämpft, das würde helfen, wenn er Rede und Antwort über seine Zeit im Nationalsozialismus geben musste …

Aus dem Hintereingang der Klinik traten zwei Personen auf den Hof. Beide waren im Nachthemd. Die eine hatte schulterlange, wirre Haare, der anderen reichte das strähnige Haar weit den Rücken hinab. Werner konnte ihre Gesichter von hier oben nicht sehen, aber es bestand kein Zweifel, dass es sich um Patienten handelte. Er öffnete das Fenster.

„Ihr zwei", rief er hinunter, „geht zurück auf Station."

Sie blickten überrascht auf, und jetzt erkannte Werner eine von ihnen.

„Elsa, was machst du auf dem Hof? Geh wieder rein."

Elsa dachte nicht daran. Sie schüttelte energisch den Kopf.

„Wer ist das?", fragte Werner und deutete auf die zweite Person, ein Mädchen, die Arme verschränkt, sie umklammerte etwas. Es konnte eine Puppe sein. Und bei genauerem Hinsehen erkannte er tatsächlich eine Puppe, und zwar eine, die ihm gut bekannt war. Früher hatte er einmal eine von der Sorte gekauft, eine BDM-Puppe mit langen goldenen Zöpfen und festen Schuhen. Seine Charlotte hatte einst mit ihr gespielt und als sie sie nicht mehr brauchte, hatte er sie mit in die Klinik genommen und … Ein Schaudern ergriff ihn.

Um Himmels willen! War sie es oder war sie es nicht? Das musste … wie lange her sein? Sie war die Tochter von …? Irgendwo aus dem Südbayerischen. Sie trug einen seltsam schönen Namen. Andromeda? Wallonia? Er musste es wissen.

„Elsa", rief er hinunter, „wer ist das Mädchen?"

Doch von Elsa war keine Hilfe zu erwarten. Sie zog das Mädchen mit sich, das im letzten Moment das Gesicht anhob und ihm direkt in die Augen sah. Sie war kein Kind mehr, das Gesicht war nicht mehr so rund, die Wangenknochen ausgeprägt, die Nase schmaler, als er sie in Erinnerung hatte. Den Eltern hatte er Schwachsinn diagnostiziert, das Mädchen war damit verloren.

„Bleibt, wo ihr seid. Ich komme euch holen."

Er hastete zur Tür, lief einer Schwester in die Arme.

„Herr Professor", sagte Fanny, „eine neue Patientin …"

„Tut mir leid, keine Zeit", erwiderte er im Vorbeigehen. Den Gang zur Treppe hinunter, die Stufen wie im Flug nehmend, erreichte er die Tür zum Hof, stieß sie auf und schaute sich um. Gottlob befehligte die Arbeiter, eine Karre mit Steinen entlud sich mit Getöse, Mörtel wurde angemischt, ein Haufen mit Bauholz lag quer.

Wo waren sie?

Nicht auf der Baustelle, Gottlob hätte sie eingefangen und zu ihm bringen lassen. Blieb die Einfahrt in den Hof. Mannschaftswagen fuhren auf der Straße vor, neue Patienten wurden herangeschafft. Ein Gewimmel und Durcheinander, Schwestern und Ärzte kamen zu Hilfe, das laute Klagen der Verletzten, die Befehle der Kommandanten. Er drängte sich durch das Knäuel von Menschen, die ihm die Sicht nahmen und den Weg verstellten.

Wo waren sie?

„Herr Professor", rief die Oberschwester ihm zu, „wohin mit den Schwerverletzten?"

Er achtete nicht auf sie. Im Moment zählte nur eines : Wo war dieses verfluchte Mädchen?

„Aus dem Weg!"

Einen Sanitäter schubste er zur Seite, einen Soldaten mit bandagiertem Kopf riss er um, sodass der Mann stolperte, zu Boden stürzte und laut aufschrie. Im Gemenge verlor er die Übersicht und schließlich auch jede Chance, die beiden einzufangen. Sie blieben verschwunden.

Vinzenz stieg mit dem Kohleeimer die Treppe hinunter in den Keller. Die Lampe an der Decke spendete fahles Licht, das kaum ausreichte, um die Stufen zu erkennen. Vorsicht war geboten. Mit nur einer Hand, die den Eimer hielt, war es nicht möglich, schnell Halt zu finden, wenn man auf den abgetretenen Stufen ausrutschte. So ging er seitwärts, damit die Füße mit der ganzen Länge Tritt fanden.

Es roch feucht nach Schimmel, je weiter er nach unten kam, ein Geruch, den er noch aus den verlassenen Kellern in Frankreich und aus den Schützengräben kannte. Er bereitete ihm ein beengendes, unbehagliches Gefühl, das sich bei den vorigen Malen bis zur Angst gesteigert hatte, sodass er schnell den Rückweg an die frische Luft hatte antreten müssen.

Dieses Mal jedoch würde er der Angst widerstehen, in Ruhe die Kohlen in den Eimer schaufeln und ebenso ruhig den Keller wieder verlassen. Doch mit jeder Stufe bröckelte sein Vorsatz. Die Bilder von zerfetzten Leibern und giftgarstickten Kameraden drängten sich ihm auf. Am Anfang hatten er und seine Kameraden noch gedacht, ein Dach über dem Kopf würde sie gegen den Einschlag einer Granate schützen, würde das am Boden kriechende und in Schwaden wabernde Giftgas von ihrem Unterschlupf abhalten, doch gegen Gas und Granaten gab es keinen dauerhaften Schutz. Irgendwann war auch die stärkste Decke gebrochen und die beste Gasmaske löchrig. Dann half nur noch eins: Davonlaufen.

Er atmete tief ein und aus. Er war nicht länger in Frankreich. Hier gab es keinen Granatenbeschuss und auch kein Giftgas. Die Angst gaukelte ihm etwas vor. Wenn es hier unten nur nicht so eng wäre … Wo war der nächste Fluchtweg? Er schaute sich um. Am Treppenanfang war die Tür ins Schloss gefallen! Kein Licht drang darunter hervor. Verflucht, er war wieder eingesperrt. Wie würde er sich jetzt retten können?

Der Kohleneimer purzelte scheppernd die Stufen hinunter, mit der freien Hand suchte er Halt an der Holzstange, die als Geländer diente. Sein Herz raste, der Atem überschlug sich.

Weg hier! Raus!

Er drohte die Besinnung zu verlieren, die Stufen unter seinen Füßen spürte er gar nicht mehr, die Knie wurden weich. Dieser Schlund würde ihn endgültig verschlucken. Was für eine Groteske. Was der Franzmann nicht geschafft hatte, würde ihm nun in seinem eigenen Haus in der Heimat widerfahren …

Da fiel ein Lichtschein herunter, die Tür knarrte. Er schaute nach oben, sah die dunklen Umrisse einer Gestalt.

„Vinzenz, ich wusste doch, dass ich dich hier unten finde."

Es klang wie eine Erlösung, gleichzeitig zeugte die Entdeckung von seinem Versagen. Er wollte antworten, stammelte aber nur sinnloses Zeug.

„Warum lässt du mich nicht die Kohlen holen?", fragte Hans vorwurfsvoll, der einquartierte Kölner und Ehemann von Uschi, die sich in den Morgenstunden noch über den Glockenlärm beschwert hatte. „Bist du etwa gestürzt?" Er kam zu ihm herunter, half Vinzenz aufzustehen.

„Der Eimer", sagte Vinzenz, um von seinem Zustand abzulenken, „er ist mir aus der Hand geglitten."

„Mann, Vinzenz, du hättest dir die Knochen brechen können."

„Schon gut. Ist ja nichts passiert. Tu mir den Gefallen und mach den Eimer mit Kohlen voll. Ich warte hier auf dich." Ein ängstlicher Blick nach oben. Die Tür stand noch offen, gottlob.

Hans ging die Stufen hinunter. „Du musst das in deinem Zustand nicht mehr machen."

„Was für ein Zustand?"

„Na ja, mit einem Arm … Lass mich mal machen." Er verschwand zur Seite, wo der Kohlenkeller war – ein enger Schlauch, der durch eine Schütte an der Decke von der Straße aus befüllt werden konnte. Geradeaus ging es in den Luftschutzkeller, der eigentlich nur eine Ansammlung kleinerer Kellerabteile für die Mieter war und in den letzten Monaten notdürftig als Aufenthaltsort bei einem Bombenangriff hergerichtet worden war. Die hölzernen Verschläge waren aufgelöst worden, sodass ein weiter Raum entstanden war. Feldbetten standen darin, ein paar Sitzbänke und Stühle, an der Wand hingen ein Pickel, eine Axt und Hämmer, um im Notfall einen zuvor präparierten Durchbruch in den angrenzenden Keller des Nachbarhauses zu schlagen. Als Löschmittel standen Eimer, eine Feuerspritze, Löschpatsche und Löschsand zur Verfügung – keine wirklich überzeugende Ausstattung zur Bekämpfung eines Feuers, sollte tatsächlich das Schlimmste eintreten. Vinzenz würde niemals dieses Grab betreten, so viel war sicher. Er hatte im Krieg erlebt, was Granaten anrichten konnten, das Feuer, der Rauch … Sie machten jeden Unterschlupf unter der Erde zu einer Mausefalle, aus der es kein Entrinnen gab. Für ihn gab es nur einen Weg: die Flucht durch die Straßen hinunter zum Main.

Hans kam mit dem bis zum Rand gefüllten Kohleeimer zurück. „Was ich dir eigentlich sagen wollte", begann er am Fuß der Treppe, und als er auf der Höhe von Vinzenz angekommen war, sprach er weiter: „Uschi hat das heute Morgen nicht so gemeint."

„Dass sie sich über mich wegen des Glockengeläuts beschweren will?" Vinzenz schmunzelte. „Da wird sie zuerst den Bischof vor den Kadi ziehen müssen und mit ihm die halbe Stadt, die rechtzeitig zur Messe erscheinen will."

„Sie hat einiges durchgemacht. Die monatelange Angst vor der Bombardierung …"

„Meinst du, wir haben keine Angst?"

„Wir haben alles verloren. Die Wohnung, unser Erspartes, Freunde …"

„Das tut mir leid."

„Onkel Franz und Tante Clara sind in den Flammen umgekommen, von den beiden Cousinen fehlt jede Spur. Uschi wacht jede Nacht weinend auf. Ich weiß gar nicht mehr, wie ich sie beruhigen soll."

„Das wusste ich nicht."

„Es ist einfach zu viel für sie. Manchmal glaube ich, es wäre besser gewesen, wenn wir auch gestorben wären."

„Sag so was nicht. Es gibt immer einen Grund weiterzuleben. Wenn das alles hier vorbei ist, zieht ihr nach Köln zurück und baut euer Leben neu auf."

„Uschi will nicht zurück. Sie sagt, sie könne es nicht ertragen." „Wohin dann?"

Hans zuckte die Schultern. „Ich weiß nicht. In Amerika wohnt ein Onkel von mir, der seinerzeit ausgewandert ist. Vielleicht wäre das ein guter Neuanfang."

„Eine gute Idee." Vinzenz reichte Hans die Hand. Der half ihm auf. „Komm, lass uns gehen. Bald ist Mittag. Der Herd muss befeuert werden."

„Ist denn noch etwas zu essen da?"

„Fanny hat etwas organisiert. Wir müssen es nur noch abholen und warm machen."

Hans ging mit dem Kohleeimer voraus und Vinzenz warf einen Blick zurück in den dunklen Schlund des Kohlekellers. Verfluchte Angst. Sie würde sie noch alle umbringen.

... / Kleßbergsteige

„Du meine Seele, du mein Herz,
Du meine Wonn', o du mein Schmerz,
Du meine Welt, in der ich lebe,
Mein Himmel du, darein ich schwebe …"

Philomenas Stimme klang kristallklar durch das Wohnzimmer der Familie Werner, füllte den Gang und reichte die Treppe hinauf bis in die Zimmer, wo die Dienstmädchen putzten und Blumen aufstellten, um den Gästen den Aufenthalt so angenehm wie möglich zu machen. Hildegard hielt sich in der Küche auf, inspizierte das Fleisch, das Gemüse, kalkulierte die Portionen, stellte die Menüfolge um, nachdem sie mit der Qualität des Blaukrauts nicht zufrieden war, wechselte vom Silvaner auf einen trockenen Müller-Thurgau, änderte daraufhin das Dessert … kurz: Sie brachte den ganzen Laden durcheinander, sodass die Köchin an sich halten musste, um nicht auf der Stelle den Kochlöffel fallen zu lassen und das Feld ihrer Herrschaft zu überlassen. Hildegard ließ sich davon nicht beeindrucken. Sie hatte einen Plan für den wichtigsten Tag seit Jahren – die standesgemäße Verheiratung ihrer Tochter Charlotte. Auf diesem Weg sollte ihr besser niemand in die Quere kommen, auch nicht eine überforderte Köchin.

Von der Aufregung in der Küche unbehelligt blieben Paul und Philomena. Sie hatten das Wohnzimmer ganz für sich alleine. Der Zutritt war nur noch der Hausherrin gestattet und die ließ den beiden die nötige Ruhe zukommen, schließlich sollten ihr Spiel und ihr Gesang zum Höhepunkt des heutigen Abends werden. Dafür hatte Hildegard eine Liste von Gesangsstücken ausgearbeitet, die die beiden nun einübten. Natürlich gehörte Robert Schumann mit seiner Widmung dazu, genauso wie andere dem Nationalsozialismus genehme Stücke.

„Du bist vom Himmel mir beschieden.
Dass du mich liebst, macht mich mir wert,
Dein Blick hat mich vor mir verklärt …"

Was für eine Stimme, was für ein Ausdruck …

Paul begleitete Philomena am Klavier, die Augen längst nicht mehr auf dem Notenblatt, sondern verträumt an den Lippen von Philomena. Sie war eine Ausnahmeerscheinung. Jeder Ton saß, völlig mühelos, als hätte sie in ihrem Leben nichts anderes gemacht. Wenn das sein Vater noch erlebt hätte, ein Deutscher durch und durch, stolz auf sein Land und die Kultur, die es hervorgebracht hatte.

Doch nichts konnte gegensätzlicher sein. Sein Vater, der Jude, war auf der Flucht vor denen, die er einst bewunderte. Vor seinem Sohn stand nun eine Meisterin ihres Fachs im Dienste der Nazi-

Schergen, eine Deutsche mit makellosem Stammbaum und der besten Reputation, die man sich vorstellen konnte. Was musste Hildegard alles in die Waagschale geworfen haben, um diese Frau nach Würzburg zu holen? Geld war vermutlich das kleinste Problem gewesen, eine Philomena sang nur dort, wo sie es für wichtig erachtete. Es hieß, nach ihrer aktiven Karriere würde sie auf direktem Weg in die Reichsmusikkammer wechseln, wo sie mit ihrem Förderer Joseph Goebbels an der Vollendung der deutschen Kultur mitwirken sollte, was die Verbannung alles Jüdischen einschloss. An ihrer Gesinnung gab es keinen Zweifel. Was sie war, hatte sie dem Reich zu verdanken, was sie von sich gab, hätte genauso gut der Reichspropagandaminister sagen können: Alles Deutsche war von Schmutz, Unrat und Krankheit zu befreien. Das Jüdische gehörte ihrer Definition nach zu den schlimmsten Krankheiten. Es zu tilgen, es auszurotten, es mit Stumpf und Stiel dem deutschen Kulturboden zu entreißen, war oberste Bürgerpflicht.

Philomena ahnte von Pauls wahrer Abstammung nichts. Wie sollte sie auch? Sie sang im Haus eines der bekanntesten Mediziner im Reich, eines hohen SS-Offiziers, der zu den Schaltstellen der Macht in Berlin Zugang hatte. Ihr lag an der Qualität des Klavierspiels, und daran gab es nichts auszusetzen.

Mit jedem Wort, das Philomena sang, verflogen Pauls schwere Gedanken. Er erlag gänzlich ihrer Darbietung und auch Erscheinung, die sein Vater in höchsten Tönen als virtuos, aufrecht und vaterlandsliebend gepriesen hätte.

Was für ein Narr er doch gewesen war, der Alte. Hatte sich eingebildet, dass ihn seine Hingabe ans Vaterland vor der Verfolgung schützen würde. Doch viel schlimmer als der Vater war Paul selbst. Wie um alles in der Welt konnte er sich für ein Nazi-Weib begeistern? Wenn sie wüsste, wer er wirklich war, genügte ein Wink von ihr und er befände sich auf direktem Weg in ein Todeslager.

„Du bist vom Himmel mir beschieden", sagte Philomena, „noch einmal." Sie räusperte sich, atmete tief ein. Dabei strich sie über ihren Brustkorb, als wolle sie ihn von aller Durchschnittlichkeit befreien.

„Aber es war perfekt", wagte Paul zu widersprechen.

„Zu getragen. Es müsste leichter klingen. Also bitte."

Paul kam der Aufforderung nach und wiederum sang sie die Stelle so, dass er keinen Makel daran finden konnte. Philomena teilte die Ansicht nicht. Sie räusperte sich.

„Das muss an der Luft liegen", sagte sie. „Zu trocken."

„Ein Glas Wasser?" Paul erhob sich, machte sich daran, das bereitstehende Glas zu füllen.

„Nein, nein … Sagt man nicht, ihr Franken habt den besten Wein im Land?"

„Aber sicher. Darf ich Ihnen ein Glas bringen?"

Sie nickte. „Gerne."

Er ging in die Küche und kam wenig später mit einem Schoppen zurück. „Hier, bitte schön. Ein Silvaner vom Stein. Davon hat schon Goethe getrunken, auch Wagner war ganz verrückt danach."

„Das sind wahrlich Vorschusslorbeeren", erwiderte Philomena mit einem Lächeln. „Ich bin gespannt."

Sie trank und es schmeckte ihr. „Sie haben nicht übertrieben."

„Freut mich, wenn er Ihnen schmeckt."

„Was ist mit Ihnen? Trinken Sie nicht?"

Zu gerne hätte er mit ihr angestoßen, doch wenn Hildegard es sähe … „Danke, nein. Ich bin mit Wasser zufrieden."

„Und das sagt ein Franke." Sie lächelte auffordernd.

Wenn sie wüsste, dachte Paul. Er wechselte das Thema. „Wie stehen die Dinge in Berlin?"

Sie winkte ab. „Fragen Sie nicht. Eine schlimme Zeit. Kaum noch Engagements, kaum noch gute neue Stücke."

Kein Wunder. Die meisten Komponisten waren von den Nazis vertrieben worden oder gleich geflüchtet. Sie feierten jetzt anderswo Erfolge.

„Darf ich Ihnen vielleicht etwas von mir vorspielen?"

„Sie komponieren? Ja, gerne. Lassen Sie hören."

Und er spielte ihr sein Lied vor, das er für sie geschrieben hatte. Philomena stieg gleich darauf ein, summte mit und kam ihm ganz nah. „Das ist schön", flüsterte sie an seinem Ohr, und Paul musste an sich halten, um nicht aus der Fassung zu geraten. All sein Gefühl lag in diesen Klängen, und sie erwiderte es.

„Ein wunderschönes Lied", sagte sie nach dem letzten verklungenen Ton. „Ich will es unbedingt singen. Haben Sie schon einen Text dafür?"

Paul verneinte. „Das Lied gibt es erst seit letzter Nacht."

„Dann lassen Sie uns gemeinsam daran arbeiten. Sie und ich. Was halten Sie davon?"

Ein Traum wurde wahr, er konnte es gar nicht glauben … dann musste er seufzen. War er denn von allen guten Geistern verlassen? Wenn Philomena mit ihm an diesem Lied arbeiten wollte, würde sie es früher oder später auch singen wollen, und zwar öffentlich. Goebbels Liebling und der Jude am Klavier. Was für ein Irrsinn.

„Ich … bin ein schlechter Texter."

„Macht nichts, dafür bin ich ja da. Mir schwebt etwas mit Morgenröte vor … mit dem guten deutschen Geist, unserer überlegenen Kultur …"

Um Himmels willen, konnte das wahr sein? Er musste das schnellstens unterbinden.

„Ich dachte mehr an den Zauber der Liebe, das Verlangen, die Hingabe, zwei verwandte Seelen."

Sie schüttelte den Kopf. „Wenn Sie in Berlin etwas werden wollen, dann muss da was Deutsches rein. Unsere Natur, die Reinheit."

Was für ein faustischer Pakt. Nein und noch mal nein, eher zog er das Lied zurück.

Da klingelte es an der Haustür.

*

„Ich gehe", sagte Hildegard und wischte sich die feuchten Hände an einem Tuch ab. „Mach du weiter, wie wir es besprochen haben."

Zurück ließ sie eine frustrierte Köchin, die ihr einen wenig schmeichelhaften Blick hinterherwarf.

Auf dem Weg zur Haustür horchte Hildegard in die unerwartete Stille. Wo war Pauls Klavierspiel geblieben, wo der Gesang Philomenas? Was machten die beiden in der Abgeschiedenheit des Wohnzimmers? Sie war drauf und dran, der Sache auf den Grund zu gehen, als es erneut läutete, dieses Mal energischer, länger.

„Herrgott, ich komme schon."

Nichtsahnend öffnete sie die Tür, und im selben Moment war es ihr, als treffe sie der Schlag.

„Hallo, Mutter."

German, ihr verschollener Sohn, stand vor ihr, die einst so gepflegten Haare strähnig, das Gesicht ungewaschen und unrasiert, die Augen müde, doch mit einem ehrlichen Lächeln auf den Lippen.

„Schaue ich so schlimm aus, wie du mich ansiehst?"

Sie wollte etwas sagen, aber die Stimme blieb ihr verwehrt. Sie nahm ihn in die Arme, schluchzte, drückte und küsste ihn auf die Wangen, die Stirn …

„Oh mein Gott … du lebst."

Dem verlorenen Sohn wurde es zu viel. Er wand sich aus der Umarmung. „Sachte, Mutter. Man könnte auf falsche Gedanken kommen."

Hildegard standen die Tränen in den Augen. „Wie hast du …?"

„Lass uns reingehen, Mutter. Ich erzähle dir alles."

„Natürlich, komm." Sie nahm ihn bei der Hand, hielt sie fest umklammert, würde sie nie wieder loslassen. Aus dem Wohnzimmer erklangen Pauls Spiel und Philomenas Gesang.

„Dein goldenes Haar, so lieblich und rein …"

Sie wischte sich die Tränen trocken, seufzte … dann, allmählich, schaltete sich ihr Verstand wieder ein. Ein prüfender Blick auf German. So wie er aussah, kam er nicht von seiner Einheit, besser, sie hielt seinen Aufenthalt vorerst geheim, bis er ihr alles erzählt hatte. Die Küche mit dieser tratschseligen Köchin war auch ungeeignet. Blieb nur noch eins, ein Zimmer im Obergeschoss. An den Dienstmädchen mussten sie vorbei, ohne gesehen zu werden. Charlottes Zimmer war das nächste und bereits gereinigt.

„Sei leise", flüsterte Hildegard, „wir haben Fremde im Haus."
German nickte und ließ sich von ihr die Treppe hinaufführen.
„Wo ist Charlotte?", fragte er.

„Bei der Arbeit."

„Und Vater?"

„In der Klinik."

„Aber was ist das für eine Musik?"

„Gedulde dich."

In Charlottes Zimmer angekommen, verschloss sie die Tür und wies ihm einen Platz auf dem Bett zu, sie setzte sich ihm gegenüber in den Stuhl. „Und nun erzähl mir alles. Wo kommst du her? Was hast du gemacht? Ist jemand hinter dir her?"

German zündete sich eine Zigarette an, besann sich, eine Träne lief an seiner Wange hinab. „Mutter, ich habe schreckliche Dinge getan ..."

... / Nervenklinik

Dort unten haben sie gestanden", sagte Professor Werner und zeigte auf die Stelle, wo er Elsa und dieses Mädchen zuletzt gesehen hatte. An seiner Seite befand sich der SS-Hauptsturmführer und Chef der Kriminalpolizeileitstelle Kurt, ein im Vergleich zu Werner junger Mann, gerade mal Mitte dreißig, ein Karrierist, der nur zwei Ränge unter dem Professor stand, obwohl er kein abgeschlossenes Studium vorweisen konnte. Sein früher Parteieintritt im März 1932 – noch bevor die Partei an die Macht gekommen war – hatte den Sohn eines Schreinermeisters nach oben geschwemmt. Außerdem war er stolzer Träger des Totenkopfrings, genauso wie Werner, allerdings hatte er sich seine Meriten im Russlandfeldzug verdient, insbesondere in der Ukraine, wo er maßgeblich an der Lösung des Judenproblems beteiligt gewesen war. Babyn Jar, raunte man in SS-Kreisen, wenn die Rede auf ihn kam. 30 000 Juden auf einen Schlag. Nicht jeder war bei gesundem Verstand von diesem Massaker zurückgekehrt.

„Haben Sie sie nicht verfolgen lassen?", erwiderte Kurt, der an dem Vorfall nur geringes Interesse zeigte. Er hatte Wichtigeres zu tun, als zwei entsprungene Verrückte einzufangen.

„Just zu dem Zeitpunkt kamen neue Verwundete an. Ein heilloses Durcheinander."

„Und was soll ich nun Ihrer Meinung nach tun?"

„Sie wieder einfangen. Das Mädchen hat oberste Priorität. Auf die Frau kann ich verzichten."

Kurt entfernte sich vom Fenster, ging an den Schreibtisch, ließ seinen Blick über die Akten wandern. „Wissen Sie, Obersturmbannführer, wie viele nicht registrierte Personen sich zurzeit in Würzburg aufhalten?"

Werner zuckte die Schultern. „Es werden schon ein paar Tausend sein."

„Und täglich kommen neue hinzu. Alle meine Männer sind im Einsatz, um dem Ansturm gerecht zu werden. Das Wochenende steht an, Zeit, etwas durchzuatmen, bevor am Montag die nächsten kommen. Ich kann beim besten Willen nicht …"

„Das war keine Bitte, Hauptsturmführer." Werner hob seine Stimme. „Es ist von reichsweiter Bedeutung, dass dieses Mädchen so schnell wie möglich wieder in meine Obhut gelangt."

„Sicher werden Sie einen Grund haben, darauf zu drängen, aber wenn ich meine Leute vom Bahnhof und von den Straßen abziehe, werden einige verwundete Kameraden nicht so schnell die Hilfe bekommen, die sie verdienen. Können Sie das verantworten?"

Jetzt reichte es Werner. „Ich befehle Ihnen, das Mädchen zu suchen. Sofort. Es gibt nichts Dringenderes."

Kurt ließ sich nicht einschüchtern, auch wenn er dem Befehl zu gehorchen hatte und bei Nichtbeachtung Konsequenzen fürchten musste. Aber Kurt wusste auch, dass Werners einflussreicher Gönner im Russlandfeldzug gefallen war und dass da noch immer eine Akte über ihn in den Archiven lag. Der Vorwurf, Werner sei homosexuell, hatte damals Wellen bis ins Büro von Himmler geschlagen und war nur unzureichend aus der Welt geschafft worden.

Wenn er es darauf anlegte, würde er diesem Abartigen gehörig Unannehmlichkeiten bereiten. Noch einmal würde Himmler nicht seine Hand über ihn halten.

„Gut", lenkte Kurt ein, „wenn das ein Befehl ist, werde ich nach dem Mädchen suchen lassen. Aber seien Sie gewarnt: Wenn nur ein Kamerad deswegen stirbt, werde ich Meldung machen, direkt nach Berlin."

„Was fällt Ihnen ein?! Verschwinden Sie endlich, bevor ich Meldung nach Berlin mache."

Kurt kam der Aufforderung nach, doch noch in der Tür warf er einen Blick zurück. „Ihre Zeit ist vorbei, Werner. Niemand interessiert sich mehr für Sie und Ihre Arbeit. Ein guter Rat: Halten Sie still, damit keiner auf Sie aufmerksam wird."

Auf der Rückseite des Bildes mit den Freunden auf der Alten Mainbrücke hatte Henry eine Telefonnummer notiert. In seinem letzten Brief hatte Paul ihm geschrieben, er solle dort nur im höchsten Notfall anrufen – es sei ein SS-Haushalt, in dem er Klavierstunden gab. Dort könne er eine verschlüsselte Nachricht für Paul hinterlassen, etwas Unauffälliges, etwas, das er dennoch verstehen würde.

Mach's gut, treuer Freund. Dein Paul.

Bis nach Lincoln waren es 8,2 Meilen. Wenn er sich beeilte, konnte er wieder zurück sein, bevor irgendjemand etwas bemerkte. Und wenn doch, dann würde er sagen, dass er allein sein wollte, bevor er heute Nacht in die Maschine stieg. Ein wenig herumlaufen, den Kopf freibekommen, sich auf seine Aufgabe und das Ziel konzentrieren. Möglichst viele Krauts töten. So etwas in der Art, das mochten die Tommys.

Henry bog auf die Halfway House Lane ein und trat das Gaspedal durch. Dann hochschalten bis in den höchsten Gang, das Getriebe schepperte, der Motor heulte auf. Er hatte keine Zeit zu verlieren. Die Bäume am Straßenrand zogen vorbei in grauen Schlieren. Noch hatte der erste Frühlingstag keine Knospen an die Sträucher und Bäume gebracht.

Wie die Natur wohl in Würzburg aussah? Dort war sie einige Wochen weiter als im dauerkühlen und verregneten England. Oben, am Nikolausberg mit Blick auf die Stadt, wo er mit Paul und den anderen die ersten Frühlingstage begrüßt hatte, bei reichlich Wein, Bratwurst und herzhaftem Brot von Meister Hanselmann. Ausgelassen waren sie gewesen, frei von jedweden Sorgen. Die Semester an der Universität und der Musikhochschule flogen nur so dahin, als wäre die Studentenzeit ein ewiges Ferienlager, gemessen an der bleiernen Zeit des Nationalsozialismus, der sich wie ein Leichentuch über die Stadt legte. Mit den Juden hatte auch Henry 1938 das Maintal verlassen, war seinen Eltern gerade noch rechtzeitig nach England gefolgt, wo sie als geflüchtete Deutsche für die Verbrechen der Nazis als Sündenbock herhalten mussten. Sein Eintritt in die Royal Air Force hatte zwar aufs Erste die lautesten Krakeeler in der Nachbarschaft beschwichtigt, aber an der grundlegenden Skepsis diesen Krauts gegenüber hatte sich bis heute nichts geändert. Sie blieben die Nazis, selbst mit SPD-Parteibuch und Zuchthausaufenthalt des Vaters wegen Fluchthilfe. Mein Gott, wie er das hasste. In der Heimat waren sie elende Vaterlandsverräter und hier zwielichtige Gestalten, die sich nur als Flüchtlinge ausgaben, in Wahrheit aber den nächsten Anschlag auf das Königreich vorbereiteten.

Die kleine Landstraße wurde breiter, der Verkehr stärker. Am Horizont tauchte die Kathedrale von Lincoln auf. Sein Freund Alfred arbeitete beim Internationalen Roten Kreuz, der schuldete ihm noch einen Gefallen. Alfred verfügte über Kontakte in alle Teile der Welt, auch nach Deutschland. Wenn jemand es schaffen konnte, unverdächtig von englischem Boden aus mit Deutschland zu kommunizieren, dann war er es.

In der Stadt herrschte der zu erwartende Wochenendtrubel. Busse, Lieferwägen und Militärfahrzeuge waren unterwegs, Fußgänger und einige Radfahrer. Henry ging vom Gas, er schaute auf die Uhr. Die Zeit wurde knapp. Er musste sich beeilen. Hupend forderte er Vorfahrt, zwängte sich durch enge Nebenstraßen, missachtete die Verkehrszeichen.

So erreichte er mit einiger Verspätung sein Ziel, die Schwesternschule, wo Alfred angehende Krankenschwestern rekrutierte. Der Pförtner schickte ihn in den ersten Stock des altehrwürdigen Gebäudes, wo er Alfred im Gespräch mit einer Lehrerin fand.

„Henry, was machst du hier?"

„Ich muss dich sprechen, dringend", antwortete Henry und entschuldigte sich bei der Lehrerin für die Unterbrechung. Sie gingen ein paar Schritte, bis sie ungestört waren.

„Jetzt sag schon", drängte Alfred, ein Mann in den Vierzigern, hoch aufgeschossen und mit dunklem, akkurat geschnittenem Haar. „Was ist so wichtig, dass du mich …"

„Ich brauche ein Telefonat nach Deutschland."

... / Luftschutzbefehlsstelle
Mariannhillstraße
Letzter Hieb

Charlotte zündete sich eine Zigarette an und blies den Rauch in den blauen Himmel, wo sich noch immer keine Wolke traute, die allseits spürbare Frühlingsstimmung zu schmälern. Im Bunker hätte sie zwar auch rauchen können, aber das Geschwätz ihrer Kolleginnen war ihr auf Dauer zu viel geworden. Sie brauchte Abstand zu dem immerwährenden Thema der vielen Flüchtlinge in der Stadt, der zusätzlichen Strapazen, die man wegen ihnen in Kauf nahm, der Sehnsucht nach Normalität und der unausgesprochenen Gewissheit, dass der Krieg verloren war und man sich auf neue Machthaber einzustellen hatte.

Heute hatte sie Geburtstag, und sie wünschte sich nur eines: in Ruhe gelassen zu werden – von den Kollegen, diesem überflüssigen Krieg, ihrer Mutter und vor allem vor einem aristokratischen SS-Mann gleich welcher Reputation oder Verbindungen in Berlin. Wenn Hildegard glaubte, sie könnte Charlotte wie ein Stück Vieh verhökern, hatte sie sich getäuscht.

Der Geburtstagsfeier heute Abend würde sie nicht entkommen können, ohne die gesamte Familie zu blamieren, das konnte sie ihrem Vater nicht antun. Aber diesem strammen preußischen Grafen würde sie unmissverständlich zu verstehen geben, dass er sich eine andere Braut suchen musste. Sie hatte kein Interesse, wie ihre Mutter zu enden, als ein aufgetakeltes Accessoire eines Offiziers mit der Befehlsgewalt über Haus, Angestellte und die Kinder. Sie hatte andere Pläne mit ihrem Leben. Gleich nach Kriegsende würde sie endlich tun, worauf sie seit ihrem sechzehnten Lebensjahr hinfieberte: Reisen in den Orient. Die Türkei, Syrien und der Iran, dann weiter nach Afghanistan, Indien und China. Diese unbekannten Welten erkunden, wie sie in den Büchern beschrieben waren, die ihr Onkel Karl geschenkt hatte. Endlich dieses Joch der Fremdbestimmung abschütteln, bald war es so weit.

Hildegard hatte ja keine Ahnung von ihren Plänen, was auch gut war, sonst hätte sie sie keinen Augenblick mehr alleine vor die Tür gehen lassen, ständig die Angst im Nacken, dass der wertvollste Posten ihrer Zukunftsplanung im Begriff war, sich zu verselbstständigen.

Doch zuvor würde sie ihren Bruder German suchen, wenn ihre Eltern es schon nicht fertigbrachten. Italien war nur ein paar Autostunden entfernt. Das konnte doch nicht so schwierig sein.

Die Tage waren ins Land gegangen ohne eine Nachricht von German. Seine Einheit sei bei einer Strafaktion gegen italienische Partisanen in einen Hinterhalt geraten, das war alles, was man wusste. Es hatte viele Tote gegeben, und nein, German sei nicht darunter gewesen.

Die Tür hinter ihr ging auf, heraus kam Unteroffizier Tomas.

„Ich habe mir schon gedacht, dass ich Sie hier finde", sagte er.

Sie lächelte ihn an. „Das Geschnatter dieser Gänse ist auf Dauer einfach nicht zu ertragen."

Er zündete sich eine Zigarette an, bot auch ihr eine an.

„Nein, danke. Ich habe schon."

Bisher hatten die beiden noch keine fünf Sätze miteinander gewechselt, obwohl Tomas schon ein paar Wochen im Bunker war. Er hielt sich mit sozialen Kontakten zurück. Vermutlich war er schüchtern oder konnte einfach mit den Würzburgern nichts anfangen. Dabei schien er ganz nett zu sein, war ansehnlich und verfügte über gute Umgangsformen.

„Haben Sie mittlerweile herausgefunden, was dieser seltsame Satz zu bedeuten hat?", fragte Charlotte nach einer unangenehm langen Gesprächspause.

„Was meinen Sie?“

„Wir bringen heute Abend eine Symphonie von Mozart.“

„Nein“, antwortete er und zog dabei fest an seiner Zigarette. „Die Tommys hecken sicher wieder etwas aus.“

„Vielleicht wollen Sie uns mit einer Falschmeldung nur in die Irre führen.“

„Dafür müssten wir erst mal ahnen, wo der nächste Angriff stattfinden soll.“

Damit hatte Tomas zweifellos recht. Um etwaige Verteidigungsmaßnahmen einzuleiten oder um Rettungsaktionen vorzubereiten, hätte man wissen müssen, welche Ziele die Bomberstaffeln angreifen wollten. So aber ging der kryptische Hinweis über Mozart ins Leere – außer bei den Tommys natürlich. Die wussten, was damit gemeint war. Ebenso etwaige Spione in Diensten des Feindes, Unterstützer und Helfer, die sich vor dem Angriff rechtzeitig in Schutz bringen sollten.

„Bei dem Wort Symphonie kann ich ja noch eine Erklärung herleiten“, sagte Tomas, „damit meinen sie einen gemeinsamen Angriff verschiedener Verbände, aber was könnte der Hinweis auf Mozart bedeuten?“

Charlotte konnte sich auch keinen Reim darauf machen. Mozart, das österreichische Wunderkind, das eigentlich ein echter Deutscher war, so hatte es ihr der Vater immer wieder eingetrichtert, aus einer Augsburger Familie stammend, in Salzburg geboren und aufgewachsen, das zu jener Zeit aber bayerisch, also deutsch gewesen war, ein genialer Komponist, dessen Werke weltweit gespielt wurden. Zu ihrem achtzehnten Geburtstag hatte sie ein Konzert von ihm gehört, im Kaisersaal der Residenz, anlässlich des alljährlich stattfindenden Mozartfests …

„O mein Gott“, sagte sie unvermittelt, als ihr ein möglicher Zusammenhang klar wurde.

„Was ist?“, fragte Tomas.

Doch der Gedanke war abwegig. „Nichts, meine Fantasie geht mit mir durch.“

Prag, wo Mozart seine wichtigste Oper, den Don Giovanni, uraufgeführt hatte, wäre eine einleuchtendere Erklärung gewesen, aber Prag war nicht länger in deutscher Hand. Dann Wien, wo Mozart lange Jahre gelebt hatte. Die Stadt an der Donau war erst vier Tage zuvor bombardiert worden. Wollten die Alliierten dort erneut angreifen?

Salzburg. Mozarts Geburtsstadt. Rund ein Dutzend Angriffe hatte die Stadt bereits erleben müssen, darunter der vom Mai des vergangenen Jahres, bei dem unter anderem Mozarts Wohnhaus zerstört worden war. Was für eine Schande.

„Lassen Sie mich teilhaben an Ihren Gedanken", forderte Tomas.

Charlotte winkte ab. Es war abstrus, eine Verbindung zwischen Mozart und Würzburg herzustellen.

Wäre da nur nicht die Mozartwoche in der Residenz gewesen, die mittlerweile im In- und Ausland bekannt war.

... / Unterer Markt

Wo sonst an Markttagen der weite Platz zwischen Marienkapelle, Kaufhaus Völk und dem Petrinihaus mit Marktständen gefüllt war, das laute Anpreisen der Marktweiber die Hausfrauen zum Kauf animieren sollte und Kind wie Tier sich sicherte, was zu Boden fiel, war er nun voller Flüchtlinge, Heimatloser, Vertriebener, Verwundeter und Polizisten, die darauf achteten, dass sich das Chaos in Grenzen hielt. Am Obelisken, der wie ein kantiger, überdimensionierter Zeigefinger in den blauen Himmel stach, sammelten sich die Durstigen, um ihre Flasche oder ihre Töpfe mit frischem Wasser zu füllen. Die Schlange war lang und man musste Geduld aufbringen, was mitunter einigen nicht passte. Sie forderten Zugriff auf das Wasser der zwei großen Feuerschutz-Löschteiche, die vor einiger Zeit zwischen der Marienkapelle und der Hofapotheke zum Löwen angelegt worden waren. Sollte es tatsächlich zu einem größeren Angriff auf die Stadt kommen, erhoffte man sich eine schnelle Reaktionszeit mit dem vorgehaltenen Löschwasser. Die Bausubstanz war ja historisch, worauf man allenthalben stolz war, allerdings auch mit Holz gebaut. Nur wer schnell mit Wasser antworten konnte, hatte überhaupt eine Chance, das Schlimmste zu verhindern – und das war zweifelsohne die schnelle Ausbreitung des Feuers in den eng auf eng gebauten, alten fränkischen Häusern. Eine brennende Stadt wäre andernfalls unausweichlich.

Die beiden Bassins wirkten auf dem weiten Platz eher klein, aber sie fassten mehrere Hektoliter und sie würden es den Feuerwehrleuten erlauben, mit Wasser zu spritzen, während andere noch die Schläuche legten.

So viel Voraussicht war nicht jedermanns Sache, die Umstehenden sahen die eigene Not vordringlicher, doch Wachleute verwehrten ihnen den Zugriff. Andere wiederum, die den Schrecken einer Bombardierung erlebt hatten, wussten um die Notwendigkeit der Wasserbassins. In manchen Augen glaubte man die Traurigkeit zu erkennen, die sie überkam, wenn sie an ihre niedergebrannten Häuser und Wohnungen dachten, an die Liebsten und Nachbarn, die in den Feuern einen furchtbaren Tod erlitten hatten.

In dieser von Gott beschützten Stadt war man aber sicher, sie hatte wie ein Wunder den Angriffen des Feindes bislang getrotzt, und auch die vorausschauende Einrichtung von Löschteichen ließ die Gewissheit wachsen: Nirgends im zerfallenden Reich war man besser aufgehoben als hier.

Was jetzt noch fehlte, war ein Dach über dem Kopf, eine warme Mahlzeit, ein verständnisvolles Wort und ein ehrliches Willkommen der Gastgeber. Ihr Aufenthalt würde nicht lange dauern, nur so lange, bis diese schreckliche Zeit vorüber war, dann würde man wieder den Heimweg antreten, um aufzubauen, was durch den Krieg zerstört worden war.

Die Ostgebiete hingegen waren für immer verloren, so viel war sicher. Die Gräuel der Vertreibung, der Hass der ehemaligen Nachbarn würden ewig halten. Eine Heimkehr war ausgeschlossen. Die Schlesier und die Sudeten, die Ost- und Westpreußen, die Pommerschen und alle anderen aus dem ehemaligen Großdeutschen Reich hatten alles verloren, den Nullpunkt erreicht, sie würden sich nun eine neue Heimat suchen müssen. Vielleicht lag sie in den fruchtbaren Auen des Mains. Was man bisher von diesen Mainfranken gehört hatte, stimmte hoffnungsvoll. Dieser Menschenschlag arbeitete viel, war strenggläubig und ehrlich, wenngleich hölzern und verstockt beim ersten Kennenlernen, aber man sagte auch, wenn man mit ihnen einen Schoppen ihres Weins trank und ebenso aufrichtig mit ihnen umsprang, würde die harte Schale aufbrechen und eine warmherzige Seele offenbaren.

Unter diesen Zusammengewürfelten und Heimatlosen befand sich Julius, in der Hand eine halbe Packung Zigaretten, die ihm der SS-Offizier als Dankeschön für seine Hilfe gegeben hatte. Hier auf dem Markt würde er das Geschenk versilbern, gutes Geld für jeden einzelnen Glimmstängel einnehmen.

„Zigaretten!", rief er mit erhobener Hand, darin die Packung, die keinen Zweifel an der Qualität des Tabaks aufkommen ließ. „Echte Zigaretten."

„Was willst du für eine?", fragte eine dieser bedauernswerten Gestalten, ein Mann in abgerissenen Kleidern, das Gesicht unrasiert, die Haut schmutzig. Die Füße waren mit Lumpen verschnürt, die Hose ausgebeult und löchrig, lediglich mit einem Strick an der dünnen Taille festgemacht.

Der Preis, richtig, daran hatte Julius noch nicht gedacht. „Was wollen Sie dafür ausgeben?"

„Lass mal sehen, ob das überhaupt echte sind."

Er fasste nach seiner Hand, es schmerzte, der Griff war viel zu fest.

„Das tut weh", protestierte Julius und versuchte sich aus dem Griff zu winden. „Hören Sie auf!"

Doch der Mann ließ nicht locker. „Gib her, du Bengel." Sein Grinsen war hinterhältig, er stank nach Schweiß. „Ich wette, die hast du geklaut."

„Nein, habe ich nicht."

„Das werden wir …"

Eine kräftige Stimme unterbrach. „Lass ihn los!"

Die Aufforderung kam von einem Jungen mit blonden, struppigen Haaren, er mochte ein paar Jahre älter sein als Julius, stämmig, ein kräftiger Bauernbursche, der zulangen konnte, gemessen an seinen muskulösen Oberarmen, die unter den hochgekrempelten Ärmeln hervorschauten. Er packte seinerseits die Hand des Mannes und drehte sie um, dass er aufheulte.

„Verfluchter Russenbalg."

„Du solltest dich nicht an Schwächeren vergreifen", sagte der und nahm ihm die Zigaretten aus der Hand.

Der Mann trollte sich, hielt sich das schmerzende Handgelenk.

„Hier, deine Zigaretten", sagte der Junge und reichte sie Julius, der auf dem Hosenboden saß und von dort den kurzen Kampf beobachtet hatte. „Pass in Zukunft besser auf, wenn du dich mit solchen Kerlen einlässt."

„Wird gemacht", antwortete Julius. Er rappelte sich hoch, und während er nach oben schaute, wollte die Gestalt dieses seltsamen Jungen einfach kein Ende nehmen. „Du bist ganz schön groß."

„Gute Luft und gutes Essen." Er grinste. „Aber sag, was willst du für die Glimmstängel haben?"

Julius zuckte die Schultern. „Zehn Pfennig das Stück?" Der Junge lachte auf. „Bist du verrückt?"

„Na gut, dann fünf Pfennige."

„Nein, andersherum. Du kannst ruhig eine Reichsmark oder gleich eins fünfzig verlangen."

„Für eine Zigarette?"

„Klar. Man kriegt ja kaum noch welche, und wenn, dann ist es verschnittener Tabak aus Griechenland."

Eine Reichsmark für eine Zigarette, wenn nicht noch mehr … Was für ein Schatz, den Julius da in den Händen hielt. Das waren bei zehn Zigaretten zehn oder fünfzehn Reichsmark. Dafür konnte er einen halben, vielleicht einen dreiviertel Laib Brot bekommen. Sich endlich wieder mal sattessen. Dieser Tag würde ein richtig toller werden, er hatte es schon am Morgen gewusst.

Aber bevor er sich noch viele andere Sachen vorstellen konnte, die er mit seinem Geld würde kaufen können, galt es, diesen Jungen für seine Hilfe zu entschädigen. Er holte eine Zigarette heraus und reichte sie ihm.

„Für deine Hilfe."

Der fremde Junge lächelte dankbar. Er nahm sie und steckte sie sich hinters Ohr, so wie es die Alten taten. Dann reichte er Julius die Hand.

„Ich heiße Jewgeni, aber du kannst mich Eugen nennen. So lautet mein deutscher Name."

„Bist du denn kein Deutscher?"

„Zur Hälfte, meine Mutter ist Deutsche."

„Und dein Vater?"

„Tot, wie so viele Russen, die die deutschen Soldaten getötet haben."

„Das tut mir leid. Wo ist deine Mutter?"

„Wir haben uns aus den Augen verloren, als die SS die Züge kontrollierte und wir fliehen mussten."

Julius verstand nicht. „Warum musstet ihr fliehen?"

Eugen winkte ab. „Nicht so wichtig. Fest steht: Weder die Deutschen noch die Russen dürfen mich erwischen."

Was für ein seltsamer Junge, dachte Julius. Solche Typen wie ihn hatte er auf Bildern und Plakaten der Nazis gesehen. Groß, kernig, blond und am besten blauäugig. Eugen war das ideale Nazi-Modell, auch wenn er zur Hälfte russisch, also ein slawischer Untermensch, war.

Aber das konnte Julius egal sein. Eugen war sein Retter, während gut ein Dutzend anderer nur zugeschaut hatten, wie er von diesem verlausten Kerl fast ausgeraubt worden wäre.

„Wollen wir uns was kaufen?", fragte Julius. Er hob demonstrativ die Zigarettenschachtel hoch. Die Rechnung würde auf seine Kosten gehen.

„Harascho", antwortete Eugen mit strahlender Miene, was so viel hieß wie: In Ordnung, machen wir!

„Was hast du gesagt?"

„Nicht so wichtig. Dawai!"

Am Obelisken gab es einen einsamen Marktstand, und wenn Julius es richtig erkannte, gab es dort Käse … plötzlich stieß er mit jemandem zusammen.

„Oh, Entschuldigung."

Fast hätte er eine Frau umgerannt.

*

„Macht nichts", erwiderte Elsa beiläufig, sie hatte keine Zeit für ein Geplänkel.

An ihrer Seite war Apollonia, und es galt, sie schnell und sicher aus der Stadt zu schaffen. Den langen Weg von der Nervenheilanstalt in die Stadt hatten sie zwar geschafft, ohne eingefangen zu werden, aber der schwierigste Teil stand ihnen noch bevor. Wie um alles in der Welt kamen sie auf ein Schiff, einen Laster, in ein Auto, das sie noch heute aus der Stadt brachte?

Geld, um eine Schifffahrt zu bezahlen, hatten sie nicht. Auf gute Worte würde sich keiner dieser rauen Gesellen, die auf Schiffen arbeiteten, einlassen, so viel war sicher, außerdem hatte sie dieses unschuldige Kind dabei, das obendrein spärlich bekleidet war und sich nichts bei den Avancen dieser Lüstlinge dachte. Sie musste jemanden finden, der ein gutes Herz und keine schlimmen Absichten hatte.

Hier in diesem Getümmel standen die Aussichten schlecht, außer, ein Kapitän war auf Landgang, um Proviant einzukaufen. Doch wie sollte sie einen solchen erkennen? Eine Kapitänsmütze mit goldenem Anker würde nicht jeder tragen, dann schon eher die vom Staub verdreckten Kleider eines Kohlenschiffers.

Nun, schmutzig und verlottert war hier jeder Zweite. Was um alles in der Welt war hier los? Die Würzburger waren doch sonst gut gekleidet, selbst die Bauersfrauen vom Lande zogen gute Arbeitskleidung an, um ihre Waren entsprechend zu präsentieren. Doch diese Leute hier waren abgerissen und ungepflegt, als hätten sie seit Tagen kein Waschwasser mehr gesehen. Außerdem stierten sie sie an.

Kein Wunder. Elsa blickte an sich herab, dann auf Apollonia. Sie waren noch immer gekleidet, als kämen sie gerade aus dem Bett. Das musste sie ändern, schnell, bevor noch die Polizisten auf sie aufmerksam wurden. Dort, zwischen Marienkapelle und Löwenapotheke, standen welche, sie bewachten riesengroße Kästen, davor Leute mit Flaschen und Eimern in der Hand, sie wurden allesamt abgewiesen. Manche ließen sich das nicht gefallen, protestierten, weitere kamen hinzu, noch mehr Streit entstand.

Besser, Elsa und Apollonia hielten sich von dem Auflauf fern. Doch wo sollten sie normale Straßenkleidung herkriegen und ein Versteck für Apollonia finden, solange sie sich um eine Schiffspassage kümmerte? Der Professor war auf der Suche nach ihnen, sie mussten aus der Öffentlichkeit verschwinden.

Elsa blickte sich im weiten Rund des Unteren Markts um. Das letzte Mal war sie vor Jahren hier gewesen, kurz bevor ihr Bruder sie in dieser verdammten Klinik abgeliefert hatte. Einen Kaffee und zwei Hörnchen, ein Stück Käsekuchen und zum Schluss ein Eis – das war ihre Henkersmahlzeit gewesen, danach waren sie hinauf zum Schalksberg gefahren. Ihr Bruder hatte Tränen in den Augen, als er sie den Ärzten übergab. Seitdem weinte nur noch sie, wenn sie am Fenster stand und sehnsüchtig nach draußen blickte in der bangen Hoffnung, dass ihr Bruder vorfahren würde, um sie für immer heimzuholen.

„Was seid ihr denn für zwei?"

Ein junger Mann stand plötzlich vor ihnen, er musste aus der Gruppe von Leuten gekommen sein, die sich am Petrinihaus niedergelassen hatten und jeden Passanten anbettelten, ihm folgten und nicht eher abließen, bis sie verjagt wurden.

„Geh weg", sagte Elsa, ohne ihn anzusehen. Sie nahm Apollonia an der Hand, ging mit ihr ein paar Schritte, der Kerl folgte ihnen.

„Hey, nicht so unfreundlich."

„Geh weg."

„Bleibt stehen. Ich will nur mit euch reden."

„Geh weg."

„Wir könnten uns doch kennenlernen."

Elsa hörte nicht länger hin. Sie beschleunigte den Schritt, vorbei an den vielen Fremden, die sich auf dem Platz tummelten, hinein in die schmale Gasse, wo noch mehr von diesen seltsamen Leuten bettelten, herumlungerten und sie ansprachen.

„Eine milde Gabe."

„Für mein krankes Kind."

„Seit Tagen nichts mehr gegessen."

„Barmherzigkeit für uns Vertriebene."

„Ein paar Pfennige für ein Stück Brot."

„Lasst uns nicht verhungern."

Andere zogen stumm an ihr vorbei, wie Geister, die aus der Hölle ans Licht gekommen waren und nun orientierungslos herumirrten. Dem einen fehlte ein Arm, der andere humpelte einbeinig an Krücken, in manchen Augen erkannte Elsa die gleiche Leere, wie in Apollonias. Kein Wort war über deren Lippen gekommen, seit sie die Klinik verlassen hatten. Und auch jetzt war sie nicht ansprechbar, ließ sich widerspruchslos mitführen – ein Kind an der Hand der Mutter.

Als sie aus der engen Gasse traten, hatten sie ihren Verfolger abgeschüttelt. Die Sonne flutete diese breite, vornehme Straße, die vom hohen Dom zur Linken hinunter zum Main führte, dazwischen der erhabene Turm des Grafeneckart, dessen Spitze im Himmel endete. Die Straße war reich an verspielten Fassaden, die vielen Fenster und Erker wirkten wie aus dem Mittelalter, eine märchenhafte Prachtallee, wo man ausgiebig flanieren konnte. Doch der vornehme Glanz hatte Kratzer bekommen.

Einzelnen Häusern fehlte das Dach, auch die Fassaden waren zerstört, Fenster herausgebrochen und notdürftig verschlossen. Diese Beschädigungen mussten vom Nachtangriff Mitte Februar stammen, als wuchtige Bombeneinschläge die Patienten aus den Betten gerissen hatten. Am schwarzen Nachthimmel hatte man

Feuer über der Stadt gesehen. Rauchwolken und Funkenflug trieben den Main entlang, die Sirenen heulten. Elsa konnte sich noch gut an jene Nacht erinnern, in der die Hoffnung Schaden nahm, man könne ungestraft dem Wahnsinn entkommen. Die anderen heulten und schrien, zogen sich verschreckt in die Ecken zurück, manche suchten Schutz unter den klapprigen Betten, einige wenige erfreuten sich an dem Schauspiel und malten seitdem Bilder von brennenden Häusern und dem Teufel mit seinen Heerscharen, wie sie mit Fledermausflügeln über der Stadt kreisten und mit prallen Backen die Flammen antrieben, trickreich die Löschleitern umstießen, sich am Fall der Feuerwehrleute ergötzten.

Die Stadt wurde eine Beute der Hölle für all ihre Sünden, und doch blieb sie vom Ärgsten verschont. Der Rauch und das Feuer waren am nächsten Morgen verschwunden und erloschen, es war nur ein kurzer Angriff gewesen, der vergleichsweise wenig Schaden angerichtet hatte, wenngleich die Teufel sich nicht umsonst bemüht hatten. Es hatte zahlreiche Opfer gegeben. Vom Schalksberg aus konnte sie hinunter zum Friedhof blicken, die Trauergemeinde auf ihrem Weg beobachten, Anteil nehmen und ein Totengebet sprechen.

Nun aber galt es, diese Straße zu überqueren und auf der anderen Seite in den kleinen Gassen Unterschlupf zu finden. Elsa ging mutig voran, zog Apollonia an der Hand mit sich. Aber so leicht würde es ihr die Krankheit nicht machen, im ungeeignetsten Moment suchte sie sie heim. Das Straßenpflaster unter ihren Hausschuhen fühlte sich wacklig an, die Schienen der Straßenbahn kamen einem Graben gleich, der unüberwindbar schien, eine Barriere zwischen Leben und Tod. Wenn sie darüberstieg, würde sie sterben. Ihr Puls nahm an Geschwindigkeit zu, die Hände waren wie elektrisiert, feucht und nicht länger ihr zugehörig, so wie ihr ganzer Körper plötzlich anfing, sich ihrem Vorhaben zu verweigern. Angst überfiel sie hinterrücks, ließ sie taumeln, ihr Blick schwankte die Straße hinunter, wo ein Auto auf sie zukam, beschleunigte und sie geradewegs aufs Korn nahm.

Weg, nur weg! Doch diese Beine gehorchten ihr nicht länger, sie wurden weich, sodass sie drohte zu Boden zu stürzen, sich dem Auto und seiner Stoßstange ergab.

War es jetzt endlich so weit? Der Moment, auf den sie so viele lange Jahre gewartet hatte? Noch einmal sah sie sich an der Hand der Mutter über das Trottoir gehen, den schwarzen, gebogenen Kotflügel dieses riesigen Autos auf sie zukommen, das Quietschen der Reifen, der Aufprall, die Mutter, die ihr aus der Hand gerissen wurde und mitgeschleift wurde, bis sie blutend an Leib und Geist zerbrochen unter dem Auto zu liegen kam. Ihr Blut floss in die Ritzen der Pflastersteine, begleitet vom Klingeln der Straßenbahn.

„Elsa!"

Die Stimme klang weit weg.

„Müssen gehen."

Sie spürte den Druck in ihrer Hand. Ein Rütteln.

Die Geräusche der Straße kamen näher, Apollonia schaute ihr in die Augen. Sie weinte.

„Weg hier. Komm."

Ein Auto hupte, der Fahrer war aufgebracht, warf ihnen Schimpfworte zu.

„Was ist?", fragte Elsa. Sie schluckte, holte Luft, als sei sie weit gerannt.

„Gehen. Komm."

Apollonia zog sie mit sich, hinein in die nächste Gasse, der Lärm der Straße verlor sich.

Was um alles in der Welt war mit ihr geschehen?

Keine Zeit für eine Antwort. Sie sah gerade noch die Aufschrift für einen Luftschutzkeller, als Apollonia sie in den dunklen Hauseingang zerrte und mit ihr die Treppenstufen hinunterging.

Glockengeläut schallte aus dem Maintal zum Schalksberg herauf. Mittagszeit. Sonnenhöchststand. Eine überraschende Wärme erfüllte alle Hoffnungen vom Morgen. Nur von hier oben aus konnte man sehen, wie wunderschön dieser Tag war. Kaum eine Wolke war am Himmel, ein strahlendes Blau, wohin man blickte. Die Luft war frisch und rein, wohlan, was könnte es Schöneres geben.

Jetzt war Gelegenheit, etwas auszuruhen und zu essen, ein paar Worte mit dem Kollegen zu wechseln, über das anstehende sonnige Wochenende nachzudenken. Vielleicht einen längeren Spaziergang durch die aufblühende Natur zu machen, einen Fahrradausflug den Main entlang zu unternehmen, Freunde zu treffen, den Frühjahrs-putz zu erledigen. Aufatmen, dass der Winter endlich vorbei war und ein neues Jahr anbrach. Wer einen Garten hatte, konnte die ersten Samen ausbringen, danach ein paar Kartoffeln in die heiße Asche werfen, einen Schluck trinken, mit der Familie zusammen sein. Dieser Tag war wie gemacht dafür.

Das war der Wunsch vieler, die Realität sah beim Klinikpersonal auf dem Schalksberg anders aus. Die vielen verwundeten Neu-ankömmlinge mussten untersucht, verpflegt und untergebracht werden. An ein gemütliches Ausklingen der harten Arbeitswoche war nicht zu denken, schon gar nicht an Freizeit am Wochenende.

Fanny und ihre Kolleginnen hatten alle Hände voll zu tun. Verbände wechseln, Wunden reinigen, die Patienten vorbereiten, beruhigen, ein stilles Plätzchen in diesem Haus für sie finden, bis sich ein Arzt um sie kümmerte. Das Haus drohte aus allen Nähten zu platzen. Die Nerven waren angespannt.

„Wohin mit ihm?"

Fanny stützte einen Soldaten, der unter seinen Verbänden nicht mehr hervorsehen konnte, wacklig auf den Beinen war, erschöpft von der langen Fahrt. Er war jung, bestimmt keine zwanzig Jahre alt, und rief unablässig nach seiner Mutter.

„Du wirst schon einen Platz für ihn finden", lautete die lapidare Antwort einer anderen Schwester, die über den Gang ins nächste Behandlungszimmer hastete.

„Ich brauche aber Hilfe", rief Fanny ihr nach.

„Hilf dir selbst, dann hilft dir Gott", und schon war sie verschwunden.

Hier auf dem Gang konnte sie ihn unmöglich absetzen. Eine Unachtsamkeit eines der vielen Verwundeten, die hier auf ihre Behandlung warteten, und die Wunde würde wieder aufbrechen und alle Bemühungen wären umsonst gewesen. Im Keller und im Treppenhaus sah die Lage nicht anders aus. Sie musste einen ruhigen Ort für diesen bedauernswerten Mann finden, der für immer sein Augenlicht verloren hatte.

Raus an die frische Luft wäre bei diesem Wetter eine Option gewesen, wenngleich keine realistische, denn er brauchte die Abgeschiedenheit, ein Bett, wo er das Unglück seiner Verwundung mit sich ausmachen konnte. Es musste einen anderen Ort geben, vielleicht im angrenzenden Gebäude der Nervenklinik. Aber auch dort waren alle verfügbaren Plätze längst von Verwundeten belegt, die Gänge vollgestellt mit ihren Betten, Fannys Patienten im kleinsten Raum zusammengepfercht. Die Geisteskranken hatten sich anzupassen und mussten weichen.

Aber vielleicht gab es doch noch einen letzten ruhigen Raum in diesem Irrenhaus, das nun wirklich seinen Namen verdiente, denn nichts war verrückter, als sich diesem Wahnsinn auszusetzen. Hatte die Oberschwester heute Morgen nicht die Räumung des Dachbodens in der Nervenklinik angeordnet, um Verletzte dort einzuquartieren?

Bisher hatte Fanny noch keine Zeit dafür gefunden, nun aber war der Zeitpunkt gekommen, die Sache in Angriff zu nehmen.

Sie verließ mit dem Soldaten an ihrer Seite das Lazarett über den Hof und betrat das Gebäude der Nervenklinik über den Hintereingang, wo, laut Schwester Agnes, Elsa und dieses seltsame Mädchen Apollonia zum letzten Mal gesehen worden waren. Noch immer fehlte von den beiden jede Spur, was besonders den Professor in Sorgen stürzte. Man erzählte sich, dass er wegen der zwei entsprungenen Patienten eigens die Polizei alarmiert hatte und dass deren Chef Kurt ein langes Gespräch mit dem Professor geführt hatte, das von den Schwestern aufgrund der Lautstärke nicht unbemerkt geblieben war.

Das war wieder mal ein Beweis dafür, wie sehr dem Professor das Wohl seiner Patienten am Herzen lag. Welcher andere Arzt hätte schon die Polizei geholt? Elsas Bruder war nicht irgendwer, insoweit war das Vorgehen verständlich, andererseits: Warum hatte Elsa überhaupt die Klinik verlassen, und warum hatte sie Apollonia mitgenommen?

Die Frage ging ihr schon die ganze Zeit durch den Kopf. Es war überhaupt nicht Elsas Art, im Gegenteil, gemeinhin sträubte sie sich, auch nur einen Schritt vor die Klinik zu machen, die ihr Heimat und Schutz bot. Sie hatte Angst vor der Welt, fremde Menschen waren ihr zutiefst unangenehm und von Fahrzeugen hielt sie sich grundsätzlich fern.

Irgendetwas war an der Sache merkwürdig.

Und Apollonia … Wo war sie so plötzlich hergekommen? Sie schien sich gut auszukennen auf Station, nahm sogar ein Bett für sich in Anspruch, das – soweit sich Fanny richtig erinnerte – dasjenige sein sollte, worin sie früher geschlafen hatte. Seltsam. Elsa kannte sie, das war offensichtlich. Warum wollte sie nicht, dass Fanny den Professor benachrichtigte?

„Mutter, hilf mir."

Der junge Soldat an ihrer Seite wurde zunehmend unruhiger. Verzweifelt kämpfte er gegen die Verbände an.

„Ich kann nicht sehen."

„Nicht anfassen." Fanny wehrte seine Hände ab. „Sie machen alles nur noch schlimmer."

„Ich kann nicht sehen." Er wiederholte es ein ums andere Mal und ließ nicht locker, die Verbände von Augen und Kopf zu reißen.

Fanny brauchte Unterstützung, alleine wurde sie mit ihm nicht mehr fertig.

Schwestern huschten über den Gang, Verwundete waren in den Gängen aufgereiht, Stöhnen, Jammern, Hektik, wohin man blickte. Es roch nach Schweiß, Angst und Verzweiflung. Keiner dieser bedauernswerten Männer würde jemals wieder so sein, wie er einmal gewesen war.

„Kannst du mir helfen?", rief sie einer Schwester zu.

„Keine Zeit."

Die Nächste.

„Ich brauche Hilfe."

Die blieb wenigstens stehen. „Wobei?"

„Der Soldat will sich die Verbände vom Kopf reißen."

„Bring ihn ins Schwesternzimmer."

Am Tisch saßen zwei Schwestern, sichtlich von der Akkordarbeit erschöpft. Sie teilten sich eine Zigarette, tranken Kaffee.

„Ich brauche Hilfe mit dem Soldaten", sagte Fanny und platzierte ihn auf einen Stuhl.

„Was ist mit ihm?", fragte eine.

„Er kann sich nicht beruhigen."

„Hast du ihm schon was gegeben?", fragte die andere.

Fanny verneinte.

Die Schwester stand auf, ging zum Medizinschrank und kam mit einer Tablette zurück. „Gib ihm das."

„Was ist das?", fragte Fanny.

Die Schwester grinste. „Wie lange bist du jetzt schon bei uns?"

„Ein Jahr."

„Dann solltest du wissen, wie unsere Arbeit funktioniert." Fanny nickte pflichtbewusst. Ja, klar, die Beruhigungstablette. Sie hatte den Eindruck, dass sie eher den Schwestern etwas Ruhe verschaffen sollte als den Patienten. Aber in diesem Fall war es dasselbe. Sie führte sie dem Soldaten an den Mund.

„Hier, schlucken Sie das."

Es dauerte eine Weile, bis die Wirkung einsetzte.

„Du legst ihn besser hin, bevor er dir wegsackt", sagte eine Schwester. Sie trank die Kaffeetasse in einem Zug leer und machte sich wieder an die Arbeit.

„Das ist ja das Problem", erwiderte Fanny. „Drüben im Lazarett ist kein einziges Bett mehr frei."

„Dann leg ihn auf den Gang … zu den anderen."

„Die Oberschwester wollte, dass ich den Dachboden für die Verwundeten herrichte."

Die beiden älteren Schwestern schauten sich verdutzt an. „Niemand geht auf den Dachboden ohne die Erlaubnis des Professors."

„Hat sie aber gesagt."

Wieder ein zweifelnder Blick, dann zuckten sie die Schultern. „Wie du willst. Es ist dein Kopf, der rollen wird."

„Wo finde ich den Schlüssel?"

Der Schlüssel war im Hoheitsbereich der Oberschwester zu finden, im Schlüsselkasten gleich hinter der Tür. Die Schwestern würden sich nicht daranwagen, sollte Fanny sich die Finger verbrennen. Sie machten sich wieder an die Arbeit, ließen Fanny und ihren Patienten alleine zurück.

Fanny zögerte. Die Warnung ihrer Kolleginnen war unmissverständlich, insbesondere seit dem Vorfall mit dem Soldaten am Morgen, als die Oberschwester ihr klar und deutlich zu verstehen gegeben hatte, dass sie sie bei der nächsten Gelegenheit vor die Tür setzen würde. Nun, das würde sie sich in diesen Tagen wohl zweimal überlegen, sagte sich Fanny, es wurde jede Hand gebraucht, um die viele Arbeit zu bewältigen. Außerdem war da ja auch noch der Professor, der ihr die Bewältigung der Krisensituation von heute Morgen zugeschrieben hatte. So schlecht stand es eigentlich nicht um sie, im Gegenteil. Es war höchste Zeit, dass hier ein paar Dinge anders liefen, als von der allmächtigen Oberschwester befohlen.

Als Erstes galt es, diesem Soldaten die notwendige Ruhe zu verschaffen. Je nachdem wie der Dachboden aussah, würde er noch andere Verwundete aufnehmen können.

Sie nahm den Schlüssel und machte sich auf den Weg nach oben. Die Treppe endete vor einer Tür. Sie schloss sie auf und trat ein. Der Anblick ließ sie erschaudern.

... / Grombühl
        unweit der St.-Josephs-Kirche

Die Warteschlange zog sich. Hauptsächlich Frauen, Alte und ein paar Kinder hielten in ihren Händen ein Gefäß, um die warme Suppe in Empfang zu nehmen. Es waren Menschen, die nichts mehr besaßen, das sie für ein Stück Brot oder einen Teller Warmes eintauschen konnten. Unter ihnen waren Ansässige, Flüchtlinge, Kriegsversehrte, elternlose Kinder, Ausgebombte der Angriffe vom Februar, Verlierer der letzten Kriegsjahre.

Am Kopf der Warteschlange half Pfarrer Titus bei der Essensausgabe, richtete aufmunternde Worte an die Gebeugten und Erschöpften, bestellte sie zum nächsten Gottesdienst, wo er mit ihnen für das baldige Ende der Leidenszeit beten wollte.

Da kam ein schwarzes Auto auf sie zu. Es hielt und ein Mann in Uniform stieg aus, SS, wie Titus vermutete. Als der Mann näher kam, erkannte Titus den Leiter der Kriminalpolizei Kurt. Der trieb sich sonst nie in der Nähe seiner Kirche herum, besser, er ging ihm entgegen. Die SS musste nicht wissen, wer zu seiner Kriegsküche kam.

„Was kann ich für Sie tun?"

Kurt blieb stehen und blickte an Titus vorbei, während er sprach.

„Sie sind der neue Pfarrer, richtig?"

„Richtig."

„Wir haben uns noch nicht kennengelernt."

„Pfarrer Titus." Er reichte ihm nicht die Hand, genauso wenig wie Kurt es tun würde.

„Ich bin auf der Suche nach einem entsprungenen Mädchen", antwortete Kurt, ohne sich selbst vorzustellen. „Zirka sechzehn Jahre alt, orientierungslos, aus der Nervenklinik …"

„Ist mir nicht aufgefallen."

„Sie muss sich noch irgendwo hier herumtreiben."

„Nicht bei mir."

„Was macht Sie so sicher?"

„Ich kenne meine …"

Kurt ließ ihn nicht ausreden. „Besser, ich schaue mal nach." Er ging einfach an ihm vorbei, Titus folgte ihm.

„Was hat das Mädchen verbrochen?", fragte Titus.

„Nichts."

„Wieso interessiert sich dann die Polizei für sie?"

„Ich bin Ihnen keine Rechenschaft schuldig."

„Es würde helfen, wenn Sie mir sagten, worum es genau geht."

Kurt ging die lange Schlange ab, schaute jedem ins Gesicht, auch wenn es sich gar nicht um ein Mädchen handelte. Es schien, als wollte er die Gelegenheit nutzen, um arbeitsscheues Gesindel aufzuspüren, wie es die SS gerne postulierte.

„Sie verschwenden Ihre Zeit", sagte Titus. „Ein Mädchen aus der Klinik wäre mir aufgefallen."

„Wer weiß schon, was alles hinter seinem Rücken geschieht." Doch Kurt musste einsehen, dass er hier keinen Erfolg haben würde. Er schaute sich um, konnte aber nichts feststellen, was einen Verdacht rechtfertigte. So blieb ihm nur, eine Anweisung auszusprechen.

„Wenn diese Nichtsnutze etwas gegessen haben", sagte er, „schicken Sie sie zum Bahnhof. Dort können sie sich nützlich machen."

Titus antwortete nicht darauf, nicht, weil er den Befehl stillschweigend entgegennahm, sondern weil es das Letzte wäre, was er anordnen würde. Diese Menschen sollten sich ausruhen und zu Kräften kommen. Hilfsdienste für die SS sollten andere erledigen.

Ohne Abschied ging Kurt zum Auto zurück und fuhr davon. Seltsam, ging es Titus durch den Kopf, wieso hatte ein entsprungenes Mädchen aus der Nervenklinik so eine große Bedeutung, dass sich ausgerechnet der Chef der Kriminalpolizei darum kümmerte? Normalerweise würde der sie ihrem Schicksal überlassen und darauf warten, bis sie einem seiner Schergen in die Hände fiel.

„Ich habe so ein Mädchen gesehen", sagte eine Stimme neben ihm. Es war ein aufgeweckter Junge aus einem der ausgebombten Häuser des letzten Angriffs auf den Bahnhof, bei dem auch Grombühl getroffen worden waren. „Es war vorhin am Wagnerplatz."

„Und woher weißt du, dass es sich um das gesuchte Mädchen handelt?"

„Wer am helllichten Tag mit Nachthemd und Hausschlappen durch die Gegend marschiert, kann ja nicht ganz richtig im Kopf sein. Außerdem war da noch 'ne Frau bei ihr, auch nicht ganz knusper, wenn Sie mich fragen."

„Wo sind sie hingegangen?"

„Geradewegs zur Brücke. Wahrscheinlich in die Stadt."

„Dann laufen sie der SS direkt in die Arme."

„Oder sie mischen sich unter die Flüchtlinge."

Das war naheliegend, allerdings stellte sich noch immer die Frage nach dem Warum.

Warum stellte die SS einem Mädchen aus der Klinik nach, die noch dazu offenbar nicht alleine auf der Flucht war? Hatten sie dort oben die Kontrolle über die Patienten verloren? Das würde ihn nicht wundern bei den vielen Neuankömmlingen und Verwundeten. Den ganzen Vormittag schon dröhnten die schweren Dieselfahrzeuge durch die engen und zum Teil zerbombten Straßen hinauf zum Klinikgelände.

Titus würde darauf achten, wenn er anschließend in die Stadt ging. Es wäre doch eine feine Sache, wenn er der SS endlich eines auswischen könnte, nachdem sie dem Bischof und der Kirche so viel Schmach zugefügt hatte.

... / Kleßbergsteige

Die Dienstboten saßen in der Küche um einen Topf Kartoffelsuppe mit viel Gemüse und Schinkenspeck versammelt, dazu gab es frisches Schwarzbrot aus der Bäckerei – ein Leckerbissen, den sich niemand entgehen ließ, besonders die Aushilfskräfte aus der Stadt nicht. Wann hatten sie zuletzt Fleisch gesehen, frisches Brot, eine kräftige, warme Mahlzeit gegessen? Bei einigen war das Tage her. Hildegard achtete darauf, dass ihre Leute gut und ausreichend zu essen hatten, schließlich gab es noch viel zu tun. Einen Verlust der Arbeitskraft konnte sie nicht gebrauchen.

Hildegard nahm dieses Mal nicht am Mittagessen teil, was die Köchin und den ersten Diener überraschte, normalerweise nutzte die Hausherrin die Gelegenheit, sich nach dem Fortgang der Arbeiten zu erkundigen, Anpassungen vorzunehmen und neue Aufträge zu verteilen. Heute hatte sie sich aber mit einem Teller Suppe, viel Brot und Wurst auf eines der Zimmer im Obergeschoss zurückgezogen, wo sie nicht gestört werden wollte – das war auch ein Novum. Gemeinhin suchte die Hausherrin das Obergeschoss tagsüber nicht auf, sie hatte im Erdgeschoss genug zu tun.

Im Salon war auch Ruhe eingekehrt. Philomena hatte die Probe unterbrochen, ihr Abendkleid lag beim Schneider in der Stadt zur Anprobe bereit. Der Klavierlehrer Paul entspannte sich im Garten, wo er auf einer Liege lag und die warmen Sonnenstrahlen genoss. Ein paar Meter weiter saß Viktor, der polnische Zwangsarbeiter, über einen Topf Kartoffelsuppe gebeugt auf der nackten Erde zwischen den frisch gesetzten Blumen. Auch er machte eine Pause von der anstrengenden Arbeit. Sein Blick war auf die Festung auf dem Marienberg gerichtet, während er unauffällig der Stimme Pauls lauschte, mit dem er eine heimliche Unterhaltung führte.

„Um acht Uhr wird das Essen aufgetragen", sagte Paul. „Die Fahrer der Gäste werden in der Küche speisen. Kurz bevor der Hauptgang aufgetragen wird, werde ich mich nach oben schleichen. Der Oberst wird in einem der Gästezimmer übernachten, im Schrank befindet sich seine zweite Uniform."

„Und die Schlüssel?", fragte Viktor.

„Der Fahrer nächtigt in einem anderen Haus die Straße runter. Dort wird auch der Wagen stehen."

„Wie komme ich an den Wagenschlüssel?"

„Ich werde dafür sorgen, dass dem Fahrer in der Küche ein kleines Malheur widerfährt. Ein verschüttetes Glas Wein oder etwas Suppe, das sollte reichen. Der Wagenschlüssel wird sich aller Voraussicht nach in seiner Jacke befinden … "

„Aller Voraussicht nach?" Viktor schreckte hoch. „Du weißt es nicht genau?"

„Wo soll er den Schlüssel sonst aufbewahren?", widersprach Paul.

„In seiner Hosentasche?"

„Dann erwischt es eben seine Hose!" Paul seufzte. Dieses ewige Herumnörgeln an seinem Plan ging ihm gewaltig auf die Nerven.

„Dann fehlt uns aber seine Jacke", legte Viktor nach.

„Herrgott!" Paul fuhr auf. „Hast du einen besseren Plan?"

„Beruhige dich. Sie können dich sehen."

„Niemand sieht uns. Sie sind alle in der Küche."

„Und dieses Naziweib?"

„Ist in der Stadt."

Viktor ließ es damit gut sein, wenngleich ihm nicht wohl bei der Sache war. Sie hatten nur diese eine Chance zur Flucht. Wer wusste schon, ob sie morgen noch lebten.

„Gut", sagte er beschwichtigend, „gehen wir davon aus, dass du den Wagenschlüssel und die Uniformjacke des Fahrers in die Finger kriegst. Wie kommst du zu deiner Uniform?"

„Wie ich schon sagte", Paul biss sich auf die Lippen, um nicht erneut laut zu werden, „ich werde zum Hauptgang hoch ins Zimmer des Oberst schleichen und mir seine zweite Uniform – die er sicherlich dabeihaben wird – aus dem Schrank holen …"

„Was macht dich so sicher, dass er eine zweite Uniform mitgenommen hat?"

Nicht schon wieder. „Jeder Offizier hat zur Reserve eine zweite Uniform dabei, erst recht bei solch einem Anlass."

„Warum?"

„Weil er Charlotte einen Heiratsantrag machen wird!" Pauls erregte Stimme trug weit. Jeder, der sich im Salon befand, würde sie hören können.

„Nicht so laut!" Viktors Kopf schoss herum. Sein Blick hätte Paul auf der Stelle töten können. „Wir haben nur eine Chance …"

„Eben, darum sollten wir sie nutzen, auch wenn es Unsicherheiten gibt. Ich werde auf jeden Fall mein Bestes tun, damit wir um Punkt neun Uhr im Wagen sitzen und Richtung Rhein fahren. Ich als der Oberst und du als mein Fahrer. Wenn wir die Nacht durchfahren, sollten wir es bis zum Morgengrauen schaffen."

„Was, wenn wir kontrolliert werden?"

„Ich bin Oberst Graf zu Sassen-Trantow aus Berlin, unterwegs in geheimer Reichssache. Da soll mal einer das Maul aufmachen."

*

German stand am Fenster und blickte in den Garten hinunter, in der Hand eine qualmende Zigarette, an der er beiläufig zog. Das Gespräch zwischen Paul und diesem Zwangsarbeiter fiel ihm zwar auf, aber es interessierte ihn nicht. Er hatte ganz andere Sorgen. Wie würde sein Vater, der SS-Obersturmbannführer, es aufnehmen, wenn er erfuhr, dass sein Sohn desertiert war? Wenn es um die SS oder sein verdammtes Irrenhaus ging, war der Alte unberechenbar. Nein, das stimmte so nicht, er musste sich korrigieren. Seitdem Himmler ihm Gnade erwiesen hatte, durfte sich sein Vater nichts mehr erlauben. All den gemeinen Gerüchten um dessen vermeintliche Homosexualität musste der Garaus gemacht werden, bevor sie erneut von einem übereifrigen Kriminalpolizisten oder einem neidischen Arztkollegen aufgegriffen und gegen ihn ins Feld geführt wurden. Ein desertierter Sohn würde einen Schwachpunkt darstellen und den Alten angreifbar machen. Das musste German bedenken.

Das Krankenhaus war zum einzigen Lebensinhalt des Alten geworden, es über alle Grenzen auf- und auszubauen, war oberste Maxime. Warum er das tat, darauf wusste selbst seine Mutter keine Antwort zu geben. Vielleicht bereitete er sich damit auf die Nachkriegszeit vor.

„Komm, iss was", sagte Hildegard. Sie breitete Teller, Brot und Wurst auf einem Tablett aus, so wie sie es immer gemacht hatte, wenn German krank war und sie ihm das Essen aufs Zimmer brachte.

„Ich habe keinen Hunger."

„Du musst essen."

„Mutter", German drehte sich um, diktierte ihr mit der Zigarette zwischen den Fingern seine Worte, „ich bin kein kleines Kind mehr. Ich weiß, wann ich hungrig bin und wann nicht."

Hildegard missbilligte die scharfe Anrede. „Gerade eben benimmst du dich wie ein kleines Kind. Du musst was Anständiges essen. Setz dich."

Es war sinnlos. German war seit Jahren aus dem Haus, hatte an Fronten gekämpft und andernorts noch Schrecklicheres getan, aber zuhause blieb er immer noch ihr kleiner Junge. Seufzend kam er der Aufforderung nach.

„Lass mich zuerst mit ihm reden", schlug Hildegard vor, während German begann, die Suppe zu löffeln und das Brot zu brechen. „Ich werde es ihm schonend beibringen."

„Wie willst du das anstellen? Er wird aus der Haut fahren. Würde mich nicht wundern, wenn er mich auf der Stelle abführen lässt."

„So schlimm wird es schon nicht kommen." Sie streichelte ihm das blonde, strähnige Haar. Er musste sich seit Tagen nicht mehr gewaschen haben, er roch streng, war verwildert und ungepflegt. „Doch zuvor müssen wir dich von all dem Schmutz befreien. Ich lasse dir ein Bad ein." Sie stand auf. „Und du brauchst frische Kleidung. Ich hol dir was von deinen alten Sachen. Die müssten noch passen."

German nickte, während er die Suppe löffelte. Wie lange schon hatte er nichts Warmes mehr gegessen, das mehr beinhaltete als ein paar Kräuter, die er am Wegrand aufgelesen hatte? Das Brot war ausgezeichnet und die Wurst roch nach hemmungsloser Hingabe.

„Ach, noch etwas", sagte Hildegard, „du musst heute den ganzen Tag und die Nacht auf dem Zimmer bleiben. Wir haben das Haus voller Gäste."

German stimmte vordergründig zu, doch das würde er ihr nicht versprechen können. Es gab noch etwas zu erledigen, bevor er seinem Vater gegenübertrat.

Im Erdgeschoss klingelte derweil das Telefon. Die Hausherrin, die sonst alle Telefonate entgegennahm, war anderweitig beschäftigt, und die Hausangestellten kümmerte es nicht. Der Anrufer würde sich schon noch mal melden, wenn es wichtig war und sie das Mittagessen beendet hatten.

... / Lincoln

Am anderen Ende der Leitung stand Henry neben einem Mitarbeiter des Roten Kreuzes in Lincoln. Der hatte zur Tarnung die Kollegen in der Schweiz angerufen und die wiederum leiteten die Schaltung nach Würzburg weiter.

„Geh schon ran", sagte Henry.

„Sind Sie sicher, dass es die richtige Nummer ist?", fragte der Rotkreuzler.

Ja, da war er sich bombensicher. Paul hatte sie ihm auf die Rückseite des Fotos geschrieben. Er las sie nochmals langsam vor. Sie war korrekt.

„Ich kann die Leitung nicht länger blockieren, Sir."

Henry seufzte. Dann musste es einen anderen Weg geben, Paul zu warnen. Er ließ das Gespräch beenden.

... / Kleßbergsteige

Im Haus an der Kleßbergsteige verstummte das Klingeln. Aus der Küche drang das Geschepper von Geschirr, das zum Spülen zusammengetragen wurde, im Obergeschoss ging die Tür zu Charlottes Zimmer auf. Heraus trat Hildegard mit dem Tablett in der Hand und ging die Treppe hinunter. Durch die Gartentür im Salon sah man, wie der Zwangsarbeiter Viktor wieder an seine Arbeit ging und der Klavierlehrer Paul gähnte, als habe er gerade seinen Mittagsschlaf beendet, er ging zurück ins Haus.

Die Mittagspause war vorbei.

„Ich habe reichlich zu tun, da fast alle Verwundeten aus dem Reich zu mir verlegt werden. Würzburg ist ein einziges großdeutsches Lazarett geworden. All die übrigen Krankenhäuser sind bis unters Dach und bis in die Keller vollgestopft. Niemand weiß mehr, wohin. Sie fragen täglich bei mir an, ob ich ihnen noch ein Dutzend abnehmen könnte, ach, was sag ich, zwei, drei Dutzend, und sie würden mir auch noch unverschämterweise ein viertes aufbürden." Werner seufzte. „Ich mag es ihnen gar nicht vorwerfen, jeder schaut, wie er mit diesen Massen zurechtkommt. Doch jede kollegiale Hilfe hat ihre Grenzen. Das Boot ist voll, ich kann beim besten Willen nicht noch eine weitere Seele bei mir aufnehmen. Unmöglich, völlig ausgeschlossen."

Er hörte die Antwort seines Gegenübers, nicht lange jedoch, bei der ersten Beschwichtigung und dem Verweis, dass es im ganzen Reich so aussehe und er keine Ausnahme darstelle, wollte er den Telefonhörer auflegen.

„Damit ist mir nicht geholfen. Ich brauche einfach mehr Platz, den ich nicht habe … außer, die Kanzlei gewährt mir mehr Mittel und Arbeiter, um das neue Lazarett schneller fertigzustellen."

Auch das vermochte seinen Gesprächspartner jedoch nicht zu überzeugen.

„Sie verstehen es einfach nicht: Ich kann keinen einzigen Verwundeten mehr aufnehmen … Nein, ich kann das nicht verantworten. Die übrigen Patienten werden darunter leiden …"

Ein *Heil Hitler* war das Letzte, was Werner noch hörte. Das Gespräch war beendet, Werner legte enttäuscht den Hörer auf die Gabel. Berlin ließ ihn also mit seinen Problemen allein, nichts hatten sie ihm angeboten, stattdessen den Grad der Belastung noch weiter hinaufgesetzt. Das konnte nicht gut gehen.

Erneut griff er zum Telefon, verharrte aber mitten in der Bewegung. Bevor er diesen Anruf tätigte, wollte er genau überlegen, was er tat. Er könnte sich damit um einen Vorteil bringen.

Seine Station der Geisteskranken war bis auf wenige Patienten ausgedünnt. Sie waren sein Trumpf, wenn die Amerikaner die Stadt einnahmen und ihn nach seiner Tätigkeit als Direktor der Nervenklinik befragten. Mit ihnen konnte er unter Beweis stellen, dass er nicht ausschließlich für das System gearbeitet hatte. Wenn er sie jetzt aufgab, blieb ihm außer einem Haus voller verletzter SS-Soldaten nichts mehr.

Andererseits blockierte dieser unproduktive Ausschuss der Gesellschaft seine Arbeit. Sie nahmen den verwundeten Soldaten die Chance auf Gesundung, schwächten damit die Wehrkraft des Reichs, kosteten nur, anstatt etwas einzubringen. Noch vor ein paar Monaten hätte er keinen Gedanken daran verschwendet und eine Entscheidung getroffen – natürlich für die Soldaten und gegen die Schmarotzer. Doch inzwischen war das Reich, und damit er, in eine neue Phase des Kriegs eingetreten. Seitdem der Feind scheinbar unaufhaltsam gegen Deutschland marschierte und eine Stadt nach der anderen in seine Hände fiel, galt es abzuwägen, was im jeweiligen Moment angebracht war und was ihm auf Dauer mehr Vorteile bot.

Nur, was würde geschehen, wenn er tatsächlich keine weiteren Verwundeten mehr aufnahm? Wie lange würde es noch dauern, bis der Feind in die Stadt drang?

Sollte er sich aus allem heraushalten, den Dingen ihren Lauf lassen oder eigenverantwortlich und engagiert handeln, so wie er es immer getan hatte?

Er wünschte, Theodor wäre noch am Leben. Ihn hätte er fragen können. Er war es gewesen, dem er seine Karriere, ja vielleicht seine Position als Lehrstuhlinhaber und Chef der Nervenklinik verdankte. Ohne ihn wäre er ein unbedeutender Oberarzt an einer ebenso unbedeutenden Klinik geblieben. O Himmel, er mochte gar nicht daran denken, was aus ihm geworden wäre ohne diese glückliche

Fügung. Theodor hatte ihm das Feld bereitet. Schau hin, hatte er ein ums andere Mal insistiert, da Werner noch immer nicht die Möglichkeiten erkannt hatte, die ihm der Nationalsozialismus bot. Schau hin, du musst nur zugreifen. Ich mache dich zum wichtigsten Arzt im ganzen Reich.

Mit dem Zugreifen war es jedoch nicht so einfach gewesen, diese Hintertür hatte sich Theodor offen gelassen. Werner musste ihn erst vom Irrsinn freisprechen, wegen dem ihn sein Kontrahent, ein rheinpfälzischer Gauleiter, hatte einweisen lassen.

Es war ein Vertrag auf gegenseitige Hilfe gewesen. Theodor wurde zum Chefinspekteur aller Lager, Werner zum medizinischen Leiter des wichtigsten Gesundheitsprojektes ernannt, das das Reich je gesehen hatte. Niemand konnte ermessen, was Werner und Theodor für das Reich erreicht hatten. Das Kranke und Siechende herausschneiden, damit das deutsche Volk endlich zu der Stärke erwachsen konnte, die es verdient hatte. Das war der Wille des Führers gewesen, Theodor und Werner seine willigen Vollstrecker.

Nun aber lag Thedor in seinem kalten Grab irgendwo in der Ukraine, unfähig, seinem alten Vertrauten bei einer kniffligen Entscheidung unter die Arme zu greifen.

Werner erhob sich, ging um den Schreibtisch herum, zum Regal an der Wand, wo ein altes Grammophon stand. Die Schellackplatte war bereits verstaubt, schon lange hatte er nicht mehr die Muße gefunden, sich dem Werk Beethovens zu widmen. Er drehte die Kurbel, setzte die Nadel in die Rille und ließ Meister Beethoven sich entfalten. Die dritte Symphonie, *Eroica*. Sie verschaffte ihm die Ruhe, die er jetzt benötigte.

Noch mal alles in Ruhe überdenken. Aus Berlin konnte er keine Hilfe erwarten. So viel war klar. Auch, dass er bis zum Dach mit Verwundeten eingedeckt war. Eine weitere Zuweisung würde er auf jeden Fall ablehnen, sie auf direktem Weg ins Juliusspital oder in ein anderes Krankenhaus schicken. Sollten die Kollegen dort schauen, wie sie zurechtkamen oder die Reichskanzlei anrufen. Ihm war es egal.

Wenn er Glück hatte, wurden er und seine Klinik übers Wochenende verschont. Aber mit Beginn der neuen Woche würde das Drama seine Fortsetzung finden. Weitere Mannschaftswagen, vollgeladen mit weiteren Verwundeten, würden in die Stadt gekarrt und auf die überfüllten Krankenhäuser und Lazarette verteilt.

Bis dahin hatte er drei Tage Zeit, sich Gedanken zu machen. Gleich heute Abend würde er den Oberst und Grafen zu Sassen-Trantow darauf ansprechen. Der hatte immer noch gute Kontakte zur Kanzlei des Führers. Es würde nicht schaden, wenn diese Sturköpfe in Berlin eine zweite Aufforderung erhielten. So lange würde er stillhalten.

Es klopfte an der Tür.

„Herein!"

Es war die Oberschwester. „Ich kann die Akte nicht finden. Sind Sie sicher …?"

„Natürlich", unterbrach Werner. „Es ist jetzt ein Jahr her?"

Die Oberschwester nickte zögernd.

„Die Familie wurde nach Hadamar gebracht. Richtig?"

„Ich nehme es an", erwiderte die Oberschwester.

„Ich muss es genau wissen. Besorgen Sie mir endlich die Akte."

„Ist sie vielleicht hier, in Ihrem Büro?"

„Nein, ich habe schon alles durchsucht."

Die Oberschwester seufzte. „Dann bleibt eigentlich nur noch der Dachboden übrig."

*

Es grauste Fanny vor den in Formalin eingelagerten Gehirnen. Glas an Glas in einem Regal schwebten diese kleinen, großen, verwachsenen, verkrüppelten, verletzten, gewaltsam aus dem schützenden Schädelknochen herausgelösten Gehirne scheinbar schwerelos in der glasklaren Flüssigkeit. Fahlbleich waren sie, in sich verwunden, ein weit verzweigtes Tunnelsystem der Sinne, Gefühle und Erinnerungen. Das war mal ein Mensch gewesen, ein Kind, eine Mutter oder der missratene Sohn eines Beamten. Was mochten sie in der letzten Sekunde ihres Lebens gesehen, gehört oder empfunden haben? Irgendwo in diesem Labyrinth war das Bild oder die Empfindung bestimmt noch vorhanden, für die Nachwelt konserviert. Vermutlich waren es das Gesicht eines Arztes oder einer Krankenschwester und die Worte *Machen Sie sich keine Sorgen. Alles wird gut.*

Durch das Gaubenfenster fiel Licht herein, der aufgewirbelte Staub glitzerte golden darin. Es roch abgestanden, ein dumpfer Geruch nach Chemikalien provozierte ein Niesen. Hier oben schien Fanny wie abgeschnitten vom Chaos der unteren Stockwerke, so ruhig war es, einem Friedhof ähnlich, der jegliches Lebenszeichen unter einem Leichentuch erstickte. Der Raum war nicht groß, eine bequeme Kammer, wenn er eingerichtet gewesen wäre, mit einem atemberaubenden Blick über die Stadt und das Maintal. Neben dem Regal mit den Präparaten stapelten sich Körbe und Kisten mit unterschiedlichem Inhalt. Da waren Verbände und Medikamente, in einem anderen Gefäß alte medizinische Geräte, ein Stethoskop, Scheren und Klemmen, Sterilisierdosen ...

Ein Waschbecken in einem Gestell mit Seifenhalterung lag quer über mehreren Matratzen und einem zerlegten Bettgestell. Also war der Dachboden schon mal als Schlafstätte genutzt worden, vielleicht von einem Assistenzarzt, der kein Quartier in der Stadt gefunden und sich nicht vor den Präparaten im Regal gefürchtet hatte.

Mit etwas Arbeit ließ sich hier eine ruhige Bleibe einrichten, nur auf die Schnelle war das nicht zu bewerkstelligen. Es musste kräftig ausgeräumt, geputzt und vor allem durchgelüftet werden. Damit konnte sie schon einmal anfangen. Sie beugte sich über eine Truhe zum Fenster, drehte den Griff mit Kraft und öffnete es. Ein angenehm frischer Wind zog herein, eine gute Gelegenheit, durchzuatmen.

Diese Truhe, die da unter dem Fenster stand, war groß und wenn sie gefüllt war, bestimmt nicht leicht zu bewegen. Da mussten ein paar kräftige Hände anfassen. Sie hob den Deckel an, um zu sehen, wie stark man sein musste, um dieses Ding aus der Kammer die enge Treppe hinunterzuschaffen.

Wieder entfaltete sich eine Staubwolke, die der Wind schnell auflöste. Zum Vorschein kamen auf den ersten Blick Krankenakten, gebündelt, mit Faden verschnürt, obenauf der Patientenname und eine Nummer, das obligatorische Zeichen der Nervenklinik. Sie kannte diese Umschläge gut, sie benutzten sie auch heute noch.

Fanny wusste nicht so recht, was sie mit dem Fund anstellen sollte. Alte Akten, die offenbar nicht mehr gebraucht wurden und auf den Dachboden ausgelagert worden waren, würde man getrost umlagern dürfen, um den schweren Klotz von Truhe zu bewegen. Sie packte eines dieser Bündel und hob es an, ließ es aber gleich wieder sinken. Dafür brauchte man gehörig Kraft, was kein Wunder war, denn das Bündel umfasste rund ein Dutzend Akten.

Sie erhob sich, stemmte die Hände in die Hüften und seufzte. Diese Arbeit sollte sie besser dem Hausmeister überlassen, ein verrenktes Kreuz hatte man sich schnell eingefangen. Ihre Arbeit war so weit auch getan, sie wusste jetzt, was alles zu tun war, um Patienten hier oben einzuquartieren. Vor allem mussten die Präparate einen anderen Lagerplatz finden. Wenn man nachts aufwachte und sie sah, würde man sich zu Tode gruseln. Sie schloss den Deckel, hielt aber mitten in der Bewegung inne. Ein Geräusch drang von der Tür herein, Schritte, die sich die Treppe heraufquälten. Dazu das Lamentieren einer Frau, die sie nur zu gut kannte – die Oberschwester.

„Fanny, bist du hier oben?!"

Das klang nicht gut. Fanny räusperte sich, machte sich auf eine Standpauke gefasst.

„Wer zum Teufel hat dir erlaubt, den Dachboden zu betreten?"

Nach Luft schnappend stand die Oberschwester in der Tür, ihr Blick hätte töten können.

„Ich habe nur das getan, was Sie mir aufgetragen haben."

„Und das wäre?"

„Ich sollte nachsehen, ob wir Patienten hier oben unterbringen können."

„Das habe ich nie gesagt."

„Heute Morgen im Schwesternzimmer."

„Red keinen Unsinn."

Ihr Blick fiel auf die Truhe und sie erschrak, Fanny sah es genau, woraufhin die Oberschwester auf sie zukam und sie am Arm nahm, was sie sonst nie tat, wenn Fanny sich wieder ungeschickt angestellt hatte.

„Verschwinde jetzt. Geh auf Station und mach dich nützlich."

Fanny folgte der Aufforderung, außerdem tat der Griff der alten Hyäne weh.

„Das wird ein Nachspiel haben", drohte die Oberschwester, als Fanny bereits den Fuß auf die oberste Treppenstufe gesetzt hatte. „Du hast Glück, dass wir so viel zu tun haben … spätestens am Montag fliegst du. Such dir woanders eine Arbeit, du unnützes Ding."

Das konnte sie doch nicht machen. Sie hatte selbst gesagt … Fanny drehte sich um, ging die Stufen wieder hoch. So schnell ließ sie sich nicht vor die Tür setzen, und wenn, dann würde sie der alten Schnepfe jetzt gehörig die Meinung sagen. Mit der Gegenrede auf den Lippen betrat sie den Dachboden erneut, verharrte aber sofort, als sie sah, wie besessen die Oberschwester die schweren Aktenbündel aus der Truhe nahm und sie auf den Boden warf. Dabei schimpfte sie nicht über Fanny, die schien bereits Geschichte zu sein, sondern über jemand anderen.

„Ich hab's ihm tausend Mal gesagt: Irgendwann kommt jemand davon und stellt uns alle bloß."

Was meinte sie damit?

„Aber nein, auf mich will ja keiner hören."

Die Oberschwester öffnete eines der Bündel, ging Krankenakte um Krankenakte durch, Bilder fielen heraus, Schreibmaschinenseiten … Rasch klaubte sie sie auf und stopfte sie, ohne sich viel Mühe um Ordnung und Reihenfolge zu geben, zurück in den Umschlag.

„Wo ist nur diese verdammte Akte?"

Sie stöberte weiter und Fanny dachte bereits daran, den Rückweg anzutreten, als die Oberschwester fündig wurde.

„Gott sei es gedankt, da ist sie."

Rasch stopfte sie die Bündel in die Truhe zurück, schloss den Deckel und wandte sich zur Tür. Fanny trat einen Schritt zurück. Die Oberschwester hatte sie noch nicht entdeckt. Sollte sie sie jetzt schon stellen, versuchen, sie von der Kündigung abzubringen, sie bitten …? Dafür war nicht der rechte Zeitpunkt. Später, wenn das alles mehr Sinn machte … Sie hastete die Stufen hinunter, versteckte sich hinter der nächsten Tür, wartete, bis die Oberschwester mit der Akte in der Hand vorbeilief, beobachtete, wie aus dem Umschlag ein Zettel herausglitt und zu Boden flatterte. Fanny hob ihn auf.

Das Schriftstück war mit Schreibmaschine geschrieben und auf Januar 1944 datiert. Der Text war kurz und er bezog sich auf zwei Eheleute mit einem Kind:

Fuhrmann, Max und Fuhrmann, Katharina, leibliche Tochter Apollonia.

Diagnose: Schwachsinn.

Weiteres Vorgehen: Hier war handschriftlich ein rotes Kreuz eingezeichnet.

Verlegung nach: Hadamar.

Das war so weit unauffällig, aber was bedeutete dieses rote Kreuz?

Wortlos und bedrückt kehrten Vinzenz, Hänschen und Erwin in die Wohnung zurück. Die Töpfe, die sie zur Essensausgabe mitgenommen hatten, waren leer geblieben. Fanny war nicht wie vereinbart an der Hintertür der Nervenklinik erschienen, wo sie Essen aus der Mittagsküche hätte abzweigen sollen. Eine Stunde hatten sie gewartet, bevor Vinzenz auf Station ging, um Fanny zu suchen. Sie war wie vom Erdboden verschluckt, niemand wusste, wo sie steckte, besonders die Oberschwester nicht, die darüber derart verärgert war, dass sie Vinzenz kurzerhand mitteilte, seine Tochter bräuchte am Montag nicht mehr zum Dienst erscheinen. Ihre Unzuverlässigkeit und Schusseligkeit könne man nicht länger ertragen, bei den Erlöserschwestern wäre sie besser aufgehoben.

Fannys Rauswurf war für Vinzenz und seine Mitbewohner ein harter Schlag. Wo sollten sie nun ihr Essen herbekommen? Fannys Beitrag war ein fester Bestandteil des gemeinsamen Überlebens, ohne ihn sah es düster aus.

In der kleinen Küche saßen die Kinder von Erwin und Waltraud erwartungsvoll am Tisch, Uschi und Waltraud in ihren Schürzen arbeiteten am Herd. Eine Handvoll Kartoffeln wälzte sich im kochenden Wasser, ein halber Kohlkopf dampfte im Topf, auf dem Tisch lagen ein paar Ranken Brot, deren Rinde bereits so hart war, dass sie in Wasser eingetaucht werden musste.

„Wo bleibt ihr denn so lange?", fragte Waltraud. Ihr Blick fiel auf die leeren Hände und Töpfe der Männer, dann in deren niedergeschlagene Gesichter. „Wo ist unser Essen?" Erwin setzte sich zu seinen Kindern, streichelte ihnen über den Kopf.

„Wir müssen heute mit weniger auskommen."

„Habt ihr etwa kein Essen mitgebracht?" Es brauchte nicht viel, damit Uschi in Aufregung geriet, ihr Nervenkostüm war dünn, genauso wie die Antwort ihres Hänschens.

„Es gab nichts."

„Was soll das heißen?"

Vinzenz fuhr auf. „Verstehst du etwa kein Deutsch mehr?!" Nicht nur, dass sie heute ohne Essen auskommen mussten und er in aller Frühe von diesem Nervenbündel geweckt worden war, nun war auch noch seine Tochter Fanny arbeitslos geworden. Er ließ sich an der Stirnseite der Eckbank nieder, starrte auf die vielen leeren Teller vor ihm, dann in die Gesichter der hungrigen Kinder, die ihn ängstlich ansahen, insgeheim hofften, dass er eine Lösung für ihren Hunger hatte.

„Fanny arbeitet nicht länger in der Klinik."

„Um Himmels willen."

„Was ist passiert?"

Vinzenz hatte keine Lust zu antworten, Hänschen sprang ein. „Es hat wohl Streit mit der Oberschwester gegeben."

Als hätte sie es gewusst, nickte Uschi. „Das war ja nicht anders zu erwarten."

Das reichte. Vinzenz knallte die Hand auf den Tisch, dass die Teller tanzten und die Kinder erschraken. „Noch ein Wort, und du kannst deine Koffer packen."

„Sie meint es nicht so", beruhigte Hänschen, wohl wissend, dass sie so schnell keine andere Bleibe finden würden, und schon gar nicht so eine. Sein strenger Blick befahl Uschi endlich die Klappe zu halten. „Besser, wir überlegen uns, wo wir was zu essen herbekommen."

„Gute Idee", schaltete sich Waltraud ein. „Ich habe noch eine Essensmarke für 125 Gramm Fett."

„Und wir für Käse", fügte Hänschen hinzu.

„Wie viel ist das?", fragte Vinzenz misstrauisch.

„Na ja, die Wochenration halt, 62 Gramm."

„Damit können wir aber kein Mittagessen machen", widersprach Vinzenz.

„Aber tauschen", sagte Erwin. „Ich geh gleich damit auf den Marktplatz und …"

„Wir müssen etwas verkaufen", sagte Vinzenz. „Jeder von uns schaut, was er zu Geld machen kann."

Ein ratloser Blick ging reihum. Niemand hatte mehr etwas zu verkaufen, was von Wert war oder was sich auf die Schnelle veräußern ließ. Außerdem hatte Geld seinen früheren Wert verloren, man zahlte das Zigfache für die grundlegenden Güter wie Brot, Milch oder Fleisch. Man hätte schon Tafelsilber verscherbeln müssen, um etwas Anständiges zu bekommen. Doch davon war nichts in ihrem Besitz.

„Wir haben nichts mehr", sagte Waltraud, „das weißt du doch."

Vinzenz hielt dagegen. „Wie sollen wir dann das Wochenende überstehen?"

Sie ließen die Köpfe sinken. Die Kinder verstanden, was da vor sich ging. Heute würden ihre Teller bis auf ein paar Kartoffelhälften und Kohlblätter leer bleiben.

... / Luftschutzraum nahe Sternplatz

Ihre Flucht vor den Dämonen der Vergangenheit hatten Elsa und Apollonia in einen Luftschutzraum verschlagen. Eigentlich war es nur der Keller eines Mietshauses, der im Zuge der Luftschutzmaßnahmen zu einem Zufluchtsort bei einem Bombenangriff umgewidmet worden war. Die alten, bekannten Probleme jedes Hausmeisters blieben bestehen. Die Mieter deponierten alles, was sie in der Wohnung nicht gebrauchen konnten, in oder auch vor dem Keller, sodass ein geordnetes, schnelles Aufsuchen beziehungsweise Verlassen des Kellers kaum möglich war. Da standen ein defekter Kinderwagen herum, ein ausgedienter Sessel, Kisten, Regale und Leitern, eine Sitzbank, ein alter Küchenschrank. Selbst die Aufforderung des Bürgermeisters ein paar Wochen zuvor, die Luftschutzräume von Sperrmüll freizuhalten, hatte nichts daran geändert. Der Luftschutz war eine Anordnung der mittlerweile ungeliebten NSDAP-Führung und als solche wurde sie auch vernachlässigt.

Elsa und Apollonia waren durch die offenstehende Eingangstür getreten und waren geradewegs die Kellerstufen hinuntergegangen, um sich von dem Schreck auf der Straße zu erholen. In einer dunklen Ecke kamen sie zu Ruhe, nur ein Oberlicht schenkte ein wenig Licht. Es roch nach Kohle, und tatsächlich waren sie im finstren Kohlenkeller des Mietshauses gelandet. Der Vorrat würde noch bis in den Frühsommer die Stuben und Küchen wärmen, sofern man sparsam damit umging. Gleich um die Ecke standen allerlei Möbel und Kisten, dazwischen befand sich die Eingangstür zum Luftschutzraum.

Apollonia führte die noch immer zitternde Elsa zu einem ausgedienten Sessel, ein Fuß war abgebrochen, zur Not ließ sich bequem darauf sitzen. Sie nahm Elsas Hand in die ihren.

„Es ist vorbei. Keine Angst mehr."

Der Schreck wollte aber nicht so schnell weichen, Elsa brauchte eine Weile, bis sie wieder in das Hier und Jetzt zurückkehrte. Allmählich ließ das Zittern nach, der Atem beruhigte sich. Sie blickte um sich, suchte im Halblicht etwas zu erkennen.

„Wo sind wir?"

„Keller von fremdem Haus."

Elsa nickte zögernd. „Geht es dir gut?"

Apollonia bejahte. Aber es war kühl hier unten und es roch schimmelig. Bestimmt lauerten in den finstren Ecken Spinnen, Mäuse oder noch Schlimmeres. Sie rieb sich die Hände, umfasste die Arme, das dünne Hemd fühlte sich feucht an.

„Kalt."

Elsa streckte ihr die Hand entgegen. „Hilf mir auf." Dieses Ungetüm von altem Sessel verschluckte seinen Gast geradezu, sodass kaum ein selbständiges Aufstehen möglich war. Eine Sprungfeder drückte gegen den Oberschenkel, die Armlehne war aufgesprungen, das Futter quoll hervor. Etwas schien darin zu leben, es kroch herum. Sie wollte nicht damit in Berührung kommen.

„Umschauen. Vielleicht finden wir etwas."

Sie machten sich über die Kisten her, die beim Eingang zum Luftschutzraum gestapelt waren, und tatsächlich, in einer fanden sie Kleidung, Sommersachen zwar, aber immerhin kamen sie damit aus ihren Nachthemden heraus. Damit würden sie sich einfacher in den Straßen von Würzburg bewegen können, ohne gleich angesprochen zu werden. Elsa hatte nun eine Kittelschürze an und Apollonia leichte Männerhosen, eine Jacke und endlich feste Schuhe. Die langen Haare steckten unter einer Mütze. Alles war mindestens eine Nummer zu groß, aber wen störte es?

Mit frischem Mut gingen sie die Stufen hoch, traten hinaus auf die Straße. Die Sonne schien immer noch kräftig, so sehr, dass Apollonia bereits in der Neubaustraße die Jacke öffnete. Auf ihrem Weg durch die engen Gassen passierten sie Häuser mit weißen Aufschriften, darunter das Kürzel NA, es stand für Notausstieg aus dem Luftschutzraum, der mit SR gekennzeichnet war, oder D beziehungsweise MD für Mauerdurchbruch.

„Runter zum Main", schlug Elsa vor. „Ein Schiff, irgendwohin."

Apollonia war vorerst damit einverstanden, doch an der Kreuzung zur Augustinerstraße machte sie unversehens Halt.

„Warum gehst du nicht weiter?", fragte Elsa.

In Apollonias Augen konnte sie Zweifel erkennen, irgendetwas machte ihr zu schaffen.

„Was ist?"

„Zurück", antwortete sie knapp.

„Wohin zurück?"

„Krankenhaus."

„Bist du …?" Elsa schnappte nach Luft wegen dieser völlig unverständlichen Kehrtwende. „Warum?"

„Professor fragen."

„Was willst du fragen?"

„Wo Eltern sind."

Elsa seufzte. Wie sollte sie es ihr beibringen? Es war ohnehin ein Wunder, dass sie überlebt hatte, für ihre Eltern gab es keine

Rettung. Als sie seinerzeit die Nervenklinik betreten hatten, war ihr Schicksal besiegelt. So war es bei allen, die Elsa in den Jahren hatte kommen und gehen sehen. Sie verschwanden einfach, ohne jede Spur, ohne dass jemand auch nur ein Wort über ihren Verbleib erfuhr. Die Angehörigen konnten sich die Seele aus dem Leib flennen – sie erhielten nichts weiter als eine Sterbeurkunde. Im Park hinter der Klinik fanden sie sich zusammen und beweinten ihr Schicksal, den plötzlichen Tod der Schwester, der Mutter, des Vaters. Elsa konnte sie nur ein wenig trösten, dann verabschiedeten sie sich und die Nächsten kamen. Jahrein, jahraus.

„Professor ist kein Freund", sagte Elsa knapp. „Böse."

Davon wollte Apollonia nichts hören. Sie schüttelte energisch den Kopf. „Professor hilft. Mama, Papa, nach Hause."

„Nein, Professor ist Teufel. Glaub mir."

„Du lügst."

Sie wandte sich ab wie ein trotziges Kind, was sie im Grund genommen noch war, daran änderte auch ihr entwickelter Körper nichts, im Kopf war sie noch immer ein Kindergartenkind.

„Wo willst du hin?", rief Elsa ihr nach.

„Professor", kam es zurück.

„Du wirst sterben."

Apollonia reagierte nicht darauf, ging einfach weiter, als hätte sie nie etwas anderes vorgehabt. Elsa hastete ihr nach.

„Bleib stehen."

„Mama, Papa holen", erwiderte sie.

Elsa stellte sich ihr in den Weg. „Tot. Mama und Papa sind tot."

„Du lügst."

Sie drängte sich an ihr vorbei, Elsa hielt sie fest, Apollonias Mütze ging zu Boden, das lange Haar entfaltete sich.

„Klinik ist dein Grab."

Die Auseinandersetzung wäre wohl noch weitergegangen, wenn nicht ein schwarzes Auto die Augustinerstraße heraufgekommen wäre. Die Insassen schienen sich für die Streitenden zu interessieren, denn sie hielten auf sie zu, bis einer von ihnen ausstieg. Es war Kurt.

„Was ist hier los?"

Noch im selben Augenblick kamen ihm die langen Haare Apollonias und ihre Männerkleidung verdächtig vor. Kein Weibsbild trug Hosen, selbst die Flüchtlinge nicht.

„Ausweis!", herrschte er sie an.

Apollonia wusste nichts damit anzufangen, Elsa erfasste im Angesicht der SS-Uniform Panik und ein Gedanke: Im Zweifelsfall folgte die Polizei immer dem, der davonlief.

... / Luftschutzbunker Mönchberg
Letzter Hieb

Dieser Arbeitstag hätte mit der Mittagspause in der Sonne enden können. Niemand verspürte große Lust, bei diesem Wetter in den kühlen und dunklen Bunker zurückzukehren, auch Charlotte nicht und schon gar nicht ihre Kolleginnen, die nichts sehnlicher herbeiwünschten, als mit dem Freund oder dem Ehemann einen Spaziergang am Main zu unternehmen.

Während sie jede freie Minute an der frischen Luft bis zur Gänze ausreizten, saß Charlotte als Erste wieder am Funkgerät und hörte die Meldungen der anderen Warnstationen ab. An ihrer Seite war Unteroffizier Tomas, der sich einen Kopfhörer geschnappt hatte und sie dabei unterstützte.

Noch war der Himmel frei von feindlichen Flugzeugen, was nicht wunderte, denn gewöhnlich griffen sie erst in der Dunkelheit an. Sonnenuntergang war für 19:22 Uhr vorhergesagt, rund eine Stunde später herrschte vollkommene Dunkelheit. Die Tommys würden erst gegen 17 Uhr losfliegen, irgendwo in den deutschen Luftraum eindringen und erst im letzten Moment den Kurs zu ihrem eigentlichen Ziel hin ändern, damit die Verteidiger keine Zeit hatten, darauf zu reagieren. So war es bisher immer gewesen und es gab keine Anzeichen und keinen Grund, wieso sie an ihrer Strategie etwas ändern sollten.

Noch bestand also keine Gefahr für Würzburg, der Luftraum war feindfrei, die Meldungen der anderen Warnstationen bezogen sich auf das Wetter, und das war hervorragend.

„Heute ist ein verflucht schöner Tag für einen Angriff", sagte Tomas. „Wenn ich Kommandant der Tommys wäre, ich würde alle meine Maschinen losschicken. Freie Sicht, keine Wolke am Himmel und die deutsche Luftwaffe nur noch ein Witz."

„Gott behüte", antwortete Charlotte. „Die Tommys werden doch noch ein Wochenende kennen."

„Ich fürchte, darauf werden sie keine Rücksicht nehmen. Die Gelegenheit ist einfach zu günstig."

„Sie sind ein Pessimist", sagte Charlotte mit einem Lächeln.

Dieser Unteroffizier machte auf den zweiten Blick gar keinen so schlechten Eindruck, jetzt umso mehr, da er nahe bei ihr saß und sie ausreichend Zeit hatte, ihn zu studieren. Die Haare schwarz und gut frisiert, die Stirn gerade, die Nase ein wenig gebogen, die Lippen zart geformt und die Haut glattrasiert. Er hatte eine angenehme Art, war still, vielleicht etwas zu sehr, die Kolleginnen wünschten sich, dass er mehr von sich preisgab, was er aber nicht tat, das machte ihn geheimnisvoll. Er scheute den direkten Blickkontakt, was für einen Unteroffizier mehr als ungewöhnlich war, stattdessen gab er seine Anweisungen wohl überlegt und freundlich, so dass keine Fragen offenblieben. Wenn Charlotte an heute Abend und den Grafen aus Berlin dachte … kein Vergleich. Ihr grauste vor jeglicher preußischer Speichelleckerei, diesen sturen Karrieristen, den strammen Schreibtischkämpfern … Wenn sie ihrer Mutter stattdessen Tomas als Ehemann präsentierte, mein Gott, was gäbe das für einen Aufschrei.

„Warum schauen Sie mich so an?"

Charlotte räusperte sich. „Entschuldigung, ich war in Gedanken." Himmel, hoffentlich wurde sie nicht rot.

„Ich bin kein Pessimist", rechtfertigte sich Tomas. „Ich zähle nur eins und eins zusammen. Das Wetter und die schwache Gegenwehr ergeben eine optimale Ausgangslage für einen Angriff."

„Würzburg ist bisher größtenteils verschont worden. Wieso sollte sich das ändern? Das Wetter ist auch in ein paar Wochen noch schön."

„Richtig, und genau darin liegt die Gefahr. Ihr fühlt euch verdammt sicher."

„Es wird schon einen Grund geben, warum die Tommys einen Bogen um Würzburg machen. Es sind Gentlemen, die Kunst, Kultur und Historie zu schätzen wissen."

„Ich fürchte, nach Coventry ist das nicht mehr so …" Tomas fiel etwas ein, er fuhr mit dem Zeigefinger über seine Schläfe, als suchte er sich an etwas zu erinnern. „Es war im November vor fünf Jahren, zu Beginn des Luftkriegs mit England. Der Angriff auf Coventry hieß Operation Mondscheinsonate."

„Das ist ein Stück von Beethoven", fügte Charlotte hinzu. Sie hatte es mit Paul oft gespielt.

„Und heute Morgen hatten wir die Symphonie von Mozart. Damit ist klar, dass ein Angriff auf eine oder mehrere deutsche Städte unmittelbar bevorsteht. Die Frage ist nur: Wo werden die Tommys zuschlagen?"

Erneut gingen Charlotte die Gedanken über das Mozartfest in Würzburg durch den Kopf, aber sie hatte keine Gelegenheit, sie zu äußern. Eine Kollegin stand plötzlich in der Tür.

„Dr. Otto will Sie sprechen, Herr Unteroffizier."

Tomas erhob sich. „Ist er nicht schon nach Greußenheim aufgebrochen? Er hat doch eine Veranstaltung dort."

„Offensichtlich noch nicht." Sie lächelte verdruckst mit Blick auf Charlotte, wohlwissend, dass sie in ein vertrautes Gespräch geplatzt war. „Tschuldigung."

Tomas verließ den Raum, Charlotte schaute ihm nach. Sollte sie ihm von ihrer Vermutung erzählen?

Die Oberschwester war nicht in Sicht. Der Moment schien günstig, um eine Schwester auf dem Weg ins Behandlungszimmer abzupassen.

„Luzie!", rief Fanny und winkte die Schwester heran.

„Was ist? Ich habe alle Hände voll zu tun."

„Ich brauch deine Hilfe."

„Was ist jetzt schon wieder?"

Fanny bugsierte sie ins Treppenhaus, wo es zwar nicht weniger turbulent zuging als auf dem Gang, aber dort waren sie aus der Sichtweite der Oberschwester. Fanny zeigte ihr den Zettel, der aus der Krankenakte geglitten war.

„Kannst du mir sagen, was das rote Kreuz hier zu bedeuten hat?"

Luzies Blick huschte über Namen, Datum, Unterschriften.

„Wo hast du das her?", fragte sie. Ihre Stimme klang besorgt, fast alarmiert.

„Ist aus einer Krankenakte gerutscht, die die Oberschwester vom Dachboden geholt hat."

„Besser, du lässt das wieder verschwinden. Ich will nichts damit zu tun haben." Sie machte Anstalten, auf Station zurückzugehen, doch Fanny hielt sie fest.

„Warum? Was ist so gefährlich daran?"

„Das kann uns den Kopf kosten."

„Bitte, es ist wichtig."

Luzie seufzte, ein kurzer Blick zur Seite, wo ein Soldat auf den Stufen saß und mit Schmerzen kämpfte.

„Niemand darf offiziell davon wissen", begann sie, „auch wenn es jeder weiß, der sich nicht mit der erstbesten Antwort zufriedengibt. Das rote Kreuz auf dem Krankenblatt bedeutet, dass diese Familie nach Hadamar gebracht wurde." Sie sprach nicht weiter, schaute sich stattdessen um, ob sie jemand belauschte.

„Ja und? Das ist doch eine Heilanstalt."

„Heilanstalt … Dummchen", sie lächelte bitter, „das ist der Tod."

„Verstehe ich nicht."

„Die Heilanstalt in Hadamar heilt mit einer tödlichen Tablette, Gas und einer Giftspritze oder sie lassen die Patienten einfach verhungern."

„Aber das sind doch nur böswillige Gerüchte."

„Sagt wer?"

„Ich weiß nicht … jeder."

„Ja, jeder, der sich nicht das Maul verbrennen will oder selbst im Zuchthaus landen will. Ich sage dir, lass den Zettel ganz schnell verschwinden und vergiss, was du gesehen hast."

„Aber da ist doch die Unterschrift von unserem Professor drauf."

„ Unser Professor …", Luzie teilte Fannys Wertschätzung für ihren Chef offensichtlich nicht, „unser Professor ist der Kopf von all dem. Er hat dieses Töten überhaupt erst erfunden."

„Das … das ist unmöglich. Er kann keiner Fliege etwas zuleide tun, er gibt sich alle Mühe …"

„Träum weiter. Ich sage dir: Er ist ein Teufel."

Damit war die Unterhaltung beendet. Luzie ging wieder auf Station und ließ eine verunsicherte Fanny zurück. Ihre Worte hallten nach. Hadamar. Giftgas. Verhungern lassen. Unser Professor, ein Teufel.

Das konnte nicht sein. Sie hätte doch etwas bemerkt. Das ließ sich doch nicht auf Dauer verschweigen. Die vielen Schwestern, die Ärzte, die Angehörigen … Irgendjemand hätte irgendwann Stopp gerufen, die Polizei informiert oder was auch immer.

Luzie war eine hinterhältige Rufmörderin. Sie hasste die Oberschwester, den Professor, die gesamte Klinik. Anders ließ sich ihr Verhalten nicht erklären. Und sie brachte die Schwestern in Verruf. Sie machte sie damit zu Helfershelfern. Das war unverantwortlich.

Fanny steckte den Zettel wieder ein. Sie würde zum Professor gehen und ihn bitten, ihre Entlassung durch die Oberschwester zu widerrufen. Schließlich hatte sie sich an diesem Morgen als mutig und einfallsreich erwiesen. Keiner der Ärzte und schon gar nicht die Oberschwester hatten die Situation bewältigen können. Sie war es gewesen, die Hilfsschwester in Ausbildung. Man müsste eben noch etwas Geduld mit ihr haben, bis sie ebenso gut funktionierte wie die anderen.

Auf dem Weg zum Büro des Professors keimten erste Zweifel an ihrer Vorgehensweise. Dieser Zettel trug die Unterschrift des Professors. Wenn an dem roten Kreuz irgendetwas faul war, dann trug er die Verantwortung. Sie würde ihn also mit seinem eigenen Versagen konfrontieren. Das war keine gute Grundlage für die Aufhebung der Entlassung. Sie brauchte unbedingt ein besseres Argument.

Dieses Mädchen Apollonia fiel ihr ein und die Reaktion Elsas auf ihr Vorhaben, den Professor zurate zu ziehen. Sie hatte Elsa noch nie so erlebt, geschweige denn, dass sie wegen irgendetwas weglaufen würde. Was wusste sie über den Professor, das Fanny noch nicht wusste? Es musste etwas sein, das in der Vergangenheit lag, schließlich war Elsa unter den verbliebenen Patienten die, die am längsten auf Station war. Im Vergleich zu früher, so hatten es ihr die Schwestern erzählt, befand sich nur noch eine verschwindend geringe Anzahl von Patienten hier. Wo waren sie geblieben? Viele wurden in andere Kliniken verlegt, denn so war ja das System der schnellen und besseren Behandlung von Patienten angelegt. Die übrigen Kliniken im Reich handelten genauso. Was bedeutete es dann, wenn sich in der Würzburger Nervenklinik so wenig Patienten aufhielten? Wurden sie andernorts tatsächlich besser behandelt als hier?

Das konnte eigentlich nicht sein. Professor Werner war eine reichsweit bekannte Koryphäe, jeder hätte sich glücklich schätzen dürfen, seinen verwirrten oder geisteskranken Angehörigen in seine Obhut zu stellen. In Elsas Fall war es ja so. Ihr Bruder, der hohe SS-Offizier, bestand auf einer Behandlung beim Professor, und nur bei ihm. Die Verlegung in eine andere Klinik war bei ihr nie in Betracht gekommen. Andere, die nicht so viel Einfluss hatten, konnten nichts anderes tun, als zuzusehen, wie ihre Liebsten auf weit entfernte Kliniken im Reich verteilt wurden. Da half kein Heulen und kein Jammern. Sie mussten sich fügen und Abschied nehmen. Irgendwann tauchte dann eine Todesbescheinigung auf, mitunter mit einer kaum nachvollziehbaren Todesursache, die die Angehörigen stutzig, ja auch wütend machte.

Wieso war Fanny das nicht schon früher aufgefallen? Wieso hatte sie sich so schnell mit den Bekundungen der Kolleginnen abgefunden? Spätestens seit die eigene Station unter der Leitung eines berühmten Nervenarztes bis auf ein Dutzend Patienten verwaist war, hätte sie doch merken müssen, dass an dem nach außen propagierten System der Verlegung etwas nicht stimmen konnte.

Konnte es sein, dass Luzie tatsächlich recht hatte?

Der Gedanke schüttelte sie. Wenn er der Wahrheit entsprach, hätte der Professor diese Klinik zu einem Verteilzentrum gemacht, wo die Patienten auf die anderen Heilanstalten überwies, die offenbar nichts anderes taten als die Würzburger Klinik: Sie handelten mit dem Tod.

An der Tür zum Büro des Professors angekommen, zögerte sie. Wenn sie jetzt klopfte und er sie hereinbat, gab es kein Zurück mehr, kein Überdenken und auch keine Überprüfung der Informationen, die ihr Luzie gegeben hatte. Sollte sie es wagen?

··· / Am Vierröhrenbrunnen

Die Säule des Brunnens warf einen langen Schatten auf die Straße, auf ihrer Spitze thronte die Frankonia. Niemandem fiel auf, dass ihr Schatten – einem mahnenden Zeigefinger gleich – auf das große weiße Schild zeigte, das am Grafeneckart unter dem Schriftzug des Ratskellers angebracht war. Darauf wurde auf die öffentlichen Luftschutzräume hingewiesen, die sich in der Nähe befanden. An erster Stelle auf den in der Domstraße Nummer 15, nur fünfzig Meter entfernt.

Am Nachbarhaus, Domstraße Nummer 9, brachen sich die Schatten in den Arkaden, zwei weiße Vierecke mit der Aufschrift *ufa* luden auf einen Kinobesuch in die Luitpold-Lichtspiele ein. Der Film *Annelie* mit Luise Ullrich und Werner Krauss wurde gezeigt, die herzzerreißende Geschichte eines Mädchens, später Frau und Mutter, das in seinem Leben immer fünfzehn Minuten zu spät kommt und letztlich vereinsamt stirbt. Die Fenster in den darüberliegenden Stockwerken waren zum Teil mit Pappe verklebt, ein noch nicht repariertes Überbleibsel des Bombenangriffs im Februar.

Mehr als die Hälfte der Zigaretten war für Käse, Brot und etwas Wein draufgegangen. Julius war schwindelig, er hatte noch nie so viel Wein getrunken. Die Fußgänger in der Domstraße schienen ineinanderzulaufen und sich wieder zu trennen, als sei nichts geschehen. Die Glocken des Doms kamen ihm viel lauter vor als sonst, sie hallten in seinem Kopf wider, ein Geläut, das er so schnell nicht mehr vergessen würde.

Ganz anders Eugen. Er schnalzte mit der Zunge, nachdem er den letzten Tropfen getrunken hatte. Er schielte zu Julius. „Davon könnte ich noch ein gutes Stück trinken."

„Schoppen heißt das hier", verbesserte Julius. „Das ist exakt ein Viertelliter. Kein Tropfen weniger, sonst gibt's Ärger."

„Klingt lustig, fast wie hoppe Reiter."

Das war nicht abwegig. Der Wein in seinem Kopf ließ seine Sinne hüpfen und springen, nichts war mehr klar und ruhig. Lange würde er sich nicht mehr auf der Brunnenmauer halten können, bevor er rücklings in das leere Bassin stürzte.

„Was machen wir jetzt?", fragte Eugen. „Ich hätte Lust, noch was zu unternehmen." Er stellte sich auf die Mauer, holte Schwung und schlug ein Rad, wie er es in der Schule gelernt hatte. Julius hatte das niemals geschafft, in der Mitte der Bewegung war er immer auf dem Hosenboden gelandet.

„Du kannst so viele Dinge", sagte Julius. „Woher kommt das?"

„Das ist doch nichts Besonderes. Das kann jeder. Du solltest mich mal auf den Firsten der Dächer balancieren sehen. Das ist was für echte Kerle. Da geht's um Leben und Tod. Ein falscher Schritt, und du bist Pfannkuchen."

„Pfannkuchen?" Das war ein lustiger Vergleich, und je mehr das Wort in Julius' Kopf hin und her sprang, desto lustiger fand er es. Ein befreiendes Lachen überfiel ihn.

„Was ist so lustig?", fragte Eugen unsicher.

„Na ja, Pfann-Kuchen." Er dehnte das Wort, schlug mit beiden Handinnenseiten aufeinander, dass es klatschte. „Pfann-Kuchen." Er konnte gar nicht mehr aufhören zu lachen. „Pfann…"

„Du willst mich veräppeln, oder?" Eugen baute sich vor ihm auf, drohend, die Augenbrauen gekrümmt.

„Nein, es ist nur … Pfann…" Er lachte ihm laut und hemmungslos ins Gesicht. „Dabei müsste es doch … Platschkuchen heißen." Wieder überkam ihn ein Anfall, dass es ihn krümmte.

Zweifelnd verfolgte Eugen dieses seltsame Verhalten seines neuen Freunds. Führte er ihn gerade vor oder war das die Auswirkung des Alkohols? Er beschloss Letzteres anzunehmen und so stimmte er in das Lachen ein, nicht lange allerdings, sein Freund machte auf einmal ein seltsam ernstes Gesicht, um sich gleich darauf zu übergeben. Da gingen der gute Käse und das leckere Brot dahin, geradewegs in das Bassin hinter ihm.

„Sachte, sachte", sagte Eugen und klopfte ihm leicht auf den Rücken. „Wer keinen Alkohol verträgt, sollte ihn anderen überlassen."

Julius wischte sich den Mund ab. Wenn er genauso aussah, wie er sich jetzt fühlte, dann sollte ihn seine Mutter besser nicht zu Gesicht bekommen. Noch immer drehte sich die Welt vor seinen Augen, nicht mehr so arg, aber sie war in Bewegung. Nie wieder würde er Wein trinken, nie wieder!

„Besser?", fragte Eugen.

Er nickte. „So ist es also, wenn man betrunken ist."

„Es muss nicht immer so enden", antwortete Eugen mit einem Grinsen. „Manche machen wirklich dumme Sachen oder werden rauflustig. Mutter sagte immer: Kinder und Betrunkene sagen die Wahrheit. Weißt du auch, warum?"

Julius zuckte die Achseln.

„Weil dann der wahre Charakter eines Menschen ans Licht kommt."

„Quatsch, ich kann ganz schön lügen, wenn ich will."

„Das bedeutet nur, dass du kein Kind mehr bist."

„Oder dass der Wein bei mir nicht viel ausrichten kann."

„Das hat man ja gerade gesehen."

Während sie lachten, lief hinter Eugens Rücken jemand vorbei, der Julius' Aufmerksamkeit einnahm. Er stupste Eugen an.

„Guck mal." Er zeigte auf jemanden in viel zu großer Männerkleidung und mit einem Mädchengesicht mit langen Haaren. „Ich glaube, die ist immer noch im Fasching."

„Bist du sicher, dass das ein Mädchen ist?"

„Komm, lass es uns herausfinden."

Sie liefen ihr nach, pfiffen ihr hinterher. „Hey, du, bleib stehen."

Keine Reaktion. Dieses seltsame Mädchen achtete gar nicht auf sie, genauso wenig wie auf die Radfahrer und Fußgänger. Autos waren nur wenige unterwegs und selbst die schnitt sie, als gehörte die gesamte Domstraße ihr. Wenn sie so weitermachte, lief sie dem nächsten Fuhrkarren direkt vor die Räder. Die Kleine, die gar nicht so klein war, sie überragte Julius um einen Kopf, ging auf die Schustergasse zu, wo sie unter den vielen Neuankömmlingen verschwinden würde, wenn sie sie nicht vorher abpassten. Julius fasste sich ein Herz und zog sie am Ärmel.

„Jetzt bleib doch stehen. Wir wollen nur mit dir reden." Das Mädchen drehte sich zu ihm um, verschreckt, abwesend, in ihrem Wahn gefangen. Ihr Blick ging geradewegs durch Julius hindurch, sie zog am Ärmel, als sei sie an etwas hängengeblieben.

„Wer bist du?", fragte Julius.

Sie antwortete nicht.

„Sag schon. Wie heißt du, und wieso kleidest du dich wie ein Mann? Fasching ist längst vorbei." Er lachte, dachte, es sei lustig, doch Apollonia riss sich los und ging weiter. Schon lange hatte Julius niemand mehr so behandelt, Ärger kam auf.

„Lass sie", sagte Eugen und hielt ihn von einer weiteren Verfolgung ab. „Wer weiß, was mit ihr los ist."

„Mir egal", protestierte Julius, „sie kann mich doch nicht einfach behandeln, als wäre ich Luft."

Er lief ihr nach, was nicht leicht war, in der engen Gasse ging es geschäftig zu, von vorne kamen Leute, von den Seiten wurde er um ein Almosen angesprochen. An der Ecke zum Schmalzmarkt sah er sie gerade noch abbiegen, in seinem Rücken Eugen, der wenig Lust auf eine Verfolgungsjagd verspürte, aber an ihm dranblieb. Dann endlich, die Fassade von Neumünster tat sich bereits vor ihm auf, bekam Julius sie zu fassen.

„Hab ich dich."

Apollonia fuhr herum. Julius landete auf dem Hosenboden, über ihm das zornige Gesicht dieses fremden Mädchens. War das ein Schlag gewesen?

„Was?!", keifte sie ihn an.

Es dauerte einen Moment, bis sich Julius wieder fing, derweil rieb er sich die schmerzende Wange. „Warum schlägst du mich?" Er schaute in diese erbosten Augen, die ihn auf der Stelle mutlos machten, noch nie, glaubte er, hatte er so hasserfüllte Augen gesehen.

„Geh weg!", zischte sie, ihre rechte Hand drohend erhoben.

Julius duckte sich in böser Vorahnung auf einen zweiten Schwinger, da fiel Eugen ihr energisch in den Arm.

„Es reicht", bestimmte er lautstark, „er liegt schon am Boden."

Gegen diese Urgewalt konnte Apollonia nichts ausrichten, auch wenn sie sich Eugen gerne als Nächsten vorgenommen hätte. Stattdessen starrte sie in die strahlend blauen Augen dieses großen blonden Jungen, der ihr irgendwie vertraut vorkam. Der Blick dauerte länger als gewöhnlich. So schaute man nur jemanden an, den man wiedererkannte oder glaubte, wiederzuerkennen.

„Du hast ihn besiegt, in Ordnung?", schob Eugen nach, als sie immer noch nicht verstanden hatte, dass der Kampf zu Ende war.

Aus dem Strom der Passanten löste sich ein Mann, der Julius erkannte.

„Was ist hier los?!", fragte Pfarrer Titus. Er beugte sich zu seinem Ministranten hinunter und half ihm auf. „Sag, Julius, haben dich die Jungen geschlagen?" Sein Blick war giftig, man konnte dabei nicht auf brüderliche Nächstenliebe hoffen.

Julius schüttelte den Kopf. Verlegen gab er es zu. „Nur sie war es."

Verwirrt suchte Titus diese Sie in den beiden zu erkennen, beide trugen sie Hosen, der eine ein ausgebeultes Jackett, der andere einen Pullover. Erst die langen Haare brachten ihn auf die richtige Spur.

„Du bist … ein Mädchen", sagte er verwundert, fasste sich dann aber wieder. „Warum hast du Julius geschlagen?"

Doch von Apollonia war keine Antwort zu erwarten. Sie wand sich aus Eugens Griff, schaute ihm noch mal tief in die Augen und ging dann weiter, bis sie am Kürschnerhof aus dem Blickfeld verschwand.

„Ein seltsames Mädchen", sagte Eugen.

„Sie hat dich angesehen, als würde sie dich kennen", erwiderte Julius.

„Das wüsste ich aber."

„Genug damit", beschied Titus. „Ihr solltet euch nicht auf der Straße prügeln. Es sind so viele Fremde in der Stadt …" Er brach ab, Eugen war ihm ja auch fremd. „Kommt, lasst uns gehen."

„Wohin?", fragte Julius.

„Zum Dom. Ich kann eure Hilfe gebrauchen."

„Was gibt es zu tun?"

„Sag ich euch unterwegs."

Sie gingen zum Kürschnerhof, dann rechts auf das Portal des Doms zu. Sie dachten an nichts Schlimmes, da drängte sich unversehens jemand zwischen sie. Es war Apollonia und sie gab sich alle Mühe, nicht von dem Mann in dem schwarzen Wagen gesehen zu werden, der an ihnen vorbeifuhr. Darin erkannte Titus Kurt, den Chef der Kriminalpolizei.

Es waren nur noch drei Stunden, bis die ersten Gäste eintreffen würden. Die Reinigung des Hauses war so weit abgeschlossen, jetzt ging es um die Vorbereitung der Feier. In der Küche herrschte Hochbetrieb, die Köchin kommandierte ihre Helfer, der Diener schaffte die Getränke heran und Hildegard wachte über allem – nicht mehr mit der gleichen Konzentration wie zu Beginn des Tages, dafür standen das überraschende Auftauchen Germans und das Geheimhalten seiner Anwesenheit zu sehr im Vordergrund, aber immer noch mit der gebotenen Aufmerksamkeit einer preußischen Hausherrin. Alles musste noch ein Stück schneller gehen als sonst, sie packte nun selbst mit an, was die eine oder andere Haushaltshilfe verwundert zur Kenntnis nahm.

Die steigende Unruhe im Haus ging an Paul und Philomena nicht spurlos vorüber, konzentriertes Proben war nicht mehr möglich.

„Wir machen besser Schluss", sagte Philomena, inzwischen war sie vom Schneider zurückgekehrt, hatte einen Koffer mitgebracht, darin die Kleider für den Abend. Sie würde eines der Gästezimmer im Obergeschoss als Garderobe beanspruchen, was Hildegard vor eine weitere Herausforderung stellte. Eigentlich war Charlottes Zimmer dafür vorgesehen, nun aber befand sich German darin. Sie hatte Philomena kurzerhand ihr Zimmer zur Verfügung gestellt, was letztlich aber bedeutete, dass Hildegard diese Nacht im Bett ihres Mannes verbringen musste. Wie sie damit umgehen würde, wusste sie noch nicht. Am besten, sie verwies ihn für die Nacht aus dem Haus, sollte er in seiner Klinik schlafen.

Paul fasste die Notenblätter zusammen. „Es wird ein unvergesslicher Abend", sagte er in Erwartung der bevorstehenden Ereignisse. „Die Gäste werden Sie lieben."

Die paar Stunden, die er nun mit ihr am Klavier hatte verbringen dürfen, waren sicherlich die erfülltesten seit Jahren gewesen. Jeder

Liebhaber der klassischen Musik würde das verstehen. Philomenas Stimme mochte vielleicht ihren Leistungszenit bereits ein wenig überschritten haben, aber noch immer war sie virtuos und begeisternd. Daran bestand kein Zweifel, genauso wenig wie an Pauls verstörenden Zuneigung dieser göttlichen Künstlerin gegenüber, die gleichzeitig auch, ohne sich dessen bewusst zu sein, sein größter Feind war.

Immer öfter verfluchte er seinen Vater und dessen Deutschtümelei. Selbst als die Nazis schona an die Macht gekommen waren und er noch immer glaubte, Hitler und seine Schergen seien nichts weiter als ein vorübergehendes Magengeschwür, selbst dann wollte er partout nicht wahrhaben, dass er seine Existenz als Deutscher verwirkt hatte. Der stolze Weltkriegskämpfer an der eisernen Front in Frankreich war nun verfemt, aus der Gesellschaft ausgestoßen, seiner Identität beraubt.

Und Paul? Er war kein Stück besser als sein Vater, nichts weiter als ein dressiertes Schoßhündchen dieser selbsternannten Herrenmenschen, unfähig, sich aus seiner Bewunderung für alles Deutsche zu lösen. Dieses Naziweibsbild Philomena war der Beweis. Wenn sie ihm nur mit einem einzigen Augenaufschlag signalisierte, dass er ihr zu Diensten sein durfte, er würde sich ihr wider alle Vernunft ergeben. Nur der Gnadenschuss würde ihn vor der Aufgabe seiner letzten Prinzipien noch retten.

„Ich werde kurz nach Beginn des Festes im Salon erscheinen", sagte Philomena und meinte damit den Auftritt vor ihrem Publikum. „Ich erwarte, dass du vorher noch mal alles überprüft hast. Kann ich mich auf dich verlassen?"

Die Frage war rhetorisch, eigentlichen als Befehl gemeint. Natürlich würde er das tun, auch ohne ihren Hinweis. Es würde die Krönung seiner Karriere sein, um nichts in der Welt würde er das gefährden.

Paul nickte. „Sie können sich auf mich verlassen." Sein Blick ging unwillkürlich zur Seite, hinaus in den Garten, wo Viktor noch immer am Blumenbeet arbeitete. Es musste ihm noch etwas einfallen, wie er Viktor hierbehalten konnte, statt dass er in die Keller der Nervenklinik zurückgebracht wurde.

„Gut", erwiderte sie. „Ich werde mich noch eine Stunde aufs Ohr legen. Bis heute Abend." Ein kurzer Anflug eines Lächelns zeigte sich auf ihrem Gesicht, für Paul zugleich Labsal und Hohn. Er lächelte zurück. Sie ging in den Flur, nahm die Treppe ins Obergeschoss.

Das Telefon klingelte.

Aus dem Esszimmer eilte Hildegard an den Hörer.

„Ja, hier …" Weiter kam sie nicht. Die Anruferin hatte eine wichtige Nachricht zu übermitteln. Hildegard verstand nicht, schon gar nicht, dass nicht ihr oder ihrem Mann der Anruf galt, sondern … Paul?

„Hören Sie", sagte sie ernst, „das ist …"

Wieder fuhr die Anruferin ihr über den Mund. Hildegards Unmut wuchs, nicht allein der Ungeheuerlichkeit wegen, sie hatte andere Dinge zu tun als …

„Es reicht", sagte sie schließlich, „wenn Sie mir etwas mitzuteilen haben, dann sagen Sie es, ansonsten wünsche ich Ihnen noch einen schönen Tag." Sie wartete noch einen Augenblick, dann legte sie unerbittlich auf. „So eine Unverschämtheit."

Paul ging mit dem Notenbündel unterm Arm an ihr vorüber. „Ich werde jetzt gehen, gnädige Frau."

Sie nickte in Gedanken versunken. „Wann kommst du wieder?"

„Ich werde zirka eine halbe Stunde vorher da sein."

„Ist mit Philomena alles in Ordnung? Kommt ihr zurecht?"

„Sicher, sie singt wie eine Göttin."

„Sehr gut. Ich zähle auf euch."

„Ich werde Sie nicht enttäuschen."

Er öffnete die Tür.

„Hast du jemandem unsere Nummer gegeben?", schickte sie ihm hinterher.

„Nein."

Sie zögerte. „Da wollte dich jemand sprechen."

Nicht weniger erstaunt war Paul. „Mich?"

„Ja, eine Frau vom Roten Kreuz. Sie faselte etwas von Mozart und einer Symphonie. Du wüsstest schon, was das zu bedeuten hat."

*

Der Anzug seines Vaters fühlte sich seltsam an. Das Jackett saß locker, hatte kaum Gewicht. Die Hose war etwas weit am Bund, der Gürtel umfasste die dünne Taille erst am letzten Loch. Das weiße Hemd war gebügelt, es roch frisch nach einer Blumenwiese. Wenn man nichts mehr anderes kannte als den Krieg, dann war so ein Anzug ein ziemlich fahrlässiges Kleidungsstück. Beim ersten Sturz in einen Graben oder beim Robben auf den Ellbogen würde es in Fetzen reißen. Kein Vergleich mit einer robusten Uniform.

Vielleicht lag es aber auch nur daran, dass German schon lange keine Zivilkleidung mehr getragen hatte. Er musste sich erst wieder daran gewöhnen, die Uniform würde er niemals mehr anziehen, komme, was da wolle. Den Blick in den großen Spiegel vermied er, noch war es nicht soweit, dass er sich als Zivilist sehen wollte.

Einen letzten Auftrag galt es zu erfüllen. Dafür war der Anzug die richtige Uniform, er musste sich unauffällig zwischen den Zivilisten bewegen können. Er nahm seine Walther PPK aus dem Halfter, überprüfte das Magazin, lud sie durch.

Da ging unvermittelt die Tür auf. Seine spontane Reaktion war antrainiert, über Kimme und Korn sah er eine Frau dort stehen.

„Wer sind Sie?"

Die Frau schreckte zurück, vergaß sogar, die Hände hochzunehmen, so überrascht war sie, und vermutlich kannte sie auch die richtige Verhaltensregel nicht, wenn sie mit der Mündung einer Waffe konfrontiert wurde.

„Ich bin Philomena." Ihre Stimme klang ungewohnt dünn. „Ich singe heute Abend."

Es dauerte einen Moment, bis German begriff. Er war nicht länger im Krieg, auf fremdem Terrain, wo er jederzeit bereit sein musste. Wenngleich er hier auch noch eine Schlacht zu schlagen hatte.

„Entschuldigen, Sie. Es war ein Reflex. Sie haben nichts zu befürchten." Er steckte die Waffe ins Jackett. „Ich bin Johannes, ein Freund der Familie." Er ging auf sie zu, reichte ihr die Hand.

Philomena nahm sie, die Anspannung fiel von ihr ab. „Der erste Gast also."

„Wenn man so will."

„Sie haben mich ganz schön erschreckt."

„Es tut mir leid."

Sie bemühte ein Lächeln als Zeichen des Einverständnisses, wechselte in die Ironie. „Ich bin zwar Kritik gewohnt, aber noch bevor ich den ersten Ton gesungen habe, ist es dann doch neu."

„Sie kennen meine ... die Hausherrin gut?", fragte er mit einem Anflug von Unsicherheit.

„Kennen ist zu viel gesagt. Ich wurde von ihr engagiert."

„Als ...?"

„Wie ich schon sagte: als Sängerin für das Fest heute Abend. Deswegen sind Sie doch auch hier, oder?"

„Sicher, entschuldigen Sie, ich bin von der langen Reise etwas durcheinander."

„Woher kommen Sie denn?"

„Aus ... Wien."

Allmählich wurde ihm dieser Plausch zu gefährlich, er würde sich noch verraten. German suchte nach einem Ende, außerdem musste er los. Es war Freitagnachmittag. Irgendwann würde auch Kurt Feierabend machen, und dann würde er ihn aus den Augen verlieren.

„Wenn Sie mich nun entschuldigen wollen?", sagte er freundlich, aber bestimmt.

... / Nervenklinik

Im letzten Moment hatte die Vernunft über das Gefühl gesiegt. Fanny hatte nicht an der Tür des Professors geklopft. Sie wollte der Sache auf den Grund gehen, herausfinden, ob womöglich noch mehr Schicksale mit der Nervenklinik und Hadamar verknüpft waren, bevor sie den Professor damit konfrontierte.

Den Schlüssel zum Dachboden hatte die Oberschwester wieder an sich genommen, als sie ihn verließ. Fanny musste einen anderen Weg finden, um an die Truhe mit den Krankenakten zu kommen. Sie musste nicht lange nachdenken, wer über einen zweiten Schlüssel verfügte, ja wer auf alle Schlösser im Haus Zugriff hatte. Der Hausmeister war ein kleiner, umtriebiger Kerl, der sich die ganze Zeit auf der Baustelle im Hof herumdrückte, während der Schlüsselkasten in seinem kleinen Kabuff, das er Büro nannte, unbeaufsichtigt war.

Alles war auf dem Dachboden noch so, wie die Oberschwester es zurückgelassen hatte. Sie musste sich sicher fühlen, jetzt, da sie den Schlüssel wieder an sich genommen hatte. Unter dem Gaubenfenster stand die schwere Holztruhe, der Deckel ließ sich unter einem langen Knarzen öffnen und offenbarte die wild hineingeworfenen Bündel. Fanny nahm das erstbeste, öffnete es.

Krankenblatt: Schneider, Sebastian.
Gebürtig : 1921
Wohnort : Passau
Diagnose : Epilepsie
Therapie : Zur besonderen Behandlung nach Hadamar
Behandelnder Arzt: Prof. Dr. Werner

Und schließlich ein handschriftlich eingezeichnetes rotes Kreuz. Fanny nahm die nächste Akte.

Krankenblatt : Dussmann, Sieglinde.
Gebürtig : 1889
Wohnort : Leipzig
Diagnose : senile Demenz
Therapie : Zur besonderen Behandlung nach Grafeneck
Behandelnder Arzt: Prof. Dr. Werner

Auch hier ein rotes Kreuz.

Und so ging es weiter, Akte um Akte. Einzig die Diagnosen, mitunter mit fachfremden Bezeichnungen, änderten sich:

Arbeitsscheu.

Seit über fünf Jahren in der Anstalt.

Kriminell.

Schließlich : Kein deutsches Blut.

Und alle mit einem roten Kreuz versehen.

Zur besonderen Behandlung nach Sonnenstein, Pirna.

Fanny schob die Akten beiseite. Wenn es stimmte, was Luzie ihr im Treppenhaus verraten hatte, waren das alles Todesurteile. Und sie konnte recht behalten. Ein Totenschein lag in einer Akte obenauf. Todesursache: schwere Lungenentzündung. Der Patient war mit Verdacht auf Schizophrenie eingeliefert worden und war nur wenig später an einer Lungenentzündung verstorben, obwohl ein allgemein guter Gesundheitszustand bestanden hatte und keine Anzeichen auf eine akute Erkrankung hingewiesen hatten.

Sie suchte weiter. Der nächste Totenschein.

Todesursache : Tuberkulose.

Dann : Herzschwäche.

Diabetes.

Schlaganfall,

Sturz von der Treppe …

Auf den ersten Blick alles unauffällige Todesursachen. Doch blickte man auf den allgemeinen Gesundheitszustand, der vor dem Tod noch attestiert worden war, überraschten die Gründe. Da war ein Patient an einem zu spät erkannten Durchbruch des Blinddarms verstorben, obwohl er keinen mehr besaß. Ein anderer an Diabetes, obwohl er nicht zuckerkrank gewesen war, ein Dritter sogar an Brustkrebs, was bei Männern theoretisch möglich, aber eher selten war. Das war abenteuerlich, schludrig, teils widersinnig.

Das konnten fehlerhafte Eintragungen sein, beruhend auf der Überbelastung oder dem häufigen Wechsel des Krankenhauspersonals oder der Verwaltungsangestellten oder … Es gab tausend

Gründe, wieso ein Totenschein im Hinblick auf die Krankengeschichte eines Patienten falsch ausgefüllt war. Da musste sie nur an ihre eigenen Fehler und Unzulänglichkeiten denken.

Zwischen all den Bündeln entdeckte Fanny schließlich noch ein Schriftstück, eine Liste, bei genauerem Hinsehen war es eine Aufstellung, welcher Patient wann wohin verlegt worden war. Auffällig war: Es stammte aus dem Reichsministerium des Inneren, RMI. Was um alles in der Welt hatte das Reichsministerium denn damit zu tun?

Sie wusste keine Antwort darauf. Der Einzige, den sie hätte fragen und der den Aufruhr in ihrem Kopf hätte beenden können, war der Professor. Doch sollte sie das wirklich tun? Diese Krankenakten trugen alle seine Unterschrift, und wenn sie es richtig deutete, hatte er auch dieses ominöse rote Kreuz eingetragen, das nichts anderes war als ein Todesurteil.

Der Professor – ein Mörder?

Nein, das konnte nicht sein. Sie hatte ihn doch in den letzten Monaten kennengelernt, hatte mit ihm gearbeitet und beobachtet, wie er sich für seine Patienten aufopferte. Bis in die Nacht saß er über den Krankenakten in seinem Büro …

Stopp. Was hatte sie da gerade eben gedacht?

Aufgeregt blätterte sie die Krankenakten durch, suchte nach dem Datum. Es begann mit Ende des Jahres 1939. Darauf folgten 1940 und 1941.

Das waren Vorgänge, die Jahre zurücklagen, aber eine Erinnerung an ein Getuschel älterer Schwestern hervorriefen, das Fanny zu Beginn ihrer Ausbildung aufgeschnappt hatte. In jener Zeit sei ein unvorstellbar hinterhältiges System von Massentötungen an psychisch kranken Menschen angewandt worden. Jeder hätte davon gewusst, der zwei und zwei zusammenzählen konnte, aber niemand hätte gewagt, es öffentlich zu machen. Wer hätte schon den Mut gehabt, einen Institutsleiter, seine Kollegen in anderen Kliniken, das Reichsministerium in Berlin, ja die ganze Staatsführung und damit den Führer als Massenmörder anzuklagen?

Wahrscheinlich alles nur böswillige Gerüchte, und darauf gab Fanny nichts.

Was aber, wenn sie eine Krankenakte fände, die später datiert war? Sie musste sich Klarheit verschaffen und wühlte die Truhe durch, eine Akte nach der anderen, um letztlich festzustellen, dass sich ihr Verdacht nicht erhärtete. Mit dem Jahr 1941 hatte dieses furchtbare Töten ein Ende gehabt.

Fanny spürte Erleichterung, wenngleich das Ausmaß ihrer Entdeckung alles Erträgliche übertraf. Sie konnte es drehen und wenden wie sie wollte: Mit diesen Akten hatten sich die Nervenklinik und ihr Chef Professor Werner der massenhaften Tötung schuldig gemacht. Daran gab es keinen Zweifel mehr, und sie war durch ihre Entdeckung zu einer Mitwisserin geworden, zu einer Zeugin. Was würde geschehen, wenn die Oberschwester das herausfand, sie auf frischer Tat ertappte?

Eilig räumte sie alles zurück, schloss den Deckel und verließ diesen Raum des Grauens. Sie musste hier weg, schnell und ohne von jemandem gesehen zu werden.

Auf dem Weg nach unten gingen ihr die Krankenakten nicht mehr aus dem Kopf und mit ihnen die vielen Menschen, die von ihrem Arzt verraten und verkauft, von den Schwestern in falscher Sicherheit gewogen und vom Staat vorsätzlich getötet worden waren. Das hier war nicht länger eine Heilanstalt, es war der Vorhof des Todes.

Wieso war?, fragte sie sich. Hatte sie einen Beweis, dass das organisierte Töten beendet war? In der Truhe auf dem Dachboden lagerten nur die Akten der längst Verstorbenen. Was war mit den Akten der letzten drei, vier Jahre? Insbesondere den Akten der letzten zwölf Monate, seitdem sie in der Klinik angefangen hatte? Hatte auch sie sich zu einer Helferin des Todes gemacht? Der Gedanke war erschreckend und schwindelerregend. Er ließ ihr keine Ruhe. Die Tür in den Hof vor Augen, machte sie kehrt. Sie musste es wissen.

Vor dem Büro des Professors war niemand zu sehen, was nahelag, alle waren im Einsatz. Würde es der Professor auch sein oder gönnte er sich eine Pause? Zum zweiten Mal stand sie nun mit erhobener Hand vor dieser Tür. Sollte sie klopfen oder nicht?

Wenn er nicht da war, hätte sie freie Hand. Was aber, wenn er sie hereinbat? Was sollte sie sagen? Brauchbare Antworten auf diese Fragen schienen in diesem Moment begrenzt. Sie konnte ihn nicht einfach zu einem Patienten rufen, etwas ausrichten, um Rat bitten … aber sie könnte ihn auf ihre Entlassung ansprechen. Ja, das war es. Sie war mit der Entscheidung der Oberschwester nicht einverstanden, sie würde ihn bitten, sie zu widerrufen.

Anfänglich zögernd, doch mit wachsendem Selbstvertrauen klopfte sie an. Sie wartete. Keine Reaktion. Die Zuversicht wuchs. Noch ein zweites Mal, und auch da hörte sie keine Aufforderung, das Zimmer zu betreten, und so tat sie es unaufgefordert.

Ein schneller Blick, der Raum war leer. An der Wand ein Regal, darin der alte Schallplattenspieler, mit dem der Professor Musik hörte, daneben die vielen medizinischen Bücher, eine Vase mit Blumen, an der Wand das Bild vom Führer, davor zwei Sessel mit kleinem Tisch für ein Gespräch.

Dem gegenüber stand der wuchtige Schreibtisch mit eingebauten Schubfächern. Dort würde sie finden, wonach sie suchte, sofern die Akten überhaupt hier waren und nicht auf Station, wo sie eigentlich hingehörten. Sie öffnete die erste Schublade. Die war voller Schreibbögen und Schreibzeug. Die Zweite war offensichtlich für Privates bestimmt – eine Tabakspfeife, ein Schlüsselbund, ein Medaillon und dergleichen mehr. In der dritten Schublade jedoch stieß sie auf Krankenakten. Sie nahm eine heraus, öffnete sie.

Name: Bauer, Franz …

Das war einer ihrer Patienten auf Station. Sie steckte die Akte wieder zurück, nahm die nächste.

Name: Günther, Elsa …

Das war Elsa, die am Morgen mit dem Mädchen die Klinik verlassen hatte.

Die dritte, die vierte … Sie seufzte, das waren ihre Patienten, die sich auf Station befanden. Fanny schloss die Schublade wieder, erleichtert, dass sich ihr Verdacht nicht bestätigt hatte. Damit war die Sache klar. Das Töten hatte im Jahr 1941 ein Ende gefunden. Seitdem lief alles wieder … Sie stockte. Direkt vor ihr auf dem Schreibtisch lag ein brauner Umschlag mit einem eindeutigen Hinweis darauf.

Streng vertraulich.

War das der Umschlag, den der Kurier heute Morgen der Oberschwester übergeben hatte? Vermutlich war er es, und falls nicht, allein die Aufschrift zwang sie, dem auf den Grund zu gehen. Sie öffnete ihn.

Der Umschlag enthielt nur ein einziges Schriftstück. Es war eine Transportliste. Darauf die Namen aller noch verbliebenen Patienten ihrer Station: Franz, Gustl, Elsa und alle anderen. Das Ziel: Hadamar, zur besonderen Behandlung. Unterschrieben von Professor Dr. Werner.

Damit wurde die Station für die Geisteskranken aufgelöst und deren Patienten zur Tötung nach Hadamar gebracht.

Fanny war wie vom Blitz getroffen. Sie wusste nicht, wie lange sie dastand und auf die Unterschrift starrte. Es war eindeutig. Der Professor schickte ihre Patienten in den Tod. Wenn der Kurier wiederkam und den Umschlag abholte, war es um sie geschehen. Vorsichtig steckte sie das Schriftstück zurück in den Umschlag, positionierte ihn, wie sie ihn gefunden hatte … Doch dann überlegte sie es sich anders. Diese Liste war ein Beweisstück und vielleicht konnte sie den Abtransport ihrer Patienten damit noch eine Weile hinauszögern, vielleicht sogar verhindern. Sie nahm sie an sich und verließ ruhigen Schritts das Büro ihres einstigen Idols.

Auf dem Gang hörte sie jemanden ihren Namen rufen. Es hatte keine Bedeutung mehr. Sie streifte die Schwesternschürze ab, nahm die Haube vom Kopf und verließ die Klinik für immer.

Es war so weit. Die Operation Mozart konnte beginnen, wie einer seiner Kameraden bitter-scherzhaft meinte, in seinen Augen die Rache für die Zerstörung seiner Heimatstadt Coventry, die von deutscher Seite mit Operation Mondscheinsonate betitelt worden war. Wenn Henry sich nicht täuschte, glaubte er von irgendwoher Mozart zu hören. Lief ein Radio oder eine Schallplatte? Die BBC sendete nun ganz offen und für alle Spitzel und Agenten im Deutschen Reich hörbar den Aufruf *Mozartfreunde! Heute spielen wir eine Symphonie.*

Henry konnte nur inständig hoffen, dass Paul davon hörte. Ob die Schwester vom Roten Kreuz mit ihrem Telefonat in das Haus des Würzburger Obernazis durchgekommen war, wusste er nicht. Sie hatte es mehrfach versucht, er musste zurück auf die Basis. Paul würde die kryptische Botschaft verstehen, dessen war er sich sicher. Seit sie gemeinsam das Mozartfest besucht hatten, stand Mozart für Würzburg, und an der Bedeutung einer Symphonie, die in diesen Tagen von Engländern ausgerufen wurde, bestand kein Zweifel. Es würde eine Symphonie des Todes sein, ein Requiem, ein Totengesang.

Sein kleiner Rucksack war gepackt. Darin ein Rosenkranz, ein Neues Testament auf Deutsch, ein alter deutscher Pass, dessen Bild leidlich Ähnlichkeit mit ihm besaß, und seine Schicksalssteine – drei Spielwürfel, die er bei jedem Angriff warf, ein kindliches Ritual erwachsener Männer, die sich fortlaufend in Todesgefahr begaben. Wenn er an Bord war, würde er sie zum ersten Mal werfen, vorher funktionierten sie nicht. Ein zweites Mal, wenn er exakt auf die Höhe von 999 Metern stieg, ein drittes Mal, wenn sie die Grenze zum Feindesland überflogen. Beim letzten Wurf wusste er, was das Schicksal in dieser Nacht für ihn bereithielt. Je näher er mit einem Dreierwurf an die 666 herankam, desto näher rückte er der Hölle, seinem Tod. Dass er eines nicht so fernen Tages dort landete, hielt er für unausweichlich. Jeder, der in einem Krieg kämpfte, machte sich schuldig – an der Zivilisation, an der Menschenwürde, an seinem Glauben und an seinem Verstand.

Henry verließ die Baracke, seine Kameraden standen an ihrer Maschine bereit, einer Avro Lancaster mit acht Mann Besatzung. Sie hatte den Bauch voller Bomben, sodass es fraglich schien, ob dieses Ungetüm überhaupt würde aufsteigen können. Noch eine letzte Ansprache des Kommandanten, Henry hörte nichts davon, er war mit den Gedanken bereits über Würzburg, links und rechts von ihm flog eine unvorstellbar große Anzahl an Lancaster-Maschinen, jede bis zum Rand vollgepfropft mit Spreng- und Brandbomben, weit mehr als notwendig waren, um die vielen Fachwerkhäuser wie Zunder brennen zu lassen. Das war keine gottgerechte Vergeltungsaktion für Coventry und all die anderen englischen Städte, die durch die Deutschen bombardiert worden waren. Das war nichts anderes als ein biblisches Armageddon, ein Overkill, der außer einem Haufen Schutt nichts mehr von der über tausend Jahre alten Stadt am Main übrig lassen würde. Würzburg, du wirst heute Nacht sterben, nein, du wirst ausradiert, dem Erdboden gleichgemacht. Betet, flüchtet, schaut nicht zurück. Die Feuerwalze wird niemanden verschonen. Euer bisheriges Leben, eure Träume und Hoffnungen auf ein menschenwürdiges Dasein, eure Kunst und Kultur, eure Existenz werden ausgelöscht.

Henry schauderte. Ein Ruf nach Vergeltung aus hunderten Kehlen schallte über den weiten Platz. Dann saßen sie auf. Zwischenziel war ein Sammelpunkt westlich von London, wo sie sich mit den Bombergruppen 1 und 8 vereinigten, die ihrerseits von ihren Stützpunkten auf London zuflogen. Zusammen ging es dann über den Kanal zur Mündung der französischen Somme, weiter nach Reims und in die Vogesen, wo sie unverhofft den Kurs ändern und in den deutschen Luftraum eindringen würden. Wenn sie den Rhein überflogen hatten, galt es. Leben oder Tod, Sieg oder Niederlage, auf jeden Fall Verrat an seinem Volk.

Henry ging geradewegs an seinen Kampfplatz, eine verglaste Halbkugel im Heck der Maschine, wo er ein doppelläufiges Browning-MG bediente. Er und sein Partner Patrick, der neben ihm saß und ebenfalls seine Hände an zwei Brownings legte, würden der Besatzung den Rücken freihalten, wenn feindliche Kampfflugzeuge sie angriffen. Damit war allerdings nicht zu rechnen, die deutsche Luftwaffe lag am Boden, entweder zerstört oder zumindest so weit dezimiert, dass sie für eine kampferprobte Bomberstaffel keine große Herausforderung darstellte.

„Alles klar?", fragte Patrick. Er schaute zu Henry, in der Hand eine Katzenpfote, sein Talisman.

Henry nickte, während Patrick leise eine Beschwörung sprach, die Katzenpfote küsste und sie auf die Zieleinrichtung seiner Browning legte. Henry tat im Grunde genommen nichts anderes. Er holte die drei Würfel aus der Hosentasche und warf sie in die flache Hand.

Vier. Drei. Eins.

Damit ließ sich leben.

William, ihr Pilot, startete die Motoren. Der Krach war so laut, dass sie sich ab jetzt nur noch über den Bordfunk unterhalten konnten. Über die Kopfhörer meldete sich der Pilot einsatzbereit.

„Bereit zu sterben?"

Dieser seltsame britische Humor.

„Undaunted!", lautete die Antwort der Besatzung. Todesmutig.

... / Im Kiliansdom

Auf die Schnelle waren Titus, Julius und Eugen mit Apollonia in den Dom geflüchtet. Der schwarze Wagen war an ihnen vorbeigezogen, ohne dass Kurt sie gesehen hatte. Offensichtlich suchte er nach jemandem in der Menge. Apollonia und Eugen hatten gleichermaßen Grund, nicht erwischt zu werden, sie verbargen sich hinter Titus' Rücken, was Titus neugierig machte. Dieser blonde, großgewachsene Junge interessierte ihn nicht, dafür aber das

Mädchen in Männerkleidung. War sie es, nach der Kurt Ausschau hielt? Er schob sie in eine Sitzbank, befahl den Jungs ein Stück weiterzugehen und ein Gebet zu sprechen. Sicher gab es etwas zu bekennen und zu bereuen.

„Wer bist du?", fragte Titus dieses seltsame Mädchen.

Den Kopf hochgereckt, das weite Rund dieser prachtvollen Kathedrale bestaunend, wo Heiliger an Heiligem stand und die verspielten Verzierungen an Wänden und Decken von einer reichen Vergangenheit kündeten, fand Apollonia keine Worte, vielleicht wollte sie auch nicht sprechen, die Gefahr war gebannt, sie konnte wieder schweigen.

„Ich kann dir nicht helfen", sagte Titus, „wenn du mir nicht sagst, wer du bist."

Seine Worte erreichten sie nicht, ihre Aufmerksamkeit gehörte den kindlichen Engeln, die auf sie herabblickten. Titus musste anders vorgehen. Er nahm ihr Gesicht in beide Hände und neigte es zu sich herab, sodass sie sich Auge in Auge gegenübersaßen.

„Sag mir, warum flüchtest du vor den Polizisten? Bist du das Mädchen aus der Klinik?"

Sie schaute ihn an, als wäre er unbedeutend, ein Passant, ein Zeitgenosse, ein Jedermann. Ihre Augen gingen wieder nach oben zu den Engeln aus weißem Stein.

„Engel", sagte sie. „Schwester Vera."

Endlich sprach sie. Titus hakte nach. „Wer ist Schwester Vera?"

„Engel in Weiß."

„Eine Krankenschwester?"

Sie nickte. „Gut zu mir."

„Ist es eine Krankenschwester aus unserer Nervenklinik?"

Apollonia verneinte. „Hadamar."

Das Wort Hadamar zündete wie ein Funke. Erst vor ein paar Tagen war eine verzweifelte Frau bei ihm in der Kirche erschienen und hatte um Beistand gebeten. Ihr Vater sei plötzlich verstorben, nicht in der Nervenklinik, wo er ursprünglich eingeliefert worden war, sondern in der hessischen Heilanstalt Hadamar, so war es ihr erst auf wiederholtes Nachfragen gesagt worden. Sein Körper sei vor Ort eingeäschert worden, die Asche unauffindbar, nun könne sie ihn nicht einmal beerdigen. Ohne ein christliches Begräbnis würde er keinen Zugang zum Himmel finden, heilige Muttergottes, hilf.

Es war nicht das erste Mal, dass Titus Klagen über die Verlegung von Patienten in entfernte Heilanstalten hörte. Da St. Josef gleich in der Nähe zur Nervenklinik lag, kamen immer wieder verzweifelte Angehörige, um Gottes Beistand oder auch seinen Rat zu erbitten.

Und nun schon wieder. Allerdings war dieses Mädchen noch am Leben und konnte etwas über diese berüchtigte Heilanstalt sagen, die nach gängigen Gerüchten mehr einer Sterbeklinik glich als einem Krankenhaus. Niemand sprach das öffentlich aus, es hätte die SS auf den Plan gerufen.

„Sag mir, was geschieht in Hadamar?"

„Engel machen", antwortete sie beiläufig und noch immer den Blick auf die vielen Figuren im Rund verhaftet.

„Engel …? Ich verstehe nicht."

„Vera Engelmacherin."

Titus stutzte. Eine Engelmacherin war gemeinhin eine unnütze Person, die einen Schwangerschaftsabbruch durchführte, nicht selten mit tödlichen Folgen für die Mutter. Entweder brachte dieses Mädchen etwas durcheinander oder es musste eine andere Erklärung geben.

„Beschreib mir, wie macht sie Engel?"

„Spritze."

„Wie … Spritze?" Titus ahnte Schlimmes.

„Blut von Engeln. Dann Himmel."

Was hatte sie da gesagt? Mit dem Blut von Engeln kamen sie in den Himmel? Das musste das Injektionsmittel sein, kindgerecht tituliert, damit die Angst vor der Spritze wich.

„Engel Michael", sagte Apollonia unvermittelt und zeigte vor zum Hauptaltar.

„Hier gibt es kein Bild vom Erzengel Michael", erwiderte Titus noch in Gedanken über die Ungeheuerlichkeit der Enthüllung.

„Engel Michael!" Ihre Worte hallten durch das weite Rund. Sie lächelte und zeigte nach vorne. Julius und Eugen drehten sich um.

„Aber, ich sage dir doch …"

„Engelhaar."

Titus suchte zu erkennen, was sie damit meinen konnte. Da vorne gab es kein Bild und keine Statue vom Erzengel Michael, der oft als Drachentöter mit dem Speer dargestellt wurde. Einzig Julius und dieser fremde Junge … mit den auffallend blonden Haaren.

„Meinst du vielleicht den Jungen …"

„Michael Engelhaar", sagte sie freudig, als erkenne sie in ihm einen guten Freund. „Doktor."

Im einfallenden Licht, das für ein kindliches Gemüt wie der Fingerzeig oder gar die Anwesenheit eines himmlischen Geschöpfs wirken musste, erschien der Junge mit seinen blauen Augen und dem glänzenden blonden Haar tatsächlich engelsgleich. Die Nazis hätten kein besseres Modell für ihre kranke Weltsicht finden können.

„Was macht Doktor Michael?", fragte Titus.

„Sakramente."

Die Erklärung traf Titus schwer. Die Ärzte gaben in Hadamar die Sakramente, bevor die Schwestern sie mit einer Spritze zu Engeln machten? Welche Sakramente? Was es auch war, es konnte nichts Gutes sein. Die ganze Sache war teuflisch, durch und durch verrottet.

Wie verdorben musste man sein, um den christlichen Glauben fürs Morden zu missbrauchen?

… / Domerschulgasse

Fanny schloss die Wohnungstür hinter sich. Auf dem Gang war niemand zu sehen, der sonst übliche Radau der Kinder war auch nicht zu hören. Wahrscheinlich waren alle ausgeflogen, kein Wunder bei diesem Wetter. Es sollte ihr recht sein, sie wollte sich nur noch hinlegen und alles vergessen, was sie in der letzten Stunde erfahren hatte. Als sie die Küchentür passierte, rief ihr jemand etwas zu.

„Fanny, komm her." Es war Vinzenz, der alleine am Küchentisch saß. Seinem Gesichtsausdruck nach zu schließen, ging es ihm nicht besser als ihr.

„Ich bin müde, Papa. Ich will nur noch schlafen."

„Das kannst du gleich, aber sprich vorher mit mir."

Sie seufzte, folgte dann der väterlichen Anweisung und setzte sich zu ihm in die Eckbank. „Es war ein langer Tag."

„Ich weiß", sagte er und nahm ihre Hand in seine. „Wir waren um die Mittagszeit zur Essensausgabe im Hof …"

Auch das noch. Fanny hatte es völlig vergessen. „Ich …"

„Schon gut. Wir werden es überleben."

„Aber die Kinder."

„Haben gegessen. Keine Sorge. Nur für uns Alte ist nichts mehr übrig geblieben."

„Es tut mir leid, Papa, aber ich konnte nicht."

„Was ist geschehen?"

Was sollte sie darauf antworten? Sie konnte es ja selbst nicht einmal fassen. Die Klinik war eine … der Professor ein … und sie, die Schwestern? Sie arbeiteten Hand in Hand. Das machte sie zu einer Mörderin.

„Warum bist du entlassen worden?", fragte Vinzenz. „Hast du etwas Schlimmes angestellt?"

Ach, das. Fanny wusste nicht, ob sie lachen oder weinen sollte. Ihre Entlassung war das kleinste Problem. Die entscheidende Frage war: Für wie viele Tote war sie mitverantwortlich? Wie sehr hatte sie mit ihrer Arbeit der Oberschwester und dem Professor in die Hände gespielt? Sie wusste keine Antwort darauf.

Der Gekreuzigte hing über Vinzenz' Kopf und blickte zur Seite, als wollte er Fanny mit Abscheu strafen.

„Ich weiß überhaupt nicht, wo ich beginnen soll", sagte sie schließlich. „Es ist alles so eine einzige große Lüge, und ich stecke mittendrin." Sie hätte heulen können vor Wut und Enttäuschung, am meisten aber über sich selbst, dass sie es nicht schon viel früher bemerkt hatte.

„Fang von vorne an", beruhigte sie Vinzenz. „Wir haben Zeit."

Und Fanny erzählte, was sich an diesem Tag zugetragen hatte, von dem seltsamen Mädchen namens Apollonia, dann von Elsa, wie die beiden vor dem Professor geflüchtet waren, bis zu ihrer Entdeckung auf dem Dachboden und der Transportliste für Hadamar. Der anfängliche Unglauben in Vinzenz' Gesicht schwand von Wort zu Wort, seine Hand schien gar kälter zu werden, zum Schluss ihres Berichts lehnte er sich zurück, schnaufte tief und schüttelte den Kopf.

„Das darf doch nicht wahr sein."

„Ich fürchte, es ist wahr", erwiderte Fanny. „Und ich stecke mit diesen Verbrechern unter einer Decke."

„Nein, das tust du nicht", widersprach Vinzenz. Er drückte ihre Hand. „Du hast davon nichts gewusst."

„Aber ich hätte es wissen können, wenn ich nur nachgefragt hätte. Stattdessen habe ich mich mit den einfachsten Erklärungen abspeisen lassen." Sie schniefte. „Hätte ich nur genauer hingeschaut und die Klagen der Angehörigen ernster genommen …"

„Was dann?!", unterbrach Vinzenz. „Was hättest du schon tun können? Du bist eine einfache Krankenschwester in ihrem ersten Lehrjahr. Du wärst schneller geflogen, als du *Hilfe* hättest sagen können. Wohin hättest du mit deiner Klage gehen können? Zur Polizei? Diese Nazischweine stecken doch alle unter einer Decke."

Das mochte stimmen. Der Chef der Kriminalpolizei war nach dem Verschwinden von Elsa und Apollonia auf Station gesehen worden. Es hieß, es hätte eine Auseinandersetzung zwischen Kurt und dem Professor gegeben.

Apropos Elsa und Apollonia. An die beiden hatte Fanny überhaupt nicht mehr gedacht. „Ich frage mich", sagte Fanny, „wo Elsa und Apollonia jetzt sind."

„Wo können sie schon sein? Irgendwo in der Stadt. Es wird nicht lange dauern, bis sie der Polizei ins Netz gehen."

Und dann? fragte sich Fanny. Was würde dann mit ihnen geschehen? Elsa musste sich keine Sorge machen, über sie wachte ihr großer, einflussreicher Bruder. Aber was geschah mit Apollonia? Sie würde geradewegs in die nächste Heilanstalt gebracht werden. Und dort gnade ihr Gott. Das Schlimmste stand zu befürchten.

Fanny stand auf. „Ich kann hier nicht einfach rumsitzen."

„Was hast du vor?", fragte Vinzenz.

„Ich muss sie finden, wenn ich schon die anderen vor dem Tod nicht habe retten können."

... / Rathaus
        Polizeigebäude

Der SS-Hauptsturmführer Kurt sei nicht im Haus, hieß es, German könne gerne auf ihn warten, denn lange würde der Chef der Kripo nicht mehr unterwegs sein, es war bald Dienstschluss. Hier zu warten, war das Letzte, was German vorhatte. Er stand sicherlich auf irgendeiner Liste Vermisster oder im schlimmsten Fall desertierter Soldaten. Besser, er wartete draußen, wo er freie Sicht hatte und ein unverstelltes Schussfeld, den Plan, Kurt Auge in Auge für seine Gräueltaten zu richten, gab er auf.

Im Hof hinter dem Rathaus standen die Polizeifahrzeuge. Hier würde Kurt anhalten, aussteigen und nichts ahnend zum Eingang der Polizei schlendern. German würde ein paar Sekunden Zeit haben, um in aller Ruhe zu zielen und dann abzudrücken. Wenn sich die Gelegenheit bot, würde er vorher noch zu Kurt sagen: Sieh nur, was du aus mir gemacht hast, einen elenden Mörder und Kriegsverbrecher, einen Kinder- und Frauenschlächter ... Du hast alles verraten, woran ich jemals geglaubt habe. Ein sauberer Schuss in den Oberkörper sollte genügen, zur Sicherheit einen zweiten hinterher. Damit wäre einer der größten Verbrecher von dieser Welt getilgt. Die 30 000 unschuldigen Toten von Babyn Jar würden es ihm danken. Danach war er an der Reihe sich die Pistole an die Schläfe zu setzen. Er war keinen Deut besser als Kurt. Auch er hatte sich schuldig gemacht.

German postierte sich gegenüber der Einfahrt, vis-à-vis zum Petrinihaus. Vom Marktplatz her drang Lärm, irgendwer prügelte sich mit irgendjemandem, dazwischen Gezänk, Vorwürfe, Drohungen. Polizisten schritten ein, trennten die Streithähne. Ein flinker Bursche sicherte sich, was unbemerkt zu Boden gefallen war, und verschwand im Getümmel.

Die Sonne warf lange Schatten. Der Markt musste schon längst vorbei sein, wenn es in dieser kargen Zeit überhaupt noch etwas zum Verkaufen gab. Wer sich jetzt noch hier aufhielt, hatte entweder kein Zuhause oder ihm stand der Sinn nach etwas anderem, etwas nicht Legalem. Insofern war German genau am richtigen Ort. Seine Pistole steckte noch immer in der Innentasche seines Jacketts. Das Magazin war voll, daran brauchte er keinen Gedanken zu verschwenden. Dafür traten wieder die vielen Frauen und Kinder, die Alten und Männer, die nicht rechtzeitig hatten fliehen können, vor sein inneres Auge.

Unter dem Vorwand der Umsiedelung waren die Juden von Kiew im Tal von Babyn Jar zusammengetrieben worden, ein nicht enden wollender Strom von über 30 000 Menschen. Das ausgetrocknete Flusstal, das einer Schlucht glich, war knapp drei Kilometer lang, fünfzig Meter breit und bis zu dreißig Meter tief. Ein perfektes Grab war das, ein Entrinnen war nicht möglich. Kleidung, Geld und Wertgegenstände hatten sie abzugeben, bevor sie nackt vor die Maschinengewehre traten. Sechsunddreißig Stunden dauerte das Morden, dann waren sie alle getötet und die Munitionslager leer. Kurt stand hinter den Maschinengewehren und -pistolen. Er gab die Befehle, er ermunterte, nicht nachzulassen, bis der letzte Jude tot im Schmutz lag. Am zweiten Tag wurden die Wände der Schlucht gesprengt, das Grab versiegelt.

Noch immer zitterten German die Hände, wenn er an jene Tage zurückdachte – das nicht aufhören wollende Rattern der Maschinengewehre, die verzweifelten Schreie der Frauen, das Weinen der Kinder … bis nichts mehr von ihnen zu hören gewesen war. Die Stille, das Grauen und zufriedene Gesichter bei SS- und

Wehrmachtsoffizieren, die sich anschließend für die gute Zusammenarbeit die Hand gaben.

Ein schwarzer Wagen kam die Karmelitengasse herauf und bog in den Hof ein. German fasste in die Jackentasche, wartete. Doch wider Erwarten stieg niemand aus, dafür kam ein Polizist mit einer Frau aus dem Gebäude und schob sie ins Auto. Als es an German vorbeifuhr, suchte er zu erkennen, wer da am Steuer saß.

Ja, er war es.

... / Westlich von London

Unmöglich, die vielen Flugzeuge zu zählen. Henry beugte sich in der gläsernen Kanzel ganz nach vorne, blickte nach oben und zur Seite. Sie waren überall. Schwere, viermotorige Lancaster wie die, in der er saß, vollbeladen mit Spreng- und Brandbomben. Am Himmel über England ein zornig brummendes Wespenvolk, bereit, das Reich der Deutschen unerbittlich in die Steinzeit zurückzubomben.

Nach der Vereinigung mit den Bomberstaffeln 1 und 8 mochten es fünfhundert sein, eher sechshundert Maschinen, eskortiert von kleinen Mosquito-Jagdbombern, die die schwerfälligen Lancaster vor Angriffen schützten. Ein Teil dieser Armada würde Würzburg angreifen, der andere Nürnberg – zwei fränkische Städte, die es am nächsten Morgen nicht mehr geben würde.

Ein gutes Dutzend Lancaster-Maschinen war inzwischen zu den Heimatbasen zurückgekehrt, technische Probleme verhinderten den Weiterflug, so etwas kam vor, änderte aber nichts an der erdrückenden und beängstigenden Streitmacht, die soeben im Begriff war, den Ärmelkanal zu überfliegen.

Über Funk meldete sich William, der Pilot. „Alles klar bei euch?"

Einer nach dem anderen gab sein Okay. „Einsatzbereit."

„Wer mir noch etwas in seinem Testament vermachen will, jetzt ist die Gelegenheit."

Wieder dieser seltsame Humor, Henry vermochte nicht darauf zu antworten, ganz im Gegensatz zu seinem Nachbarn Patrick.

„Meine Nachtschüssel kannst du haben."

„Meinen Schuldzettel beim Barmann."

„Die Läuse an Hitlers Sack."

Schallendes Gelächter ließ den Bordfunk knacken und knarzen. Henry hatte wenig dafür übrig. Er hatte das Bild von der Alten Mainbrücke in der Hand und dachte an Würzburg, und an Paul. Wenn diese Bombenlast niederging, gab es kein Entkommen mehr. Hoffentlich hatte ihn seine Warnung erreicht, hoffentlich hatte er wenigstens Radio gehört und verstanden. Henry nahm seine drei Würfel zur Hand, schüttelte sie und warf sie in die andere Hand.

Vier. Fünf. Zwei.

Die Augenzahl nahm zu, mit ihr die Gefahr.

„Was hast du gewürfelt?", fragte Patrick, der Henrys Ritual kannte und ihn dabei beobachtet hatte.

„Elf", antwortete Henry.

„Lass mich mal." Er hielt auffordernd seine Hand herüber.

Ungern, dachte Henry, den persönlichen Talisman gab man nicht in fremde Hände.

„Na, mach schon. Ich werde ihnen den Zauber schon nicht nehmen."

Schweren Herzens willigte er ein. Patrick würfelte.

„Und? Was hast du?"

„Sechs. Sechs. Fünf."

Vor den Nachstellungen hungriger Flüchtlinge brachte sich
eine Schar Tauben in Sicherheit, die auf dem Unteren Markt nach
Krümeln am Boden gesucht hatten. Im weiten Bogen stiegen sie auf,
ließen die noch sonnenbeschienene Spitze des Grafeneckart rechts
liegen, überflogen die Balthasar-Neumann-Kanzel, das Franziskaner-
kloster hinauf zur Neubaukirche und kreuzten die Hofpromenade,
um im Hofgarten der Residenz einen ruhigeren Ort zu suchen.

Ein schmiedeeisernes Tor fiel ins Schloss, ein Schlüssel wurde
gedreht, der Park war nun menschenleer. In der fürstbischöflichen
Residenz wurden die Türen verschlossen, die Angestellten gingen
nach Hause. Der Residenzplatz blieb verwaist zurück, das Licht der
untergehenden Sonne brach sich im Sandstein der Mauern, es glitzerte
golden, wie es nur auf diesem besonderen Stein reflektieren konnte.

Unter Tiepolos weltberühmtem Fresko tauchte die Treppe Neumanns aus dem Dunkel hervor, der Kaisersaal ging schlafen wie alle
anderen herrschaftlichen Zimmer dieses einzigartigen Gebäudes
aus barocker Zeit.

Auf dem Fahrrad kam Charlotte den Rennweg herunter, fuhr
durch das gleichnamige Tor, nahm den Schwung mit bis zum Zürn-
Denkmal und zur Ludwigshalle, erst dort musste sie wieder in die
Pedale treten, um ihren Weg weiter in die Adolf-Hitler-Straße fortzu-
setzen. Das Theater zur Linken war verlassen, Vorstellungen fanden
dort bis auf Weiteres nicht statt, ein Jammer war das, kam sie doch
gerne hierher, in diesen Tempel der Kunst mit seinen prächtigen
goldgefassten Rängen und intimen Logen. Ein paar Meter weiter
machte sie Halt, gleich neben der Bücherei Mönnich, vorm Friseur-
geschäft. Sie war spät dran, die Tür, Gott sei Dank, noch offen.

Zwei Jungen kreuzten ihren Weg, sie kamen vom Dom herüber.

*

Julius und Eugen hatten das seltsame Mädchen der Obhut von Pfarrer Titus überlassen. Sie waren guter Laune, die Nacht wollten sie oben auf dem Schalksberg in der Gartenhütte verbringen. Dafür hatten sie die letzten Zigaretten für Mehl und zwei Flaschen Bier ausgegeben, Stockbrot über dem Lagerfeuer stand auf dem Speiseplan und wenn Julius' Mutter nicht hinsah, würden sie einen Schluck Bier trinken.

*

Apollonia ging an der Hand von Titus zum bischöflichen Palais, dem Hof Conti, mit seinem prägnanten Erker aus rotem Sandstein an der Hausecke. Im Sinn hatte Titus diese ungeheuerliche Geschichte, die ihm das Mädchen erzählt hatte. Der Bischof musste davon erfahren und schnellstens Schritte einleiten, um diesem menschenunwürdigen Skandal ein Ende zu bereiten.

Ein Auto hupte ungeduldig, Titus schaute von der Treppe aus zurück, sah, wie sich ein Mann vor der Stoßstange des Naziwagens in Sicherheit brachte.

*

Paul hatte nicht aufgepasst, er war in Gedanken beim heutigen Abend und überlegte, wie er es verhindern konnte, dass Viktor zurück in seine Zelle auf dem Schalksberg gebracht wurde. Die rettende Idee hatte er in einem Rest verdorbener Milch gefunden, die einem der Angestellten ein paar unangenehme Stunden bereiten würde. Er hastete vorbei in die Eichhornstraße, fragte sich, ob er besser zum Barbarossaplatz oder gleich zur Juliuspromenade gehen sollte. Er brauchte eine Straßenbahn, die ihn schnell auf die andere Mainseite zur Leistenstraße brachte. Von dort aus würde er die letzten Meter laufen. Er entschied sich für die Haltestelle Barbarossaplatz am Anfang der Juliuspromenade. Außer Atem sprang er auf die Straßenbahn auf, die sich gerade rüttelnd in Fahrt setzte. Die Bahn war gut besetzt, sie brachte Pendler nach Hause, die nach dem anstrengenden Arbeitstag auf einen entspannten Feierabend hofften.

Ein Sitzplatz am Fenster war noch frei, Paul nahm in ein. Sein Blick fiel auf eine Straßenuhr, darunter Pfeile, die auf öffentliche Luftschutzräume verwiesen. Gleich danach eine Skulptur von fragwürdigem Interesse: Eine Fliegerbombe stand kopfüber auf einem Sockel, erinnerte an die drohende Gefahr eines Bombenangriffs. Doch wenn er in die Gesichter um sich herum blickte, schien es ihm, als würde die Leute alles andere als Furcht vor einer Katastrophe beschäftigen. Diese Menschen wirkten ausgezehrt, müde und der haltlosen Zustände in Stadt und Reich überdrüssig. Frieden musste her, egal wie.

An der Mauer des von einem der letzten Bombenangriffe getroffenen Juliusspitals stand *Wir siegen!*. Niemand widmete dem Aufruf noch Beachtung. Der Krieg war verloren, fraglich war nur, was nach der Kapitulation passieren würde. Würde sich alles zum Besseren wenden? Würden sie für ihre Taten büßen müssen?

Paul würde es nicht abwarten. Ab heute nahm er sein Schicksal selbst in die Hand. Würzburg würde bald für ihn Geschichte sein. Einzig die Flucht musste ihm noch gelingen.

Die Schönbornstraße mit ihren gepflegten Geschäften zog an ihm vorbei, der Kürschnerhof mit der beeindruckenden Fassade von Neumünster, dann die Domstraße, die erste und prachtvollste Straße in diesem historischen Ensemble von Architekturkunst und kaufmännischer Potenz. Die paar mitgenommenen Häuser würden bald wieder im neuen Glanz erstrahlen, es war nicht mehr als eine Verwundung, nichts, worüber man sich Sorgen machen musste. Einen letzten Blick warf er auf den Grafeneckart und den Vierröhrenbrunnen, bevor es in die Augustinerstraße ging. Sein ganzes Leben hatte er in dieser Stadt verbracht, nun war die Zeit zum Abschiednehmen gekommen, ein letztes Lebewohl mit gemischten Gefühlen. Hier war er geboren worden und aufgewachsen, hatte gelebt, geliebt und gelitten, war zu dem geworden, was er heute war, und hatte letztlich alles verloren. Er trat nun in die Fußstapfen seines Vaters, wurde zum Vertriebenen und vermutlich auch zum Getriebenen seiner Erinnerungen. Der Schmerz über den Verlust der Heimat, seines Selbst, wie wollte er ihm beikommen? Würde er für den Rest seines Lebens umherlaufen, sich eine neue Existenz basteln, vorgeben, er wäre jetzt vor den Nachstellungen seiner Nachbarn sicher, und dabei die Stadt im Herzen tragen?

Er hatte keine Antwort darauf, er konnte es sich nicht vorstellen. Einen Abschied für immer, wie sollte das funktionieren?

Die meisten seiner Freunde waren inzwischen tot oder geflüchtet. Werner und Franz im Krieg gefallen, Thomas und Hannes in Frankreich untergetaucht, einzig Heinrich war ihm geblieben. Er diente in der britischen Armee. Das Letzte, was er von ihm gehört hatte, war, dass es ihm gut ging. Das war vor über einem Jahr gewesen. Er kämpfte jetzt gegen die Deutschen, genauer gegen die Nazis, die sein Land geraubt hatten.

Paul war der Letzte der Verbliebenen. Morgen würde er Französisch sprechen und seine Herkunft verschweigen, und wenn ihn dennoch einer fragte, wo er denn herkam, dann würde er ihm antworten: Aus einer der schönsten Städte Deutschlands, die ihr Herz und ihren Anstand an einen Verbrecher verkauft hatte. Anders war dem Schmerz nicht beizukommen.

Am Ende der Sanderstraße machte die Straßenbahn eine enge Rechtskurve und bog zur Löwenbrücke ab. Die bronzenen Löwen blickten stolz, nicht weniger erhaben war die Festung auf dem gegenüberliegenden Marienberg. Stolz und Erhabenheit waren auch die Pfeiler im Leben seines Vaters gewesen. Jetzt kämpfte der ums Überleben in einem fremden Land. Die Heimat hatte er zurücklassen müssen, auch seinen Glauben an die Gerechtigkeit und die Güte seiner Nachbarn und Freunde. Was war aus ihm geworden? War er inzwischen ein verbitterter alter Mann, dem nichts mehr Freude bereiten konnte? Gleich morgen würde er sich auf die Suche nach ihm und seiner Mutter machen. Es gab da eine Adresse in Marseilles. Dort würde der Vater eine Nachricht für Paul hinterlassen haben.

Am Ende er Löwenbrücke stieg Paul aus. Er überquerte die Mergentheimer Straße und gelangte in die Nikolausstraße, ging weiter in den Leutfresserweg, bis er endlich an der Kleßbergsteige angekommen war. Ein paar fremde Autos standen bereits da. Mal sehen, mit welchem er heute Nacht in die Freiheit aufbrechen würde.

*

Unten am Main schob sich der Tross der Zwangsarbeiter aus dem Waldhaus im Steinbachtal still dahin. An ihrer Spitze ging ein unterrangiger SS-Mann, der es nicht eilig genug haben konnte, seine Fracht in der Nervenklinik abzuliefern. Die erschöpften Männer hörten seine Befehle und Drohungen nicht mehr, auch sie hofften auf Ruhe und Erholung in ihren Zellen. Die Arbeit war hart gewesen, wenngleich es nicht so schrecklich kalt war wie in den Wintermonaten davor. In den Wäldern war das Leben erwacht und hatte den einen oder anderen an seine Heimat erinnert, an die Felder, die jetzt bestellt werden mussten, an die Familie und Kinder, soweit sie noch am Leben waren, an dringend notwendige Hausreparaturen, die der strenge Winter erforderlich gemacht hatte.

Die nächsten Wochen mussten sie noch überstehen, den Hunger und die Plagerei erdulden, keinesfalls auffallen, um nicht den Zorn der SS-Leute herauszufordern, auf jeden Fall arbeitsfähig bleiben, das war ihre einzige Überlebenschance. Mehr waren sie nicht mehr wert.

Ein Gerücht ging unter den Zwangsarbeitern um. Die Rote Armee drang im Osten weiter vor, die Amerikaner im Westen. Es konnte sich nur noch um Tage handeln, vielleicht ein paar Wochen, und sie wären befreit. Der verheerende Bombenangriff auf Dresden wenige Tage zuvor hatte die Runde gemacht. Die SS-Leute waren betroffen gewesen. Zum ersten Mal war Angst in deren Gesichtern zu sehen gewesen. Wenn die Arbeiter Glück hatten, würde es dieser Tage auch Würzburg treffen, die Stadt unten im Tal, denn auf dem Schalksberg fühlten sie sich sicher. Dann gab es vielleicht eine Gelegenheit, den Wächtern zu entkommen. Man musste hoffen und beten.

Die Passanten hatten wenig für den abgerissenen Haufen übrig, sie blickten weg oder gingen eilig vorbei. Hin und wieder erbarmte sich eine Seele, schenkte ihnen ein Lächeln oder steckte ihnen in einem unbeobachteten Augenblick etwas zu. Das war gefährlich für den Spender wie für den Empfänger. Immerhin hinterließ es bei den Arbeitern die Hoffnung, dass nicht alle ihr Schicksal guthießen, nicht alle Deutschen Teufel waren.

Die letzten Meter hinauf zur Nervenklinik waren anstrengend, die Beine schwach, der Bauch leer. Einer blickte zurück auf die Stadt zu ihren Füßen, Marek, ein Tscheche, er stammte aus der Nähe von Prag. Es war ein sehnsüchtiger Blick, denn er erkannte in der Stadt mit ihrer dominanten Brücke und der Festung auf dem Marienberg sein Prag wieder, wo er zur Schule gegangen war, gearbeitet und seine Dana kennengelernt hatte. Wie mochte es ihr jetzt gehen? Würde sie um ihn genauso bangen wie er um sie? Oder glaubte sie ihn tot und hatte einen neuen Mann gefunden, der ihr über den Verlust hinweghalf, die Erinnerung an ihn auslöschte, ihr eine Zukunft in Aussicht stellte? Die Augen wurden ihm feucht bei dem Gedanken, er schniefte und musste doch weitergehen, dieser verfluchte SS-Mann hatte kein Herz für seinen Schmerz.

*

Oben auf Station stritt sich derweil Professor Werner mit Kurt um dessen magere Ausbeute bei der Festsetzung der entlaufenen Patientinnen. Apollonia war wichtig gewesen, nicht Elsa, die eine Tür weiter saß und in ihren Händen eine arg mitgenommene Puppe im BDM-Kleidchen hielt. Nachdenklich zupfte sie ihr das blonde Haar zurecht, stopfte die Füllung zurück in den halb abgerissenen Arm. Hoffentlich hatte es Apollonia geschafft, dachte sie, hoffentlich hatte sie eine barmherzige Seele gefunden, die das Kind von der Nervenklinik fernhielt. Ihr Bruder fiel ihr ein, er könnte helfen.

Sie musste einen Weg finden, ihm eine Nachricht zukommen zu lassen. Doch wo hielt er sich auf? Seit Monaten hatte sie nichts mehr von ihm gehört.

Die Tür ging auf, herein kam der noch immer sichtlich verärgerte Professor. Er nahm einen Stuhl und setzte sich ihr gegenüber. Es sei wichtig, Apollonia schnell zu finden, sagte er, bevor sie zu Schaden käme. Wo sie jetzt sein könnte, es sei nicht mehr viel Zeit, die Nacht breche herein. Nicht auszudenken, was mit ihr geschehen würde, wenn sie einem Kerl mit finsteren Absichten in die Hände fiele. Dieses zarte, unschuldige Geschöpf … Elsa hörte nicht auf seine eindringlichen Worte. Apollonia war überall sicherer aufgehoben als hier in der Nervenklinik. Sie konnte nur hoffen, dass das Kind sein Vorhaben nicht wahrmachen und ahnungslos in die Arme seines Mörders laufen würde.

Da klingelte das Telefon. Der Professor zögerte, dann nahm er das Gespräch doch entgegen. Es war ihm nicht recht, was er sich da anhören musste. Es war Hildegard, die ihn auf schnellstem Weg nach Hause beorderte. Die ersten Gäste seien schon eingetroffen. Sie fragten nach dem Hausherrn.

Missmutig legte er auf, schickte Elsa zurück auf Station. Er hatte weder Zeit noch Lust für unnützes Geschwätz mit Gästen, während da draußen eine Zeugin seiner Taten herumlief. Sie musste so schnell wie möglich von der Straße, zurück in seine sichere Obhut. Dann würde er ihr das Geheimnis entreißen, wie sie es geschafft hatte, aus Hadamar zu flüchten.

Ein Knall ließ ihn herumfahren. Was war das? Er ging zum Fenster, schaute hinaus. Auf dem Hof war niemand zu sehen, weder links noch rechts, keine Spur von irgendjemandem. Vermutlich war etwas auf der Baustelle krachend umgefallen.

*

Ein paar Meter weiter verlangsamte German atemlos den Schritt, in der Hand die rauchende Waffe. Das schwarze Auto bog in die

168

nächste Seitenstraße ein und verschwand aus seinem Blickfeld. Er hatte Kurt zu spät erkannt. Die Waffe aus der Innentasche seines Jacketts zu ziehen, hatte ihn zusätzlich Zeit gekostet. Er hatte ihm nur noch nachlaufen und im Rennen schießen können. Zu treffen, war unmöglich gewesen, das wusste er, aber er wollte es dennoch probieren, bevor der Verbrecher ungestraft verschwand.

German beugte sich nach vorne, versuchte ruhig zu atmen, seinen Herzschlag zu beruhigen. Wo würde er ihn jetzt finden? Auf der Polizeiwache war von Feierabend die Rede gewesen. Kurts Adresse hatte German nicht und sie würde sich jetzt auch nicht so schnell ermitteln lassen. Hildegard fiel ihm ein, sie wüsste, wie man sie, ohne Aufsehen zu erregen, herausbekam. Sicher auch sein Vater, aber das war eine andere Geschichte.

Die Sonne war hinter der Deutschhauskirche bereits untergegangen. Das Restlicht verwandelte den Himmel in einen samtblauen Abendtraum, bis er später in Schwarz getaucht würde und die Nacht hereinbrach.

*

Fanny stand auf der Alten Mainbrücke neben der überlebensgroßen Figur des heiligen Kilian, dessen rechte Hand beschwörend in den Himmel ragte, den Blick auf die Stadt gerichtet, als spendete er diesen den Segen.

Fanny war nun durch die halbe Stadt gelaufen, auch die linke Mainseite hatte sie nicht ausgelassen, um eine Spur von Apollonia zu finden. Doch wen sie auch fragte, das Mädchen blieb verschwunden. Entweder war es von jemandem aufgenommen worden oder es hatte die Stadt verlassen. Beides wollte sie nicht zufriedenstellen. Sie sollte zur Polizei gehen und eine Vermisstenanzeige aufgeben, das war das Einzige, was sie jetzt noch tun konnte.

Doch zuvor wollte sie ausruhen, den müden Beinen Erholung schenken. Sie setzte sich auf die Brückenmauer. Unter ihr floss das Wasser des Mains unmerklich dahin, hoch oben zu ihrer Rechten thronte die stolze Festung über dem Maintal, ihr gegenüber das friedlich schlummernde Käppele mit seinen runden Zwiebeltürmchen, eingebettet in den Wäldern des Nikolausbergs, darunter der Kreuzweg mit seinen vierzehn Stationen. Am Main entlang lagen die Gastwirtschaften, links wie rechts. Schon bald würde sie wieder in einem der Gärten sitzen und ein Glas Wein trinken, mit Freunden scherzen, den Sommer genießen. Sie seufzte. Schön war es hier und ruhig, ein Ort zum Verweilen und Innehalten. Schon lange hatte sie das nicht mehr gemacht, war in der Hektik des Krankenhausbetriebs völlig aufgegangen, nahezu darin verschwunden, so dass sie überhaupt nicht mehr bemerkt hatte, von welcher Schönheit sie umgeben war.

Sie seufzte befreit auf, das würde sich nun ändern. Vorbei die strenge Zucht der Oberschwester, kein Schichtdienst mehr, wieder Zeit mit der Familie verbringen, sich um die Großeltern kümmern. Genau das würde sie anschließend auch als Erstes tun. Hinüber zum St.-Anna-Stift gehen und ihnen einen Besuch abstatten. Sie hatte es Valeria am Morgen versprochen. Nun würde sie ihr Wort halten können. So eine Kündigung hatte Vorteile, sie schmunzelte, auch wenn dadurch eine regelmäßige Mahlzeit am Tag wegfiel und sie Vinzenz und die anderen nicht länger unterstützen konnte, sie würde etwas Neues finden, da war sie sich ganz sicher. Sie war jung und konnte anpacken.

Über ihren Kopf huschten zwei Fledermäuse hinweg, sie duckte sich unwillkürlich, blickte ihnen etwas ängstlich nach, bis sie im aufkommenden Schwarz verschwunden waren. Am Himmel zeigten sich die ersten Sterne, schenkten ihr strahlendes Funkeln der Stadt und ihren nichtsahnenden Bürgern.

Eine der Aushilfen übergab sich in die Toilette. Er hatte kurz zuvor einen Schluck Bier zu sich genommen und dabei festgestellt, dass es seltsam schmeckte. Aber der Durst war groß und er dachte sich nichts weiter dabei, denn er musste wieder in den Keller zurück, Getränke heraufschleppen, leere Flaschen einsammeln, den anderen zur Hand gehen, aushelfen, wo immer man Hilfe benötigte. Er war durstig und unachtsam gewesen.

„Auch das noch", stöhnte Hildegard bei seinem Anblick. Der arme Kerl war kreidebleich, und jetzt machte er sich auch noch daran, seine Hose zu öffnen … Hildegard schloss eilig die Tür. Was sie da noch hörte, schloss jede Weiterbeschäftigung aus.

„Wo soll ich denn auf die Schnelle einen Ersatz herbekommen?" Sie blickte zur Seite in den Gang, wo Gast um Gast eintraf und erwartete, von der Hausherrin gebührlich empfangen zu werden. Sie hatte keine Zeit für eine Störung ihres sorgsam erarbeiteten Ablaufplans für den heutigen Abend.

Nicht ganz zufällig trat hinter der Ecke Paul hervor und gab vor, in seine Notenblätter vertieft zu sein.

„Paul", sagte Hildegard spontan, verwarf aber den Gedanken sofort wieder. Er musste Klavier spielen, die Gäste so lange mit seinem Spiel unterhalten, bis Philomena endlich aus dem Badezimmer kam und ihre Lieder sang. Er hatte keine Zeit für so etwas.

„Ja?", antwortete er scheinbar unbeteiligt.

Der Kerl in der Toilette entledigte sich nun vollends und unüberhörbar seines Magen- und Darminhalts.

Hildegard seufzte. „Ich brauche dringend eine neue Aushilfe. Hast du eine Idee?"

Paul dachte nach. „Jetzt, um diese Uhrzeit? Das wird schwer."
„Ich weiß."

„Ich würde ja selbst, wenn ich nicht spielen müsste."

„Jaja, auch das ist mir klar. Also, hast du einen Vorschlag zu machen?"

Wieder gab Paul den Nachdenklichen, dann kam ihm eine gut vorbereitete Idee. „Ist der Zwangsarbeiter aus dem Garten noch da?"

Damit konnte Hildegard nun gar nichts anfangen. „Hast du den Verstand verloren? Er räumt gerade die Gerätschaften auf, bevor er wieder zurückmuss."

„Er scheint kräftig zu sein, genau richtig für den Keller."

„Ja, aber ..."

„Er muss ja nicht gesehen werden. Es reicht, wenn er im Hintergrund bleibt."

„Das geht nicht. Ich habe hohe SS-Offiziere im Haus. Wenn die ..." Sie brach ab. Die Idee schien unter Berücksichtigung der dringenden Umstände das kleinere Übel zu sein. „Er ist dreckig und hat keine passende Kleidung an."

„Er kann sich im Garten einen Eimer Wasser über den Kopf stürzen, und ein paar alte Sachen Ihres Gatten lassen sich bestimmt auch auftreiben."

Das war schlagfertig, so hatte Hildegard Paul noch gar nicht erlebt. Sie nickte verhalten, unter den gegebenen Umständen war das eine Lösung des Problems. „So machen wir es. Geh hinauf ins Zimmer meines Mannes und such etwas heraus."

„Aber, ich kann doch nicht ..."

„Du kannst. Und jetzt geh."

Hildegard streifte ihr Kleid glatt, atmete noch mal tief durch und machte sich dann an die Begrüßung der Gäste.

Das lief besser als erwartet, dachte Paul. Nur tat ihm der Kerl in der Toilette leid. Verdorbene Milch konnte furchtbare Auswirkungen auf den Verdauungstrakt haben. Er wartete noch einen Moment, bis Hildegard die Gäste in den Salon führte, dann ging er los, die Treppe hinauf, zum Schlafzimmer des Professors. Er wusste, wo es sich befand, wie jedes andere Zimmer in diesem Haus, das er nun seit Jahren als Klavierlehrer aufsuchte. Vorsichtshalber klopfte er an die Tür. Wie erwartet kam keine Antwort, der Professor war noch in der Klinik. Er trat ein. Das Schlafzimmer lag dunkel da, und er war versucht, nach dem Schalter zu greifen, als ein Lichtstrahl aus dem angrenzenden Badezimmer hereinfiel. Auf leisen Sohlen schlich er hin, blieb seinerseits im Dunkel, sodass er nicht gesehen wurde, er aber einen Blick hineinwerfen konnte.

Von einem Moment auf den anderen pochte ihm das Herz bis zum Hals – Philomena stand in Unterwäsche vor dem Spiegel und zog sich die Lippen nach. Was man von ihr erahnen konnte, wenn sie bekleidet war, entfaltete sich nun in voller Pracht. Dieses Geschöpf hatte nicht nur eine engelsgleiche Stimme, auch alles andere an ihr schien nicht von dieser Welt zu stammen. Die Beine, der Po, der Rücken, alles ein Ebenmaß, wie man es selbst in den schmutzigen Heftchen nicht besser sah. Wäre er nur ein Mann mit akzeptabler Abstammung …

„Gefällt dir, was du siehst?"

Sie blickte nicht auf, als sie das sagte, blickte weiter in den Spiegel vor ihr, presste die roten Lippen aufeinander und strich mit der Zunge darüber.

Paul gefror der Atem. Er war so perplex, dass ihm nicht einmal ein schlichtes Ja gelingen wollte.

„Auch noch schüchtern." Sie grinste überlegen.

Er räusperte sich, verstecken musste er sich also nicht mehr. „Entschuldigen Sie, ich wollte nicht …" Er zog sich zurück und schloss die Tür. Aus dem Zimmer erscholl ein triumphierendes Lachen.

Um Himmels willen, warum musste ihm das passieren? Hätte er nur mehr Mut, er hätte alles auf eine Karte gesetzt. Aber dafür war jetzt sowieso weder die Zeit noch die passende Gelegenheit. Er war drauf und dran, aus dieser verfluchten Stadt zu fliehen. Ein Techtelmechtel mit einer SS-Hure zu beginnen, wäre alles andere als klug gewesen. Andererseits, es wäre die Erfüllung … nein, es durfte nicht sein. Er betätigte den Lichtschalter, öffnete den Schrank, griff unbesehen zu verschiedenen Kleidungsstücken und ging damit zum Fenster. Er öffnete einen Flügel, suchte in der fast schon dunklen Nacht etwas zu erkennen.

„Viktor!", rief er verhalten.

Der trat in den Lichtschein. „Hier bin ich."

Paul warf ihm die Sachen zu. „Wasch dich und zieh das an. Danach kommst du zur Hintertür. Die Herrin weiß Bescheid." Dann schloss er das Fenster und ging hinaus auf den Gang, um dem Professor geradewegs in die Arme zu laufen.

„Paul", sagte der überrascht, „was machst du hier oben?"

„Ihre Frau hat mich gebeten, etwas für sie zu erledigen." Er eilte an ihm vorbei, die Treppe hinunter und ließ einen ratlosen Professor zurück, der sich dann eilends daranmachte, sich umzuziehen. Was aber machten Frauenkleider in seinem Zimmer?

Im Raum gegenüber schlüpfte Charlotte in ihr Kleid. Sie verspürte nicht die geringste Lust auf diesen Abend. Am liebsten wäre sie gar nicht nach Hause gekommen, sondern gleich in der Stadt geblieben, einen Abendspaziergang machen, vielleicht ins Kino gehen, aber das konnte sie ihrer Mutter und noch mehr ihrem Vater nicht antun. Sie hätte sie vor den Gästen bloßgestellt. Mit diesem vernarrten Gockel aus Berlin würde sie jedoch wenig Mitleid haben. Gleich bei der ersten Annäherung würde sie ihm deutlich zu verstehen geben, dass er sich eine andere Herzensdame suchen musste, und das in einem freundlichen, aber unmissverständlichen Ton. Damit die Sache ein für alle Mal klar war: Sie würde sich ihren Ehemann selbst aussuchen, irgendwann, irgendwo, und sicherlich nicht irgendwen, den ihre Mutter für sie ausgesucht hatte.

Klavierspiel drang zu ihr herauf, es war so weit. Ein letzter prüfender Blick in den Spiegel. Sie sah gut aus, das neue Kleid legte sich wie eine zweite Haut um ihre Hüften, das Haar saß locker frisiert auf den freien Schultern, die Lippen eine rote Verheißung, die Wimpern frisch nachgezogen, ein Augenaufschlag von ihr würde die Abfuhr für den Berliner noch schmerzhafter machen als ohnehin. Ja, genau das wollte sie. Sie lächelte aufreizend, sie war mit sich zufrieden.

„Charlotte!"

Ihre Mutter konnte es wieder nicht erwarten.

„Bin gleich da!", rief sie zurück.

„Deine Gäste warten …"

Sollen sie nur, dachte sie. Was leicht zu haben ist, taugt wenig.

Eine Tür auf dem Gang wurde geöffnet, zwei Stimmen. Die eine war die ihres Vaters, der lachte. Vater lachte? Sie öffnete die Tür einen Spalt, schaute hinaus. Er ging an der Seite von … Philomena? Aufgedonnert war sie bis zum Gehtnichtmehr. Das war nicht anders zu erwarten. Und Vater? Er schien es zu genießen, gemeinsam schritten sie die Stufen hinab, Applaus brauste auf, und nach einer gebührenden Pause, die Philomena sicher herzlich genoss, ihr Dank für den warmherzigen Empfang. Durfte das Miststück ihr den Auftritt vermasseln? Niemals, das war ihr Abend. Sie schickte sich an, in den Salon zu kommen, bevor Philomena die erste Nummer sang, nahm die Stufen wie im Flug. Paul setzte bereits mit dem Klavier an, da verlangsamte sie den Schritt und betrat den Salon. Vater sah sie zuerst.

„Da ist das Geburtstagskind."

Aufkommender Applaus schnitt Philomena den Einsatz ab, Charlotte sah das selbstgefällige Lächeln in ihrem Gesicht schwinden, und Paul wechselte zum Geburtstagsständchen. Alle stimmten mit ein.

„Zum Geburtstag viel Glück …"

Sie hieß die vielen bewundernden Blicke willkommen, stand während des Lieds unbeweglich und schüchtern, lächelte brav wie ein scheues Reh dazu. Dabei genoss sie mit jedem Atemzug Philomenas Niederlage. Die Gläser wurden erhoben, ein Prosit ausgerufen und viel Glück fürs neue Lebensjahr gewünscht.

„Vielen, vielen Dank", sagte Charlotte schließlich in die Runde. „Ich habe ja niemals mit so vielen Freunden gerechnet." Als Erster machte ihr der Berliner seine Aufwartung. Er schob sich an den Gästen vorbei und schlug die Hacken vor ihr zusammen. Was für ein treuer Soldat. Er machte eine leichte Verbeugung, küsste ihr die Hand.

„Fräulein Charlotte, meine herzlichsten Glückwünsche zu ihrem Freudentag."

Sie ließ ihn gewähren, auch wenn er ihre Hand gar nicht mehr freigeben wollte.

„Haben Sie Dank", antwortete sie. Wenn sie noch länger so lächeln musste, würde sie einen Krampf bekommen. „Mit Ihnen habe ich ja gar nicht gerechnet. Was für eine Überraschung." Ihr Blick ging zu Hildegard, die zufrieden nickte.

„Als ich von Ihrem Freudentag hörte, habe ich kurzerhand alles liegen und stehen lassen. Ich musste Sie einfach sehen."

„Von so weit angereist …"

„Kein Weg ist zu weit für eine schöne Frau."

„Ein Charmeur …"

„Ein Bewunderer."

Das reichte. Sie befreite sich aus seiner Belagerung und gab damit auch den anderen Gästen die Möglichkeit, ihr zu gratulieren.

Philomena kämpfte derweil mit der Beherrschung, Paul beobachtete, wie es an ihr nagte. Einerseits tat sie ihm leid, andererseits war es die gerechte Strafe dafür, dass sie ihn noch vor ein paar Minuten wie einen verklemmten Buben hatte aussehen lassen. Charlotte stand im Mittelpunkt des Empfangs und sie genoss die Aufmerksamkeit. Ein kurzer Blick, ein verschmitztes Lächeln zurück. Das hatte er ihr gar nicht zugetraut.

„Das reicht", fauchte Philomena zur Seite. „Spiel!"

Als erste Nummer war das Ständchen von Schubert vereinbart, doch nach den ersten Akkorden wechselte Philomena den Ablauf.

„Nicht das. Spiel das Heideröslein."

„Aber …"

„Tu es!"

Das Heideröslein war in dieser Situation, da Charlotte wie eine Blume auf der Wiese umschwirrt wurde, zumindest keck.

„Sah ein Knab ein Röslein stehen …"

Charlottes Blick strafte Paul mit Verachtung, doch der zuckte nur die Schultern und verwies auf Philomena. Die wuchs zu neuer Größe heran, sang und brillierte, wie man es von einer eifersüchtigen Frau erwarten konnte.

Es sollte nicht ihr Abend werden. Unvermutet kreuzte eine Sirene ihren Vortrag. Es war ein hoher Dauerton, der die Geburtstagsgesellschaft aufhorchen und Philomena verstummen ließ.

... / Luftschutzbunker Mönchberg

„Achtung! Achtung! Hier spricht das Flugüberwachungs-Kommando. Wir geben eine Luftlagemeldung! Ein größerer Verband Feindflugzeuge befindet sich im Anflug auf Süddeutschland. Wir melden uns in Kürze wieder."

Süddeutschland war ein großes Gebiet, von den Alpen bis hoch zum Main, vom Rhein bis in den Bayerischen Wald. Das konnte alles oder auch nichts bedeuten. Fest stand, dass ein feindlicher Verband in einen überwachten Raum eingedrungen war, vermutlich westlich des Rheins, und von dort aus Richtung Süddeutschland weiterflog. Welche Stadt es schließlich treffen würde, blieb zu diesem Zeitpunkt noch im Dunkeln, das würde sich frühestens in einer Stunde zeigen, wenn die feindlichen Flieger auf ihr Ziel einschwenkten. So war es bisher immer gewesen, es gab keinen Grund, daran zu zweifeln. Deshalb galt: Der Abend war eröffnet.

Unteroffizier Tomas und seine Mitarbeiter waren alarmiert. Jetzt galt es, aufmerksam zu sein, die Ohren für die Durchsagen der Warnstationen, die überall im Reich verteilt waren, offen zu halten.

Ein erster Voralarm war demnach gerechtfertigt. Er sollte die Würzburger darüber informieren, dass der Feind im Anflug auf eine deutsche Stadt war. Die Vorsichtigen und Ängstlichen würden nun in die Luftschutzeinrichtungen aufbrechen und dort abwarten, wie sich die Nacht entwickelte. Alle anderen jedoch, und das war der Großteil der Würzburger, nahmen den Voralarm seufzend zur Kenntnis, wie so oft in den vergangenen Monaten, wenn vielleicht eine unbequeme Nacht unter Nachbarn und Fremden in einem kalten Keller bevorstand, und erst mal nichts tun. Es gab ja noch weitere Alarmstufen. Sollten diese eingeleitet werden, hatte man noch genügend Zeit, darauf zu reagieren. Bis dahin konnte man ruhig zu Abend essen, sofern man etwas auf dem Teller hatte.

„Achtung! Achtung! Hier spricht das Flugüberwachungs-Kommando. Wir geben eine Luftlagemeldung! Anflug feindlicher Verband auf Süddeutschland bestätigt. Es handelt sich um zweihundert Maschinen … ich korrigiere : dreihundert … ich korrigiere: Nach letzter Meldung sind es über sechshundert Flugzeuge."

… / Domerschulgasse

Eigentlich waren Vinzenz und seine Mitbewohner gerade dabei, die Fenster zu verdunkeln, da brach der Alarm los. Die Kinder flüchteten sich in die Arme von Erwin und Waltraud. Die Jüngste, Greta, begann zu weinen, der Mittlere, Siegfried, bettelte seinen Vater an, dass die Flieger doch vorbeifliegen sollten, ohne eine Bombe abzuwerfen. Nur der Älteste, Klaus, hatte es bisher geschafft, die panische Angst, die alle Kinder erfasste, die aus den östlichen Gebieten kamen, zu kontrollieren. Er setzte sich in eine Ecke, vergrub den Kopf in den Händen und betete ein Gegrüßet-seist-du-Maria.

Vinzenz stellte den schwarz verklebten Fensterrahmen ab und setzte sich an den Ecktisch. Er musste warten, bis ihm Erwin die zweite Hand ersetzte. Außerdem würde nun seine Geduld abermals auf die Probe gestellt, nicht wegen der Kinder, deren Reaktion konnte er entschuldigen, es war Uschi, die gleich wieder für Ärger sorgen würde. Er hörte sie bereits auf dem Gang. Die Schritte kamen näher. Doch wider Erwarten war es Hans, der in der Tür erschien, im Gesicht eine flehende, unausgesprochene Bitte an Erwin und Waltraud, eigentlich an die Kinder, doch auf deren Klagen hatte er keinen Einfluss.

„Es tut mir leid", begann Hans, „aber sie ist mit den Nerven völlig am Ende." Die Verlegenheit war ihm anzusehen, er scheute den Augenkontakt, wusste nicht, wie er die Zwickmühle auflösen sollte, in der er sich befand.

„Es ist gleich vorbei", kam ihm Erwin entgegen. Er streichelte Siegfried über den Kopf, Waltraud ging in die Hocke und nahm Greta in den Arm.

„Ruhig, Kinder", sagte sie, „es ist nur eine laute Sirene, nichts Schlimmes. Sie geht bald wieder vorbei."

„Aber die Flieger", jammerte Siegfried, „sie kommen."

„Wir sind doch in Würzburg. Da kommen keine Flieger."

... / Ludwigskai
St.-Anna-Stift

Im Altenheim, direkt am Ufer des Mains gelegen, machten sich die Alten auf den Weg in den Keller. Unterm Arm Decken und Kissen, in den Händen eine Schachtel oder einen Korb mit etwas zu essen oder Wertvollem, das man nicht unbeaufsichtigt in den Zimmern zurücklassen wollte. Den Zug der Alten führte Schwester Valeria an, die freundlich und umsichtig mit ihnen sprach. Die Kriegsveteranen waren leichter zu überzeugen, dass man im Keller mehr Schutz finden würde als in den Obergeschossen. Die anderen fürchteten den Keller, er sei ein Grab, aus dem man nie wieder herauskam.

Gottlob hatte Valeria heute Fanny an ihrer Seite, die endlich ihre Großeltern besucht hatte. Sie half, wo sie konnte, doch ein paar Alte wollten partout nichts von der Schutzmaßnahme wissen. Wenn sie schon sterben mussten, dann in einem anständigen Bett und nicht in einem feuchten Kellerloch, eng an eng wie die Asseln, zerquetscht wie eine Schabe unter der Sohle.

„Sie haben mit dem Leben abgeschlossen", sagte Fannys Opa Jörg. „Lass sie, es ist vergebene Liebesmüh." Im einen Arm hielt er zwei Decken, im anderen seine Frau Cäcilie.

„Der Pfarrer war da", sagte Cäcilie, „sie haben gebeichtet."

„Warum das?", fragte Fanny.

„Dem alten Zacharias soll letzte Nacht die heilige Muttergottes erschienen sein …"

„Ausgerechnet dem", unterbrach Jörg, „der war schon seit zwanzig Jahren nicht mehr in der Kirche."

„… und sie hat ihm gesagt", fuhr Cäcilie unbeirrt fort, „dass er noch diese Woche ins Himmelreich einkehren wird."

„Er hört schlecht, fast taub ist er", fügte Jörg hinzu, „und erkennen kann er ohne Lupe auch nichts mehr. Wahrscheinlich hat er die Muttergottes mit Schwester Valeria verwechselt."

Fanny schmunzelte. So alt ihre Großeltern auch waren, den Humor hatten sie nicht verloren. Sie konnte nur hoffen, dass auch ihr die Fähigkeit zum Lachen nicht abhandenkommen würde, egal, wohin ihr Weg sie noch führte und welches Schicksal sie erwartete.

Über die Treppen ging es Stufe um Stufe hinunter in den Luftschutzraum, der wie so viele in der Stadt ein einfacher Keller war, wo man Feldbetten aufgestellt hatte und einen Ofen. Der sollte in den kalten Winternächten wenigstens ein bisschen wärmen.

Valeria öffnete die verstärkte Tür zum Luftschutzraum. Das diffuse Licht einer Glühbirne schien auf die Feldbetten, in der Ecke ein Regal mit Büchern, ein kleiner Volksempfänger auf dem Tisch, Kerzen lagen aus, ein alter Sessel, ein paar Stühle. An der gegenüberliegenden Wand das Kürzel MD für Mauerdurchbruch. Sollte der Ausgang verschüttet werden, konnte man mit ein paar Schlägen eines Hammers zu den Nachbarn ausweichen. Die Alten gingen wie am Schnürchen gezogen auf ihre Plätze, die sie zuvor schon öfters eingenommen hatten. Hier herrschte Gewohnheitsrecht, und Jörg und Cäcilie hatten ihre Feldbetten an der Mauer.

„Bitte aufpassen, dass niemand hinfällt", sagte Valeria in die Runde. Damit wechselte sie in ihre nächste Aufgabe. Sie setzte den Helm eines Luftschutzwarts auf, was ein lustiges Bild ergab – zur schwarzen Ordenstracht einen Stahlhelm auf dem Kopf. Fanny musste an sich halten, um nicht zu lachen.

„Ich muss jetzt gehen", sagte Fanny. „Vinzenz braucht mich."

Jörg und Cäcilie nickten, auch wenn sie es lieber gesehen hätten, wenn Fanny nicht mehr vor die Tür gegangen wäre. „Du bist ein gutes Kind", sagte Cäcilie und umarmte sie.

„Sag Vinzenz, er soll morgen mal vorbeikommen", fügte Jörg hinzu, „ich will mit ihm etwas besprechen."

„Du kannst es auch mir sagen, ich richte es ihm aus."

Er schüttelte den Kopf. „Erbschaftsangelegenheiten."

„Das hat doch Zeit. Ihr werdet noch Jahre leben."

Cäcilie schaltete sich ein. „In unserem Alter muss man mit allem rechnen, jeden Tag, jede Stunde."

„Ich will nicht, dass ihr so was sagt." Fanny nahm sie in den Arm, die Augen wurden ihr feucht.

„Irgendwann mal wirst du uns verstehen", antwortete Cäcilie. „Wir haben unser Leben gelebt, jetzt seid ihr an der Reihe, das fortzuführen, was wir aufgebaut haben."

Fanny blieb nichts anderes übrig, als es zu versprechen. Mit traurigen Augen verließ sie ihre Großeltern. An der Tür drehte sie sich noch einmal um und warf ihnen eine Kusshand zu. Wie sie da saßen, rührte sie an, die beiden Alten, Hand in Hand, ein altes Liebespaar unter den anderen, die ihre Partner verloren hatten.

„Sie lieben dich, heiß und innig", sagte Valeria zu ihr. „Komm öfter und der Herr im Himmel wird es dir danken."

„Gleich morgen schau ich wieder nach ihnen", erwiderte Fanny.

Valeria lächelte zufrieden, dann schloss sie die Tür. Im Weggehen hörte Fanny sie noch. „Wollen wir ein Lied singen?"

Es war fast Nacht, als Fanny auf die Straße am Ludwigskai trat. Nirgendwo brannte Licht, es war die Zeit der Verdunklung. Nur der Sternenhimmel gab trotzig sein Bestes, um Fanny auf dem Heimweg zu leuchten. Niemand war auf der Straße zu sehen, kein Auto fuhr, kein Radfahrer oder Fußgänger. Es war ihr ein Stück unheimlich, und so beschleunigte sie den Schritt.

Da hörte sie plötzlich ein Brummen, es kam aus Richtung der Alten Mainbrücke, es wurde auffallend schnell lauter und eindringlicher. Sie konnte sich gerade noch hinter die nächste Häuserecke in Sicherheit bringen, als ein Jagdflieger über sie hinwegdonnerte.

Ab jetzt galt es. In Kürze würden sie den Rhein in Höhe von Rastatt überfliegen. Die erste Stufe des Luftalarms war in Würzburg bestimmt schon ausgelöst worden, als sie in den französischen Luftraum eingeflogen waren, nun würden sie bald in die zweite Stufe eintreten – Vollalarm.

Henry konnte nur beten, dass Paul die Luftwarnung ernst genommen und schnell das Weite gesucht hatte. Es würde noch eine gute Stunde dauern, bis sie zur Ablenkung der deutschen Luftabwehr den Bogen um Ulm geflogen waren, um dann auf Würzburg einzuschwenken. Bisher waren sie auf keinen einzigen deutschen Luftjäger gestoßen, was gut, aber auch nicht überraschend war. Die wenigen flugtauglichen Maschinen, die die Deutschen noch hatten, würden sie über deutschem Gebiet einsetzen.

Henrys Nachbar am MG, Patrick, überprüfte noch mal seine Waffe. Lief der Patronengurt sauber, ließ sich das MG problemlos in alle Richtungen bewegen, war der Talisman an Ort und Stelle? Wenn die gefürchteten Messerschmitts wider Erwarten doch am Himmel auftauchten, musste alles reibungslos funktionieren. Er gab Henry einen nach oben gerichteten Daumen.

„Krautkiller!", hörte er ihn über den Kopfhörer sagen, was so viel bedeuten sollte wie: Ich bin bereit zum Töten.

Henry erwiderte das Zeichen, obwohl er eine letzte Prüfung seiner Waffe nicht durchgeführt hatte. Seine Gedanken waren nicht in dieser gläsernen Kanzel, schon gar nicht bei seinem MG, sondern einige hundert Kilometer weiter nördlich in Würzburg.

Er hatte die Würfel geworfen: Zwei Fünfen, eine Drei. Gar nicht gut.

Die Konstruktion über dem Lagerfeuer war abenteuerlich, erfüllte aber ihren Zweck. Auf ein Dreibein hatten Julius und Eugen einen nassen Lappen gelegt, damit der Schein des Feuers nicht so weit trug. Drum herum saßen sechs Kinder mit ihren Stecken, an deren Spitze frischer Teig aufgezogen war. Das würde ein Festmahl werden – frisches, selbstgebackenes Brot. Man sah die Vorfreude wie die Flammen des Feuers in den Augen der Kinder flackern.

Das war auch der Grund, wieso Julius' Mutter Helene letztlich ihre Zustimmung zu dem gefährlichen Unterfangen gegeben hatte – den Kindern eine Freude bereiten, auch wenn die Sirenen des Voralarms bis zu ihnen heraufgereicht und jedes offene Licht verboten hatten. Voralarm hatten sie schon zigmal gehabt, ohne dass etwas passiert war. Der Abend war zu schön und die Kinder zu glücklich, als dass man es ihnen hätte untersagen können.

Die Stadt zu ihren Füßen lag friedlich und verschlafen da, die Festung konnte man im schwachen Schein der Sterne gerade noch erahnen. Sie waren weit weg von der Stadt und einem möglichen Gefahrenherd. Hier oben auf dem Schalksberg war alles wie immer, es gab keinen Grund zur Sorge. Einzig dieser Tiefflieger, den die Kinder glaubten gesehen zu haben, machte ihr Kopfzerbrechen. Sie war in der Küche mit dem Abwasch beschäftigt gewesen, als sie hereingestürmt und aufgeregt verkündet hatten, dass von Zell kommend, ein Flieger durchs Maintal geflogen war.

Deutsch oder feindlich?, hatte Helene wissen wollen. Doch es war zu schnell gegangen, als dass die Kinder ein Zeichen auf den Flügeln hätten erkennen können. Schließlich war nichts weiter geschehen, kein Bombenabwurf oder ähnlich Gefährliches, es musste sich also um eine deutsche Maschine gehandelt haben, wenn die Luftabwehr überhaupt noch über einsatzbereite Flugzeuge verfügte. Was auch immer die Kinder gesehen haben wollten, es war vorbeigeflogen, nichts war geschehen. Sie konnte sich wieder den glücklich aufgeregten Kindern und diesem wunderschönen Abend widmen.

Wie sie dasaßen, Schulter an Schulter um das kleine Feuer herum, ihren Stecken mit Teig über die Glut hielten, ihn mit fröhlicher Erwartung anblickten, bis sie das Brot endlich essen konnten, es wurde ihr warm ums Herz. Schon lange hatte sie sie nicht mehr so einträchtig und rundum zufrieden gesehen.

In der Holzkiste befand sich noch eine Handvoll Kartoffeln. Helene konnte sich nicht erinnern, wann sie zum letzten Mal welche aus der Glut gegessen hatte. Das musste Jahrzehnte her sein. Sie holte sie heraus und ging damit zum Feuer.

„Wer mag eine leckere Glutkartoffel?", fragte sie in die Runde. Sechs Hände schnellten hoch. „Ich!" „Ich!" „Ich!" …

Helene seufzte, könnte es doch mehr von diesen Abenden geben.

… / Nervenklinik

Ruhe war eingekehrt, die Ärzte und Schwestern waren erschöpft, jeder suchte sich eine Ecke, wo er etwas ausruhen konnte. In den vergangenen Stunden hatten sie ohne Unterlass operiert, verbunden, gepflegt und Patienten auf den Stationen verteilt. Wer jetzt noch auf ärztliche Versorgung hoffte, musste sich gedulden.

Elsa saß derweil auf ihrem Bett am Fenster. Der Raum war finster, die anderen Patienten schliefen oder kämpften mit ihren Dämonen. Nicht mehr lange allerdings, zum Wochenanfang würden die grauen Busse wiederkommen und sie ein für allemal abholen. Dessen war sie sich sicher. Der Professor hatte die Geduld mit ihnen verloren, das hatte sie gespürt, als er sie nach dem Verbleib von Apollonia befragt hatte. Vielleicht war sie auch der Grund dafür gewesen, endlich mit dieser Station und ihren Patienten aufzuräumen. Sie waren unnütze Esser, das hatte man ihnen immer wieder gesagt, sie trugen nichts zum Wohl des Landes bei und nahmen tapferen Soldaten das Krankenbett weg. Ein Wunder, dass sie überhaupt noch am Leben waren. Weg mit ihnen, ein für allemal. Genau das würde am Montag passieren.

Auf die Rettung durch ihren Bruder wolle Elsa nicht mehr hoffen. Sie hatte so lange nichts mehr von ihm gehört, vermutlich war er längst gefallen, verscharrt in einem Loch im Osten. Mit dem Fingernagel kratzte sie ein Stück der schwarzen Farbe auf der Fensterscheibe frei und blickte hindurch. Die Stadt war nicht zu erkennen, ebenfalls ein finsteres Grab, wie ihre Station. Wo mochte sich jetzt Apollonia aufhalten? Hatte sie Zuflucht in einem der Häuser gefunden oder hatte sie sich eines Besseren besonnen und war selbständig zum Fluss hinuntergegangen, wo ein freundlicher Kapitän sie aufgenommen und aus der Stadt gebracht hatte? Sie konnte es ihr nur noch wünschen, denn ein zweites Mal würde sie nicht mehr entspringen können. Die Schwestern hatten Anweisung bekommen, die Türen abzuschließen. Ab jetzt waren sie nicht nur Gefangene, sondern Todeskandidaten, denen man die Möglichkeit genommen hatte, sich an einem Baum im Garten selbst zu richten.

Da dröhnte eine Sirene den Berg herauf, gefolgt von einer weiteren und noch einer, bis sich deren Schall im Tal und in den Straßenschluchten verfing, überlappte und sie schließlich gemeinsam von einem baldigen Angriff dröhnten. Es war ein unangenehmer Ton, der bei Elsa und ihren Mitpatienten unterschiedliche Reaktionen auslöste.

Die einen stürmten an die Fenster, die anderen verkrochen sich unter den Betten oder flüchteten in eine Ecke, wo sie auf den Hosenboden sanken und wirres Zeug redeten. Mit der Ruhe im Zimmer war es vorbei.

Fliegeralarm war man gewöhnt, und doch löste er nicht zu kontrollierende Ängste aus. Geschrei ließ Elsa herumfahren, jemand machte sich an einem Fenster zu schaffen, niemand versuchte ihn davon abzuhalten. Elsa ging hinüber, erkannte Friedrich, der einen weißen Fetzen um seinen Hals schlang und dann zu Boden sank. Der Strang war am oberen Fenstergriff festgemacht.

„Vollalarm!"

Jemand rannte durchs Haus und schrie es unentwegt heraus. „Vollalarm!"

Pauls Spiel am Klavier erlosch, Philomena verstummte.

Die Zuhörer schauten verstört zum Eingang des Salons, wo dem alten Ludwig der Schrecken im Gesicht stand. „Es ist Vollalarm ausgelöst worden."

Schuberts Forelle sollte das letzte Gesangsstück sein, bevor Hildegard die Gäste zu Tisch bat. Dort war alles aufgetragen, die Suppenterrinen dampften, die Kerzen brannten, die Küchenhelfer standen bereit, um den Gästen einzuschenken. Nun ruinierte der schneidende Ton einer Sirene die festliche Stimmung, die Gäste schauten verwundert drein. Hildegard reagierte als Erste, sie stellte sich zu Philomena an den Flügel.

„Keine Sorge", rief sie in die Runde, mit dem Glas Sekt in der Hand, „noch ist nichts passiert, und aller Voraussicht nach wird das auch so bleiben. Unsere schöne Stadt ist nicht von Interesse für den Feind. Es wäre doch schade, wenn das Essen kalt würde. Ich darf Sie nun bitten." Sie ging voran. „Bitte folgen Sie mir."

Die einheimischen Gäste taten das auch, doch so mancher Auswärtige zögerte. Man fragte sich, was das für ein seltsames Luftschutzverhalten war und wo der nächste Luftschutzraum zu finden sei. Mitten in die Verunsicherung platzte eine Durchsage :

„Achtung, Achtung! Wir geben eine Luftlagemeldung …" Den Volksempfänger hatte Charlotte eingeschaltet, neben ihr stand Professor Werner, der sich ebenso wenig fürs Essen begeistern konnte. „Der feindliche Verband hat bei Rastatt den Rhein überquert …"

„Sie fliegen immer eine Schleife", sagte Charlotte zu ihrem Vater, „um uns in Sicherheit zu wiegen."

„Wo könnten sie dann hinfliegen?"

„Schwer zu sagen, erst im letzten Moment schwenken sie auf ihr tatsächliches Ziel ein."

Um sie herum hatte sich eine kleine Gruppe gebildet, die aufmerksam zuhörte. Auch Paul mischte sich unter sie. Philomena zog es stattdessen ans Buffet.

„Wann wissen wir das?", fragte Werner.

„Wenn sie so vorgehen wie bisher, in zirka einer Stunde." Der Zeitraum ließ einige ins Grübeln geraten, darunter Werner und auch Paul. Der schaute zur Seite, wo der Berliner SS-Offizier stand. Er befand sich im Gespräch mit Philomena, das war eine günstige Gelegenheit.

An den Umstehenden vorbei drängte sich Hildegard, mit einem aufgezwungenen Lächeln schaltete sie das Radio ab. Charlotte setzte zum Protest an, aber Hildegard ließ keine Zweifel an ihrer Entscheidung aufkommen.

„Es ist Essenszeit. Wenn ich nun bitten darf?"

Ihr Ton war spitz, voller unterdrückter Aggressivität gegen das verantwortungslose Handeln ihrer Tochter.

„Mutter, wir haben Vollalarm", widersetzte sich Charlotte.

„Und ich sage: Du hast Gäste."

Werner ging dazwischen. „Beruhigt euch. Noch ist nichts geschehen."

„Das kann sich schnell ändern", hielt Charlotte dagegen.

„Bis dahin erwarten dich deine Gäste", insistierte Hildegard.

„Es sind deine Gäste, nicht meine."

„Tu, was ich dir gesagt habe."

„Ich bin kein Kind mehr."

„Solange du hier lebst …"

Werner nahm beide zur Seite. „Jetzt hört endlich auf zu streiten. Also, wie wollen wir das Problem lösen?"

„Wir machen weiter wie geplant", sagte Hildegard.

„So ein Irrsinn", hielt Charlotte dagegen.

Doch Hildegard ließ nicht mit sich reden. Sie suchte Paul unter den Umstehenden. „Paul? Wo bist du?" Sie sah ihn hinter einem Gast stehen. „Spiel etwas … irgendwas Leichtes zum Essen. Mozart, das passt immer."

Charlotte merkte auf. „Wie kommst du gerade auf Mozart?"

„Wieso nicht? Jeder mag Mozart."

„Ausgerechnet."

„Warum?", fragte Werner.

„Hast du denn nicht die Feindmeldungen gehört?"

Natürlich nicht, er hatte andere Dinge zu tun gehabt, wenngleich einem SS-Offizier die aktuelle Bedrohungslage bekannt sein sollte. Er zuckte mit den Schultern.

„Den ganzen Tag schon kündigen die Tommys eine Symphonie von Mozart an", sagte Charlotte.

„Nicht nur die", fügte Hildegard beiläufig hinzu.

„Was meinst du damit?"

„Da war ein seltsamer Anruf um die Mittagszeit", berichtete Hildegard überdrüssig. „Eine Frau verlangte nach Paul, sagte, dass heute Abend eine Symphonie von Mozart in Würzburg gespielt würde."

Charlotte wollte es nicht glauben. „Sie verlangte nach Paul?"

Sie sah im Augenwinkel gerade noch, wie er den Salon verließ. „Bleib hier", rief sie ihm nach, „ich muss mit dir reden."

Aber Paul hörte nicht, Charlotte ging ihm nach, drängelte sich an den Gästen vorbei, wurde aufgehalten und abermals beglückwünscht, in ein Gespräch verwickelt. Im Eingangsbereich brannte das Licht, jenseits davon war es finstere Nacht. Sie hörte das Gartentor ins Schloss fallen.

„Paul?!"

Sie erhielt keine Antwort. In ihrem Rücken tauchte Werner auf.

„Was ist mit ihm?", fragte er.

Sie dachte eine Sekunde nach, dann war die Entscheidung gefällt. „Ich muss hinauf zum Bunker. Fährst du mich?"

... / Domerschulgasse

Gemeinsam gingen sie die Stufen hinunter, zuerst Erwin, Waltraud und die Kinder. Ihnen folgten Fanny, Hans und Uschi. Das ganze Haus war unterwegs, es war eng und man kam nur schrittweise voran. Manche hatten sperrige Koffer gepackt, andere trugen Decken oder etwas zu essen, einer hatte gar einen Klappstuhl dabei, der sich mit jeder Stufe entweder im Geländer verfing oder den Vorangehenden in den Rücken stieß. Es wurde gedrängelt und geschimpft, die Stimmung war aufgeladen, nicht alleine wegen des Alarms, sondern wegen der Rücksichtslosigkeit mancher Mitbewohner.

„Wir müssen uns beeilen", sagte Hans, „bevor uns einer den Platz wegnimmt."

„Es wird schon für alle reichen", antwortete Fanny.

Bei dem Gedränge fiel es allerdings schwer, ihr zu glauben. Die sonst friedlichen und hilfsbereiten Nachbarn verwandelten sich zusehends in egoistische Neider, wenn es um die Wahrung ihrer Interessen ging. Wer bekam die besten Plätze? – vorzugsweise am Lüftungsschacht, der hinaus auf die Straße führte und frische Luft hereinließ, während der Mief im modrigen Keller unerträglich wurde. Hoffentlich kam man mit dem erkälteten Kind aus dem ersten Stockwerk nicht Berührung, eine Lungenentzündung war das Letzte, was man jetzt noch brauchte. Und dort der Kerl aus der dritten Etage, ein Nazi durch und durch. Er führte eine Liste mit Namen und Verfehlungen, die er tags darauf meldete. Besser, man ging auf Abstand zu ihm.

„Nicht drängeln, es ist für alle Platz!"

Die Mahnung kam vom Hausmeister am Eingang zum Keller, er war gleichzeitig der Luftschutzwart, der alle Hände voll zu tun hatte, die Schutzsuchenden zu verteilen. Seine wichtigste Aufgabe bestand aber darin, die mitgebrachten sperrigen Gegenstände den Mietern abzunehmen, um sie im Kohlenraum zu lagern. Das gefiel nicht jedem, ein Streit entlud sich und brachte diejenigen auf, die nicht schnell genug auf ihre ersehnten Plätze kamen.

Dazu gehörte auch Uschi, allerdings aus einem anderen Grund. Am Ende der Treppe machte sie Halt, versperrte damit den Nachfolgenden den Weg. Ihr Blick war starr auf die Eingangstür des Kellerraums gerichtet.

„Ich gehe da nicht rein."

An ihrer Seite war nicht wie gewohnt Hans, um ihr die Weigerung auszureden, sondern Vinzenz, und der war in diesem Fall ihr Leidensgenosse. Bei der Vorstellung eines abgeschlossenen Raums lief es ihm kalt den Rücken hinunter.

„Was ist?", rief Fanny ihnen zu.

„Aus diesem Rattenloch werden wir nie wieder herauskommen", klagte Uschi.

„Würden Sie jetzt bitte weitergehen?!", kam es von hinten. Fanny rief nach Hans, er sollte Uschi gut zureden, sie selbst würde sich um Vinzenz kümmern.

„Aber, Uschi", beruhigte Hans sie, „die Lore und der Alfred sind auch da. Mit denen verstehst du dich doch so gut. Ihr könnt Karten spielen …"

„Nicht stehenbleiben! Weitergehen!"

Jemand drängte Uschi zur Seite. „Diese Mauern werden nie einer Bombe standhalten."

„Keine Sorge", sagte Hans, „hier fällt keine Bombe."

„Wieso müssen wir dann in den Keller?"

„Weil … es Vorschrift ist."

„Pfeif auf die Vorschrift. Ich geh wieder nach oben."

Sie drehte sich tatsächlich um und ging gegen den Strom an.

„Aber Uschi …"

Es war zum Verzweifeln, Hans seufzte.

„Ich sprech mit ihr", sagte Fanny. „Geh du schon mal rein." Dann wandte sie sich an Vinzenz, der immerhin nicht geflüchtet war, aber eisern am Kellereingang ausharrte. „Was ist mit dir?"

„Du weißt doch", antwortete er mit einem gequälten Lächeln, „ich und Keller. Das passt nicht zusammen."

Das wusste sie, er hatte ihr von Frankreich und den Bomben erzählt. „Wie soll ich Uschi in den Keller kriegen, wenn du zögerst?"

„In diesem Fall gebe ich ihr ausnahmsweise mal recht."

„Du bist der Familienvorstand. Du musst mit gutem Beispiel vorangehen."

„Ich weiß, ändert aber nichts. Am besten, ich gehe wieder nach oben." Er drehte sich um, sie hielt ihn fest.

„Du wirst dir doch nicht vor allen so eine Blöße geben."

„Es wäre nicht das erste Mal."

„Jörg und Cäcilie sind auch in den Keller gegangen. Was soll ich ihnen morgen sagen? Dass ihr Sohn sich vor einem Keller fürchtet?"

Er hielt inne. „Du hast sie gesehen?"

„Ja, und sie wollen mit dir sprechen."

„Warum?"

„Es geht ums Erben."

„Wollen Sie mir die Wohnung überschreiben?"

„Ich nehme es an."

Die Aussicht, endlich Eigentümer und nicht nur Mieter in der Wohnung seiner Eltern zu werden, beflügelte ihn. Er hatte so lange darauf gehofft, sie aber nie darauf angesprochen. Jetzt konnte er die geplanten Umbauten in Angriff nehmen, ein lang gehegter Wunsch ging in Erfüllung.

„Geh nun in den Keller und denk darüber nach", sagte Fanny, „ich geh Uschi holen."

Zögernd setzte er sich in Bewegung, Stufe um Stufe, vorsichtig und ängstlich, seine Dämonen zähmend. Diese eine Nacht würde er überleben, redete er sich ein, der Lohn für den Kampf war fürstlich.

Fanny bahnte sich unterdessen ihren Weg nach oben. Erst am Hauseingang schloss sie zu Uschi auf, die unsicher schien, ob sie in die Wohnung oder hinaus auf die Straße gehen sollte.

„Komm zurück, Uschi", sagte sie, „alle warten auf dich."

Aber zu ihrer Überraschung war es nicht die Unsicherheit, die Uschi zögern ließ, sondern etwas anderes. Je näher Fanny kam, desto deutlicher wurde, dass Uschi am ganzen Leib zitterte.

„Was ist mit dir?", fragte Fanny. „Geht es dir nicht gut?"

„Ich kann da nicht runter", erwiderte Uschi.

„Warum nicht?"

„Es … raubt mir den Atem, macht mich völlig verrückt und die Knie weich. Allein die Vorstellung, mit so vielen Menschen, eng an eng, in einem Raum unter der Erde zu sein", sie seufzte, „ich kann einfach nicht."

Das kannte Fanny nur zu gut von Vinzenz, jetzt auch noch sie. „Was hast du dann die anderen Male gemacht?"

„Es war ein einziger Kampf mit mir und meiner Angst. Aber heute … keine Chance. Ich drohe die Besinnung zu verlieren bei dem Gedanken. Ich schäme mich so vor den anderen."

Derartige Ängste, die sich zur Panik ausweiten konnten, waren Fanny von ihren Patienten aus der Nervenklinik bekannt. Da half kein Reden oder Schimpfen, ein Spaziergang an der frischen Luft löste die Verkrampfung. Aber konnten sie es wagen?

„Lass uns ein paar Schritte gehen", schlug sie vor, wissend, dass es tatsächlich nur wenige sein konnten.

„Es ist Alarm. Was, wenn wir erwischt werden?"

„Dann geben wir ein paar verstörte Frauen zum Besten. Es wäre nicht das erste Mal."

Uschi lächelte. „Gute Idee."

Zusammen gingen sie hinaus auf die Straße. Es war weit und breit niemand zu sehen, alle Lichter waren erloschen, wer sich jetzt noch herumtrieb, war selbst lebensmüde.

„In Köln, weißt du", begann Uschi, „habe ich das schon mal erlebt. Die Bomben, die einstürzenden Häuser, die Verzweiflung in den Kellern, nur mit Glück konnten wir entkommen."

„Wie habt ihr es geschafft?"

„Es war meine Angst, die uns aus dem Keller trieb. Gegen den Widerstand des Luftschutzwarts, gegen alle Vorsichtsmaßnahmen … nur noch raus. Als wir auf die Straße kamen, brannte alles lichterloh um uns herum. Aus den Häusern schossen die Flammen, die Mauern stürzten ein, begruben alles und jeden unter sich. Wer da noch im Keller war, hatte sein Grab gefunden."

Jetzt wurde Fanny einiges klar. Dennoch: „Aber wer in den Häusern blieb, verbrannte doch, oder?"

„Man muss den richtigen Zeitpunkt finden, den Keller zu verlassen, und selbst dann … diese unvorstellbare Hitze, die dir die

Luft zum Atmen nimmt, das Heulen des Feuersturms, er hat die Glocken in den Kirchen zum Schlagen gebracht. Es war, als wenn der Teufel selbst am Glockenseil hing. Fürchterlich, ich werde das nie mehr vergessen können."

„Und nun hast du Angst, dass es wieder passiert."

Uschi nickte. „Keine zehn Pferde bringen mich mehr in einen Keller."

„Was aber, wenn der Keller so tief liegt wie kein anderer und so fest gebaut ist, dass selbst der Dom darüber zusammenbrechen könnte, ohne dass einem darin etwas passiert?"

„So ein Keller müsste erst gebaut werden."

„Du irrst dich. Da vorne ist der Keller der Alten Universität. Die stärksten Mauern der Stadt stützen ihn, und das seit Jahrhunderten. Er hat Kriege und Feuer überstanden, während die Stadt niederbrannte. Wer darin Schutz sucht, wird ihn finden."

... / Luftschutzbunker Mönchberg

Die letzte Meldung gab Anlass zur Entspannung.

„Feindlicher Fliegerverband hat Stuttgart passiert, fliegt weiter Richtung Ulm und Augsburg."

Unteroffizier Tomas atmete erleichtert auf. Wenn die Tommys so weit im Süden operierten, dann würde es eine andere Stadt treffen, die näher an ihrer Route lag als die Stadt am Main. Regensburg könnte es erwischen, vielleicht München oder Nürnberg. Noch eine halbe Stunde warten, dann würde man es wissen, Entwarnung geben, dem Herrgott Danke sagen, sich aufs Wochenende freuen. Würzburg würde verschont bleiben, ein weiteres Mal, und er war geneigt zu sagen, dass es auch bis zum Ende des Kriegs so bleiben würde. Was hatte diese Stadt nur an sich?

Dieser verfluchte Krieg, der ihn die halbe Familie gekostet hatte, die Braut und sein Erbe, machte regelrecht einen Bogen um diese Stadt. Waren es die Gebete dieser gottesfürchtigen Franken?

Oder die vielen Verletzten, die aus allen Teilen des Reichs heran-gekarrt wurden, die vor dem Feind Gnade fanden? Die Kunst und die Kultur, die einen von jeder Straßenecke her ansprangen? War es der Bischofshut, einer Tarnkappe gleich? Er grinste, schüttelte dabei den Kopf.

Es war die richtige Entscheidung gewesen, nach Würzburg zu kommen, hier den Dienst zu beenden, bevor der Feind sie über-rannte. Da hatte er keine Illusionen mehr. Der Krieg war verloren. Unwiderruflich.

Wenn der Feind vor die Stadttore kam, würde er sich seiner Uniform entledigen und sich unter die Flüchtlinge und Verletz-ten mischen. Fast niemand kannte ihn hier, er würde sagen, seine Papiere habe er auf der Flucht verloren. Er war jung, man könnte ihm glauben, dass er mit diesem Krieg nichts zu tun hatte. Wie ein einfacher Bauernbursche aus dem Allgäu sah er aus, lediglich dem Wetter und dem Herrgott verpflichtet. Er würde schnell wieder Arbeit finden. Das Tal war fruchtbar, die Leute fleißig. Sie wüssten einen wie ihn zu schätzen …

Da flog die Tür auf. Es war dieses hübsche Ding Charlotte, deren Vater ein großes SS-Tier war. Sie wirkte gehetzt, außer Atem.

„Es ist Würzburg", keuchte sie. „Sie kommen heute Nacht nach Würzburg."

Er stand auf, bot ihr einen Stuhl an. „Setzen Sie sich erst mal." Sie kam der Aufforderung nach. „Und jetzt in aller Ruhe: Wer kommt nach Würzburg?"

„Die Tommys", sagte sie, „ich weiß es."

„Wie kommen Sie darauf?"

Und Charlotte erzählte, was sie in Erfahrung gebracht hatte, den seltsamen Anruf, die Flucht von Paul. Tomas hörte es sich an, war aber nicht überzeugt.

„Es könnte sich um eine falsche Verbindung gehandelt haben."

„Aber warum hat die Anruferin ausgerechnet Paul sprechen wollen?", hielt sie dagegen.

„Paul ist kein seltener Name."

„Er ist Jude, und ich weiß von seinen Freunden. Einer davon soll nach England geflüchtet sein."

Jude? Tomas zog die Augenbrauen hoch. Im Haushalt eines SS-Offiziers befand sich ein Jude? Allein das war ein Grund, wieso er ihr nicht glauben konnte. Er schaute auf die Uhr. Es war kurz vor einundzwanzig Uhr. Wenn der feindliche Verband Ulm passiert hatte und weiter der eingeschlagenen Route folgte, würde er Entwarnung geben. Das war er schon den vielen Menschen schuldig, die seit knapp zwei Stunden in den Kellern ausharrten. Nur, wie brachte er diese Verrückte aus dem Bunker? Er war zwar ihr Vorgesetzter, aber sie auch die Tochter eines hohen SS-Offiziers.

Er seufzte. „Ich mache Ihnen einen Vorschlag: Wir warten zusammen die nächste Luftlagemeldung ab und dann entscheiden wir."

„Dafür ist keine Zeit", entgegnete Charlotte, „wir müssen jetzt handeln. Die Menschen glauben immer noch, sie seien in Sicherheit."

„Wir haben Vollalarm", entgegnete er brüsk.

„Und keiner nimmt ihn ernst. Jeder glaubt, dass dieser Krieg an uns vorübergeht."

In diesem Punkt mochte er ihr recht geben, aber er reichte nicht aus, um …

Schnelle Schritte vom Gang näherten sich. Die Tür wurde aufgestoßen. Es war eine seiner Mitarbeiterinnen, kreidebleich.

„Feindlicher Flugverband hat die Richtung geändert."

Kurz vor einundzwanzig Uhr war Professor Werner in der Nervenklinik eingetroffen. Er wollte nach dem Rechten schauen, bevor er zurück in die Villa an der Kleßbergsteige fuhr. Auf dem Weg zum Luftschutzbunker am Letzten Hieb hatte Charlotte ihm eine abenteuerliche Geschichte von Paul und Mozart erzählt. Er wusste um ihr freundschaftliches Verhältnis, Paul war ein großer Bruder für sie geworden, nachdem German in die SS eingetreten und später an die vielen Fronten des Reichs verlegt worden war. Er hatte diese Annäherung um Charlottes willen geduldet, und wegen Hildegards Bitte, dem Kind eine gute musische Erziehung zuteilwerden zu lassen. Wenn es nach ihm gegangen wäre, hätte er die lauernde Gefahr schon lange beseitigt. Ein Jude im Haus eines SS-Offiziers … leichter hätte man es seinen Feinden nicht machen können.

Von den Radiodurchsagen der englischen BBC hatte er im Trubel der heutigen Notaufnahmen nichts mehr mitbekommen, im Grund bezweifelte er sie auch. Was sollte hinter der Warnung *Heute bringen wir eine Symphonie von Mozart* schon stecken? Das konnte alles oder nichts bedeuten.

Anderer Meinung war Charlotte gewesen. Sie hatte von Paul und seinen Studienfreunden erzählt, ihren Exkursionen zum Mozartfest, zum Nikolausberg und zu den vielen anderen Orten in der Stadt. Für sie war Mozart eindeutig mit Würzburg verknüpft, für Professor Werner aber mit Augsburg, der Heimatstadt der Familie Mozart.

Wie dem auch war, bald würden sie es wissen. Luftangriffe kamen immer innerhalb eines bestimmten Zeitfensters, und das war soeben dabei, sich zu schließen, denn die Feindbomber mussten im Schutze der Nacht wieder zu ihren Heimatbasen zurück. Wenn in den nächsten dreißig Minuten nichts geschah, hatte es sich um einen makabren Scherz gehandelt. Er war sich sicher, dass es so kommen würde.

Die Klinik lag verdunkelt da. Der Pförtner grüßte ihn überrascht, der hatte natürlich nicht mit ihm gerechnet, genauso wenig wie die Schwestern auf den Stationen, die von ihren Kaffeetischen aufsprangen, als sie ihn über die Gänge gehen sahen. Er bedeutete ihnen sitzen zu bleiben, er wollte allein sein, ein paar Minuten in Ruhe über alles nachdenken. Dieser Tag war so hektisch und ereignisreich gewesen, er brauchte jetzt einen klaren Kopf, um spätestens am Montagmorgen eine Entscheidung über die Station mit den geistig Behinderten zu treffen.

In seinem Büro angekommen, setzte er das Koffergrammophon in Gang. Etwas Entspannendes sollte es sein, nachdem ihm diese Nebelkrähe aus Berlin mit ihren überzogenen Arien den letzten Nerv geraubt hatte. Er entschied sich für Smetanas Moldau, da schoss ihm ein Gedanke quer. Mozart. Er lachte innerlich auf.

In seiner Plattensammlung befand sich nicht viel von ihm, Mozart war etwas für junge, unerfahrene Hörer. Er bevorzugte Tiefergehendes, doch ein Werk des Meisters aus Salzburg war zurückgeblieben: das Requiem. Er hatte es schon lange nicht mehr gehört.

Die ersten Klänge erfüllten den Raum, zufrieden sank er in seinen bequemen Stuhl und schloss die Augen.

Sie blieben allerdings nicht lange geschlossen.

Um 21:07 Uhr klopfte eine Schwester aufgeregt an seine Tür.

„Herr Professor, Herr Professor."

Werner ballte die Fäuste. „Herrgott, kann man nicht fünf Minuten seinen Frieden haben?" Er ließ sie eintreten. Mit großen Augen stand sie da, die Lippen zitterten.

„Sie kommen."

„Wer?"

Sie ging zum Radio, stellte es an, und als ob es ihr jemand erlaubt hätte, nahm sie den Nadelkopf von der Platte. Aus dem Radio dröhnte eine zitternde Frauenstimme.

„Starker Kampfverband bei Crailsheim, nordöstliche Richtung. Äußerste Vorsicht ist geboten. Mit einem Angriff auf unsere Stadt ist zu rechnen."

Werner legte die Stirn in Falten. Was hatte die Ansagerin da gesagt? Nordöstliche Richtung? Da konnte etwas nicht stimmen. Crailsheim lag rund einhundert Kilometer südlich von Würzburg, und zwar ziemlich genau südlich. Wenn der Kampfverband Richtung Nordosten flog, dann konnten nur Erlangen oder Bamberg gemeint sein.

Wie auch immer, die Nachricht war schockierend genug. Der Angriff würde in einer Stadt nahe Würzburg stattfinden. Oder war tatsächlich Würzburg gemeint und die Ansagerin hatte sich in der Aufregung versprochen?

„Alle in den Keller", befahl er der Schwester.

Die nickte eifrig, allerdings stellte sich ihr eine Frage. „Und die Patienten?"

Er dachte kurz nach. Eine Entfernung von hundert Kilometern wurde von den Flugzeugen in weniger als einer halben Stunde zurückgelegt. Bis dahin musste die Evakuierung abgeschlossen sein. „Nehmen Sie jeden mit, der noch laufen kann."

„Und die anderen?" Die Stationen waren voller Patienten, im Gang, auf den Treppen … von denen konnte niemand mehr selbständig gehen.

„Die müssen sich gegenseitig helfen, anders ist es nicht zu schaffen. Und jetzt gehen Sie endlich."

Die Schwester tat wie ihr befohlen. Werner seufzte. Sollte es nun wirklich Würzburg erwischen? Hatten all die Beteuerungen nichts genutzt, die Verweise auf die Lazarettstadt, die Gebete und der Selbstbetrug, verschont zu werden, weil man glaubte, Churchill habe hier studiert, der irrsinnige Glaube, dass die Engländer ein Kulturvolk seien, das zu solch einem Frevel nicht fähig war? Spätestens nach dem Angriff und der fast völligen Zerstörung von Dresden hatte sich die Frage eigentlich nicht mehr gestellt.

Was sollte er jetzt tun?

Nach Hause eilen, Hildegard und die anderen warnen? Das war unnötig. Auch wenn Hildegard das Radio im Salon ausgeschaltet hatte, um ihre gottverdammte Feier nicht zu stören, würden die

Angestellten in der Küche die Nachricht erhalten, notfalls kämen die Nachbarn ungefragt herüber.

Blieb Charlotte. Die war wohl am sichersten Ort der Stadt untergebracht, im Luftschutzbunker am Letzten Hieb. Dieses Betonmonstrum würde auch einen Volltreffer schadlos überstehen.

Das Wissen um die Sicherheit seiner Tochter beruhigte ihn. Für ihn wie für jeden anderen in der Stadt gab es jetzt nichts anderes mehr zu tun als abzuwarten. Würden die Feindflugzeuge ihren Kurs Richtung Nordosten beibehalten, hatten sie nichts zu befürchten. Der tödliche Kelch würde an ihnen vorübergehen und eine andere Stadt ins Verderben stürzen.

Eine seltsame Ausgeglichenheit überkam ihn. Er stellte das Radio ab und legte den Nadelkopf an der alten Stelle wieder auf die Platte. Mittlerweile war der Totenchor beim *Dies irae* angelangt.

Dies irae – Tag des Zorns, Tag der Klage, der die Welt in Asche wandelt, wie Sybill' und David zeugen. Welches Zittern wird sie erfassen, wenn der Richter wird erscheinen, Recht und Unrecht streng zu richten.

Er löschte das Licht und öffnete das Fenster. Unter ihm lag das dunkle Maintal. Wenn sie kamen, dann von Süden her, geradewegs auf ihn zu. Da stand ihnen nichts entgegen, mit geringstem Aufwand konnten sie die größtmögliche Fläche bombardieren.

Er starrte ins Dunkel und glaubte darin den Abgrund zu erkennen.

... / Im Anflug auf das Maintal

Die riesige Streitmacht aus über sechshundert Maschinen hatte sich kurz zuvor geteilt. Der größere Teil von 380 Maschinen war ostwärts weitergeflogen. Ihr Ziel: Nürnberg, die alte Reichsstadt, aber auch das Zentrum nationalsozialistischer Propaganda. Damit wäre es heute Nacht ein für allemal vorbei. Die zuvor schon arg gebeutelte Stadt würde den Gnadenstoß bekommen, für alle Zeiten von der Landkarte getilgt, eine über tausendjährige, mitunter glorreiche Geschichte würde pulverisiert.

Der andere Teil, immerhin noch 225 Lancaster-Bomber und elf Mosquito-Jäger der Bomber Group Nummer 5, nahm Kurs auf Würzburg, die alte Bischofsstadt am Main mit ihrem barocken Glanz und ihrer ureigenen fränkischen Architektur, vorwiegend mit Holz gebaut, kunstreiches Fachwerk. Es brauchte weder die vielen Sprengbomben und Luftminen noch die unzähligen Stabbrandbomben, die wie Hagel auf sie herabregnen würden, ein Streichholz an der richtigen Stelle würde die Stadt wie Zunder brennen lassen.

Aber der Befehl war ein anderer gewesen: Schock und Schrecken sollte der Angriff bei den Einwohnern auslösen, den Glauben an ihren Führer erschüttern. Henry wusste, dass das ein fataler Irrtum war. Die Engländer verstanden die Deutschen nicht, das hatten sie nie getan, nie wirklich. Hätten sie es, würden sie jetzt nicht die Büchse der Pandora über ihnen öffnen, sondern einfach nur abwarten, bis das verbrecherische System in sich kollabierte. Die Anzeichen waren für jedermann sichtbar, es brauchte nur etwas Weitsicht und gesunden Menschenverstand, aber auch Ehre im Leib, um einen bereits am Boden liegenden Gegner nicht auch noch zu demütigen. Das konnte nur schiefgehen, das würden die Würzburger den Tommys nie verzeihen.

Es war so weit. Über Bordfunk hörte Henry den Abwurf der ersten Markierung, einer rot schimmernden Leuchtbombe über dem Marsberg bei Randersacker. Das war der weithin sichtbare Anker für ein einstudiertes Vorgehen, das der Bomber Group Nummer 5 gleichsam Anerkennung wie Furcht eingebracht hatte.

Von hier aus setzte der Master Bomber zwei Reihen zu je achtzehn Markierungspunkten über der Stadt. Beginnend mit Heidingsfeld, über den Dallenberg bis hinauf zum Steinberg, und auf der anderen Mainseite vom Neuberg über die Kantstraße bis zum Greinberg. Das war das Zielgebiet, das anschließend mit den weißen Leuchtzeichen erhellt wurde – ein ausgeleuchtetes Schlachtfeld, das die Bombenwerfer nicht verfehlen konnten. Vom Boden aus würde man ihre Maschinen deutlich sehen können, aber das machte in diesem Fall nichts. Mit Gegenwehr war nicht zu rechnen.

„Der Zeremonienmeister bittet zum Auftakt", hörte Henry im Bordfunk, jetzt ging es los: Eine tödliche Symphonie war im Begriff, Zerstörung und Verzweiflung über die Würzburger zu bringen.

Seine Maschine war eine der ersten, die ins Zielgebiet einflogen. Ihre Ladung: ein Arsenal an Luftminen, gefolgt von den Maschinen mit den Sprengbomben und den Stabbrandbomben, auch Benzolkanister waren darunter, sie dienten als Brandbeschleuniger. Letztlich waren es die Zutaten für ein diabolisches Rezept mit größtmöglicher Zerstörungskraft. Es widerte ihn an.

Das rote Markierungslicht über dem Marsberg zog an der gläsernen Kanzel vorbei. Im Augenwinkel sah Henry das Gesicht von Patrick in Rot getaucht, seine weißen Zähne blitzten beim Kampfschrei des Geschwaders auf. „Undaunted!"

Es fehlte Henry an Enthusiasmus miteinzustimmen, sein Magen rebellierte, das Herz pochte ihm bis zum Hals, die Hände in den Handschuhen waren feucht, als ein ohrenbetäubender Schlag die Kanzel traf. Patrick wurde mitsamt seinem Sitz aus der Maschine gerissen und verlor sich im Dunkel der Nacht. Blut spritzte Henry übers Gesicht. Er konnte nichts mehr sehen, spürte nur die unwiderstehliche Wucht des Sogs, der an ihm riss, das metallische Getöse um ihn herum und das Geschrei seiner Kollegen auf dem Kopfhörer.

„Etwas hat uns getroffen!"

„Ich drehe ab!", rief William, der Pilot.

Henry tastete nach der Gurtschnalle, um Sekundenbruchteile später selbst aus dem Heck der Maschine geschleudert zu werden.

... / Domerschulgasse

Sirenen heulten durch die dunklen Straßen. Wer bisher noch keinen Luftschutzraum aufgesucht hatte, machte sich nun eilends daran, einen zu finden, der ihn noch einließ. Andere blieben trotz aller Warnungen und Aufforderungen in ihren Wohnungen zurück, teils, weil sie Plünderungen fürchteten, teils, weil sie keine zehn Pferde in einen Keller brachten. Sie fürchteten das Eingeschlossensein mehr als das einstürzende Dach über ihren Köpfen. Allen gemein war jedoch, dass sie gebannt vor den Radioempfängern saßen und auf Entwarnung hofften.

Fanny hatte Uschi im letzten Moment noch im Keller der Alten Universität unterbringen können, bevor sie zu ihrem eigenen Keller zurückeilte, um Hans nachzuholen – das hatte sie Uschi versprechen müssen. Nun aber war es selbst für Fanny zu spät geworden. Die Treppe zum Kellerraum war verbarrikadiert, irgendjemand hatte einen Kinderwagen zurückgelassen, der quer die Treppe versperrte. Darüber lagen eine Matratze, ein Stuhl und auch ein Koffer. Sie stieg darüber hinweg, verlor das Gleichgewicht und stürzte die Treppe hinab. Polternd blieb sie vor der schweren Stahltür liegen, ihr Fuß schmerzte, den Kopf hatte sie sich angeschlagen.

„Aufmachen!", rief sie ein ums andere Mal und klopfte gegen die Tür. „Lasst mich rein." Doch niemand öffnete.

Im schneidenden Geheul der Sirenen ging ihr Rufen auch unter. Der Luftschutzwart würde mit seinen Ohren am Volksempfänger hängen und die Tür nicht mehr für Spätankömmlinge offenhalten.

Sie musste sich schnell etwas einfallen lassen. Sollte sie in die Wohnung? Zurück zum Keller der Alten Universität? Nur weg von hier. Sie raffte sich auf, stieg über den Kinderwagen und den Stuhl hinweg, hinaus auf die Straße und blickte in den dunklen Himmel. Noch war Zeit, noch war keine Bombe gefallen. Der Marmelsteiner Hof fiel ihr ein, dort gab es einen öffentlichen Luftschutzraum, dort würde sie ihr Glück probieren. Sie rannte los, die Straße entlang, die ihr noch nie so verlassen und so lang vorgekommen war.

Vor der Alten Universität erkannte sie eine Gruppe von Leuten, es herrschte Streit. Es wurde geschrien und an einem Koffer gezerrt, den beide Parteien für sich beanspruchten. Fanny scherte sich nicht darum. Sie wollte nur runter von der Straße, hinein in einen Keller, der ihr Schutz versprach. Doch kaum war sie um die

Ecke, donnerte ein Flugzeug über sie hinweg. Sie dachte nicht nach, ließ sich einfach auf die Knie fallen, schlug die Hände schützend über den Kopf. Um sie herum tauchte die Nacht plötzlich in ein grünes Licht. Woher kam das?

Sie blickte zögernd auf. Weit über ihr, jenseits der Giebel, standen grüne Lichter am Himmel, nicht wahllos verteilt, sondern wie an einer geraden Schnur aufgehängt. Fanny hatte schon von diesen Nachtlichtern gehört, Christbäume wurden sie genannt, allerdings waren jene hell und nicht grün leuchtend. Egal, sie verschwendete keinen Gedanken mehr daran und erhob sich. Schnell weg, nichts anderes zählte. Über ihr kam das Flugzeug zurück, seine Motoren zürnten, der Marmelsteiner Hof war nur noch wenige Schritte entfernt. Da sah sie im Torbogen zwei Leute, einer von ihnen ging zu Boden, hielt sich den Kopf, der andere versuchte ihn wieder auf die Beine zu bringen.

„Was ist los?!", fragte Fanny gehetzt.

Als sie in eins der Gesichter schaute, erkannte sie das verschwundene Mädchen.

... / Am Schalksberg

Das Flugzeug hielt auf sie zu. Die Kinder konnten es in der Nacht nicht erkennen, aber die Lichter, die es absetzte, bildeten eine kerzengerade Linie, die genau zu ihnen führte. Seit dem Heulen der Sirenen war ihr kleines Lagerfeuer von Helene gelöscht worden, sie standen im Dunkeln, und obwohl sie in der Hütte Schutz suchen sollten, waren nur die Kleinsten dem Befehl Helenes nachgekommen. Julius und Eugen hatten sich davongeschlichen, beobachteten nun, wie eine Girlande nach der anderen an den Würzburger Himmel gehängt wurde.

„Was hat der vor?", fragte Julius.

Eugen ahnte etwas. „Er steckt das Zielgebiet ab."

„Was für ein Zielgebiet?"

„Die Stadt natürlich."

„Aber, er ist doch ganz alleine …"

„Er ist nur die Vorhut, die anderen kommen noch."

„Welche anderen?"

„Eine Armee von Flugzeugen, vollgeladen mit den schlimmsten Bomben, die du dir nur vorstellen kannst. Deine Stadt wird heute Nacht sterben."

Damit wollte sich Julius nicht einverstanden erklären. Er bückte sich, suchte einen Stein am Boden. Als er ihn gefunden hatte, wartete er den Augenblick ab, bis das Flugzeug über sie hinwegflog, dann holte er aus und warf mit aller Wucht den Stein dem Feind entgegen.

Da lag Eugen schon auf dem Boden und suchte Schutz. „Bist du verrückt?! Duck dich."

„Niemals!"

„Die haben Maschinengewehre an Bord. Damit durchlöchern sie dich wie Käse."

„Sollen sie doch." Er suchte nach einem weiteren Stein, der Flieger machte unterdessen kehrt.

… / Auf der Alten Mainbrücke

War es jetzt so weit? Paul schaute in den Himmel. Die Maschine zog unaufhörlich ihre Kreise, hinterließ Leuchtzeichen. Wenn er es richtig deutete, schlossen die Lichter von Heidingsfeld kommend die Festung und jenseits des Mains die gesamte Altstadt ein, Außenbezirke wie die Zellerau wurden ausgespart. Das Ziel des bevorstehenden Angriffs waren eindeutig das historische Zentrum und mit ihm die vielen Fachwerkhäuser, das Gewirr von Gassen, die vornehmen Bürgerhäuser und Geschäfte, die Mietwohnungen, die darin lebenden Menschen, aber auch die Universität, die Kirchen, Krankenhäuser und Schulen, die Residenz, das Theater und die Musikhochschule, an der er gelernt und unterrichtet hatte. In dieser Nacht würde all dies zerstört werden und damit auch ein Teil von ihm.

Er wusste nicht, ob er sich über die Befreiung aus dem Würgegriff der Nazis freuen oder um seine sterbende Stadt weinen sollte. Die wunderbaren Gebäude von Petrini und Neumann würden in sich zusammenbrechen, mit ihnen die Fresken Tiepolos und die Stuckarbeiten Bossis, die Figuren der Auveras würden pulverisiert, die vielen antiken Schriften in den Archiven verbrennen, das alte Würzburg seiner über tausendjährigen Vergangenheit beraubt.

Was einst eine Stadt von malerischer Schönheit war, würde jetzt zu einem Grab werden, zu einer Trümmerwüste, die sich nie wieder zu dem erheben würde, was es einmal war – eine Schatzkiste, die Perle am Main.

Ihm schauderte bei dem Gedanken.

Die Maschine über ihm hatte offenbar ihre Arbeit erledigt, sie drehte ab, gewann an Höhe. Außer den Sirenen war nichts mehr zu hören, am Himmel ausgespannt war das Geflecht des nahen Todes.

Was sollte er jetzt tun? Sein Fluchtplan war gescheitert. Wenn er die Nachricht Hildegards richtig verstanden hatte, hatte der Anruf vom Nachmittag ihm gegolten. Aber wer sollte ihn schon anrufen, und das im Haus des Professors? Niemand konnte wissen, wo er sich aufhielt, außer … Nein, das war ausgeschlossen, sein Freund Heinrich wusste zwar, dass er in der Kleßbergsteige ein und aus ging, doch konnte er wirklich davon ausgehen, dass er sich auch heute dort aufhielt? Warum nicht, sagte er sich, wenn er ihn nur dort erreichen konnte! Zuhause hatte er ja kein Telefon.

Sein Gedankensturm wurde jäh unterbrochen. Ein tiefes Brummen erfasste das Tal und mit ihm die altehrwürdige Brücke. Er spürte die vibrierende Luft auf seiner Haut. Es kam von Süden, von Heidingsfeld, direkt auf ihn zu.

In den zuvor abgesteckten Korridor zwischen Festung und Altstadt geriet unversehens Licht. Es kam aus dem Himmel, von den Maschinen über ihm, er konnte sie nun tatsächlich erkennen. Schwarze Falken, überall. Sie warfen Leuchtbomben ab, Christbäume, wie sie genannt wurden, sie tauchten die Nacht in einen dämmergleichen Zustand zwischen Leben und Tod.

Die Bomber Group Nummer 5 hatte den Vorgang minutiös entwickelt, geübt und perfektioniert. Die Strategie lautete: maximale Bombenkonzentration auf engstem Raum in kürzester Zeit. Dies suchte man mit Sector Bombing zu erreichen – der Einteilung des Zielgebiets in Sektoren. Einem Ausgangspunkt bei Heidingsfeld folgend, flogen die Maschinen ihre jeweilige Route fächerförmig über den Sektoren ab und gaben in genau geplanten Zeitintervallen ihre Bombenfracht frei. Dazu gehörten im ersten Anflug schwere Sprengbomben und Luftminen. Ihre gewaltige Sprengkraft deckte Häuser ab, drückte Fenster und Türen aus den Rahmen und ließ Gas- und Wasserleitungen bersten. Darauf folgte ein Hagelgewitter von Hunderttausenden Stabbrandbomben, gefüllt mit schwer lösch-barem Thermit, das sonst bei Schweißarbeiten eingesetzt wurde. Auch Benzolkanister fanden Einsatz, das leicht brennbare Gemisch heizte die Brände an. Das Ziel: Viele einzelne Feuer sollten zu einem einzigen großen Brandherd zusammengefügt werden.

Am Ende entstand eine Feuerhölle, bis zu zweitausend Grad heiß, die nicht nur Steine und Metall zum Glühen brachte, sondern auch den Menschen die Luft zum Atmen nahm. Wer nur in die Nähe dieser unvorstellbaren Hitze kam, stand in Sekundenschnelle in Flammen oder wurde bei lebendigem Leib geschmort.

Doch die eigentliche Gefahr lauerte in den Schutzräumen unter der Erde. Ein schleichender, unsichtbarer Tod schaffte sich Raum.

... / Nervenklinik

Mozarts Requiem war noch nicht verklungen und Professor Werner konnte von dem Spektakel nicht genug bekommen, einem Affekt gleich, wie er Gaffer überkam, die sich am Unglück anderer berauschten. Hier oben am Schalksberg war er sicher, die Leucht-marken endeten vor seiner Klinik. Das Ziel war eindeutig die Alt-stadt, er und seine Patienten hatten nichts zu befürchten.

Werner stand am Fenster seines Büros und schaute auf die Stadt hinunter. Das, was sich da vor seinen Augen abspielte, war eine Demonstration militärischer Überlegenheit. Auch wenn er selbst kein kämpfender Militär war, obwohl er in einer Uniform steckte, konnte er doch nicht anders, als das fliegerische Können des Feindes zu bewundern. Die Schnelligkeit, das akkurate Vor-gehen, die Aufgabenteilung, das Timing. Alles lief Hand in Hand. Das war ein wahres Orchester der Zerstörung. Wenn der frühere Reichsmarschall und Oberbefehlshaber der Luftwaffe Göring das hätte sehen können, er hätte gestaunt und lernen können. Stalingrad wäre nicht verloren gegangen. Aber wahrscheinlich saß er wieder in seiner Hütte in den Berchtesgadener Alpen und hatte den Kopf voll von Pervitin, einem Methamphetamin, das ihn größer erscheinen ließ, als er wirklich war. Vor dem Krieg hatte er angeblich noch gesagt, er wolle Meier heißen, wenn auch nur ein einziges feind-liches Flugzeug die deutsche Grenze überfliegen würde. Nun, Herr Meier, jetzt war es so weit.

Helle Leuchtbomben trudelten herab, tauchten das Maintal und die Stadt in ein dämmriges Licht. Den Main herauf dröhnten die schweren Lancasterbomber, die ersten Luftminen und Sprengbom-ben detonierten bei Heidingsfeld, dann in der Sanderau und nahezu gleichzeitig links- und rechtsmainisch in den folgenden Stadtteilen. Ein Blitzlichtgewitter entlud sich über der Altstadt, Hunderte Ein-schläge, jeder einzelne mit teuflischer Zerstörungskraft. Mit ein paar Sekunden Verzögerung schwappten die schweren Schläge der Bomben zu ihm herauf, überlappten sich zu einem furiosen Höllen-donner, während die Häuser und Kirchen wie Wunderkerzen zün-deten. Flammen schossen heraus, glitzernde Funkenwinde entluden sich, strichen über die Dächer und Bäume, setzten alles in Brand, was sich ihnen in den Weg stellte. Wenn er es richtig sah, sprangen Menschen in den Main, doch auch dort war ihnen kein Heil gewiss.

Eine Wasserfontäne nach der anderen schoss heraus, die Bomben zündeten auch unter Wasser und töteten, was in ihrer Nähe war.

Die grollenden Motoren der Bomber kamen näher, die Fensterscheiben zitterten, die Läden klirrten in den Angeln, und noch immer fielen Bomben herab – auf den Bahnhof, auf die Gleise, in die Weinberge am Fuß des Schalksbergs. Jetzt sollten sie aber langsam abdrehen … Werner trat einen Schritt vom Fenster zurück, doch die Piloten hatten anderes im Sinn. Zu seiner Linken, in Grombühl, krachte es ohrenbetäubend. Die Druckwelle brachte alles in seinem Büro zum Erzittern, Staub rieselte von der Decke, gefolgt von ein paar Brocken, das Regal krachte zusammen, Mozarts Requiem riss ab. Nun übernahm ein anderer Konzertmeister. Werner stolperte rückwärts, hielt sich an der Schreibtischkante fest.

Spätestens jetzt wurde ihm klar, dass er sich wider Erwarten mitten im Zielgebiet befand.

... / Garten am Schalksberg

Helene hatte die Kinder um sich geschart. Zusammen kauerten sie unter dem Tisch, geschützt nur durch eine dünne Holzplatte und einem Dach aus Sperrholz und Blech. Sie schloss die Kinder in die Arme, während draußen die Bomben um sie herum einschlugen. Die Kinder weinten, flehten um Hilfe und Schutz. Doch gegen das Röhren der Motoren, die Explosionen und die im Raum zu Boden fallenden Gegenstände kam sie nicht an.

Mit Tränen in den Augen und der Gewissheit, dass sie diesen Angriff nicht überleben würden, betete sie dennoch.

„Heilige Mutter Maria, hilf …"

Wieder krachte es in ihrer Nähe, sodass der Boden erzitterte und Teller und Töpfe aus den Schränken gesprengt wurden. Die Druckwelle riss das Dach fort, eines der Kinder verlor sich aus ihrem Arm. Sie blickte auf, sah nichts, spürte nur, wie die Bretter barsten und Tausende Splitter in die Körper drangen.

Vor der Hütte hatten sich Julius und Eugen hinter einer kleinen Gartenmauer versteckt. Sie lagen flach auf dem Boden, hielten die Hände schützend über den Kopf. Als es die Hütte fortgerissen hatte, packte Eugen Julius am Arm und zog ihn mit sich den Berg hinunter, vorbei an den gebrochenen und in Flammen stehenden Obstbäumen, den Bombenkratern und den umherschwirrenden Steinbrocken. Sie stolperten und krochen um ihr Leben, rafften sich auf und rannten weiter, alles stumm, ohne ein Wort zu sagen. Denn hören konnten sie nichts mehr, nur noch dumpfes Grollen spüren und gegen das Hin und Her der Druckwellen ankämpfen. Im Feuerschein sah Julius den blutüberströmten Eugen, stoppte plötzlich und schrie ihn an. Doch der verstand nicht, so deutete Julius den Berg hinauf, dass sie zurück zur Hütte gehen mussten, um Helene und die Kinder zu retten. Eugen seufzte, seine Lippen formten stumme Worte. Sie sind tot.

... / Kaiserstraße

Lange hatte German gezögert, noch weiter in die Stadt zu gehen. Es herrschte Vollalarm und die feindliche Maschine hatte ihre Markierungsarbeiten erledigt. Nicht mehr lange, und über der Stadt würden Leuchtbomben und gleich darauf Sprengbomben abgeworfen. So lange hatte er sich bei den Gleisen versteckt gehalten. Der Bahnhof war bereits zerstört, den würden die Tommys nicht noch einmal bombardieren.

Aber etwas drängte ihn zu handeln. Er konnte nicht einfach herumsitzen und zuschauen, wie die Menschen Opfer der Flammen wurden. Er war den Krieg gewohnt, kannte die Explosionen, wusste, wie man sich zu verhalten hatte. Wenn er noch etwas Sinnvolles mit seinem verkorksten Leben anstellen wollte, dann war dies der Augenblick dafür. Er raffte sich auf und ging über den menschenleeren Bahnhofsvorplatz auf die Kaiserstraße zu, als die ersten Bomben einschlugen. Die Detonationen kamen schnell von der Juliuspromenade und dem Barbarossaplatz auf ihn zu, drückten die Häuser zu beiden Seiten wie Spielzeug zusammen, Ziegel, Fenster und Türen wurden herausgeschleudert, gefolgt von Flammenzungen, die auf die angrenzenden Dachstühle übergriffen und die Balken und Latten entzündeten.

German warf sich in den Rinnstein, hatte damit wenigstens die Bürgersteigkante an einer Seite zum Schutz. Über ihm schwirrten die gebrochenen Fensterscheiben wie tollwütige Sicheln durch die Luft und die herausgesprengten Steine und Dachziegel bohrten sich in die gegenüberliegenden Fassaden, in die Auslagen der Geschäfte, machten die stolze Einkaufsstraße zu einem undurchdringbaren und tödlichen Tunnel. Hier war kein Durchkommen mehr, zumal vor ihm eine Gasleitung geborsten sein musste. Die Wucht hatte ein ganzes Haus auf die Straße geworfen, gefolgt vom Mobiliar und von einer brennenden Fontäne. Schreie gellten in das Sirengeheul. War jemand in seiner Wohnung geblieben? Aus einem Hauseingang sah er jemanden auf die Straße torkeln, die Haare oder die Kopfbedeckung brannten, auch der Rücken der Person, nach ein paar Schritten brach sie zusammen. Über ihr stürzte die Hausfassade ein.

German stand auf und spürte einen stechenden Schmerz im Bein. Eine Glasscherbe hatte sich ins Fleisch gebohrt, das Blut quoll heraus, im Licht des Feuers schien es pechschwarz. Später würde er etwas finden, um die Arterie abzubinden, zuvor musste er hier weg. Humpelnd rettete er sich in die nächste Seitenstraße, einen Durchstich, der ihn in die Bahnhofstraße brachte. Doch auch hier das gleiche Bild. Die Explosionen hatten die Dächer abgedeckt, Türen und Fenster herausgedrückt, Schreie drangen aus dem hohlen Gemäuer um ihn herum. Da fiel ihm jemand in die Arme. Er musste aus einem der Hauseingänge gekommen sein, es war ein Mann, der mit dem Gleichgewicht kämpfte, orientierungslos herumtappte. Er packte ihn und zerrte ihn weiter, weg von dem Haus, hinüber zur mächtigen Haugerpfarrkirche. Dort könnten sie für einen Moment ausruhen. Doch der Mann wurde immer schwerer, bis er schließlich stürzte.

„Steh auf!", schrie German ihn an. „Noch ein paar Meter."

Erst jetzt erkannte German, dass der Mann, der vor ihm auf dem Boden lag, nur noch über einen Arm verfügte, dort, wo sein zweiter gewesen war, pulste das Blut heraus bis es schließlich ganz aufhörte. Der Mann war tot, für ihn konnte er nichts mehr tun. Er ließ ihn liegen, ging weiter, das Portal der Kirche tauchte vor ihm auf, als er plötzlich ein verräterisches Klak-Klak hörte. Immer wieder, Klak-Klak, überall um ihn herum. Darauf folgte eine erstickte Explosion und eine anhaltende, vor sich hinschmorende Stichflamme.

Vom Himmel regnete es die gefürchteten Stabbrandbomben, zirka einen halben Meter lang, mit Thermit und Elektron gefüllt, die mit Wasser nicht zu löschen waren, allenfalls mit Sand, wenn man welchen in der Nähe fand. German kannte diese verfluchten Höllengeräte. Sie brannten einige Minuten, bis sie sich in eine weißglühende brennende Metallschmelze verwandelten und alles um sich herum anzündeten. Die Bahnhofstraße sah nun aus wie eine mit tausend Fackeln bestückte Allee an Allerheiligen, überall kleine, alles verzehrende Flammen.

In die offenstehenden Dachstühle waren sie ebenfalls eingedrungen, und was bislang nicht gebrannt hatte, verwandelte sich zu einem der vielen Feuerherde, die sich alsbald zu einem einzigen zusammenfinden und die gesamte Stadt auffressen würden.

Mit letzter Kraft erreichte er die Haugerpfarrkirche, schleppte sich hinein und brach an der ersten Sitzreihe zusammen. Über ihm schlugen die Stabbrandbomben in die riesige Kuppel ein und gaben ihre hungrige Fracht frei.

... / Ludwigkai
        St.-Anna-Stift

Die Bomben hatten das ehrwürdige Haus schwer getroffen, der Dachstuhl war fortgerissen, die Mauern neigten sich, bald würden sie der Schwerkraft nicht mehr standhalten können. Aus den offenen

Fenstern züngelten bereits die Flammen, in der riesigen Staubwolke hatten sie es jedoch nicht leicht, sich weiter auszubreiten. Doch das sollte sich schnell ändern.

Klak-Klak-Klak.

Einem Beschuss von Tausenden Pfeilen gleich rauschten die Stabbrandbomben vom Himmel herab und gruben sich in das Gemäuer ein. Stichflammen zischten, zündeten das von den Bomben bereitgestellte Splitterholz wie Streichhölzer Späne. Hunderte kleine Lichter, bald Tausende und schließlich ein einziges großes Feuer steckten den verbliebenen Rest des Altenheims an, während die Alten unten im Keller davon nichts mitbekamen.

Der Strom war ausgefallen, mit ihm das Licht und das Radio. Die letzte Durchsage lautete: Würzburg unter schwerem Beschuss, dann war die Verbindung abgebrochen. Nun saßen die Alten im dämmrigen Licht der Kerzen, waren von der Außenwelt abgeschnitten, mussten sich auf ihre Gemeinschaft konzentrieren.

Fannys Großeltern versuchten, dem Inferno, das sich ein paar Meter über ihnen abspielte, keine Beachtung zu schenken, was nach den massiven Bombeneinschlägen eine Herausforderung an die Selbstbeherrschung war. Der Keller hatte mehrmals gebebt und war in seinen Grundfesten erschüttert worden, umherwabernde Staubwolken erschwerten das Atmen, einige Alte waren auf den Boden gefallen, beteten, flehten um ein baldiges Ende des Beschusses. Die Sekunden zwischen den einzelnen Einschlägen zogen sich, nach jedem Schlag und der folgenden Erschütterung die bange Frage, ob die Decke und die Mauern halten würden.

Aber Fannys Großeltern hatten in ihrem Leben schon so viel erlebt, dass die Hoffnung, auch dieses Mal lebend der Katastrophe zu entkommen, groß war.

„Keine Sorge", sagte Großvater Jörg, „hier sind wir sicher." Er nahm seine Cäcilie in die Arme.

Die hatte die Gedanken jedoch woanders. „Hoffentlich hat Fanny rechtzeitig zurückgefunden."

„Sie ist nicht alleine, Vinzenz ist bei ihr."

Er blickte nach oben an die Decke, ab und zu hörte man das Klak-Klak durch die Fugen rieseln. Außer ihm und Schwester Valeria bekam niemand etwas davon mit. Die meisten waren mit ihren Gebeten beschäftigt.

Valeria hatte ein Ohr an der Tür, hoffte darauf, dass bald jemand kam und sie an die Oberfläche befahl. Die Bombeneinschläge waren verstummt, jetzt wäre eine gute Gelegenheit gewesen, sich aus der Enge des Kellers zu befreien und am Main, direkt vor ihrer Haustür, Schutz vor den befürchteten Flammen zu suchen.

Einige Schwestern waren auf den Stockwerken bei den Bettlägrigen und den Widerwilligen geblieben. Sie müssten nun endlich nach unten kommen und sie heraufholen. Doch Minute um Minute verstrich, sodass Valeria die Sache nun selbst in die Hand nahm. Sie drückte die schwere Stahltür auf, was nicht leicht war, Steine waren von der Decke gefallen und behinderten den freien Lauf der Tür, auf der Treppe lag so einiges, was ursprünglich an Wänden und Decke verhaftet gewesen war.

Es war finster und in der Luft wirbelte der Staub, Atmen war schwer und reizte zum Husten. Mit einer Petroleumlampe leuchtete sie den Weg, stieg über Steinbrocken und Holzlatten, während das Geräusch herabfallender Stabbrandbomben immer lauter wurde. Sie hörte deren Einschläge und das verräterische Zischen der Stichflammen, mit ihnen schnitt ihr ein beißender Gestank in die Nase. Es roch nach Benzin.

Was auch immer das war, es verhieß nichts Gutes.

An der Kellertür angekommen, drückte sie die Klinke, und noch im selben Moment fuhr ihr ein Schmerz in die Hand, der sie aufschreien ließ. Die Klinke war heiß, Hand und Finger schmerzten, als hätte sie auf eine glühende Herdplatte gefasst.

Feuer, schoss es ihr durch den Kopf, draußen brannte es. Sie mussten den Keller schnell verlassen.

„Magda?! Klara?!", rief sie gegen die Tür an und meinte damit die anderen Schwestern, die bei den Bettlägrigen geblieben waren. „Macht die Tür auf!"

Eine Antwort blieb aus, dafür stellte sich die Erkenntnis ein, wenn es vor der Tür brannte, würde auch niemand dort sein, der ihr Rufen hören konnte. So eilte sie zurück zu den Alten.

„Wir müssen alle hier raus!", rief sie in den schummrigen Keller. „Kommt. Beeilt euch."

Doch wider Erwarten kam niemand der Aufforderung nach. Die Alten blieben auf ihren Pritschen liegen, es fehlte an der Überzeugung, das Richtige zu tun.

„Was ist los mit euch? Steht auf!"

Aus der dunklen Ecke kam Fannys Großvater auf sie zu. „Wo willst du hin?", fragte er sie.

„Wir müssen einen Weg nach draußen finden. An der Kellertür brennt es."

Er dachte kurz nach, dann: „Wenn es draußen brennt, dann sind wir hier sicherer als vor der Tür."

„Nicht mehr lange", hielt Valeria dagegen, „das Feuer wird auch zu uns kommen."

Der Großvater schüttelte den Kopf. „Wie willst du es mit uns Alten und Gebrechlichen schaffen, durchs Feuer zu gehen? Besser, wir hoffen darauf, dass es erlischt oder die Brände gelöscht werden."

Valeria stockte der Atem. „Hast du den Verstand verloren?"

... / Keller
unter der Alten Universität

In einem der sichersten Keller der Stadt saß Uschi zitternd in einer Ecke, um sie herum viele andere aus den anliegenden Häusern, die dem tiefen Keller mehr trauten als den provisorischen ihrer Wohnhäuser. Die Explosionen und Erschütterungen der Sprengbomben und Luftminen waren auch bis dorthin vorgedrungen, aber im Vergleich zu anderen Kellern waren sie weniger heftig wahrgenommen worden. Ähnlich verhielt es sich mit dem tausendfachen Klak-Klak der Stabbrandbomben, das die Luftschutzwarte hätte aufscheuchen sollen, da nun die Zeit des Feuers begann. Von der Oberfläche bekamen sie nichts mit, die Durchsagen im Radio waren mit den ersten Detonationen abrupt abgebrochen. Nun wartete man darauf, dass jemand kam und sie sicher nach draußen führte ... oder, da niemand kam, würden sie selbst nachschauen, wie es sich oben verhielt.

Erste Rufe wurden laut.

„Wir sollten hinaufgehen."

„Es ist zu früh."

„Wenn das Feuer kommt, ist es zu spät."

„Die Bomben haben zeitversetzte Zünder ..."

„... ihr geht in den Tod."

„Besser, wir warten hier."

Uschi bekam davon nichts mit, sie war ganz in sich und ihrer Angst gefangen. Sie zitterte am ganzen Körper, unfähig, auch nur eine Hand zu bewegen, geschweige denn einen Fuß, der sie zum Aufgang der Treppe hätte bringen können. Außerdem hatte Fanny versprochen, Hans zu ihr zu bringen, ohne ihn würde sie nirgendwohin gehen.

„Willst du meine Puppe halten?"

Ein Mädchen mit hellem Röckchen und dicken Strümpfen stand plötzlich neben ihr, hielt ihr die Puppe hin.

Uschi blickte auf, die Augen feucht, die Lippen zitterten, sodass sie kaum ein Wort hervorbringen konnte.

„Was ...?"

„Sie heißt Netti."

„Ein schöner Name." Sie wischte sich die Tränen aus den Augen, räusperte sich. „Sie hat ein schönes Kleid an."

„Hat meine Mama für sie gestrickt. Warum weinst du?"

„Weil ... ich alleine bin."

„Hast du denn keinen Mann?"

„Doch, aber er ist nicht bei mir."

„Musst nicht traurig sein." Die Kleine setzte sich zu ihr auf den Boden. „Ich bin auch alleine."

„Wo sind denn deine Eltern?"

„Papa wollte noch die guten Sachen aus dem Schrank holen und Mama ist bei Onkel Herbert. Er hat keine Beine mehr, sie muss ihm helfen."

„Hast du denn keine Angst hier unten, ganz alleine?"

Die Kleine schüttelte den Kopf. „Papa hat gesagt, der Keller ist mein Versteck. Da kann mich niemand mitnehmen."

„Aber", Uschi schaute sich um, „es sind doch so viele Fremde hier."

„Alles Nachbarn. Die kennen mich und ich kenne sie."

Das klang beruhigend, wenngleich der Verbleib des Vaters Fragen aufwarf. Wenn er nicht rechtzeitig in den Keller gekommen war, was war dann mit ihm geschehen? Die Bomben hatten sicherlich alles zerrissen. Doch damit würde sie das Mädchen jetzt nicht belasten, vielleicht hatte er auch Glück gehabt. Sie setzte sich auf, sodass sie nun Schulter an Schulter an der Wand lehnten.

„Darf ich jetzt deine Puppe mal halten?", fragte Uschi. Das Mädchen reichte sie ihr und Uschi sah sie bewundernd an.

„Ich hatte auch mal so eine", sagte sie, „mit langen Zöpfen und richtig blauen Augen aus Glas."

„Hast du sie noch?"

„Leider nicht, sie ging verloren."

„Vielleicht hat sie ein neues Zuhause gefunden."

„Bestimmt."

Das Gespräch mit dem Mädchen brachte Uschi auf andere Gedanken, der Druck in der Brust ließ nach, sie atmete tief ein, aber es fröstelte sie auch.

„Es ist ziemlich kalt hier unten."

„Dann kann der Onkel da vorne Feuer machen."

„Wie? Feuer … womit?"

„Über dem Keller ist doch das Kohlenlager."

Es dauerte einen Moment, bis Uschi das Ausmaß der Information verstanden hatte, dann plötzlich fühlte sie ihr Herz rasen.

Die feindlichen Flieger drehten ab und traten den Heimflug an. Zurück blieb eine enthauptete Stadt. Kaum ein Dach saß mehr auf den Mauern, kein Turm prahlte mehr von der alten Glorie der Bischofsstadt ins Land hinein. In den Stümpfen der Häuserreihen hatten die Stabbrandbomben an vielen Stellen Feuer entzündet.

Wer bis dahin geglaubt hatte, die Tragödie hätte damit ein Ende gefunden, sah sich eines Besseren belehrt. Die wahre Katastrophe stand noch bevor.

... / Luftschutzbunker am Mönchberg
Letzter Hieb

Nachdem die letzten Bomben gefallen waren, trat eine geisterhafte Stille ein. Sie mochte die Neugierigen ermutigt haben, vor die Tür zu gehen, um zu sehen, was von der Stadt übrig geblieben war, die Sorgenvollen, ob ihre Familie, die Freunde oder die Nachbarn noch am Leben waren.

Zu ihnen gehörte Charlotte. Sie drängte an Tomas vorbei, der sie davon abhalten wollte, nach draußen zu gehen. Noch war nicht klar, wie schwer das Frauenland getroffen worden war, im bombensicheren Bunker war man wie unter einer Schutzglocke vor den Einschlägen sicher gewesen.

„Lassen Sie mich gehen", insistierte sie.

„Einige Bomben haben Zeitzünder", erwiderte er eindringlich, „sie sollen die Feuerwehrleute und die Helfer töten, damit das Löschen erschwert wird."

„Darauf kann ich keine Rücksicht nehmen. Meine Familie ..."

„Ihre Familie hat sich ganz bestimmt noch rechtzeitig in Sicherheit gebracht."

An der Vermutung war etwas dran. Am Fuß der Festung gab es zwei Schächte, die tief in den Berg hineingingen und als Luftschutzraum ausgestaltet worden waren. Wenn sie es rechtzeitig bis dorthin geschafft hatten, waren sie tatsächlich in Sicherheit. Allerdings musste Charlotte auch mit der Starrköpfigkeit ihrer Mutter rechnen. Wahrscheinlich hatte sie bis zur letzten Minute ausgeharrt, um ihre Feier nicht zu gefährden. Und ihr Vater? War er wie besprochen sofort in die Kleßbergsteige zurückgefahren oder, was wahrscheinlicher war, hatte er seiner Klinik noch einen Besuch abgestattet? Sie musste es wissen. Im Nebenraum sah sie die Kinder des Gauleiters Dr. Otto, der rechtzeitig mit seiner Frau am Nachmittag die Stadt verlassen hatte. Das passte, dachte sie sich, aber nicht jeder hatte das Glück gehabt, in dem einzigen bombensicheren Bunker der Stadt untergekommen zu sein oder sich rechtzeitig in Sicherheit bringen zu können.

„Öffnen Sie die Tür", sagte sie entschieden zu Tomas, es gab keinen Raum mehr für Diskussionen.

Er lenkte schließlich ein. „Nun gut, aber Sie gehen nicht alleine."

Sie zuckte die Achseln. „Wenn Sie unbedingt wollen …"

Ganz so egal, wie sie das Angebot quittierte, war es ihr nicht. Was auch immer sie da draußen vorfinden würde, er konnte ihr behilflich sein.

Er schob die schwere knarrende Stahltür auf, herein schwappte frische Luft, durchsetzt mit einem rauchigen Geschmack, Feuerschein flackerte über dem Eingang.

„Lassen Sie mich vorgehen", sagte Tomas, ohne eine Antwort abzuwarten. Er trat hinaus und blickte sich um. Langsam nahm er die Hände hoch und schlug sie über dem Kopf zusammen.

„Was ist?", rief Charlotte ihm zu.

Er antwortete nicht, so ließ sie alle Vorsicht beiseite.

Am Mönchberg sah die Lage besser aus als befürchtet, die Sirenen waren verklungen, die Dunkelheit wurde lediglich durch brennende Bäume erhellt. Ganz anders sah es im unteren Frauenland aus, noch schlimmer in der Stadt. Von der Sanderau zur Linken bis zum Schalksberg zur Rechten züngelten Feuerherde, Rauchfahnen lagen schräg im Wind, hohle Hausstümpfe ließen Schreckliches erahnen. Oben auf der Festung brannte es, die Türme standen in Flammen. Dasselbe Bild drüben bei der Universitätsklinik, einzelne Häuser waren getroffen worden, Feuer schlug heraus. Und die Nervenklinik? Sie kniff die Augen zusammen, versuchte auf die Ferne etwas zu erkennen. Ja, in Grombühl brannte es, auch am Schalksberg ... Ihr Herz pochte.

„Ich muss da rüber", sagte sie.

„Wohin?"

Doch Charlotte hörte nicht mehr und rannte los.

... / Domerschulgasse

Eine Sprengbombe musste direkt in der Nähe eingeschlagen sein. Die Wucht war so groß gewesen, dass es die Tür verbogen hatte. Rauch drang herein und schnürte ihm die Luft ab. In vollkommener Dunkelheit tastete Vinzenz um sich. Hans hatte kurz vor der Explosion noch neben ihm gesessen. Er hatte ihm helfen müssen, weil seine Beine unter herabgefallenen Steinen begraben gewesen waren.

„Hans ...", rief er heiser und konnte seine eigene Stimme nicht mehr hören. „Hans!" Er hustete.

Es war die heftige Druckwelle gewesen, die ihm das Gehör geraubt hatte. Lediglich der Befehl des Luftschutzwarts war ihm noch präsent.

„Mund auf!", hatte der geschrien. „Damit die Lunge nicht platzt." Dann hatte es gekracht. Der arme Kerl hatte genau neben der Tür gestanden. Das Letzte, woran Vinzenz sich noch erinnern konnte, war, dass der Körper des Luftschutzwarts durch die Luft geflogen war. Alle Kerzen erloschen, ein Teil der Decke kam herab und begrub die Unglücklichen unter sich, so auch Vinzenz und alle anderen, die in seiner Nähe waren.

„Hans!"

Er erhielt keine Antwort, er hätte sie auch nicht hören können, selbst wenn noch jemand da gewesen wäre, der sie hätte geben können. Die Dunkelheit hatte alles verschluckt.

„Waltraud? Erwin?"

Die Stimme gab es nur in seinem Kopf. Verfluchte Taubheit! Hörte ihn denn niemand?

„Fanny? Bist du da?"

Bei Gott, was sollte er hoffen? Dass sie es noch rechtzeitig geschafft hatte, vor den Bombeneinschlägen in den Keller zu kommen, oder dass sie ihn gemieden und woanders untergekommen war? Tränen traten ihm in die Augen. Die Selbstvorwürfe folgten auf dem Fuß. Verflucht, warum hatte er sie gehen lassen? Sie war doch noch ein Kind, verglichen mit seiner Erfahrung aus dem Krieg. Er hätte bei ihr bleiben müssen, sie …

Da durchbrach ein Lichtkegel die Dunkelheit. Er kam aus einem Loch drüben an der Wand zum Nachbarkeller. Das Loch wurde schnell größer, Steine wurden mit einem Hammer herausgeschlagen. Der Mauerdurchbruch, schoss es Vinzenz durch den Kopf. Das waren die Nachbarn, er war gerettet.

„Hier!", rief er mit staubiger Kehle.

Durch das Loch krabbelte ein Mann herein, der wie aus einer anderen Welt zu stammen schien, einer lichtdurchfluteten, herein in das dunkle Dasein eines Verschütteten.

„Hier!", wiederholte Vinzenz, doch der Mann hörte ihn nicht. Stattdessen stieg er wankend über die Steine hinweg und leuchtete mit einer Petroleumlampe die Wand entlang, hinauf zur Decke, wo die kleinen Fenster als Fluchtweg in den Hof oder auf die Straße führten.

„Hilf mir!"

Der Kerl schüttelte den Kopf, nicht, weil er Vinzenz' Aufforderung nicht nachkommen wollte, sondern weil ihm nicht gefiel, was er da sah. Die Fenster waren mit Steinen verschüttet, da gab es kein Entweichen mehr. Schimpfend machte er sich auf den Weg zurück. Vinzenz schrie, was seine Kehle hergab, aber es war nicht genug. Der Mann verschwand, wie er aufgetaucht war.

„Raus! Alle raus. Das Feuer kommt!"

Fanny hörte nur gedämpft, was um sie herum geschah.

„Nein, nicht ins Feuer."

„Ihr werdet alle ersticken."

„Und ihr verbrennen."

Im schummrigen Licht der Notbeleuchtung sah sie Menschen in Panik über andere hinwegsteigen, die am Boden lagen und um Hilfe baten oder sich nicht mehr bewegen konnten. Frauen weinten, Kinder schrien, Putz rieselte von der Decke. Fannys Augen schmerzten vom Rauch, alles verschwamm im Fluss der Tränen. Kehle und Lunge brannten.

„Mein Kind? Wo ist mein Kind?!"

Eine Mutter kroch auf allen Vieren, drehte jeden Körper um, heulte und schrie unablässig nach ihrem verloren gegangenen Kind. Ein Mann mit Gasmaske packte sie, zerrte sie davon. Sie wehrte sich mit Händen und Füßen. Vergeblich.

In diesem Wahnsinn hörte Fanny eine Stimme. Sie weinte nicht, sie klagte auch nicht, sondern sang ein altes Kinderlied. „Zeigt her eure Füßchen, zeigt her eure Schuh' ..."

Langsam neigte Fanny den Kopf zur Seite. An die Mauer gelehnt saß dieses seltsame Mädchen, das sie auf der Straße mit dem Priester getroffen hatte. Gemeinsam waren sie in den Luftschutzkeller gegangen. Der Priester, der Titus hieß, hatte den angsterfüllten Menschen mit Gebeten Mut gemacht, dass niemandem ein wirkliches Leid geschehe, der an die Gnade Gottes glaubte. Die Gebete hatten den Menschen über die Bombeneinschläge in nächster Nähe hinweggeholfen, die Minuten, die sich wie Stunden zogen, das Klagen und Weinen, die flehenden Beschwörungen, dass die Mauern und Decken standhalten mögen.

„Apollonia", krächzte Fanny. Ihre Stimme war mit Staub und Rauch belegt. „Wasser …"

Doch Apollonia hörte nicht. Sie sang die Kinderweise weiter, während sie die Strichzeichnungen betrachtete, wie man sich bei einem Feueralarm verhalten sollte. Diese Zeichnungen lagen überall aus, auch in der Nervenklinik, und waren nicht die Tinte wert, mit der sie gezeichnet waren.

„Apo…" Fanny musste husten, ihr ganzer Körper schmerzte. Was war nur geschehen? Das Letzte, an das sie sich erinnern konnte, war einer dieser schrecklichen Bombeneinschläge, das Aufheulen der Frauen, das nicht abreißen wollende Geschrei der Kinder, gefolgt vom Beben der Mauern und vom Sand, der von oben auf sie herabrieselte …

„Sie waschen, sie waschen, sie waschen den ganzen Tag …"

„Hör auf damit!"

Apollonia schaute auf und lächelte sie an.

Was war nur mit diesem Kind los?

Fanny erinnerte sich. Sie hatten geredet, was nicht einfach war. Apollonia konnte nicht eine Sekunde bei der Sache bleiben, ständig ließ sie sich von den Betenden, den Klagenden und den sinnlos Umhergehenden ablenken. Aus den Bruchstücken setzte Fanny schließlich eine schreckliche Geschichte zusammen. Apollonias Eltern waren Patienten von Professor Werner gewesen, sie, das einzige Kind, das nachgeholt wurde, als die Busse nach Hadamar gingen. Dort erwartete sie die Hölle. In den Kellern erfroren und verhungerten sie, andere hatten mehr Glück und starben nach einer Tablette. Apollonia war ein gesundes, frühreifes Mädchen, ein Pfleger hatte Gefallen an ihr gefunden. Seine blonden Haare, die blauen Augen … sie himmelte ihn noch immer an, obwohl er Dinge mit ihr getan hatte, wofür er hätte sterben sollen. Doch er war gnädig mit ihr gewesen. In einer Nacht ließ er sie gehen und rettete ihr damit das Leben.

Apollonias Erlebnisse trafen Fanny mit voller Wucht, sodass es ihr schwindelig wurde. Damit war es bewiesen: Hadamar und Würzburg arbeiteten bei der massenhaften Tötung psychisch Kranker Hand in Hand. Werner war ein gewissenloser Mörder, die Oberschwester seine Hilfsmörderin. Und die anderen Schwestern, Fanny inbegriffen, was machte das aus ihnen?

„Alle raus! Sofort!"

Ein Soldat stand in der Tür, rief zum letzten Mal, bevor er sich selbst in Sicherheit brachte. Einige folgten ihm – die Macht der Gewohnheit brach sich Bahn, wenn ein Uniformierter zu ihnen sprach. Andere verharrten an Ort und Stelle. Ihnen stand die pure Angst vor dem Unbekannten ins Gesicht geschrieben. Was würde sie draußen erwarten? Noch mehr Bomben? Einstürzende Häuser? Altgediente Soldaten raunten von Giftgas. Die verfluchten Tommys würden selbst davor nicht mehr zurückschrecken. Nein, sie blieben hier. Mit beiden Armen umklammerten sie, was sie mitgebracht hatten und wovon sie nicht lassen konnten – Taschen, Mäntel, eine kleine Truhe mit den Familienerbstücken. Sie blickten stur ins Chaos. Geschehe mit ihnen, was der im Himmel für sie vorgesehen hatte. Sie würden ihr Leben nicht fahrlässig aufs Spiel setzen.

„Wir müssen gehen", sagte Fanny und zwang sich auf die Beine. Sie wankte, atmete gegen den Schwindel an, bis sie wieder einigermaßen klar im Kopf war. Sie reichte Apollonia die Hand. „Komm!"

„… und sehet den fleißigen Waschfrauen zu."

„Du musst jetzt mitkommen!", schrie Fanny sie an. Apollonia blickte auf, noch immer ein Lächeln auf den Lippen, das Lied ließ sie nicht los. Aber sie stand endlich auf, und gemeinsam gingen sie zum Ausgang, ließen die anderen zurück, denen nicht mehr zu helfen war. Zu groß war die Angst vor dem Feuer. Noch bevor sie die Stahltür erreichten, hörte Fanny ein Wimmern. Es kam aus einer Ecke, Decken lagen verknüllt dort unter den Feldbetten, neben einer Kübelspritze und den zurückgelassenen Koffern bewegte sich etwas. Fanny deckte es auf und glaubte im selben Moment ihren Augen nicht zu trauen. Es war ein Kind, vielleicht ein halbes Jahr alt. Es hatte die Augen geschlossen, war vollständig mit Staub bedeckt, aber es lebte noch.

„Um Himmels willen", sagte Fanny und nahm es in die Arme, ganz zur Freude von Apollonia, die es streichelte und wieder mit ihrem Singsang von den lustigen Waschfrauen begann.

Auf der Straße angekommen, waren sie mit einer neuen und nicht minder gefährlichen Situation konfrontiert. Wo sie hinblickten, brannte es. Die Flammen schlugen aus den Fenstern der Häuser, den abgetragenen Dachstühlen und selbst der Boden schien Feuer gefangen zu haben. Funken flogen an ihnen vorbei, als stünden sie mitten in einem gigantischen Lagerfeuer mit speienden und knackenden Scheiten. Die Luft war heiß und brannte in Kehle und Lunge. Eine Frau weinte und schrie verzweifelt nach ihrem Kind. An ihrer Seite stand Pfarrer Titus, er schickte die kopflos umherirrenden Menschen zum Dom.

„Der Löschteich", rief er unentwegt, „geht rüber zum Löschteich", der sich an der Längsseite des Doms befand.

Fanny hielt auf die Frau zu. „Ist das dein Kind?"

Die Frau schaute dem kleinen Bündel ins Gesicht und all die Pein fiel von ihr ab.

„Vergelt's Gott", schluchzte sie und nahm es an sich.

Für mehr Dank war keine Zeit. Titus bugsierte sie weiter, der Löschteich war ihre Rettung. „Geh. Mach deine Kleider nass und bring dein Kind in Sicherheit."

Als er Apollonia erkannte, verharrte er einen Moment. „Geht es dir gut?"

Sie nickte. Dann wandte er sich an Fanny.

„Sind noch welche im Keller?"

„Ja, aber sie wollen nicht herauskommen", antwortete sie.

„Sie müssen. Wenn sich das Feuer weiter ausbreitet, ist es zu spät."

„Sie haben Angst."

„Ich werde sie holen."

„Dann werden auch Sie sterben."

Er ließ die Warnung unbeantwortet und machte sich auf den Weg hinunter in den Luftschutzraum. Fanny schaute ihm nach, schüttelte den Kopf über so viel Sturheit, aber auch seinen Todesmut.

„Komm, lass uns gehen."

Sie nahm Apollonia in den Arm. Geduckt gegen den Funkenregen liefen sie los, es war nicht weit bis zum Löschteich, der eigentlich für die Feuerwehren und die angrenzenden Gebäude gedacht war, er war eine unerwartete Oase in dieser Feuerwüste. Das Wasser löschte die brennende Kleidung, manchen brannte das Haar, für Fanny war es endlich ein Schluck Nass, um die ausgetrocknete Kehle zu befeuchten.

Kaum hatte sie getrunken, als ein Gebäude krachend und funkenspeiend zusammenfiel. Sie fuhr herum und blickte in den Schlund einer Feuerwalze.

... / Café Alhambra
      am Franziskanerplatz

Paul hatte eindeutig die falsche Entscheidung getroffen. Anstatt sein Heil vor den herabfallenden Bomben linksmainisch zu suchen, um über die Schlucht der Leistenstraße nach Höchberg zu gelangen oder weiter in die Zellerau, die vom Angriff ausgespart worden war, war er einem alten Instinkt gefolgt – vermutlich dem seines Vaters. Anders konnte er sich nicht erklären, dass er sich urplötzlich im Labyrinth der Gassen um den Franziskanerplatz wiederfand. Dort lag das Alhambra – ein Café, das auch Restaurant und Veranstaltungsort war. Seine frühesten Kindheitserinnerungen kreisten um dieses herrschaftliche Lokal mit dem maurischen Saal, dem romanischen Speiserestaurant und dem Billard- und Lesesaal. Hier war sein alter Herr früher ein- und ausgegangen, hatte mit den jüdischen Kaufleuten Kaffee getrunken und eine Zigarre geraucht, hier hatte die Familie mit anderen Rosch ha-Schana gefeiert – das Neujahrsfest der Juden –, hier hatte er später zur Unterhaltung der

Gäste Klavier gespielt und sein erstes Taschengeld verdient, hier war das kulturelle und gesellschaftliche Identitätszentrum seiner Familie gewesen.

Was zum Teufel machte er hier?

Um ihn herum stand alles in Flammen, die eng stehenden Häuser drohten über ihm einzustürzen, die Luft zum Atmen wurde knapp, die Funken sprühten und er hatte nichts anderes im Sinn, als auf dieses blöde Café zu glotzen, das ihm einst Heimat und Schule gewesen war.

Was hoffte er hier zu finden, wenn er überhaupt auf der Suche nach etwas war, das er ohnehin bald für immer verlieren würde?

Sein erster Fluchtversuch war bereits kläglich gescheitert, sollte nun ein zweiter folgen? War er überhaupt in der Lage, seiner Heimatstadt, die ihm alles gegeben und alles genommen hatte, den Rücken zu kehren?

Das Schild mit der Aufschrift Alhambra fing Feuer, der Dachstuhl brannte, eine Mauer stürzte ein. Paul stand reglos davor, unfähig einen Schritt zur Seite oder nach hinten zu machen.

Er würde in dieser Nacht sterben. Das wusste er jetzt ganz genau.

Die Schulter schmerzte, das Bein auch. In der Dunkelheit hatte Henry nicht sehen können, wo er am Fallschirm hängend entlanggeschrammt war. Das Astwerk eines Baumes musste darunter gewesen sein, das Knacken der Äste war nah an seinem Ohr gewesen, darauf ein Gartenzaun, der ihm ins Knie stach. Obwohl nicht viel Wind herrschte, zog ihn der Schirm immer weiter fort, den Berg hinunter über eine Wiese, wo er einen Stapel Holz gestreift hatte, eine Mauer und ein Fuhrwerk. Der Knöchel würde schwellen, hoffentlich hatte er sich nichts gebrochen.

Nun hing er in den Stricken, verwickelt am Giebel eines Schuppens, es roch nach Mist, eine Ziege meckerte beim Aufprall des ungebetenen Gastes, Hühner waren wohl auch darunter, ihr Protest verebbte kurz darauf. Er konnte sich kaum bewegen, nicht allein des Schmerzes wegen, sein ganzes Körpergewicht lag auf seinem linken Arm, verheddert wie eine fette Fliege im Spinnennetz.

Zur Linken konnte er auf Heidingsfeld und den Main hinunterblicken. St. Laurentius stand in Flammen so wie viele andere Gebäude auch. Der Main schimmerte golden, als gäbe es etwas zu feiern. Nie wieder würde er dort einen Schoppen trinken, wenn sie von einer Radtour erschöpft eine Pause einlegten. Das Recht darauf hatte er verwirkt.

Geradeaus öffnete sich die Altstadt unter ihm. Der Himmel war feuerrot, er schien zu glühen. Die Festung brannte lichterloh, ein Fiasko und Sakrileg gleichermaßen. Über tausend Jahre Geschichte würden bald nicht mehr existieren.

Aus den Türmen des Kiliansdoms schlugen die Flammen, dem Neumünster würde es nicht besser ergehen. In den einzelnen Stadtteilen wütete es, noch waren es einzelne Feuerherde, die sich aber schon bald zu einem einzigen großen Brand vereinigen würden.

Dann würde aufgehen, was sie in ihrer perfiden Perfektion erarbeitet hatten: die totale Zerstörung einer Stadt und mit ihr das Töten tausender Leben. Zivilisten, Verletzte, Geflüchtete und ja, auch ein paar verfluchte Nazis. Aber war das gerechtfertigt?

Alles in ihm sträubte sich gegen eine Bejahung. Das war keine gerechte Sache, an der er teilgenommen hatte, das war ein Verbrechen gegen die Menschlichkeit. Es stellte ihn auf die gleiche Stufe mit Hitler und seinen Schergen. Ab heute Nacht war er keinen Deut besser.

Dafür war er nicht in die Royal Air Force eingetreten. Er hatte Nazis töten wollen, das Land von der Pest befreien, und den vielen Heil-Schreiern unter ihnen zeigen, was sie angerichtet hatten, auch jene, die die Katastrophe stillschweigend hingenommen hatten. Schweigen und Wegsehen hatte sie zu Mittätern gemacht, daran gab es nichts zu deuten. Die Scham sollte ihr Lehrmeister sein, auf dass sie ihr Leben änderten und den Kindern einschärften, dass sich das niemals wiederholen durfte. Die totale Vernichtung aber würde sie noch enger zusammenschweißen, sie würden die Schuld an ihrem Schicksal auf andere schieben, anstatt sich ihrer Verantwortung zu stellen. Man durfte es ihnen nicht so leicht machen.

Vielleicht war es noch nicht zu spät, vielleicht konnte er noch ein Leben retten. Wenn er sich nur aus diesen verdammten Stricken befreien könnte. In seiner Hosentasche hatte er ein Taschenmesser. Mit letzter Kraft stemmte er sich gegen sein Gewicht.

... / In der sterbenden Stadt

Die vielen Stabbrandbomben erfüllten ihre Aufgabe. Wo immer sie eingeschlagen waren und zündeten, steckten sie Brennbares an, das Benzol schoss in die Höhe. Zuerst die Dachstühle, dann alles Herausgesprengte der Häuser, das in den Straßen zuhauf herumlag. Wo die Flammen nicht hinreichten, da setzte der Funkenflug an. Auch wenn kaum ein Gebäude von der Wirkung der Sprengbomben ausgespart blieb, so zwängten sich die Funken doch noch in die kleinste Ritze des bislang unbeschadeten Nachbarhauses, um die Katastrophe zu befördern.

Feuer benötigte Luft, ein Sog entstand, an manchen Stellen war die Hitze so groß, dass sie sich einem Kreisel gleich in sich wand und alles mit sich riss, natürlich auch die Funken, die sich jetzt weit über die Stadt verteilten und wiederum nach neuer Nahrung suchten. Es lief alles Hand in Hand, wie geplant und in Dresden schon bewiesen. Dieses um sich greifende Feuer war nicht zu löschen, es sollte ja auch nicht gelöscht werden können, das war der Plan. Blindwütige Zerstörung stand auf dem Streichholz geschrieben.

Die feindlichen Lancaster-Maschinen hatten den deutschen Luftraum längst wieder verlassen, deren Besatzungen konnten nicht sehen, was sie angerichtet hatten. In den Straßen taumelten die Menschen umher, Hände und Gesichter schwarz vor Ruß, die Haare verbrannt, die Kleidung fing Feuer. Viele stürzten kraft- und atemlos, manche über die Toten am Boden, andere in die Krater der Bomben oder wurden von einstürzenden Fassaden verschüttet. Die Luft war knapp, die Feuer fraßen alles auf. Wer jetzt noch einen Atemzug machen und nicht dem brennenden Qualm erliegen wollte, hielt ein nasses Tuch vor Nase und Mund.

Blechdächer segelten im Sog wie Drachen im Wind. Wenn sie zu Boden stürzten, verfehlten sie ihre Ziele nicht, zu viele Menschen waren mittlerweile wieder in den Straßen unterwegs, die ihre Wohnungen oder die Luftschutzräume verlassen hatten. Ihr Ziel: die Ufer des Mains oder die Grünanlagen des Glacis. Dort brannte es zwar auch, aber nicht in dem Maße wie in den Gassen und Straßen. Dort würde man wenigstens atmen können, der immer stärker werdenden Hitze entkommen.

Doch es gab auch welche, die sich nicht selbständig retten konnten. Da war der Rollstuhlfahrer am Kopf der Treppe, den Ausgang vor Augen, aber unfähig, die Stufen zu nehmen. Kinder waren von ihren Eltern getrennt worden. Wer nicht den Mut und die Weitsicht besaß, sich in die richtige Richtung zu retten, wurde

Opfer des aufziehenden Feuersturms oder herabfallender Steine. Aus den verschütteten Notausstiegen der Keller drangen die Rufe nach Hilfe, nach Befreiung aus der Mausefalle, nach dem Räumen der Brocken, die die Ausgänge blockierten. In den Lazaretten brannten die Betten und mit ihnen die Verletzten, Kranken und Alten. Und es gab auch die Sorgenvollen, die gegen jede Vernunft ihr letztes Hab und Gut vor der Feuersbrunst retten wollten. Mit allem, was sie in die Hände bekamen, schlugen sie auf die Flammen ein, während die Wohnung um sie herum schon längst verloren war.

Immer mehr heizten sich die Feuer auf und vereinigten sich schließlich zu einem einzigen großen Brand, der die Stadt bis in die Keller zerstören sollte.

Wasser kochte bei einhundert Grad Celsius, das hatte jedes Schulkind gelernt. Bäcker wussten, dass sie ihr Brot bei zirka zweihundertachtzig Grad anbacken mussten. Und wer in einer Schmiede arbeitete, kannte den Schmelzpunkt von Stahl. Er lag bei 1200 Grad.

Gegen Mitternacht hatte sich der Großbrand auf nahezu die ganze Stadt ausgeweitet. Was brennen konnte, brannte, was nicht brennen konnte, glühte, so wie es Steine taten, wenn sie zu lange im Feuer lagen. Die Temperatur in der Stadt betrug um Mitternacht zwischen Tausend und zweitausend Grad. Die berühmten Glocken des Doms hätten zum Untergang schlagen können, wären sie nicht vorher geschmolzen.

Ein Überleben war in dieser Höllenhitze nicht mehr möglich. Kam man ihr zu nahe, fing man Feuer. Wer auf den Straßen unterwegs war und sich nicht rechtzeitig in Sicherheit hatte bringen können, verbrannte wie in einem riesigen Krematorium, ohne eine Spur zu hinterlassen. Wer auch immer in den Jahren zuvor über die totale Vernichtung schwadroniert hatte, hier fand er sie.

Die Straßen und mit ihnen die Steine glühten, der Sog der Feuersbrunst hatte sich zu einem Sturm entwickelt, der heulend um die Ecken zog. Die Funkenstürme und Rauchschwaden wurden wie in einem Schlot auf über achttausend Meter gezogen, wo sie sich entfalteten und ein schwarzes Grabtuch über die sterbende Stadt legten.

Alles Leben an der Oberfläche war erschlagen, erstickt, verbrannt. Aber noch im größten Unglück der fast 1300-jährigen Geschichte der Stadt fanden sich kleine Oasen, an denen Leben noch existierte. Die Feuerwehr-Löschteiche hinterm Dom und bei der Marienkapelle, beim Stephans- und Dominikanerplatz waren für viele, die es bis dorthin geschafft hatten, eine lebensrettende Zwischenstation auf ihrem Weg aus dem Inferno. Dort konnten sie sich mit Wasser versorgen, Mäntel und Decken eintauchen.

Andere hatten den hindernisreichen Zickzackkurs über einstürzende Häuser und durch verschüttete Gassen an den Main geschafft, wo sie brennende Kleidung, Haar und Körper löschen konnten. Die Augen blind vom Rauch, Kehle und Lunge ausgezehrt, mit zahlreichen Brandwunden, Verletzungen und Brüchen gezeichnet, konnten sie endlich aufatmen. Sie hatten es geschafft, der Feuerhölle zu entkommen. Doch der Sieg war bitter. Es gab niemanden, der nicht Eltern, Geschwister, Kinder oder Freunde zurückgelassen hatte.

Nach der verzweifelten Flucht ging dem einen oder anderen auf, wie sehr ihn der Wunsch nach dem eigenen Überleben geleitet hatte. Sie waren über Gestürzte und Verletzte hinweggestiegen, ohne ihnen beizustehen, hatten andere zur Seite gestoßen, Kinder, Alte und Kranke hilferufend zurückgelassen, hatten vergessen, was sie zu guten Nachbarn und Freunden hatte werden lassen. Doch wer konnte es ihnen verdenken? Die Panik, das Grauen, der fürchterliche Feuer- und Erstickungstod führten sie an den Ursprung ihres Daseins zurück, an dem keine uneigennützige Hilfe existierte.

Andere, die sich in höchster Not daran erinnert hatten, waren Opfer ihrer Hilfsbereitschaft geworden. Das eigene Überleben hatten sie hintangestellt oder waren einem Reflex gefolgt, der nicht abwog, sondern einfach nur tat, was er tun musste. Ihrer würde man schamvoll gedenken.

Es gab noch einen anderen Ort neben Löschteich und Main, der unverhofft Schutz bot: das Glacis.

Der Ringpark – von der Löwenbrücke vorbei an der Befestigung des Hofgartens bis zur Friedensbrücke reichend – entsprach ungefähr dem Verlauf der Schutzwälle und Mauern der mittelalterlichen Stadt, der nun Zuflucht vieler Würzburger, der Fremden und Vertriebenen wurde. Bäume und Sträucher brannten zwar, doch reichte die Freifläche aus, um vor dem Flammensturm und der Höllenglut der Altstadt sicher zu sein.

Vor allem gab es hier Luft zum Atmen, die frei war vom giftigen Qualm und der unvorstellbaren Hitze des Feuers. Keuchend fielen die Überlebenden auf die Knie, husteten und röchelten. Der Rauch ätzte in den Lungen wie Säure auf der Haut. Manche erbrachen sich, würgten wegen des Chemikaliengemischs der Brandbomben und des Benzols. Andere schienen totengleich entrückt zu sein. Aus rußgeschwärzten Gesichtern starrten sie ins Leere, unfähig zu verstehen, was mit ihnen geschehen war. Der Schock lähmte sie, ließ sie selbst den Schmerz verbrannter Haut nicht mehr spüren. Was sie im Feuer erlebt hatten, würde sie Zeit ihres Lebens nicht mehr loslassen.

Ein Klagen und Jammern war allerorts zu hören, Schluchzen und Weinen begleiteten die Kinder in die Erschöpfung, die Verwundeten riefen nach Hilfe, so wie es andere taten, die jemanden in den Flammen zurückgelassen oder verloren hatten. Sie suchten verzweifelt unter den Überlebenden nach den Lieben, fragten, ob jemand im selben Haus oder Keller gewesen war, ob dort noch Leben möglich war, oder auch, ob sie die Vermissten kannten …

Entweder erhielten sie nur ein niedergeschlagenes Kopfschütteln, ein tränenreiches Nein oder gar keine Reaktion. Die Katastrophe war unfassbar, niemand konnte sich das erklären.

Warum nur? Warum?

Die Stimmung unter den zahlreichen Schutzsuchenden war angespannt. Seit Stunden hatten sie keine Einschläge mehr gehört, es war Zeit, nach draußen zu gehen und zu schauen, was die Tommys von ihren Wohnungen übrig gelassen hatten. Der erste Späher, der zurückgekommen war, hatte ihnen alle Hoffnungen genommen. Alles sei zerbombt, wo man nur hinblickte, die Straße hinauf und hinunter, alles zerstört. Außerdem brannte es an jeder Ecke, es sei besser, hier in Sicherheit abzuwarten, bis die Brände erloschen waren, um nicht unnötig das Leben aufs Spiel zu setzen.

Das hatte die meisten vorerst davon abgehalten, hinaufzurennen und sich von einem einstürzenden Haus erschlagen zu lassen. Dennoch: Die Hoffnung blieb. Vielleicht war noch etwas zu retten? Die Kommode, das Radio, Kleidung, wichtige Papiere. Was war mit den Freunden und Nachbarn, die nicht im tiefen Keller der Universität untergekommen waren, sondern in den eigenen Kellern Schutz gesucht hatten?

Die Neugier überwog alle Warnungen. Noch einmal wurde ein Späher nach oben geschickt. Er war schneller zurück, als er gegangen war.

„Es ist die Hölle." Er hielt sich seine verbrannte Hand, wusste nicht, was er sagen sollte. Sein Blick war entmutigend und ausdruckslos.

„Jetzt sprich schon", forderten sie ihn auf.

„Es ist nicht zu beschreiben. Diese Glut ... das Feuer. Man kann nicht mehr atmen. Es ist alles verloren."

Weitere Fragen ließ er nicht zu, er suchte sich eine Ecke, ließ sich nieder und stützte den Kopf in die Hände, weinte. Gemurmel brach los. Was war das nur für eine seltsame Nachricht? Konnte es wirklich so schlimm sein? Einige fingen wieder zu beten an, anderen stand der Schock ins Gesicht geschrieben. Diese paar Worte hatten alle Hoffnungen zunichtegemacht, doch noch ein Stück des alten Lebens vorzufinden, wenn man endlich den Keller verlassen konnte.

„Du musst dir nichts dabei denken", beruhigte Uschi das Mädchen, das sich seit ihrem Kennenlernen an sie geschmiegt hatte. Das war eine völlig neue Rolle für Uschi. Jetzt war nicht mehr sie diejenige, die alle Aufmerksamkeit einforderte, sondern dieses bedauernswerte Kind, das ohne Eltern war.

„Und Mama? Und Papa?", fragte es mit erstickter Stimme. „Sind sie jetzt tot?"

Was sollte sie darauf antworten? Wenn es stimmte, was der Mann da gesagt hatte, gab es wenig Hoffnung für die Anwohner in der Domerschulgasse. Das bedeutete aber auch, dass Hans und die anderen in höchster Gefahr waren. Hatten die Mauern und die Decke des Kellers den Einschlägen standgehalten? Normalerweise hätten sie keine zehn Pferde mehr halten können. Sie wäre entgegen aller Warnungen hinaufgegangen. Aber nun hatte sie die Verantwortung für dieses Kind übernommen, nicht freiwillig, sie hatte sich nicht darum bemüht. Das Kind hatte sie ausgesucht. Warum nur gerade sie? Es machte ihr ein gutes Gefühl.

„Mach dir keine Sorgen", sagte Uschi, „bestimmt haben sie einen Keller gefunden, der ihnen Schutz bietet."

„Aber kein Keller ist so tief wie dieser hier."

Das mochte wohl stimmen. Es machte keinen Sinn, ihr das ausreden zu wollen. Stattdessen probierte sie es mit einer Geschichte aus ihrer Heimat. „Sag, kennst du die Geschichte von den Kölner Heinzelmännchen?"

Die Kleine verneinte stumm.

„Es ist eine ganz wunderbare Geschichte. Ich erzähl sie dir. Hör gut zu: Da kamen zu Köln bei Nacht, eh' man's gedacht, die Männlein und schwärmten, klappten und lärmten …"

Die Sage von den Heinzelmännchen erfüllte ihren Zweck. Das Mädchen kuschelte sich ganz dicht an Uschi heran, vergaß ihre Sorgen, hörte die Worte und atmete entspannt.

Die Luft im Keller war nach so langer Zeit nicht mehr gut, Uschi musste gähnen, wie die anderen auch, die vor Müdigkeit kaum noch die Augen offenhalten konnten. Einer nach dem anderen fiel in den Schlaf, ganz ruhig, ohne Sorgen und ohne das Wissen, dass ihr Märchenschlaf einen verhängnisvollen Grund hatte.

Ein Stockwerk über ihnen befand sich der Kohlenkeller. Das Feuer und mit ihm die Hitze waren bis zu den Kohlen vorgedrungen. Von allen unbemerkt begannen sie zu glimmen und entließen ihr tödliches Gas.

... / Domerschulgasse

Die Taubheit war gewichen, Vinzenz konnte endlich wieder hören. Was aber nicht viel war, hier unten herrschte Totenstille, lediglich vom dumpfen Aufprallen fallender Steine an der Oberfläche unterbrochen. Heißer Sand rieselte herunter, er konnte ihn spüren, wenn er sich auf seine Hand legte. Das Feuer breitete sich demnach aus ... es käme ihn nun holen. Er fühlte überraschenderweise keine Angst mehr, denn sein Tod war entschieden. Seltsam, dachte er, es war immer nur die Angst vor dem Sterben gewesen, nie der Tod selbst, den er fürchtete. Jetzt war es beschlossene Sache. Die Angst hatte ausgedient.

Ein zufriedenes Lächeln huschte über seine Lippen. Im nahen Tod hatte er die Angst besiegt. Welch ein unerwarteter Triumph. Er würde versuchen, das Gefühl mit hinüberzunehmen ... Plötzlich ein Geräusch.

Jemand kam in den Keller gekrochen, außer Atem versuchte er sich in der Dunkelheit zurechtzufinden. Er fluchte, wie Vinzenz es schon lange nicht mehr gehört hatte, seitdem sie die Juden aus der Stadt gebracht und ihnen die Synagoge entrissen hatten.

„Meschugge bin ich ... ein Schlemihl ohne Herz und Verstand."

Der unverhoffte Gast konnte seine Rettung sein. Er nahm alle Kraft zusammen, die ihm noch geblieben war.

„Hier … helfen Sie mir."

Aber der Unbekannte war zu sehr in Selbstvorwürfe vertieft. Er stieg auf den Brocken umher, suchte etwas, redete mit sich, fluchte.

„Hilfe", stöhnte Vinzenz. Er streckte mühselig seinen Arm aus und winkte. „Helfen Sie mir."

„So ein dummer Kerl bin ich … Schlemihl, ja, das passt."

Dann endlich schien er etwas gefunden zu haben. Es machte Ratsch und ein Streichholz zündete, die Flamme steckte eine Kerze an. Es wurde Licht, nicht viel, aber genug, um sich einen Überblick zu verschaffen. Die Decke war zur Hälfte eingestürzt, er befand sich auf einem Schutthaufen, überall Gesteinsbrocken, dazwischen, was die Steine mit sich gerissen oder unter sich verschüttet hatten. Gesplittertes Holz, ein Stuhlbein, ein Arm, ein zerschmetterter Kopf mit Sand und Mörtel bedeckt, ein Hut, eine Puppe.

„Hilfe … hier drüben."

Der Mann drehte sich abrupt um. „Ist da jemand?"

„Hier."

Im schummrigen Schein sah der Unbekannte eine Hand hinter einem Steinbrocken hervorkommen, sie war kaum zu erkennen, aber sie bewegte sich. Es gab also noch Leben hier. „Warten Sie, ich bin gleich bei Ihnen."

Er stieg über die Steine hinweg, über die zerbrochenen Bänke und die weichen Decken, aber auch über die Leichen, die es hier in großer Zahl gab. Mit dem Kerzenstumpen in der Hand leuchtete er seinen Weg – zerschmetterte Leiber und Gesichter, auch Kinder, mein Gott, wäre er doch nur nicht hierhergekommen. Er vermied das Hinsehen, konzentrierte sich auf die Hand vor ihm.

Vinzenz sah das Licht näherkommen, dann ein rußiges Gesicht, die Haare grotesk verbrannt, die Ohren schwarz wie Kohlen. „Dem Herrn im Himmel sei Dank", stöhnte er, „ich dachte, das wird mein Grab."

Es dauerte eine Weile, bis ihn der Unbekannte von den Steinen und einem Körper befreit hatte – es war der von Hans, der beim letzten Einschlag noch neben ihm gesessen hatte.

„Geht es Ihnen gut?", fragte der Mann. Er führte Vinzenz über die Steinhaufen, hinüber in eine Ecke am Mauerdurchbruch zum Nachbarkeller. Von dort war er gekommen, eine Bombe hatte einen Krater in die Straße gerissen, er war hineingeglitten, um sich vor der mörderischen Glut zu schützen. Die Menschen, auf die er traf, waren alle tot gewesen, vermutlich von der Wucht der Bombe getötet.

„Ich danke Ihnen", erwiderte Vinzenz. Im Schein der Kerze konnte er seinen Retter näher betrachten. Es war ein noch junger Mann, soweit er es einschätzen konnte, allerdings sah er ziemlich mitgenommen aus. „Sind Sie Jude?", fragte er ihn unverhohlen.

Der Unbekannte zögert. „Ist das noch wichtig?"

„Nein, ich hörte nur Worte von Ihnen, die ich lange nicht mehr gehört habe."

„Schlemihl?" Er lachte bitter. „Das kommt vor, wenn ich die Fassung verliere. Dann falle ich auf meine Wurzeln zurück."

„Es bedeutet so viel wie Pechvogel, richtig?"

„In meinem Fall ist es der Narr."

„So närrisch können Sie nicht sein. Sie haben überlebt." Sein Blick fiel auf die vielen Toten um sie herum, darunter Hans, wahrscheinlich Erwin und Waltraud und … Oh mein Gott, die Kinder. Er seufzte. „Ich heiße Vinzenz." Er reichte ihm die Hand.

Der Mann nahm sie. „Und ich Paul."

... / In einem Keller
        in der Semmelstraße

Der Weg hinunter zum Main war Fanny und Apollonia versperrt gewesen. Eine ganze Häuserreihe fiel ihnen zu Füßen, Flammen und der stechende Funkenflug drängten sie zurück, die Hitze im Rücken, die das Haar in Brand setzte und Blasen aus dem Fleisch trieb. Sie waren blind gelaufen, irgendwohin, wo der Moment ein Schicksal für sie bereithielt. Alles brannte, alles stürzte über sie herein. Der Himmel war feuerrot und spuckte glühende Steine nach ihnen, der Straßenbelag wurde weich und klebrig, die Füße brannten, als liefe man durch kochendes Wasser.

Doch am schlimmsten war der siedend heiße Wind gewesen, mehr ein Sturm, der sie am lebendigen Leib schmoren wollte, so stark, dass kaum ein Widerstand möglich war. Die Luft brannte und mit ihr Augen, Kehle und Lunge. Mit jedem Schritt wurden sie schwächer, das Unausweichliche vor Augen, als sie jemand packte und sie hinter einen Hausvorsprung zog. Es war ein Mann gewesen, groß, blond mit einem blutenden Bein. Er drängte sie weiterzugehen, eine Treppe hinunter, in einen Keller, während über ihnen das Haus zusammenbrach.

Das war vor zwei Stunden gewesen. Jetzt saßen sie mit einem Dutzend anderen in diesem Keller und warteten, dass es sich oben abkühlte. Die Stimmung war niedergeschlagen, mit der Tendenz zur völligen Selbstaufgabe. Die Gebete hatten sie bislang aufrecht gehalten, nun aber wurde die Luft dünner, sie mussten etwas unternehmen, bevor die Kerzen erloschen.

„Nicht mehr sprechen!", hatte der Luftschutzwart bestimmt. „Sauerstoff sparen."

Fanny hatte das Bein des Mannes notdürftig verbunden. Er stellte sich mit dem Namen German vor, ein Soldat, der in seine Heimatstadt zurückgekehrt war, um eine letzte Sache zu erledigen.

„Die Wunde braucht dringend ein Desinfektionsmittel", flüsterte Fanny. „Gleich morgen gehen Sie damit zum Arzt."

German seufzte. „Was macht Sie so sicher, dass es ein Morgen geben wird?"

„Es gibt immer ein Morgen." Sie klappte das aufgeschlagene Hosenbein zurück, verschloss den Riss mit einer Haarspange, so gut es ging.

„Sie haben das Gemüt eines Regenbogens." Er lächelte sie an, sie wich seinem Blick aus, glaubte zu erröten. „Immer das Gute sehen, nie die Hoffnung verlieren."

„Es reicht, wenn mein Vater ein Griesgram ist."

„Wo ist er?"

Sie zuckte die Schultern. Hoffentlich in Sicherheit, hoffentlich hatten die Mauern im Keller gehalten. Gleich wenn sie hier rauskamen, würde sie hinüber in die Domerschulgasse laufen und nachsehen. Und Uschi, sie durfte Uschi nicht vergessen. Sie hatte es ihr versprochen. Im tiefen Keller der Alten Universität war sie gut aufgehoben, keine Bombe würde so tief dringen.

Neben ihr lehnte Apollonia an der Wand. Ihre Haare waren an der einen Seite bis übers Ohr abgebrannt, das Gesicht schwarz vor Ruß, jetzt sollte sie niemand mehr als das geflüchtete Mädchen aus der Nervenklinik erkennen. Damit war sie vor dem Professor und Kurt vorerst sicher. In all dem Unglück eine gute Nachricht. Morgen würde sie sehen, wie sie das Mädchen aus der Stadt bringen konnte.

„Wie geht es dir?" Sie drückte ihr die Hand, lächelte aufmunternd.

Ein schüchternes Lächeln kam zurück. Apollonia hatte Angst, wollte es aber nicht zeigen.

„Wer ist sie?", fragte German, dem aufgefallen war, dass dieses junge Ding in Männerkleidung steckte und sich irgendwie seltsam verhielt. Außerdem sprach sie kaum.

„Eine ehemalige Patientin", antwortete Fanny.

Er merkte auf. „Von wem?"

Fanny winkte ab, sie hatte keine Lust, darüber zu sprechen. Doch er bestand darauf. „Jetzt sagen Sie schon. Ich kenne einige Ärzte in Würzburg."

Sie seufzte. „Sie wurde früher in der Nervenklinik behandelt."

„Wie bitte?"

„Denken Sie sich nichts dabei. Sie ist nur ein bedauernswertes Geschöpf. Völlig harmlos."

„Aber …"

Fanny stand auf, sie wollte die Unterhaltung nicht fortführen. Es gab Wichtigeres. „Wir sollten etwas Wasser besorgen. Wir könnten alle einen Schluck vertragen." Sie schaute sich um. Beim Luftschutzwart gab es einen Eimer.

„Jetzt warten Sie doch", rief German ihr nach.

„Keine Zeit", und weg war sie. An den Niedergeschlagenen und Ausharrenden vorbei, bahnte sie sich einen Weg über Koffer, aber auch allerlei nutzloses Gerümpel wie eine Kommodenuhr und eine zweifellos wertvolle Vase, die mit in den Keller geschleppt worden war. Was wollten die Leute nur mit dem Zeugs hier unten anfangen?

Der Luftschutzwart hatte indes andere Sorgen. Er sah am Verhalten seiner Schutzbefohlenen, dass es nicht mehr länger so weitergehen konnte. Die Luft wurde knapp, sie war jetzt schon zum Schneiden dick. Außerdem wurde es zunehmend wärmer hier unten, ein eindeutiges Zeichen, dass das Feuer näherkam. Wenn sie nicht an die Oberfläche konnten, mussten sie in einen anderen Keller ausweichen, wo vielleicht bessere Bedingungen herrschten. So ein Durchbruch war keine Garantie, man konnte genauso gut auf eine schlimmere Situation treffen. Er klopfte mit dem Hammer gegen die Wand, legte sein Ohr daran, horchte auf eine Reaktion von der anderen Seite.

Sie blieb aus, er versuchte es ein weiteres Mal. Wieder nichts.

„Sie wollen die Mauer durchbrechen?", fragte Fanny.

Er zuckte die Schultern. „Es kommt keine Antwort von drüben."

„Was bedeutet das?"

„Alles mögliche."

Er hielt inne, schaute über die Köpfe der Alten, der Kinder und einiger Verletzter hinweg, weniger Männer, vieler Frauen. Konnte er es mit ihnen wagen? Wenn er nichts unternahm, würden sie früher oder später sterben. Er musste eine Entscheidung treffen.

„Es hilft nichts", sagte er schließlich, „hier können wir nicht bleiben. Machen Sie sich bereit." Die Aufforderung traf nicht auf allgemeine Zustimmung. Die einen votierten dafür, auszuharren, die anderen waren schlichtweg zu schwach. Doch die Entscheidung war getroffen, er griff zum Hammer.

„Ich helfe Ihnen", sagte Fanny und griff zu einem zweiten Hammer. Gemeinsam schlugen sie zwei Steine heraus, genug, um einen vorsichtigen Blick nach drüben zu werfen.

Als Erstes fuhr Fanny ein rauchiger Geruch in die Nase, kein gutes Zeichen. Der Luftschutzwart hielt eine Kerze hinein, doch das Licht war zu schwach, um etwas zu erkennen. Nur eines war klar: Niemand dort drüben hatte auf ihren Durchbruch reagiert. Sie schlugen einen dritten und vierten Stein heraus, der Luftschutzwart steckte seinen Kopf hindurch und rief hinein.

„Hallo, ist da jemand?"

Die Frage blieb unbeantwortet.

„Lassen Sie mich mal", sagte German, der mit Apollonia zu ihnen gekommen war. Er war bedeutend schmaler als der Wart und zwängte sich in den Spalt. Aber es reichte noch nicht aus. „Noch einen Stein", rief er zurück und der Wart kam der Aufforderung nach, bis German durch das Loch auf die andere Seite gelangen konnte. Er entzündete ein Streichholz, sah sich um, ging tiefer und tiefer in den Schlund hinein, bis Fanny ihn nicht mehr sehen konnte.

„Sei vorsichtig!", rief sie hinein.

Es dauerte eine Ewigkeit und mehrere Zündhölzer, bis er zurückkam. Er flüsterte, was besser war, damit die anderen ihn nicht hören konnten.

„Die Decke ist eingestürzt. Überall Tote. Kein schöner Anblick."

Damit hatte es sich bestätigt: Nicht immer war ein Durchbruch ein Weg in eine bessere Situation. Aber es gab Hoffnung.

„An der gegenüberliegenden Wand ist auch ein Durchbruch", sagte er. „Offenbar haben sie es versucht, bevor …"

„Geht es dort weiter?", unterbrach der Wart.

„Ich konnte nichts erkennen, aber es ist mit Sicherheit ein weiterer Raum."

„Wollen wir es wagen?", fragte Fanny.

Der Wart seufzte. „Die Luft wird knapp. Wir haben keine Wahl. Andererseits", er blickte zurück, „mit den Alten und den Verletzten wird das schwierig."

„Wir könnten vorausgehen und erkunden", schlug Fanny vor.

Sie schauten sich an, und da keine Widerrede kam, war der Vorschlag angenommen. Allerdings würde Fanny mit Apollonia nicht den gleichen Fehler begehen wie mit Uschi. Dieses Mal würden sie sich nicht trennen. „Komm mit", sagte sie zu ihr und gemeinsam krochen sie durch das enge Loch zu German hinüber. Eine Kerze nahmen sie mit.

„Schaut nicht nach unten oder zur Seite", sagte er, „nur auf meinen Rücken. Verstanden?"

Sie nickten beide, und im Gänsemarsch folgten sie German quer durch den Raum. Es war stockfinster hier, nur der winzige Kerzenschein sorgte für etwas Licht. Er reichte nicht bis zum Boden, wo ihnen Steine und Balken das Gehen erschwerten, mitunter auch eine weiche Unterlage, die nachgab, wenn sie darauftraten. Fanny verbannte sofort den Gedanken, um was oder wen es sich dabei handeln konnte. Allein die Vorstellung war furchtbar.

Dafür gewann eine andere Sache an Gewicht. Irgendwoher kam Rauch, er biss in den Augen und den Lungen. Apollonia hustete, Fanny räusperte sich, ihre Augen tränten, sodass sie bald die Schulter von German nicht mehr sah. Sie fasste fester zu, damit sie ihn nicht verlor.

„Ich habe Angst", hörte sie Apollonia klagen.

„Wir haben es gleich geschafft", rief German nach hinten.

Das sollten sie auch, dachte Fanny. Nicht nur Apollonia quälten Ängste, auch sie verlor Schritt für Schritt den anfänglichen Mut. Sie waren in ein Grab gestiegen, Leichen überall, es war niedrig, beengt, einem Sarg gleich. Hier würde sie niemand retten, wenn sie einen Fehler begingen oder wenn rauchende und brennende Balken auf sie herabstürzten. Damit war jeden Augenblick zu rechnen, schließlich musste der Rauch ja irgendwo herkommen. Oh Herr im Himmel, hörte sie sich flüstern, lass mich nicht hier sterben. Sie nahm Apollonia in den Arm – mehr zu ihrer eigenen Beruhigung.

„Wir sind da", sagte German. Er hielt die Kerze an einen Durchbruch, der nur zur Hälfte aufgebrochen war. Zum Glück aber so weit, dass sie nicht noch Steine herausbrechen mussten, der Durchbruch würde für sie reichen. Doch stellte sich erneut die Frage: Was würde sie auf der anderen Seite erwarten?

„Ich gehe vor", sagte German, „wartet hier."

Das war alles andere als nach ihrem Geschmack. „Wir wollen nicht hierbleiben", widersprach Fanny.

„Es ist nur für eine Minute. Ich bin gleich wieder zurück."

„Es geht nicht", erwiderte Fanny und deutete auf die in ihren Armen schlotternde Apollonia. „Sie kann nicht mehr."

Er seufzte. „Nun gut, dann kommt."

Zusammen stiegen sie über die herausgeschlagenen Steine in das Loch hinein. Auch in diesem Raum war es finster, dafür aber roch es erfrischend weniger nach Rauch. Welch eine Labsal, endlich wieder befreit aufatmen, die Augen weit aufmachen zu können, damit sie sich erholen konnten.

„Wo sind wir?", fragte Fanny.

Sie konnte nichts erkennen, außer einem Geruch, der ihr seltsam vertraut vorkam. Zudem standen sie auf festem Grund, keine Steine, keine Leichen. Es federte ein wenig, es konnten Holzdielen sein.

Die Kerze ging am ausgestreckten Arm im Bogen herum. „Schaut nach einem Lager aus", antwortete German.

Und das war es auch. Reihum standen aufeinandergestapelte Säcke. Der ganze Keller war ein Lagerraum. Doch wofür?

Fanny fuhr mit dem Finger an einem dieser Säcke entlang und hielt ihn vor die Nase. Das war … sie roch noch einmal, sie kannte diesen Geruch. Als Kind hatte sie ihn kennengelernt, als sie in der Nachbarschaft beim Bäcker spielten. Ja, das war eindeutig Mehl.

Nichts anderes sagte German schließlich, der die Kerze an einen der Säcke heranhielt und eine Aufschrift las. „Mehl."

Mit einem Mal traf sie eine Erkenntnis, gespeist aus einer Warnung, die ihr damals schon der Bäcker eingebläut hatte: Zünde niemals eine offene Flamme in einem Raum voller Mehl. Und wenn sie es richtig erkannte, waren einige Säcke umgestürzt, deren Inhalt hatte sich auf den Boden zu ihren Füßen verstreut.

„Mach die Kerze aus!"

„Was?", fragte German, der offensichtlich nicht die gleiche Erfahrung hatte wie sie.

Fanny zwang sich zur Selbstbeherrschung, versuchte die aufsteigende Panik zu unterdrücken. Statt es zu wiederholen, nahm sie Spucke zwischen die Finger und löschte vorsichtig die Kerze.

„Bist du verrückt geworden?", protestierte German, der wie die anderen beiden plötzlich im Dunkeln stand.

„Wir müssen hier raus. Schnell!"

„Warum?"

„Weil wir mitten auf einem Pulverfass stehen."

„Ich verstehe nicht. Wo ist ein Pulverfass?"

„Wenn das Mehl aufgewirbelt wird und sich entzündet, fliegt uns alles um die Ohren."

„Mehl?"

„Ja, und jetzt schweig."

Sie tastete mit einer Hand ins Dunkle während sie mit der anderen Apollonia hinter sich herzog. Hier musste es irgendwo eine Treppe geben, einen Ausgang … Verdammt, vielleicht war es besser zurückzugehen, trotz der vielen Leichen, trotz … Steine fielen auf die Decke über ihnen, Balken barsten. Die Erschütterungen schwangen in den Holzdielen, und wenn sie nicht alles täuschte, wurde es auch wärmer.

Sie waren geradewegs in eine Falle gelaufen, das wurde Fanny blitzartig klar. Wenn die Decke einstürzte, das Mehl aufwirbelte und das Feuer es entzündete, flog ihnen alles um die Ohren. Sie würden wie Hähnchen auf dem Grill geröstet.

„Wir müssen zurück", sagte Fanny, „hier ist einfach kein Weiterkommen."

„Nicht zurück", protestierte Apollonia. Ihre Hand zitterte, Fanny spürte ihre Angst vor den Leichen.

„Es geht nicht anders." Sie hörte Schritte aus der Richtung, wo sie German vermutete. „German? Wo bist du?"

„Hier ist eine Treppe", antwortete er, gefolgt von einem Aufschrei. „Verdammter Mist."

„Was ist?"

„Die Türklinke glüht."

Das bedeutete, das Feuer kam näher, es war vor der Tür. Sie hatten keine Zeit mehr zu verlieren. „Komm zurück. Wir müssen hier raus."

„Warte. Hier ist ein Gang."

„Was für ein Gang?"

„Ich weiß nicht … Wenn ich nur Licht machen könnte."

Noch bevor Fanny darauf antworten konnte, polterten Steine im vorigen Raum herab, gefolgt von Brocken, die alles um sie herum erzittern ließen. Es knarrte und krachte, Balken brachen und mit einem Schlag kam alles herunter, was bisher noch über ihnen war. Der Aufprall schwappte mit einer feurigen Rauchwolke herüber. Auch wenn Fanny nichts sehen konnte, sie wusste, was nun geschehen würde. Das Mehl würde aufgewirbelt, ein einziger Funke würde es entzünden.

Sie machte schnelle Schritte hinüber, wo sie German auf der Treppe vermutete, Apollonia fest an der Hand, im Augenwinkel ein Lichtschein.

Dann zündete das Mehl und eine Stichflamme griff nach ihnen.

Schutz vor den Bombeneinschlägen in Grombühl zu finden, hatte Professor Werner abgeschrieben, als er vor die Tür der Nervenklinik getreten war. Das gesamte Krankenhausgelände brannte. Die verfluchten Tommys wussten doch aus den Aufklärungsflügen, wo die Krankenhäuser und Lazarette lagen, und dennoch warfen sie ihre Bomben über den Köpfen von Kranken und Verletzten ab. Seine anfängliche Bewunderung für den akkuraten Angriff war dahin, er war nur noch um sein Leben gerannt. Für den Bahnbunker an der Füchsleinstraße war es zu spät, wenn er überhaupt noch existierte, den einzig sicheren Schutz konnte man nur noch in den Stollen des Festungsbergs finden oder diesseits des Mains im Luftschutzbunker am Mönchberg.

Beides war für ihn nicht mehr erreichbar, so blieb ihm nur noch die kopflose Flucht – über die Bahngleise zum Main, wo er geradewegs in die Nähe einer einschlagenden Bombe gelaufen war. Die Wucht nahm ihm das Bewusstsein, er kam erst wieder zu sich, als es um ihn herum brannte.

Orientierungslos irrte er nun durch den brennenden Grünstreifen am Röntgenring. Sein Kopf schmerzte, die Augen tränten vom Rauch, sodass er kaum etwas erkennen konnte, geschweige denn ahnte, wohin er lief.

Das Geschrei der Menschen, die in sich zusammenstürzenden Häuser, der Funkenflug und der anschwellende Feuersturm ließen ihn keinen klaren Gedanken mehr fassen. Er glaubte gar, ein flammendes Pferd würde seinen Weg kreuzen, ebenso ein beinamputierter Soldat auf brennenden Krücken und ein fluchender Priester mit rußgeschwärztem Gesicht und mit zu Blasen aufgeworfenen Händen. Das Inferno um ihn herum drohte ihn zu verschlucken, so glaubte er, der Weg in die Hölle war bereitet, und so stürzte er in einen dieser unsäglichen Gräben, die man als Luftschutzgräben angelegt hatte und die doch nichts taugten, außer, dass sie bei Regen mit Wasser vollliefen und man darin ertrank. In Finsternis und endloser Erschöpfung ergab er sich seinem Schicksal.

Bilder aus der Kindheit traten vor seine Augen – der strenge Vater, die leidende Mutter, die bescheidenen Verhältnisse, in denen sie lebten. Nur mit eiserner Disziplin war er diesem Schicksal entkommen, die Schule und das Studium waren nur Zwischenstationen, er hatte den Willen gehabt, es bis nach ganz oben zu schaffen. Doch seine Karriere verlief nicht wie erhofft, es fehlte ihm an einem Förderer, der sein Talent erkannte und ihn auf eine Position hievte. Nicht einmal der Nationalsozialismus hatte Interesse an ihm gehabt und umgekehrt er auch nicht an ihm, selbst wenn jeder dahergelaufene Hilfsarbeiter dort ungeahnte Möglichkeiten vorfand.

Erst als Theodor in sein Leben trat, hatte sich alles geändert. Der legte ihm die Welt zu Füßen, einen kometenhaften Aufstieg an die Spitze der Ärzteschaft, ein Dasein auf Augenhöhe mit den Mächtigen des Systems. Einzige Voraussetzung: Er musste ein falsches Zeugnis ablegen, für seinen Freund und Förderer Theodor, gegen die Wahrhaftigkeit der Wissenschaft.

Der Sündenfall hatte ihnen den erhofften Erfolg beschert: Werner als erster Gutachter und Bewahrer der Volksgesundheit und Theodor als oberster Herr der Konzentrationslager. So wurden Legenden geschmiedet, aus einer ehemals unbedeutenden Existenz hatten sie sich mit einem Handel an die Spitze des Reichs katapultiert. Ihr Höhenflug währte ein paar wunderbare Jahre, bis sich ihre Natur Bahn brach. Theodor wurde seines ungestümen Temperaments nicht länger Herr, und Werner wurde Opfer eines schnüffelnden Polizisten. Ihre Karrieren gerieten ins Wanken, die Neider gewannen Oberwasser, sie waren nicht mehr unantastbar. Theodor verschlug es an die Ostfront und ihn an den heimischen Schreibtisch seiner Klinik zurück. Vorbei war es mit den Reisen nach Berlin und den Plänen, die mit seinem Zutun in der Kanzlei des Führers geschmiedet wurden. Andere übernahmen das Ruder, es wurde still um ihn.

Damit wollte und konnte er sich nicht zufriedengeben, Werner hatte ehrgeizige Pläne. Wenn die neue Zeit anbrach, würde er bestens darauf vorbereitet sein. Seine Klinik sollte Teil eines neuen deutschen Krankenwesens werden, wo die fähigsten Wissenschaftler arbeiteten, mit ihm an der Spitze, zum Wohle aller, zum Erhalt eines starken Volkskörpers.

Doch jetzt schien alles verloren. Die verfluchten Tommys legten alles in Schutt und Asche. Welch ein Irrsinn …

Jemand fasste ihn an der Schulter. Es fehlte ihm an Kraft, dagegen zu protestieren.

„Hier, trinken Sie", sagte eine Stimme.

Er öffnete die Augen. Im Feuerschein erkannte er eine Frau, die sich über ihn beugte und eine Blechtasse in der Hand hielt. Ihr Gesicht war von Ruß geschwärzt, die Haare waren verbrannt und dennoch brachte sie es fertig, ihm ein aufmunterndes Lächeln zu schenken.

Ein unsäglicher Schmerz in Kopf und Nacken hielt ihn am Boden, er konnte sich nicht aufrichten. „Wer sind Sie?"

„Theresa. Kommen Sie, trinken Sie einen Schluck Wasser."

„Ich kann mich nicht bewegen."

Sie stellte die Tasse beiseite. Ihre Hände fuhren unter seine Schultern, sie kam ihm nah, so nahe wie schon lange niemand mehr. Er spürte den Druck ihrer Hände, den Schmerz im Nacken, roch den feurig-zarten Geruch ihrer Haut.

„Sie müssen mir helfen", stöhnte sie, „alleine schaffe ich es nicht."

Sie tat es und schließlich kam er auf. Sie nahm ihn in den Arm wie einen kleinen Jungen, um ihn zu füttern.

„Tut es sehr weh?"

„Etwas muss mich getroffen haben."

„Dann sollten Sie zu einem Arzt gehen."

Er lächelte gequält, sie gab ihm zu trinken. Das Wasser schmeckte seltsam, vielleicht lag es auch an dem vielen Rauch, dem er ausgesetzt war. Einen Schluck Wein hätte er jetzt gebrauchen können. Und während er trank, sah er sich um, wo er gestrandet war. Er war noch immer im Grüngürtel der Stadt, dem Glacis, hinter ihm die Gleise, vor ihm brennende Gebäude, an der Seite konnte die Reichsbank sein. Er war also im Hauger Glacis, und er war nicht allein.

Um ihn herum lagen, standen, saßen so viele Menschen, die vor dem Feuer geflüchtet waren. Gebannt starrten sie auf die Flammen, die mit unsäglicher Kraft aus den Häusern, den Straßen, aus allem herausdrangen, als bliese dahinter ein Orkan mit teuflischer Raffinesse. Es roch nach verbrannter Kleidung und Haar. In den Gesichtern der Überlebenden spiegelten sich Leid, Sorge und Verzweiflung. Sie klagten und weinten angesichts der Katastrophe, des verlorenen Heims, der vermissten oder gestorbenen Familienmitglieder und Freunde. Sie hatten alles verloren, eine Zukunft lag in weiter Ferne.

Aber da gab es auch die anderen, die scheinbar unversehrt der Tragödie entkommen waren. Weder Haare noch Kleidung waren versengt, ihre Koffer und Rucksäcke zu Füßen. In ihren Augen glaubte er eine Art Trauer zu erkennen, die auf bereits Gesehenem oder Erlebtem beruhte. Das mussten die Flüchtlinge aus den Ostgebieten sein, die Vertriebenen und Ausgebombten der anderen Städte, von denen sich so viele in Würzburg aufhielten. Sie hatten den Abend nicht in der Stadt verbracht, ihnen war der Feuertod erspart geblieben. Dennoch trauerten sie, Werner erkannte es am ratlosen Kopfschütteln, dem Seufzen, der Fassungslosigkeit in den Augen der Kinder und der Frauen. Ihre Odyssee war mit der Ankunft in Würzburg nun doch nicht zu Ende gegangen, sie würden weiterziehen müssen zur nächsten Stadt, sich einer neuen Hoffnung hingeben, um Krieg, Zerstörung und Leid ein für alle Mal hinter sich zu lassen.

Von der Katastrophe unbeeindruckt, liefen zwei Kinder umher. Sie tollten und spielten mit brennenden Ästen, wurden davongejagt, übersehen oder einfach nur geduldet. Ihr Lachen war grotesk, wie die Situation an sich. Für einen Augenblick konnte Werner in ihre Gesichter sehen und erschrak. Das waren keine normalen Kinder. Diese runden Gesichter, diese mandelförmigen Augen, aus denen sie alles und jeden anstarrten, kannte er nur zu gut. Der medizinische

Begriff für ihre Krankheit lautete: Mongoloide Idiotie. Wie konnte es sein, dass sie frei herumliefen, dass sie überhaupt noch existierten?

„Geht es Ihnen nicht gut?"

Die Frau mit dem Namen Theresa schaute ihn besorgt und erwartungsvoll an.

Werner schüttelte den Kopf. „Sie waren sehr freundlich zu mir." Er war verwirrt, konnte den Blick auf die Kinder nicht lassen. Gleich morgen früh würde er ... nein, würde er nicht. Er hatte nichts mehr damit zu tun, sollte sich ein anderer darum kümmern.

Theresa war seinem Blick gefolgt. „Die Kinder", sagte sie, „wollen Sie sie kennenlernen?"

„Wie bitte?"

Sie rief sie herbei. „Theo. Bruno. Kommt her."

Die beiden Rabauken schauten auf, lächelten und liefen wie am Schnürchen gezogen zu ihr hin.

„Darf ich vorstellen?", sagte Theresa. „Das sind meine Kinder. Theo und Bruno. Sagt Guten Abend zu dem Herrn."

„Guten Abend", tönte es aus Kindermund. Sie hielten ihm sogar die Hand hin.

Werner war wie vor den Kopf gestoßen. „Guten ..." Nein, so weit ging die Dankbarkeit nicht. Er schlug die Kinderhände aus, mühte sich wieder auf die Beine, was nicht leicht war, er war wie betäubt, schwindelig, wankte ein wenig.

„Sie sollten noch etwas ausruhen", sagte Theresa.

Er verneinte. „Es geht schon."

Dann taumelte er weiter. Nur weg von hier.

*

Ein Mann stolperte über die Füße von Julius. Es tat nicht weh, dafür blaffte ihn der Alte an, Julius bekam davon nichts mit. Seitdem die Bomben um ihn herum eingeschlagen waren, hörte er nichts mehr außer ein andauerndes hohes Pfeifen. Eugen war es kaum besser ergangen, er blutete aus Nase und Ohr, auch sein Bein hatte etwas abbekommen, nur mit Mühe hatte er Julius den Berg hinab folgen können. Grombühl und das Universitätsgelände hatten sie gemieden. Eine Bombe nach der anderen war dort explodiert, die herumfliegenden Trümmer hatten alles Leben auf den Straßen getötet. In den Häusern und Kellern brannte es lichterloh, noch nie hatten sie ein Feuer gesehen, das sich so schnell ausbreitete und alles verschlang. Verantwortlich waren diese Stäbe gewesen, die wie Hagel auf sie herabprasselten.

Klak-Klak. Andauernd und mörderisch. Nicht wenige Menschen wurden von ihnen erschlagen. Selbst die Häuser boten keinen Schutz dagegen. Mit brachialer Gewalt durchdrangen sie die Decken, zündeten in der guten Stube, verschlangen das Haus mit unerbittlichem Eifer. Von Haus zu Haus gingen die Flammen, rissen alles mit sich, ein Feuersturm brach los, wie sie ihn nun auf der anderen Seite des Glacis beobachteten. Grombühl war ein Haufen Schutt und Asche, und nicht anders würde es der Altstadt ergangen sein. Das widerliche Geheule des Sturms würden sie nie wieder vergessen.

„Wollen wir weitergehen?", schlug Eugen vor.

Julius, der neben ihm lag und dem die Tränen aus den Augen liefen, hörte nicht. Er war mit seinen Gedanken noch immer auf dem Schalksberg. Die Bombe, die die Holzhütte mit seiner Mutter und seinen Freunden zerrissen hatte, hätte ihm gelten müssen, das war ihm nun klar geworden. Wenn er nur auf Helene gehört und nicht wie ein Idiot herumgetollt und Steine gegen die Feindflugzeuge geworfen hätte, dann wäre auch keine Bombe gefallen. Denn es gab keinen Grund, Bomben auf Gärten zu werfen, außer man wurde dazu provoziert.

„Hast du gehört? Wollen wir weitergehen?" Eugen rüttelte an ihm. „Weitergehen?", wiederholte er und ließ Zeige- und Mittelfinger über seinen Handrücken laufen, ein unmissverständliches Zeichen für Gehen.

Doch sein Freund war nicht interessiert, er schüttelte teilnahmslos den Kopf.

„Was ist los?", fragte Eugen.

„Alle sind tot", erwiderte Julius und obwohl er seine Stimme nicht hören konnte, war er sich sicher, dass Eugen ihn verstanden hatte. Der seufzte und nickte.

„Aber wir leben", sagte Eugen. „So viele Menschen sind heute Nacht getötet worden … es ist ein Wunder, dass wir noch am Leben sind. Denk auch mal daran."

Julius schaute ihn mit feuchten Augen an, ohne ein Wort verstanden zu haben. Aber das machte nichts, er war ohnehin in seiner eigenen Welt gefangen. Was da draußen vor sich ging, entzog sich seinem Verständnis. Warum hatte es ausgerechnet die kleine Hütte treffen müssen? Warum mussten so viele Menschen sterben? Hatten die Tommys denn kein Herz?

Verflucht sollten sie sein, Pest und Cholera wünschte er ihnen an den Hals, sollten sie selbst brennen, dann wüssten sie, wie das war. Gleich morgen würde er sich bei der Marine melden, mit einem Kanonenboot an ihre Küste fahren und alles kurz und klein schießen.

Eugen stand auf und reichte ihm auffordernd die Hand. „Komm jetzt."

Noch zögerte Julius, aber sein neuer Freund meinte es ernst. „Komm!" Er war jetzt sein einziger Freund, ein wirklicher, der mit ihm durch dick und dünn gehen würde, da war er sicher. So nahm er die Hand und stand auf.

Der einzig sichere Weg an Flammensturm und Funkenflug vorbei war im Glacis. Also würden sie dort langgehen, bis sie eine Straße fanden, die noch nicht brannte.

Sie waren ein gutes Stück vorangekommen, entlang des Rennweger Rings, und noch immer schlugen die Flammen aus den Häusern heraus, als sie einem Mann begegneten, der eine Frau tröstete.

*

„Grombühl ist ein einziger Trümmerhaufen", schluchzte Charlotte. „Die Kliniken brennen. Was sind das nur für Menschen, die auf Krankenhäuser Bomben werfen?"

Tomas seufzte, darauf konnte er nichts erwidern. Wahrscheinlich waren es von der Art her die gleichen Menschen, die damals Wohnhäuser und Krankenhäuser in Coventry, Guernica, Warschau und Rotterdam in Schutt und Asche gelegt hatten. In diesem Krieg ging es seit langer Zeit nicht mehr um Anstand und um Menschlichkeit. Die totale Zerstörung war zur Strategie geworden, und nun fiel sie auf Deutschland zurück.

„Kommen Sie, lassen Sie uns gehen", schlug Tomas vor. „Wohin? Es ist doch alles zerstört."

„Raus hier. Irgendwohin, wo es nicht brennt."

„Nein", widersprach Charlotte mit aller Heftigkeit. „Ich gebe ihn noch nicht auf."

„Aber …" Er zeigte hinüber zur sterbenden Stadt und auf das ebenso in Flammen stehende untere Frauenland, das keine fünfzig Meter von ihnen entfernt war. Aus der Residenz schlugen die Flammen heraus, die Johanniskirche war enthauptet und spuckte nur noch Funken und Feuer. „Es gibt keine Rettung mehr. Schauen Sie sich um. Jeden Moment bricht hier alles zusammen."

„Wir haben in den Kellern noch nicht gesucht."

„Die Keller sind verschüttet. Wir müssen abwarten, bis sie freigeräumt sind."

„Nicht alle sind verschüttet." Sie ging los.

„Wohin wollen Sie?"

„Zum Kriegerdenkmal. Dort ist ein Keller."

„So warten Sie doch …"

Tomas lief ihr nach. Es war unmöglich, sie von der fixen Idee abzubringen, dass ihr Vater am Schalksberg überlebt hatte. Wie hätte er den Einschlägen entkommen können? Sie hatten doch auf ihrem Weg hinüber beobachtet, welchen Bombenteppich die Tommys über die Stadt ausgebreitet hatten. Daraus gab es kein Entkommen.

Vorbei an brennenden Bäumen und wehklagenden Überlebenden rannte er ihr nach. Die Residenz war verloren, ein heller Feuerschein hüllte sie ein, groß und barock ging sie zugrunde, ein letztes majestätisches Aufflammen, dann würden Neumanns Werk und Tiepolos Fresken für immer verloren sein.

Am Eingang des Kellers herrschte Andrang, einige wollten hinein, andere heraus, je nach persönlicher Einschätzung der Chancen aufs Überleben. Der Luftschutzwart musste eingreifen.

„Zurück, sag ich, es ist kein Platz mehr."

„Aber da kommen doch welche raus."

„Wir sind voll. Geht woandershin."

„Du kannst uns doch nicht sterben lassen?!"

„Drüben an der Residenzmauer ist auch ein Keller."

„Die Residenz brennt!"

Charlotte drängelte sich vor. „Lassen Sie mich rein!", blaffte sie den Mann an.

Ihre Uniform als Funkhelferin machte zwar Eindruck auf ihn, aber sie reichte nicht aus, seine Einwilligung zu bekommen.

„Ich kann wirklich niemand mehr hineinlassen", sagte er, „die Leute sind nervös."

„Und ich befehle Ihnen, zur Seite zu treten", hielt Tomas dagegen. „Die Menschen haben einen Anspruch auf Schutz."

Auch wenn Tomas ein junger Mann war, seine Uniform machte ihn zu einer Respektsperson, sein bestimmtes Auftreten zum Befehlshaber. Der Luftschutzwart zögerte, dann lenkte er ein.

„Auf Ihre Verantwortung."

Drinnen herrschte ein Gedränge und ein Geschiebe. Die Notbeleuchtung funktionierte noch, die Luft war zum Schneiden dick. Ein Klagen und Schluchzen begleitete Tomas und Charlotte, Gebete wurden gesprochen, Verletzte notdürftig behandelt. Alle Sitz- und Schlafplätze waren doppelt und dreifach belegt, man saß am Boden, Eltern hatten Kinder auf dem Schoß, aus rußschwarzen Gesichtern starrten entzündete Augen ins Nichts, andere husteten, weinten, konnten nicht begreifen, was passiert war.

„Es hat keinen Sinn", rief Tomas Charlotte zu. Er hatte Schwierigkeiten, ihr zu folgen. Sie war kleiner, konnte sich leichter an den vielen Menschen vorbeischlängeln.

Aber sie hörte nicht auf ihn. Sie schaute in jedes Gesicht, ob sie hinter dem Ruß und den Verletzungen, den verbrannten Haaren und Blasen, ihren Vater erkennen würde. Hätte sie doch nur ein Foto von ihm dabei, das sie herumzeigen könnte.

Da, im letzten Winkel, saß ein Mann auf dem Boden, die Haare versengt, die Ohren schwarz, er rieb sich vor Schmerz den Nacken. Er blickte kurz auf.

„Vater?"

Je näher Henry dem Grauen kam, desto unerträglicher wurde die Hitze. Er blickte in den feuerspeienden Schlund der Ottostraße, einem Abstieg in die Hölle gleich, der ihn mit Funkenregen und flimmernder Luft willkommen hieß.

Seine Uniform hatte er entsorgt, ein anderes Hemd übergezogen, das er in einem aufgeplatzten Koffer gefunden hatte. Es blieben seine Erkennungsmarke, das Taschenmesser, die Würfel und seine Waffe übrig. Die Würfel brauchte er jetzt nicht mehr, sie hatten ihren Zweck erfüllt. Die Erkennungsmarke – wegwerfen oder behalten? Wenn sie ihn damit erwischten, hatte er sich selbst verraten. Wie aber würde er sich gegenüber verbündeten Streitkräften ausweisen, wenn er es aus der Stadt schaffte? Er behielt sie vorsichtshalber bei sich, steckte sie in die Hosentasche, die Waffe in den Gürtel.

Nun stand er im Schutz des Sanderglacis und fragte sich, wie er in diese Hölle hineinkam, ohne am lebendigen Leib gegrillt zu werden. Sein Ziel war der obere Teil der Domerschulgasse, an dessen Ende die alte Synagoge lag. In der Nähe befand sich die kleine Wohnung von Pauls Eltern. Ob er ihn wirklich dort finden würde, bezweifelte er. Er hatte vom Neuberg aus gesehen, was die Bomben und das Feuer in der Altstadt angerichtet hatten, aber wo sollte er sonst anfangen zu suchen? Vielleicht fand er Nachbarn, die überlebt hatten, die wussten, wo Paul sich in Schutz gebracht haben könnte.

Ins Labyrinth der kleinen Gassen vorzustoßen, die hinter der Neuen Universität lagen, wäre Selbstmord gewesen, er brauchte eine breitere Straße, wo er auf Abstand zu den brennenden Häusern kam. Die Ottostraße konnte das sein.

Dazu musste er am Justizgebäude vorbei. Der Flügel des mächtigen Gebäudes zur Ottostraße hin war bereits bis zum ersten Obergeschoss eingestürzt. Die Trümmer lagen quer über der

Straße. Schränke, Stühle und Tische glimmten, selbst die schweren Metalltüren und Eisengitter glühten. Er kam kaum einen Schritt näher, ohne sich zu verbrennen oder dass die Kleidung Feuer fing. Noch immer stoben die Funken in einem wilden Sturm umher, ein unberechenbarer, glühendheißer Feuerwind, der geradewegs aus der Hölle kam.

Der Versuch, über die Ottostraße zur Synagoge vorzudringen, würde scheitern, auch der Weg um das Siebold-Denkmal war verstellt, er musste einen anderen Zugang finden und vor allem würde er seine Kleidung, den Körper gegen die Hitze und die Flammen schützen müssen.

Wasser, wo bekam er jetzt nur Wasser her? Alle Rohrleitungen würden geplatzt sein, das wertvolle Nass im Boden versickern, der Rest bei diesen unerträglichen Temperaturen verdampfen.

Die Antwort lag in seinen Erinnerungen an beschwingte und heitere Tage in Klein-Nizza, wo sie am Teich im Gras gelegen, Wein getrunken und gescherzt, den jungen Frauen nachgepfiffen, das Leben in vollen Zügen genossen hatten.

Er rannte los, tief in den Park hinein, entlang des gewundenen Pfads, stolperte über erloschene Hülsen von Stabbrandbomben, die hier zuhauf eingeschlagen waren. Sträucher, Büsche und Bäume waren längst bis zu den Stümpfen abgebrannt, jetzt nur noch eine Aschewüste, glimmende Überbleibsel der alten Märchenpracht, überall Tote, Verletzte und Verbrannte auf dem Weg, ein Jammern und Klagen. Der allgegenwärtige Rauch in der Luft zehrte an seiner Kraft.

Dann endlich, hinter einer Biegung in der Senke, lag der Teich wie er ihn in Erinnerung hatte, und er war nicht der Einzige, der dort Kraft tanken, sich gegen die Hitze und die Flammen schützen wollte. Hunderte waren hierher gekommen, tauchten Kleidung und Decken ins begehrte Wasser, manche tranken es sogar. Henry hatte keine Zeit zu verlieren und sprang hinein, wälzte sich darin wie ein junger Hund auf der Wiese, bis er von Kopf bis Fuß triefend heraustrat und den Erstbesten ansprach.

„Die Domerschulgasse, gleich neben der Synagoge, kann man da noch hin?"

Der Mann schaute ihn müde an und zuckte die Schultern. „Alles brennt, alles kaputt."

Der nächste. „Die Häuser sind eingestürzt, wer da noch drin war, ist jämmerlich verbrannt."

Eine Frau konnte mehr berichten. „Ich wohne an der Hofpromenade. Da ist alles kurz und klein gebombt. Besser, Sie gehen da nicht hin."

„Ich muss aber."

„Suchen Sie jemanden?"

„Ja, Paul, den Klavierlehrer."

„Den Juden?" Der Ton war abschätzig.

Da war er wieder, dieser unbegreifliche Hass auf die Juden. Lernten diese Leute niemals aus ihren Fehlern? Was sollte er darauf antworten?

„Ich muss dringend da rüber."

„Die Synagoge brennt und mit ihr alles, was es je gegeben hat", erwiderte die Frau. „Sind Sie etwa auch einer von denen?"

Er antwortete nicht darauf und ging weiter. Er könnte jetzt wieder zur Ottostraße zurücklaufen und einen zweiten Versuch unternehmen, oder – er schaute an den hohen Mauern des Residenzparks entlang – er würde versuchen, diese alten Mauern zu überwinden und durch den Park zur Hofpromenade zu gelangen. Das war eine weitaus bessere Route, an die er anfänglich gar nicht gedacht hatte. Nur, wie kam er dort hoch? Eine Leiter wäre die Lösung gewesen, nur gab es hier nichts mehr aus Holz, selbst die Bäume waren verkohlt. Hatte denn nicht wenigstens eine Bombe etwas Sinnvolles angerichtet, ein Loch, eine Bresche in diesen fürstbischöflichen Wall gesprengt? Es war zum Verzweifeln.

Da kam ihm eine Idee. Er schaute sich um, suchte einen, vielleicht zwei kräftige Männer.

„Wer kann mir helfen?"

Eine Reaktion blieb aus.

„Ich habe ein wertvolles Taschenmesser." Er zeigte es herum. Der Erste kam näher, schaute es sich genauer an.

„Du kannst es haben", sagte Henry, „wenn du mir hilfst."

„Was soll ich tun?"

„Stell dich an die Wand und ich steig auf deine Schultern."

„Das ist alles?"

„Das ist alles."

Der Handel war perfekt, der Mann postierte sich an der Mauer. Henry kletterte an ihm hoch, bis er auf dessen Schultern stand. Aber es reichte nicht, er brauchte mindestens noch einen Meter, bis er an den Grat kam. Der Mann unter ihm stöhnte, begann zu wanken.

„Hast du's bald?"

Verdammt, jetzt war er so weit gekommen … Er tastete nach einem hervorstehenden Stein, einem Loch, irgendetwas, an dem er sich festhalten und weiter hinaufziehen konnte, nur war da nichts. Länger würde der Mann ihn nicht mehr halten können, gleich würde er stürzen …

„Wollen Sie hier rauf?"

Wo war das hergekommen? Henry schaute nach unten.

„Hier bin ich, hier oben."

Über den Grat blickte jemand auf ihn herunter. „Halten Sie sich an meinem Fuß fest."

Der Kerl schwang sich über die Brüstung, hielt sich daran fest, während er das Bein weit nach unten streckte. Henry tastete danach, es fehlten ein paar Zentimeter.

„Tiefer", schnaufte er, „noch ein kleines Stück."

... / Domerschulgasse

„Ich kenne Sie doch", sagte Vinzenz. „Wohnen Sie nicht oben bei der Synagoge?"

Paul nickte. „Es ist … es war die Wohnung meiner Eltern."

„Wie heißen sie?"

Was sollte er darauf antworten? Ihre Namen waren längst vergessen, aus der Erinnerung gelöscht worden.

Von November 1941 bis Juni 1943 waren über zweitausend Juden aus Mainfranken in den Osten deportiert worden, nach Theresienstadt, nach Auschwitz und in die anderen Vernichtungslager. In sechs Märschen waren die Würzburger Juden unter den Augen ihrer Nachbarn vom Platz'schen Garten zum Bahnhof getrieben worden, begleitet von Schmähungen oder völligem Desinteresse. Man war froh, das Judenpack endlich loszuhaben. Ihre Synagoge wurde entheiligt, missbraucht, geschändet. Zurück blieb ein Dutzend, das in Mischehen lebte, oder einer wie er, der als Haussklave diente.

„Es ist nicht mehr wichtig", antwortete Paul. „Lassen Sie uns lieber sehen, wie wir hier rauskommen."

Den ersten und zweiten Keller hatten sie hinter sich gelassen, mit ihnen die vielen Toten einer Detonation ganz in der Nähe. Jetzt schlug Paul die Steine aus dem Mauerdurchbruch zum nächstgelegenen Keller heraus. Es war eine elende Arbeit, die viel Kraft und Schweiß kostete, zumal es immer wärmer wurde, als ob jemand alle Öfen der Stadt befeuern würde.

„Soll ich mal?", fragte Vinzenz, der ein Stück abseits saß.

Das Angebot war verlockend, Klavierspielerhände waren nicht für die Arbeit mit einem Hammer geeignet.

„Es geht schon", antwortete Paul, „schonen Sie Ihre Kräfte."

„Nur weil ich nur noch einen Arm besitze, heißt das nicht, dass ich nicht arbeiten kann."

Paul schlug weiter auf die Mauer ein, ein bitteres Grinsen im Gesicht. Er stöhnte, der Hammer war ungewohnt schwer, die Steine widerspenstig. „Wo haben Sie Ihren Arm verloren?"

„An der Westfront."

„Da hat mein Vater auch gekämpft. Wo waren Sie?"

„In der Nähe von Reims. Und Ihr Vater?"

„Gute Frage." Er musste nachdenken. Tagein, tagaus hatte ihm sein Vater von den heroischen Kämpfen in Frankreich erzählt, von der Kameradschaft, aber auch vom Grauen des Grabenkriegs und der Giftgasangriffe, den Stahlgewittern. Schon als kleiner Junge fand er die Berichte widerlich und hatte nicht weiter zugehört. „Er hat immer von einem Damenweg gesprochen."

„Dem Chemin des Dames", übersetzte Vinzenz, in seiner Stimme schwang Ehrfurcht mit. „Das ist ein Höhenzug ganz in der Nähe von Reims. Ein fürchterliches Gemetzel."

„Dann haben Sie vermutlich Seite an Seite gekämpft."

„Umso unverständlicher ist es, dass wir uns nicht gekannt haben. Er wohnte doch nur ein paar Meter die Gasse hoch."

„Er war sehr wählerisch in Bezug auf Bekanntschaften."

„Warum?"

Paul setzte den Hammer ab, seufzte. „Weil er Jude war." Langsam, aber sicher ging ihm das Gespräch auf die Nerven. „Lassen wir das Thema, wir haben andere Probleme." Das war unmissverständlich, aber Vinzenz ließ nicht locker.

„Das kann doch nicht sein, dass …"

„Was?!" Paul fuhr herum, Ärger und Wut in den Adern. „Was kann nicht sein?"

„Ein Kriegskamerad in meiner Straße, und ich wusste es nicht."

„Hat es Sie denn interessiert, als die SS vor unserer Tür stand?"

Vinzenz schreckte zurück. „Was … hat das damit zu tun?"

„Er war derselbe Mensch, vor, während und nach dem Krieg. Träger des Eisernen Kreuzes für seinen tapferen Einsatz gegen den Feind, den Feind der Deutschen, nicht einen Feind der Juden, wohlgemerkt. Seine Helden hießen Hindenburg und Ludendorff. Er war ein Patriot, ach, was sage ich, ein Nationalist durch und durch. Seinen einzigen Sohn erzog er im deutschen Geist, ließ ihn Goethe und Schiller aufsagen, Brahms, Schubert und Beethoven spielen, alles Deutsche ehren und preisen und nannte ihn … Paul!" Er lachte verrückt, die ganze Absurdität seiner Familiengeschichte brach aus ihm heraus. „Nicht David, Elias oder Benjamin, wie es die Sitte gebietet, nein, Paul musste ich heißen, ausgerechnet Paul, so wie der alte Hindenburg. Wieso nicht gleich Adolf?" Er schlug den Hammer mit aller Kraft gegen die Wand.

Die Leidenschaft des Ausbruchs ließ Vinzenz verstummen. Paul stemmte sich mit einer Hand gegen die Wand, mit der anderen umklammerte er den Hammer und atmete schwer.

„Er war ein Verräter an seinem Volk, ein verdammter Narr im Dienst eines fremden Herrn … eine Schande für alle Juden."

„Aber er war doch auch Deutscher", erwiderte Vinzenz.

„Als er für dieses Reich, das er Heimat nannte, noch kämpfen konnte, ja, da war er deutsch … danach nur noch ein dreckiger Jude. Erst als die SS vor unserer Tür stand, da hatte er endlich kapiert, dass dieses Deutschland ihn nicht länger haben wollte. Es spie ihn aus wie schleimigen Auswurf."

„Das tut mir leid."

„Was tut Ihnen leid?"

„Dass Ihrem Vater so Schreckliches widerfahren ist."

„Wollten Sie es nicht wissen oder wussten Sie es und haben es vorgezogen zu schweigen, als die Märsche zum Bahnhof gingen? Wo waren da die treuen Kriegskameraden, die dankbaren deutschen Nachbarn und Freunde, die er gegen den Franzmann und den Iwan beschützt hat?"

„Wie gesagt, ich kannte ihn nicht."

„Sie sind ein Heuchler. Jeder wusste, was vor sich ging."

Der Vorwurf traf, Vinzenz musste Luft holen, es dauerte, bis er sich besonnen hatte. „Ja, Sie haben recht. Jeder, der davon wissen wollte, hätte es wissen können …"

Das Eingeständnis zog sich. In die Stille knackte und brach es von der Oberfläche her. Das Haus drohte über ihnen einzustürzen und die Luftzufuhr abzuschneiden.

„Mehr haben Sie nicht dazu zu sagen?", legte Paul nach.

„Ich kann es nicht ungeschehen machen."

„Nein, das können Sie nicht. Niemand kann das."

Er klopfte weiter auf die Steine ein, die Hand schmerzte, die Haut löste sich. Stein für Stein brach ein, bis er den Kopf durchs Loch stecken konnte.

„Hallo? Ist da jemand?"

Er erhielt keine Antwort. „Geben Sie mir mal die Kerze", sagte er zu Vinzenz. Der kam heran, hielt sie in das schwarze Loch hinein. Das kleine Licht schien nicht weit, Vinzenz glaubte aber etwas zu erkennen.

„Hallo? Sie da. Helfen Sie uns."

Schweigen.

„Ich sehe Sie doch. Geben Sie Antwort."

„Lassen Sie mich mal." Paul schlug noch einen Stein heraus, dann noch einen, bis das Loch groß genug war, um hinüberzusteigen. Vinzenz folgte ihm.

Der Raum war wie erwartet stockdunkel, im Vergleich zu den anderen Kellern aber bedeutend wärmer. Und noch etwas überraschte: Kein Stein lag auf dem Boden, kein Balken war durchgebrochen, nichts war umgeworfen oder durcheinander. Rund ein Dutzend Feldbetten stand fein säuberlich aufgereiht, daneben ein Tisch, Stühle und … Paul musste ein zweites Mal schauen, ja, da saßen welche darauf, mucksmäuschenstill und unbeweglich.

„Hallo? Warum antworten Sie nicht?"

Er hielt die Kerze einem dieser Stummen vors Gesicht. Es war ein Mann mit Hut, die Augen geschlossen, der Mund offen, als schliefe er. Über der Haut lag eine dünne Staubschicht.

„Hallo? Hören Sie mich?" Er rüttelte ihn an der Schulter, der Körper fiel zur Seite um, sodass Paul vor Schreck zurückwich. „Himmel, was ist hier los?"

„Kommen Sie hierher", sagte Vinzenz.

Auf dem Boden saß eine Frau, den Rücken gegen einen Pfeiler gelehnt. Auf ihrem Schoß lag ein Bündel, darin ein Kind, friedlich schlummernd, als hätte es gerade gegessen.

„Wachen Sie auf", sagte Vinzenz, doch die Frau regte sich nicht.

„Die sind tot", erwiderte Paul, „die sind alle tot." Er ging mit dem Licht zu den Feldbetten, schlug die Decken zurück, leuchtete den darin Liegenden ins Gesicht. „Tot. Tot …"

„Irgendwas stimmt hier nicht", sagte Vinzenz. Seine Stimme verlor sich in der Dunkelheit und der aufkommenden Angst. Wieder einmal brachen sich seine fürchterlichen Erinnerungen an das Eingeschlossensein Bahn, die Verschütteten, die Toten, das Ersticken … Der vorangegangene Erfolg über seine Angst war von kurzer Dauer gewesen, jetzt schnappte er wieder nach Luft und lief zum Durchbruch zurück. „Lassen Sie uns gehen."

„Wohin?", fragte Paul.

„Zurück, nur raus hier."

„Aber dort gibt es keinen Ausgang. Wir müssen weiter."

„Ohne mich."

„Reden Sie keinen Unsinn. Wir schaffen das schon."

Pauls Zuversicht schwand mit Blick auf die Kerze, die Flamme wurde allmählich kleiner, drohte zu verlöschen.

„Was geschieht hier?"

Auch Vinzenz sah, dass die Flamme schwächelte, als ginge sie zur Neige.

„Kommen Sie her, schnell."

Paul folgte der Aufforderung, und tatsächlich, je näher er dem Durchbruch kam, desto größer wurde die Flamme wieder.

„Der Kerze fehlt Luft", sagte Vinzenz, er ahnte, was sich hier abgespielt hatte. „Die Menschen sind alle erstickt, deswegen sitzen sie so teilnahmslos da."

„Das hätten sie doch gemerkt. Man spürt doch, wenn die Luft ausgeht, und gerät in Panik."

„Nicht, wenn etwas anderes dazukommt."

Er holte tief Luft, fasste seinen ganzen mickrigen Mut zusammen und ging zur Seite, wo er die Tür zum Kellerraum vermutete. Die Tür ließ sich problemlos öffnen, allerdings brannte die Klinke in der Hand, dass er aufschrie.

„Was ist?", rief ihm Paul zu.

Ein kurzer Blick in den Vorraum genügte. In der Decke klaffte ein Loch, Feuerschein fiel herein, am Boden die Kohlenvorräte des Hauses, überzogen von einer grauen Ascheschicht.

Vinzenz hastete zurück. „Die Kohlen haben sie getötet."

„Wie?"

„Das Gas, das die Kohlen beim Brennen verströmen. Man riecht es nicht, man schläft einfach ein und stirbt."

Das war eine einleuchtende Erklärung. Diese bedauernswerten Geschöpfe schienen friedlich eingeschlafen zu sein, ohne Argwohn, ohne die leiseste Ahnung, dass der Tod hinter der Tür zum Kohlenkeller auf sie wartete. Ein Dornröschenschlaf mit fatalem Ende.

Blieb die Frage, was sie nun tun sollten. Der Weg zurück endete in einer Sackgasse, der Weg vorwärts war heimtückisch vergiftet. Sie konnten aber nicht länger hierbleiben und warten, bis das Haus oder die Decke über sie hereinstürzte, bis das Gas auch sie in einen tödlichen Schlaf versetzte.

Paul hatte eine Idee. „Wir dichten den Spalt zum Kohlenkeller mit Decken ab, danach warten wir, bis Luft nachgeströmt ist."

„Und dann?", fragte Vinzenz.

„Schlage ich die nächste Mauer durch."

Der Plan war nicht ohne Gefahr. Was würde sie im angrenzenden Raum erwarten, Leben oder Tod? Ein Ausstieg oder eine neue Barriere? Heimtückisches Gas, eine Bombe mit Zeitzünder …?

Sie mussten es herausfinden, das Verharren in Untätigkeit würde sie dem sicheren Tod preisgeben. Paul verstopfte den Türspalt mit einer Decke, das Schlüsselloch mit einem Fetzen, dann warteten sie ab … bis Paul endlich den Hammer nahm und sich an die Arbeit machte. Er kam mehrfach zurück, um Luft zu schnappen, die Abdichtung konnte das gefährliche Gas nicht ganz aufhalten, aber es reichte, um ein Loch zu schlagen, das groß genug war, um hindurchzusteigen.

Der nächste Raum offenbarte eine Überraschung. Er war menschenleer, aber dennoch hatten hier einige den Angriff abgewartet und offenbar auch überstanden. Kerzen waren heruntergebrannt, die Feldbetten benutzt, Stühle umgestoßen. Nur, wo waren die Menschen jetzt und wie war ihnen die Flucht aus dem Labyrinth der Keller gelungen? Der Raum war völlig intakt, kein Blut, keine Hinweise auf eine Katastrophe wie in den vorangegangenen Kellerräumen.

Ein mit Backsteinen ummauertes Loch im Boden war Teil der Antwort.

„Ein alter Hausbrunnen", stellte Vinzenz fest, als er hineinblickte. Ein beistehender Eimer an einem langen Seil stützte die Vermutung.

„Aber hat er auch Wasser?" Paul ließ den Eimer hinunter, und tatsächlich, sie hörten ein Aufklatschen. Eilig zogen sie den Eimer herauf, Vinzenz roch an dem Wasser und hielt es für trinkbar. Es war eine Labsal. Die trockene, heiße Luft, das Herausbrechen der Steine waren schweißtreibend gewesen, nun tranken sie in vollen Zügen.

„Das hat gut getan", seufzte Paul zufrieden, „jetzt müssen wir nur noch einen Ausstieg finden." In der angrenzenden Mauer war kein aufgemaltes MD zu finden – das Zeichen für einen Durchbruch in den Nachbarkeller. Entweder gab es dahinter keinen Keller mehr oder die Mauern waren zu dick für einen Durchbruch. Waren sie am Ende der Domerschulgasse angekommen?

„Oder wir gehen durch die Tür nach oben", setzte Vinzenz hinzu.

Richtig, die Kellertür. Fraglich war, wie es davor aussehen würde. Einen ersten Hinweis würde die Stahltür geben. Konnte man sie anfassen? War sie überhaupt noch intakt oder durch die Detonationen und die Hitze verzogen und blockiert? Die Klinken waren heruntergedrückt, es konnte klappen.

„Dieses Mal bin ich an der Reihe", sagte Vinzenz. Er nahm den halbvollen Eimer und kippte den Inhalt über die Klinken. Es zischte nicht, aber es dampfte. Also lag Feuer vor der Tür oder hatte gelegen.

„Wollen wir es wagen?", fragte Vinzenz.

„Wir haben keine Wahl", erwiderte Paul.

Doch bevor sie die Tür öffneten, eilte Paul in den vorigen Raum zurück, holte Decken und tauchte sie satt in den wiederbefüllten Eimer. Ihre Körper überschütteten sie mit Wasser, banden nasse Stofffetzen um die Schuhe.

Ein Hitzeschwall kam ihnen entgegen. Das Treppenhaus war vom Feuerschein erleuchtet, Steine waren heruntergefallen, Balken glimmten, im Hauseingang lagen verkohlte Leichen.

„Bis zur Tür", keuchte Paul, „wenn wir es nicht schaffen, dann kommen wir zurück."

Vinzenz nickte. Mit nur der einen Hand hielt er die nasse Decke am Kinn zusammen und folgte Paul nach. Bereits nach wenigen Schritten spürten sie die Hitze in den Lungen brennen. Die Augen zusammengekniffen, stiegen sie über die Steine und die Leichen hinaus auf die Straße.

Es war ein Glutofen und ein Schock. Die Hölle um sie herum glühte feuerrot, die Haare schmorten, die Finger brannten, als hielte man sie geradewegs in kochendes Wasser. Der Dampf in ihrer Kleidung brannte auf der Haut, dass sie schreien wollten. Ein kurzer Blick nach links und rechts, wo war die Straße zu Ende, wohin konnten sie laufen?

Paul glaubte etwas zu erkennen und rannte los, Vinzenz ihm blindlings nach. Der Stoff an ihren Füßen fing Feuer, in der Kleidung zischte es, das Wasser kochte, unmöglich, etwas zu erkennen. Sie stolperten über herabgefallene Steine, schrien vor Schmerz, rafften sich auf und rannten weiter – atemlos und geblendet.

An den eingefallenen Mauern der Synagoge vorbei kamen sie auf die Hofpromenade gestürzt, die Decken brannten, aber es gab wieder ein bisschen Luft zum Atmen.

Von irgendwoher musste Luft nachströmen, sonst wären sie schon längst erstickt. In vollkommener Dunkelheit steckten Fanny, Apollonia und German in einem Gang fest, der mehr einem Schacht glich als einem Fluchtweg. In blinder Panik waren sie auf allen Vieren hineingekrochen, als die Decke hinter ihnen heruntergekommen war und den Mehlstaub gezündet hatte. Die Stichflamme hatte sie bis in den Schacht hinein verfolgt, Haare, Kleidung, offene Hautstellen verbrannt, jetzt waren sie von Steinen und Staub bedeckt. Das Atmen wurde zunehmend schwerer, die Hitze kam näher. Sie waren lebendig begraben, in einem Sarg ohne Licht und Hoffnung, über ihnen Tonnen von Geröll, das beständig nach unten drückte. Es knarrte und Mörtel rieselte auf sie herab. Jede Minute konnte die letzte sein, doch der Tod ließ sie zappeln.

Wie oft kann man sterben?, fragte sich Fanny.

Sie hatte in den vergangenen Stunden ein Dutzend Mal dem Tod ins Gesicht geschaut, war der Verzweiflung und der Selbstaufgabe erlegen, den Tränen und der Gewissheit, nie wieder die Sonne sehen zu können oder frische Luft zu atmen, hatte mit dem Leben abgeschlossen, sich ihrem Heiland offenbart.

Dann war wieder Hoffnung aufgekeimt, doch noch gerettet zu werden, diesem engen Grab zu entkommen, hinaus ins Freie zu gelangen, unbeschwert aufatmen zu können, den Vater in die Arme zu schließen, dem Herrn im Himmel zu danken – nur um beim nächsten Knarren des Gebälks oder beim Rutschen von Steinen erneut in Todesangst zu verfallen. Immer und immer wieder die gleiche Spirale aus Angst, Verzweiflung und Hoffnung.

„Ich kann nicht mehr", stöhnte sie. Ihr Hals war ausgetrocknet, die Stimme heiser, die Lunge voller Rauch und Staub.

Sie lag in der Mitte, vor ihr befand sich German, hinter ihr Apollonia.

„Nicht aufgeben", antwortete German mit der gleichen brüchigen Stimme. Unaufhörlich grub er mit bloßen Händen den Schutt beiseite, der sich ihnen entgegenstellte.

„Es hat keinen Sinn", erwiderte Fanny, „wir werden hier sterben."

„Solange wir Luft zum Atmen haben, gibt es Hoffnung." Er schob einen Brocken nach hinten, Fanny drückte ihn weiter zu Apollonia. Die wiederum weinte und schluchzte, rief nach ihren Eltern.

„Wenn ich nur die Lücke finden würde", sagte German.

„Es gibt keine Lücke … kein Entkommen."

Er antwortete nicht, noch steckte Lebenswillen in ihm. Er würde nicht eher ruhen, bis er die Lücke gefunden hatte, durch die sie hinaus ins Freie gleiten konnten.

„Warum willst du nicht sterben?", fragte Fanny.

„Weil ich noch etwas zu erledigen habe."

„Es ist doch egal … wenn du tot bist."

„Ich will nicht mit der Schuld sterben."

„Welche Schuld?"

Er zog aus dem Geröll eine Latte heraus, stocherte damit weitere Brocken frei und schob sie nach hinten.

„Schuld am Tod vieler Unschuldiger."

„Was ist passiert?"

„Babyn Jar ist passiert, das Schrecklichste und Abscheulichste, das du dir nur vorstellen kannst."

„Was ist Babyn Jar?"

„Eine Schlucht in der Ukraine, der Ort eines Massakers."

„Ich habe nie davon gehört."

„Damit brüstet man sich auch nicht, sofern man nicht der leibhaftige Teufel ist."

„Was hast du da getan?"

„Ich war noch ein junger Soldat, ein Frischling ohne Ahnung und Verstand. Wenn mein Offizier sagte *Schieß!*, dann schoss ich, ohne nachzudenken. Ein Befehl ist ein Befehl, und den hatte man auszuführen, egal, was man davon hielt."

„Und wo ist da deine Schuld?"

„Ich hätte in die andere Richtung schießen müssen, nach hinten. Verstehst du?"

„Aber dann …"

„…hätte ich meinen Befehlshaber erschossen und mit ihm all die anderen Verbrecher, die das angezettelt haben. Sie haben es verdient, einer nach dem anderen."

„Aber du hast es nicht getan."

Er antwortete nicht, stattdessen zog er an etwas, das zwischen den Steinen und den Latten eingeklemmt war. Es fühlte sich weich an. „Oh mein Gott …"

„Was ist?"

„Nichts."

„Da ist doch etwas. Sag schon: Was ist es?"

„Das willst du nicht wissen."

„Ich bin kein kleines Kind mehr."

Er zögerte, doch dann: „Es ist eine Leiche."

Fanny schlug die Hände vors Gesicht, obwohl sie in der Finsternis ohnehin nichts erkennen konnte. „Maria und Josef, hilf …"

„Gebete werden uns hier nicht rausbringen", antwortete German. „Denk einfach nicht weiter daran. Es hat auch einen Vorteil, so schlimm es ist."

„Welchen Vorteil sollte ein toter Mensch für uns haben?" Sie schluchzte. „Bist du jetzt völlig verrückt geworden?"

„Wo ein Mensch ist, da ist auch ein Raum oder eine Treppe. Wir sind bestimmt ganz nah dran."

Fanny hörte ihm nicht weiter zu, sie weinte. Apollonia stimmte mit ein.

„Hört auf damit!", blaffte German sie an. „Und verschwendet keinen Sauerstoff."

Doch das Weinen ging weiter, German zog an dem toten Körper, versuchte, den Raum dahinter für sie zu nutzen. Es war nicht leicht, aber dann bewegte sich der Körper doch ein Stück und es drangen gefährliche Geräusche in den Schacht – nicht das gewohnte Bersten von Holz oder die Erschütterungen von nachrutschenden Steinen, sondern etwas viel Feineres, das German hier nicht vermutet hatte, drang an sein Ohr.

„Still!", rief er nach hinten. „Ich höre etwas."

Das Weinen verebbte, alle drei horchten in die dunkle Stille nach dem, was German glaubte gehört zu haben.

„Hört ihr das?", flüsterte er.

Fanny verneinte.

„Hört genau hin."

Zart und friedlich bahnte sich ein Blubbern und ein Plätschern den Weg zu ihnen.

„Ist das Wasser?", fragte Fanny aufgeregt.

„Ja, aber hört ihr auch das andere?"

Erneut versuchten sie, der Stille ihr Geheimnis zu entreißen. Fanny hielt den Atem an, hörte noch genauer hin. Ja, da war etwas, das sich im Gurgeln einer sprudelnden Wasserquelle versteckte. Es klang hoch und fein.

„Was ist das?", fragte Fanny.

German zögerte keine Sekunde. Er drängte den toten Körper zurück ins Loch, suchte mit den herausgerissenen Steinen jede weitere Öffnung zu verschließen.

Fanny wurde es unheimlich. „Was machst du da?"

„Schieb die Steine wieder her!", rief German nach hinten. „Schnell."

„Warum denn?"

Doch German hatte sich in dem engen Loch bereits gedreht, sodass er mit den Füßen gegen die Steine in den Öffnungen trat, um sie fester zu verschließen …

Geröll und der Leichnam rutschten nach hinten weg, Feuerschein fiel herein, erhellte eine Luftblase, einen halbverschütteten Raum, in dem eine Wasserrohrleitung geplatzt war. In dem aufgestauten Wasser tummelten sich Ratten, besiedelten diesen toten Körper wie Matrosen ein Schiff, fiepten und fletschten gegen die unerwartete Störung die Zähne.

„Um Himmels willen", rief German, „wir müssen hier raus. Los, beeilt euch!"

Fanny wusste nicht, wie ihr geschah. Er packte sie an der Schulter und zog sie mit aller Kraft aus dem Schacht heraus, kopfüber ins Wasser. Das Loch war tief, sie tauchte unter. Über ihr sah sie die hektischen schwarzen Silhouetten der Ratten, dahinter einen rot-goldenen Feuerschein. Sie schrie vor Ekel und Panik dagegen an, Apollonia kam ihr von oben entgegen, dann German. Er war auch der Erste, der wieder auftauchte und Fanny mit sich riss, sie griff nach Apollonia.

„Dort ist ein Ausstieg!" Er zeigte zur Quelle des Lichts. Es war ein Loch in der Decke. „Ich heb euch hoch."

Ratten rannten über seine Schulter und den Kopf, flüchteten in den Schacht, fanden dort aber keinen Ausweg und kamen umso zorniger zurück. „Schnell!"

Fanny hatte keine Zeit zu verlieren. Sie krabbelte an ihm hinauf zur Wand, wo ein geborstenes Wasserrohr schief nach unten hing. Apollonia kam ihr nach, Fanny half ihr heraus und schob sie auf der Rohrleitung nach oben. Als sie durch die Öffnung glitt, schrie sie auf.

„Los, du bist die Nächste!", rief German. Er packte sie und stemmte sie nach oben. Fannys Hände fassten den Grat am Deckenloch, ein glühend heißer Schmerz bohrte sich in ihre Hände. Sie schrie, sah Balken brennen und glühen, die Hitze schnitt ihr jede weitere Klage ab. German drückte sie zur Seite, und auch er machte die Erfahrung mit der Glut.

Ein kurzer Blick herum: Sie standen im hohlen Gemäuer eines ausgebrannten Hauses, zwei Stockwerke hoch. Es gab keinen Dachstuhl mehr, der Himmel war voller roter Funken. Die Luft flimmerte, sie brannte auf der Haut, in den Augen, der Lunge.

Wo waren sie, wo war ein Ausgang?

Wo sie standen, mochte die Kellertreppe gewesen sein, daneben lag die Küche, der alte Herd schwarz vom Rauch, darauf ein Topf mit dem Abendessen, ein verbogenes Fahrrad im langen Gang.

„Kommt!" German hastete geduckt voraus, die nassen Ärmel über den Kopf, Fanny und Apollonia rannten ihm nach. Die Hauswand war eingestürzt, in dem Steinhaufen glühte ein Blech, das einst ein Vordach gewesen sein mochte, darauf eine verkohlte Mutter-Gottes-Figur, ihr Sternenkranz gewunden wie Stacheldraht.

Als sie auf die Straße traten, schien es noch heißer zu werden, ein Sturm erfasste sie, ließ sie wanken und stolpern, es war unmöglich, dagegen anzugehen, sie wurden von ihm die Straße entlanggetrieben. Verkohlte Leichen lagen im Rinnstein, aus den fensterlosen Untergeschossen schlugen die Flammen heraus, griffen nach ihnen, suchten neues Leben. Steine fielen herab, Fassaden krachten in sich zusammen, Funkenwolken umhüllten sie.

Apollonia schrie vor Schmerzen, Fanny konnte nichts mehr erkennen, es war, als bohrten sich die Hitze und das Feuer durch ihre Augäpfel; die Füße, Klumpen gleich, konnten keinen Schritt mehr machen. Sie stürzte, war am Ende ihrer Kräfte. Der Tod war leichter zu ertragen als diese Hölle.

„Fanny?!", war nur noch ein fernes Echo.

Da packte sie jemand, es war ihr egal.

... / Im Residenzgarten

Henry und Eugen standen an der Bastionsmauer, vor ihnen die brennende Residenz. Aus dem Südflügel züngelten die Flammen, Rauchschwaden zogen in den Himmel, die Stadt schien hell erleuchtet. Im Residenzgarten war alles verbrannt, eine Aschewüste, ein Friedhof barocker Gartenkunst.

„Woher kommen Sie?", fragte Eugen.

„Aus ... Frankfurt", antwortete Henry geistesgegenwärtig. Sein Interesse galt aber mehr dem Weg, den er an der Residenz vorbei durch den verbrannten Garten hinüber zur Domerschulgasse nehmen wollte. Er war diesem Jungen für seine Hilfe zwar dankbar, nur für weitere Fragen hatte er keine Zeit.

„Ich danke dir", sagte Henry, „aber ich muss jetzt gehen."

„Wohin wollen Sie?"

„Zur Domerschulgasse."

„Die ganze Stadt ist ein Glutofen. Sie rennen ins Verderben."

„Ich muss es probieren." Er zog die nasse Hose hoch, zurrte den Gürtel enger. Etwas rutschte zur Seite.

Julius saß mit dem Rücken zur Mauer. Noch immer hörte er nichts, die Welt um ihn herum bestand aus einem unablässigen Pfeifton. Dafür richtete er seine ganze Aufmerksamkeit auf das Sehen, und dieser Mann kam ihm reichlich seltsam vor. Er trug andere Kleidung als alle anderen Männer, besonders diese Stiefel hatte er noch nie gesehen, und das wollte etwas heißen, schließlich war sein Vater Schuhmacher gewesen. Er kannte die Materialien, die Zuschnitte, und diese Art von Stiefeln mit dem Reißverschluss am vorderen Schaft gehörte zu einem Soldaten.

„Ihr solltet schnellstens aus der Stadt verschwinden", sagte Henry. „Manche Bomben haben Zeitzünder. Man kann nie sicher sein, bis sie entschärft oder gezündet sind."

„Wir ruhen nur noch etwas aus", erwiderte Eugen, „dann wollen wir runter zum Main."

Henry reichte ihm die Hand. „Tut das", dann ging er los.

Eugen schaute ihm lange nach, wie er die Treppen hinunterrannte und sich dann links hielt, geradewegs auf die kochende Stadt zu.

„Der muss verrückt sein", sagte Eugen.

Seine Worte verklangen im Nichts, während Julius sich nach etwas ausstreckte, was dem Mann aus dem Gürtel gerutscht war. Dieses Ding war handlich und schwer.

„Schau mal", sagte er.

Eugen drehte sich zu ihm um. Das, was Julius da in den Händen hielt, war eine Pistole, nicht eine, wie sie die deutschen Soldaten hatten, diese war anders.

„Irgendetwas stimmt mit dem Typ nicht", stellte Eugen fest. „Wollen wir ihn verfolgen?"

Es war Zeit, an die Oberfläche zu gehen und zu sehen, was das Inferno angerichtet hatte. Die Reihen lichteten sich. Wer nicht schwerer verletzt war, nahm, was er vor den Flammen hatte retten können, und machte sich auf den Weg. Noch waren nicht alle Brände erloschen, aber die Hitze des Feuersturms hatte spürbar nachgelassen, sodass man nun wenigstens atmen konnte. Es sollten auch ein paar Feuerwehren aus dem Umland herbeigeeilt sein, hieß es, zu löschen, was nicht mehr zu löschen war.

Wer im Bunker überlebt hatte, trug schwer an seinem Schicksal mit verlorenen Familien und Freunden, manch einer mit einem unerklärlichen Gefühl der Schuld, wieso gerade er überlebt hatte und der andere nicht. Der Schock hatte sich in den vergangenen Stunden tief in die Seelen der Menschen gegraben, nun gingen sie leichengleich in den dämmernden Morgen eines neuen Tags.

Auch Professor Werner machte sich bereit, mit ihm seine Tochter Charlotte und der Funkoffizier Tomas. Von Überlebenden aus den linksmainischen Stadtteilen hatte er gehört, dass dort viel zerstört worden sei, unbekannt war, ob es auch sein Haus in der Kleßbergsteige getroffen hatte. Viele hätten sich rechtzeitig in die sicheren Bunker der Tellsteige gerettet, andere in den Stollen am Nikolausberg. Das machte Hoffnung. Andererseits sollte man sich nicht täuschen: Die Straßen lagen voller Toter. Es erwartete sie ein grauenhafter Anblick.

„Wirst du es schaffen?", fragte Charlotte besorgt. Sie stützte ihren Vater, als der sich erhob.

„Es wird schon gehen." Der Nacken und der Kopf schmerzten noch immer, es war ihm schwindelig, doch das zählte nicht in diesem Moment. Er wollte an die frische Luft, nachsehen, ob seine Klinik noch stand.

Vorne am Eingang hatte der Luftschutzwart alle Mühe, die Unruhigen und Besorgten davon abzuhalten, den Bunker zu verlassen, noch sei keine Entwarnung gegeben worden, noch immer konnten das Feuer oder einstürzende Häuser sie töten, aber die Sorge um die verlorengegangenen Familienmitglieder überwog, so ließ er sie ziehen. In dem Gemenge schafften es drei Neuankömmlinge herein – Fanny, Apollonia und German, von der Flucht aus der Stadt schwer gezeichnet. Feuerwehrleute hatten sie am Ende der Semmelstraße aus den Flammen geholt, ihnen nasse Decken gegeben, sie zum halbwegs sicheren Bunker am Kriegerdenkmal geschickt. Dort würden sie bestimmt eine Krankenschwester oder einen Arzt finden, der sich um ihre Verletzungen kümmerte. Erschöpft sanken Fanny und Apollonia auf die verlassenen Feldbetten, German suchte unter den Verbliebenen nach ärztlicher Hilfe.

„Ist ein Arzt hier?", rief er in den schummrigen Keller. „Die Frauen brauchen dringend Hilfe."

Allein das Wort Arzt ließ Professor Werner aufhorchen. Dieser Mann dort mit dem kohlrabenschwarzen Gesicht, den abgebrannten Haaren und den zerrissenen Kleidern hätte jeder andere Geflohene sein können, aber die Stimme kam ihm dennoch seltsam bekannt vor, und nicht nur ihm, auch Charlotte drehte sich unwillkürlich zu ihm um.

„Hat jemand noch Verbandsmaterial?", rief German. „Wasser, ein sauberes Tuch …"

„German?" Charlotte konnte sich einfach nicht täuschen, das war die Stimme ihres vermissten Bruders. Sie rannte auf ihn zu. „Bist du es?"

Ein abwartender Blick zwischen den beiden, bis endlich Gewissheit herrschte. Sie fielen sich in die Arme.

„Wie kommst du hierher?", schluchzte Charlotte vor Glück.

Auch German konnte ein paar Tränen nicht zurückhalten. „Ich … habe dich vermisst, kleine Schwester."

Von ihnen unbemerkt trat Werner an sie heran. Er wollte seinen Augen nicht trauen.

„German", sagte er, „bist du es wirklich?"

Der verlorene Sohn wand sich aus der Umarmung mit Charlotte, schaute seinen Vater abwartend an.

„Ja, ich bin es."

Germans Worte klangen unterkühlt, auch wenn er nicht leugnen konnte, froh zu sein, den Vater wiederzusehen. Eine zurückhaltende Umarmung, dann hatten Vater und Sohn ihre Fassung wiedergefunden.

„Wo ist Mutter?", fragte German.

„Sie war noch im Haus, als wir gingen", erwiderte Charlotte.

„Ihr habt sie zurückgelassen?!"

Fanny bekam von der Wiedersehensfreude nichts mit. Alles tat ihr weh, die Augen brannten, die Kehle war ausgetrocknet, die Füße schmerzten, als steckten sie immer noch im Feuer fest. Sie war erschöpft, wollte nur noch schlafen. Apollonia hielt sie an der Hand, ihr erging es nicht anders. Sie weinte nicht mehr, das war gut. Da bemerkte Fanny, wie jemand die Decke zurückschlug, die sie wärmte. Sie schlug die Augen auf. Erst sah sie nur die Silhouette eines Kopfs, dann erkannte sie Werners Gesicht. Mit einem Mal war sie hellwach.

„Gehen Sie weg!"

„Bist du es, Fanny?", fragte er überrascht.

„Lassen Sie sie in Frieden!"

„Wen meinst du?" Erst jetzt sah er, dass sich neben ihr jemand befand. Dieses bedauernswerte Etwas in verbrannten Herrenkleidern und ebenso gestutzten Haaren war ihm gänzlich unbekannt, außerdem war sie wie die anderen von Ruß geschwärzt.

„Apollonia", erwiderte Fanny vorschnell, und noch im selben Moment wünschte sie sich, ihre Zunge wäre genauso erschöpft gewesen wie sie. Hätte sie doch nur die Klappe gehalten, das unverhoffte Wiedersehen wäre ohne größere Komplikation verlaufen. Aber da war auch die schmerzhafte Enttäuschung über ihren ehemals bewunderten Chef, die Empörung über sein Handeln, die Wut auf seine Täuschung.

Der Name traf Werner unerwartet. Er hatte gedacht, nein, er hatte gehofft, dieses verdammte Kind wäre in den Flammen umgekommen. Und jetzt war sie noch am Leben?

Der Schmerz in Nacken und Kopf war vergessen, er musste dieses Kindes habhaft werden, bevor sie erneut verschwand. Fanny warf sich ihm in die Arme.

„Lassen Sie sie los!"

Ein Gerangel entstand und German mischte sich ein. „Fanny, was ist mit dir? Mein Vater ist Arzt, er kann dir helfen."

Zwei überraschte Blicke trafen ihn.

„Das ist dein Vater?"

„Du kennst Fanny?"

„Er ist ein Teufel!", schrie Fanny. „Hilf mir. Er will Apollonia."

„Er will sich nur ihre Verletzungen ansehen", erwiderte German.

„Nein, er will sie töten."

„So ein Unsinn", antwortete Werner, „das arme Kind ist aus der Klinik geflohen. Es braucht dringend Hilfe." Sein Blick ging zum Luftschutzwart. Der sollte Apollonia festhalten, bis er Verstärkung angefordert hatte. Doch der Luftschutzwart war vor der Tür. „German, sag deiner neuen Freundin, dass sie sich nicht länger gegen meine Anweisungen sträuben soll. Sie … wir alle stehen unter Schock, und das Kind ist in einem Besorgnis erregenden Zustand."

German war unschlüssig, sein Blick ging zu Fanny, die ihn anflehte, Apollonia gegen seinen Vater zu beschützen, andererseits, wenn sie eine Patientin seines Vaters war, wusste er am besten, was mit ihr zu machen war.

Das dauerte Werner zu lange, er blickte sich um und sah den teilnahmslosen Tomas. „Unteroffizier", rief er ihn herbei, „bringen Sie meine Patientin in die Nervenklinik. Es besteht Lebensgefahr, schnell."

Tomas wollte den Befehl ausführen, aber Fanny stellte sich schützend vor Apollonia. „Wagen Sie nicht, sie anzufassen."

„Und nehmen Sie diese verstörte Person gleich mit", fügte Werner hinzu.

„Er will nur seine Verbrechen vertuschen", keifte Fanny. „Er ist ein Mörder und Teufel. Zu Hunderten hat er seine Patienten nach Hadamar geschickt, wo sie vergast und vergiftet wurden. Glaubt ihm kein Wort, ich habe Beweise."

„Du tust ihm Unrecht", versuchte German sie zu beruhigen. „Er ist ein angesehener Arzt …"

„Du täuschst dich, er hat uns alle getäuscht. All die Jahre, in denen wir glaubten, er wollte nur das Beste für seine Patienten, hat er sie in Wahrheit in den Tod geschickt. So wie Apollonia und ihre Eltern. Ich lüge nicht, ich habe Beweise."

„Wo sind deine Beweise?", schaltete sich Charlotte ein. „Ich höre nur böswillige Unterstellungen von dir."

„Ich habe eine Transportliste, darauf die Namen unserer Patienten, die wir im guten Glauben nach Hadamar geschickt haben. In Wahrheit jedoch wurden sie dort umgebracht."

„Das reicht jetzt!", fuhr Werner dazwischen. „Du stehst unter Schock. Du weißt nicht, was du sagst." Er gab Tomas ein Zeichen, endlich einzuschreiten. Der machte sich auch daran, als sich plötzlich Apollonia äußerte. Sie war an Kopf und Körper verbrannt, sie sah mitleiderregend aus, ihr Blick aber war fest.

„Professor lieb, hat mir Puppe geschenkt. Barbara, blonde Zöpfe, meine Freundin. Hat gesagt, Hadamar gut für uns, meine Eltern und ich, eigenes Zimmer, gut zu essen, warm. Waren viele dort, aber kein Essen, kalt. Alle schlafen ein und wachen nicht auf. Hab's gesehen. Tablette, Spritze von Engelshaar. In den Ofen, husch, Asche im Garten. Wo Mama und Papa, Professor? Nicht mehr da …"

Die Schilderung, so bruchstückhaft und kindlich sie auch war, verfehlte ihre Wirkung nicht. Keiner der Umstehenden konnte etwas darauf sagen – auch Werner nicht, der damit nicht gerechnet hatte. Die anderen schauten Apollonia fragend an, eine Mischung aus Mitleid und Zweifel, unsicher, ob sie den Vorwürfen Glauben schenken konnten.

„Das war vor einem Jahr", sagte Fanny, „lange, nachdem es untersagt worden war, die Kranken und Nutzlosen zu töten, die überzähligen Esser von ihrem sinnlosen Dasein zu erlösen. Sie haben einfach weitergemacht … und die in Berlin haben es auch noch unterstützt."

Charlotte räusperte sich, ihr Blick ging zu Werner. „Sag, Vater, stimmt das?"

„Natürlich nicht", erwiderte er genervt. „Wahnhaftes Gewäsch."

„Wo sind dann all die Kranken hingekommen?", widersprach Fanny. „Wir haben nur noch ein Dutzend Patienten auf Station. Alle anderen sind abtransportiert und getötet worden."

Da platzte es aus Werner heraus, der es ohnehin überdrüssig war, sich von einer untalentierten und vor allem frechen Krankenschwester Vorhaltungen anhören zu müssen. Alles tat ihm weh, diese überflüssige Diskussion um sein Handeln musste ein Ende haben, jetzt, bevor sie noch weitere Kreise zog. Unerwartet aggressiv reagierte er auf die Vorwürfe.

„Was glaubt ihr denn, wo wir unsere verwundeten Soldaten versorgen sollen? In einem Kuhstall, in einer Baracke auf dem Hof? Täglich werden Hunderte zum Teil Schwerverletzte vor meiner Tür abgeladen, treue Soldaten, mutige Kameraden, die ihr Leben fürs Vaterland riskiert haben. Soll ich sie etwa auf den Stufen verbluten lassen, weil ich weder Personal noch Betten für sie habe, in denen sich die Schwachsinnigen ausgebreitet haben?"

„Sie hätten Hilfe aus Berlin anfordern können", widersprach Fanny.

„Berlin schert sich einen feuchten Dreck um uns. Nicht einmal anständige Bunker haben sie uns bauen lassen, sagten, für Würzburg bestünde keinerlei Gefahr. Wie in so vielen anderen Angelegenheiten musste ich handeln.

Ich habe mich wahrlich nicht zu der Entscheidung gedrängt, die Spreu vom Weizen zu trennen. Aber es musste sein, zum Wohle verdienter Kameraden, zum Wohle von uns allen. Wer schützt euch, wenn jetzt die Russen und die Amis über euch herfallen? Dieses bedauernswerte Kind etwa, ihre nicht minder hilfsunfähigen Eltern? Macht euch nichts vor: Sie sind eine einzige Last. Wir können nicht länger unsere Kraft für sie vergeuden. Das Kranke und Schwache muss für das Starke weichen. Und das ist noch nicht einmal mein, sondern das Gesetz der Natur."

Fanny hielt dagegen. „Die Schwachen sollt ihr schützen, so steht es schon in der Bibel. Gebt ihnen ein Heim und Essen …"

„Christengewäsch!"

German und Charlotte schauten Werner entsetzt an. Obwohl sie von der Haltung der politischen Führung in Berlin gegenüber Geisteskranken wussten, die ketzerischen Plakate und Filme über sie kannten, waren sie doch davon ausgegangen, dass ihr Vater anderer Auffassung war. Er stand einer weithin bekannten Nervenklinik vor, war Lehrstuhlinhaber an einer Universität, ein brillanter Kopf und geschätzter Berater und über all dem: Er war ihr Vater!

Mit Verweis auf Fanny fragte Charlotte: „Was hat sie mit überzähligen Essern gemeint, mit sinnlosem Dasein …?"

„Sie lügt!", erwiderte Werner unwirsch. „Niemals handelte es sich für mich und meine Kollegen um die Beseitigung unnützer Esser, niemals auch nur um lebensunwertes Leben, sondern um das sinnlose Vegetieren von Wesen, die nie Mensch werden konnten oder denen das Menschliche unwiederbringlich verloren gegangen war und die oft unter unwürdigen Bedingungen ihr Dasein fristeten. Der Tod war eine Gnade für sie. Wer anders denkt, der kann sich mit breiter Brust und falschen Idealen den Bomben entgegenstellen. Der Feind kennt keine Gnade, wir alle haben das heute Nacht erlebt. Werft dem Feind doch vor, unmenschlich zu sein, er hat Bomben auf Lazarette und Krankenhäuser geworfen, er hat sich keinen Deut darum geschert, ob er Unschuldige tötet. Ich bin mir keiner Schuld bewusst."

Die Donnerrede verfing, niemand antwortete, zu ungeheuer waren die Worte.

„Und du, Fanny, du bist ein junges Ding, nicht in der Lage, die großen Zusammenhänge zu verstehen. Aber gleichzeitig wirfst du mir vor, der Schlächter meiner Patienten zu sein. Was hat es dich interessiert, wohin die Transporte gingen? Solange du eine Arbeit hattest, ein Auskommen, hast du weggesehen und geschwiegen. Hätte ich oder jeder andere Arzt etwa deinen Vater sterben lassen sollen, als er schwer verwundet aus dem Krieg zurückgekommen war? Was hättest du gesagt, wenn kein Bett, kein Arzt und keine Medizin für ihn bereitgestanden hätten? Hättest du ihn sterben lassen, zum Wohl eines Schwachsinnigen, der nie Mensch war und nie einer werden würde? Sag, welche Entscheidung hättest du getroffen? Leben oder Tod?"

Fanny schwieg, sie konnte nicht darauf antworten.

„Diejenigen aber, die das große Ganze sahen, haben Verantwortung übernommen, bereitwillig mitgeholfen, dass unser geliebtes Vaterland stark bleibt, wehrhaft und gesund. Zum Wohle aller, auch zu deinem und dem deines Vaters … Und jetzt genug damit. Unteroffizier, schaffen Sie das Kind endlich in meine Klinik, damit ich mich um sie kümmern kann."

Fanny hätte ihm am liebsten ihre ganze Verachtung und ihren Hass für diese Worte entgegengeschleudert, für seine Unmenschlichkeit, für die Verachtung seiner und ihrer Patienten, für den Verrat am Leben, für den Bruch seines Eides als Arzt und noch tausend andere Dinge mehr, aber sie war sich auch ihres Stillschweigens bewusst, als sich besorgte Familienmitglieder nach dem Verbleib ihrer Liebsten erkundigt hatten. Heute Morgen erst hatte sie eine Frau abgewimmelt, ihr fadenscheinige Erklärungen gegeben, die Lüge nicht hinterfragt. Sie hatte sich mitschuldig gemacht.

Doch damit war es jetzt vorbei. Sie wollte nicht länger Teil dieses menschenverachtenden Systems sein, in dem nur die Starken ein Recht auf Leben hatten. Es waren die Schwachen und Rechtlosen, die eine Fürsprecherin brauchten, die konnten sich nicht wehren, die mussten beschützt werden. So stellte sie sich vor Apollonia.

„Ich lasse sie nicht gehen."

„Tritt beiseite", sagte Tomas, der wenig begeistert von seiner Aufgabe war.

„Nein."

Werner hatte die Nase voll. „Schaffen Sie sie endlich hier raus!"

„Ich kümmere mich darum", schlug unerwartet German vor.

„Du?" Fanny wollte ihren Ohren nicht trauen. „Hätte ich gewusst …"

„Schweig", fuhr er sie an. „Mein Vater hat recht. Apollonia gehört in eine Klinik. Kommt beide mit."

Er nahm Apollonia am Arm, Fanny warf sich ihm entgegen. „Du verdammtes Schwein."

„Sei still jetzt."

Er führte Apollonia aus dem Bunker, im Gepäck Fanny, die auf ihn einschlug und ihm Namen gab. Er ließ sie gewähren, wichtig war nur, dass sein Vater nicht länger über sie befehlen konnte.

Ein neuer Tag war angebrochen, der Himmel über dem Frauenland war von seinem Grabesschwarz in eine tiefblaue Färbung übergegangen. Die Bäume ringsum waren verbrannt und verkohlt, ein leichter Wind führte Asche mit sich, tauchte die Welt in lebloses Grau. Noch immer brannte die Residenz, Rauchwolken sollten ihr neues Kleid sein.

German ging mit Apollonia an der Hand das Glacis entlang, überquerte den Rennweg und passierte den Residenzwall. In der Dämmerung standen Gestalten in Decken gehüllt oder bis auf die schwarze Haut verbrannt, abgestorbenen Baumstümpfen gleich, bar jeder Regung. Mit Asche bedeckt lagen Körper am Boden, unbeweglich, verkohlt, andere wanden sich vor Schmerz.

Fanny stolperte den beiden hinterher, weinte und verfluchte German, der sie so schändlich hintergangen hatte.

„Wo gehst du mit ihr hin?!"

„Komm", sagte er, „ich bringe euch aus der Stadt."

Es wäre das Ende der Verdunkelung gewesen. Man hätte das geschwärzte Papier von den Fenstern nehmen, die lichtundurchlässigen Vorhänge zurückschlagen und frische Luft hereinlassen können, wenn das Haus noch gestanden hätte oder die Wohnung nicht niedergebrannt wäre.

Ein ebenso wunderbarer Morgen wie der vorangegangene brach sich in einem tiefblauen Himmel Bahn. Frühsommerliche Temperaturen waren vorhergesagt worden, Sonnenschein den lieben langen Tag. Ein entspannter Samstagmorgen hätte es werden können, Frühstück im Kreis der Familie, keine Hektik, weniger Sorgen als sonst, am Nachmittag ein Spaziergang in der aufblühenden Natur am Main oder auf den Hügeln der Stadt, die Kinder unbeschwert spielen lassen, einen entspannten Plausch mit dem Nachbarn führen, den Herrgott einen guten Mann sein lassen.

Doch es war anders gekommen. Der Tag erwachte über einer niedergemetzelten Stadt. Kein Vogel jubilierte, kein Hahn krähte und kein einziges Stück Vieh rief in den Ställen nach Futter oder der Magd, die sie endlich melken sollte. Es fuhren auch keine Straßenbahnen mehr, keine Autos, Busse und Laster, kein Boot oder Schiff, keine Fußgänger und Fahrradfahrer … nichts, wodurch man auf Leben hätte schließen können.

Stille herrschte im Maintal, lediglich durch einstürzende Fassaden unterbrochen, das Schreien der Verletzten und Verschütteten, das Rufen der Suchenden, das Schluchzen der Verzweifelten, die Sprachlosigkeit der Hoffnungslosen.

Der dichte Rauchwolkenhimmel über der Stadt wurde löchrig, obwohl es noch an vielen Stellen brannte, einzelne Brandherde, denen durch die inzwischen herbeigeeilten Feuerwehren aus dem Umland nur schwer beizukommen war. Noch immer glühte die Stadt – nicht mehr so heiß wie um Mitternacht, als das Feuer Temperaturen von bis zu zweitausend Grad erzeugt hatte – aber Steine und Stahl gaben die Hitze nicht so schnell preis. Hände und Füße ragten aus den unendlich vielen Haufen hervor, eine Uhr, die um halb vier stehengeblieben war, gab die Todeszeit derer an, die es nicht rechtzeitig aus den Kellern geschafft hatten und dort verschüttet worden waren. Nichtsdestotrotz versuchten manche in die Häuser und Keller zu gelangen, wo sie Familienmitglieder vermuteten. Verzweifelte Versuche, die oft in unermesslichen Schmerz mündeten.

Nicht nur Asche regnete es an diesem Morgen vom Himmel, auch halb verbrannte Familienfotos, Aufnahmen von Hochzeiten und der Einschulung, Kinderbilder, Liebes- und Abschiedsbriefe, Zeugnisse, Besitzurkunden, Gerichtsurteile, jahrhundertealte Dokumente aus den Archiven, Fetzen von unwiederbringlichen Ölgemälden, seidene Bänder neu gekaufter Babywäsche …

Die Stadt war eine Trümmerwüste, eine kokelnde Totenlandschaft. Häuser, sofern sie noch standen, waren hohl und ausgebrannt, die Keller mit ihren Ausgängen und Notausstiegen waren unter Tonnen von Schutt verschüttet.

Das Seniorenheim des St.-Anna-Stifts am Ludwigkai war durch Bombentreffer vollständig zerstört worden. Die Alten, die nicht rechtzeitig in den Keller gekommen waren oder sich geweigert hatten, waren mit ihren Pflegerinnen einen schnellen Tod gestorben. Die, die im Keller ausgeharrt hatten und sich nicht getrauten an die Oberfläche zurückzukehren, waren unter Tonnen von Steinen und Balken erstickt.

Das gleiche Bild zeigte sich im tiefen Keller der Alten Universität. Vom Terror an der Oberfläche verschont, waren die Geflüchteten nicht am Sauerstoffmangel gestorben, sondern an den ausströmenden Gasen der brennenden Kohlenvorräte, die sich einen Keller darüber befanden.

Die Domerschulgasse war, wie viele andere Straßen und Viertel der Stadt auch, in Schutt und Asche gelegt worden. Später sollte man sagen, die Stadt sei zu neunzig Prozent zerstört, schlimmer als jede andere Stadt im Reich, die ebenfalls vom feindlichen Bombenkrieg heimgesucht worden war. Wie viele Menschen in den Flammen und der infernalen Hitze umgekommen waren, ließ sich nicht mehr ermitteln, nur noch schätzen. Von fünftausend würde die Rede sein, aber wer wusste schon genau, wie viele Flüchtlinge, Verwundete und Vertriebene sich an jenem Tag in Würzburg aufgehalten hatten. Bomben, Feuer und Hitze hatten von den toten Körpern nicht viel Zählbares übrig gelassen, sie waren verschmort, zerrissen, bis zur Unkenntlichkeit verunstaltet worden.

In den Kellern, die nie als adäquate Luftschutzeinrichtungen geplant und ausgeführt worden waren und immer nur ein Provisorium blieben, bot sich den Rettungskräften ein fürchterliches Bild. Die Menschen, die nicht rechtzeitig herausgekommen waren, waren erschlagen, erstickt oder vom hinterhältigen Gas der Kohlenvorräte vergiftet worden.

Letztlich war es Glück im Unglück für diejenigen, die, bewusst oder unbewusst, im entscheidenden Moment die richtige Entscheidung getroffen hatten – gleich nach den Bombenabwürfen die Keller zu verlassen und an den Main oder ins Glacis zu flüchten.

Die tiefen Stollen am Nikolausberg oder Festungsberg waren für die linksmainische Bevölkerung ein Segen gewesen, dort waren sie ebenso sicher wie im einzigen wahren Luftschutzbunker am Mönchberg. Hildegard war mit ihren Gästen dorthin geflüchtet, gerade noch rechtzeitig, bevor die Bomben rund um die Festung eingeschlagen waren. In einem ausgebrannten Wagen, der im Graben der Leistenstraße lag, hatte man am nächsten Tag die verkohlte Leiche eines Mannes gefunden, der die Gunst des Moments für seine Flucht aus der Gefangenschaft hatte nutzen wollen. Bis nach Frankreich war Viktor nicht gekommen, nicht einmal bis nach Höchberg.

Inmitten von qualmenden Trümmern befand sich Pfarrer Titus, die Hände verbrannt, das Gesicht schwarz von Ruß. Sein Blick war ausdruckslos und leer. Er hatte in dieser Nacht viele Leben gerettet, indem er sie zu den Löschteichen befahl, aber ebenso viele waren in den Kellern gestorben oder auf der Straße von herabfallenden Steinen erschlagen worden. Er konnte keine Zufriedenheit empfinden, überlebt und geholfen zu haben. Es waren einfach zu viele Tote. Nun machte er sich daran, die Bergung zu organisieren. Wohin nur mit all den Leichen, wer konnte allen Ernstes die verstreuten Teile aufsammeln, ohne selbst verrückt zu werden?

Charlotte, Tomas und Werner bahnten sich ihren Weg über die Gleise hinauf zum Schalksberg. In der Dämmerung sah Werner Rauch aus dem Lazarett und der Nervenklinik aufsteigen. Alles, wofür er die letzten Jahre gekämpft hatte, war zerstört. Eine Zukunft gab es für ihn an diesem Ort nicht mehr, es fehlte die Kraft, von Neuem zu beginnen. Er würde weiterziehen, die Hilfe von Kollegen suchen, eine neue Existenz aufbauen.

Mit der Einsicht, nichts und niemanden mehr retten zu können, musste sich auch Henry beschäftigen. Die Synagoge war komplett niedergebrannt, die enge Domerschulgasse ein aufgeworfener Trümmerhaufen, es war unmöglich, ihn zu überwinden. Noch immer brannte es in den Schutthügeln, die Hitze würde ihn grillen, eine einstürzende Fassade ihn unter sich begraben. So nahm er Abschied und suchte einen sicheren Weg hinaus aus der Stadt, die einst als eine der schönsten nördlich der Alpen gegolten hatte, aus diesen Ruinen würde nichts Vergleichbares entstehen. Sein Freund Paul lag irgendwo in diesem Armageddon begraben, er konnte nur hoffen, dass ihn ein schneller Tod ereilt hatte. Henry würde den Rest seines Lebens mit der Schuld leben müssen, Teil dieser Zerstörung gewesen zu sein, eine Rückkehr nach England war für ihn ausgeschlossen. Er nahm seine Erkennungsmarke und alles, was er noch besaß, aus der Hosentasche und warf es in die glühenden Steine.

Von ihm unbemerkt lagen Julius und Eugen auf der Lauer. Sie beobachteten genau, was dieser Fremde da tat. Als er wegging, hasteten sie ihm nach und fischten mit der Pistole heraus, was der Kerl weggeworfen hatte. Es war ein Stück Blech an einer Kette, darauf kryptische Zeichen – RAF, noch zwei Buchstaben und eine lange Nummer. Sie mussten nicht lange raten, worum es sich handelte, sie hatten Erkennungsmarken von Soldaten schon einmal gesehen.

Nur diese kam ihnen reichlich fremd vor. So beschlossen sie, dem feindlichen Soldaten auf den Fersen zu bleiben.

So wie die englischen Bomber den Weg von Süden aus in die Stadt gewählt hatten, so fanden die Überlebenden des Angriffs hinaus. Eine endlos scheinende Karawane zog den Main entlang Richtung Randersacker, den Kopf gesenkt, humpelnd, andere stützend, alle von der Flucht aus den Flammen und den Kellern gezeichnet.

Die Sonne erhob sich zu ihrer Linken über dem Neuberg, zur Rechten der still dahinfließende Main, jenseits davon das rauchende und ausgebombte Heidingsfeld. Es sollte erneut ein sonnendurchfluteter Frühlingsmorgen werden mit wenig Wolkenlast, dafür mit der Bürde des Verlusts und der Perspektivlosigkeit in den Herzen. All die Hoffnungen auf Verschonung waren nicht in Erfüllung gegangen, im Gegenteil, jeder wusste und spürte, dass die Katastrophe von letzter Nacht größer und erbarmungsloser gewesen war als alles bisher Dagewesene. Die Hoffnungen, Gerüchte und Behauptungen, dass Würzburg von einer totalen Zerstörung verschont bliebe, da Churchill hier studiert hätte, die vielen Verletzten und Kranken einen Schutzschirm über der Lazarettstadt bildeten, kein zivilisierter Mensch so unanständig sein konnte, eine wehrlose Stadt in Schutt und Asche zu legen …hatten sich nicht bewahrheitet. Es waren Wunschvorstellungen gewesen, die mit der Realität eines Zerstörungs- und Vergeltungsschlags nichts zu tun hatten.

Viele Überlebende hatten alles verloren – Familie, Freunde, Besitz und die Heimat. Nun waren auch sie zu Ausgebombten, zu Flüchtlingen und Bittstellern geworden. Eine Rückkehr in diesen Abgrund war so schnell nicht vorstellbar, man musste bis auf Weiteres auf die Solidarität und Hilfe der Randersackerer und der dahinterliegenden Dörfer hoffen.

Unter den Überlebenden waren auch Vinzenz und Paul. Haare und Kleidung waren verbrannt, das Gesicht schwarz, die Füße nackt, die Schuhe hatten der Hitze nicht standgehalten. Nun saßen sie unten am Mainufer und gönnten sich eine Pause. Die Füße im Wasser, erholten sie sich langsam vom Schmerz. Paul riss einen

Fetzen Stoff aus seinem Hosenbein und tauchte ihn ins Wasser. Der Ruß musste aus den Augen.

„Hier, nimm", sagte er zu Vinzenz, der ihn dankbar entgegennahm und sich das Schwarz aus dem Gesicht wusch. „Was wirst du jetzt tun?", fragte Vinzenz.

„Ich weiß nicht. Vermutlich nicht auffallen, bis das alles hier vorüber ist." Er ging bis zu den Waden ins Wasser und wusch sich seinerseits den Schmutz aus Augen und Gesicht. „Ich bin Jude. Du weißt, was man mit einem wie mir macht."

„Komm mit mir. Ich werde dich beschützen."

„Wohin? Du hast wie ich keine Heimat mehr."

„Ich habe noch die Verwandtschaft meiner Frau in den Alpen. Sie werden uns willkommen heißen."

„Nicht mich. Ich gehöre noch nicht mal zur Familie."

„Ich werde sagen, du bist der Verlobte meiner Fanny."

Der Gedanke an seine Tochter schmerzte. Sie war nicht mehr in den Keller zurückgekehrt, es gab keine Hoffnung mehr für sie, genauso wenig wie für seine Eltern. Das St.-Anna-Stift war völlig zerstört, am Main hatten sie gesagt, keiner sei lebend rausgekommen.

„Danke, aber ich habe andere Pläne", erwiderte Paul. „Ich werde mich nach Frankreich durchschlagen und meine Eltern suchen. Sie haben sich rechtzeitig vor den Nazis in Sicherheit gebracht." Er kam zurück und half Vinzenz auf die Beine. „Und nun komm. Wir müssen weiter."

Sie reihten sich wieder in den langen Zug ein, der kein Ende zu nehmen schien. Die qualmenden Ruinen der Stadt entließen noch immer die Überlebenden der Tragödie, darunter viele Nicht-Würzburger, die jetzt nach einem neuen Ort suchen mussten, wo sie ein neues Leben beginnen konnten.

„Du wirst uns nie vergeben, richtig?", sagte Vinzenz.

Paul seufzte. „Ich weiß es nicht. Ich weiß noch nicht einmal, ob ich meinem eigenen Vater vergeben kann."

Keinen Steinwurf entfernt gingen German, Fanny und Apollonia hinter ihnen. Die Decken hatten sie längst ein paar Alten und

Kindern gegeben, und selbst die brauchten sie jetzt nicht mehr, die Sonne wärmte, blendete, wenn man die Augen zu weit öffnete. Es war ihnen unbegreiflich, wie so ein schöner Tag eine solch große Katastrophe für sie bereithalten konnte. Was würde jetzt aus ihnen werden, nachdem alles verloren war? Gab es überhaupt eine Rückkehr? Wo sollten sie hin?

Was den Überlebenden geblieben war, transportierten sie in Leiterwägen, Kinderchaisen oder den bloßen Armen. Es war nicht viel, kaum ausreichend für ein neues Leben, aber es war wenigstens ein Anfang.

„Warum hast du das getan?", fragte Fanny.

„Was meinst du?", fragte German.

„Dich der Anordnung deines Vaters widersetzt. Er wird dich dafür strafen."

„Es gibt nichts mehr, mit dem er mich treffen könnte. An dem Tag, als er mich zur SS geschickt hat, hat er jedes Recht über mich verwirkt."

„Ist es so schlimm, was du erlebt hast?"

„Es gibt keine Sühne dafür. Selbst der Tod wäre eine unverdiente Gnade." Am Ufer des Mains fiel ihm eine Gruppe Männer auf. Zwei hatten einen Mann in ihrer Mitte, stießen ihn vorwärts, auf einen dritten zu, der sie erwartete. Der hatte eine Uniform der SS an.

„Stimmt es, was du vorhin über meinen Vater gesagt hast?"

Fanny hatte Apollonia an der Hand, deren Gedanken schienen nicht rückwärtsgerichtet zu sein, sondern auf den Moment. Im Buschwerk quakte eine Ente, sie stieg flatternd auf und zog den Main entlang davon. Apollonia lachte und deutete dorthin. Wie unbedarft musste man sein, wenn einem eine flüchtende Ente im Angesicht des Grauens so viel Freude bereiten konnte.

„Er hat viele seiner Patienten in den Tod geschickt. Es ist mir unbegreiflich … er ist doch Arzt. Er muss die Schwachen schützen, sie nicht töten."

„Er ist an Seele und Verstand verrottet, so wie viele, die *Heil Hitler!* geschrien haben. Wenn der Feind kommt, wird mein Vater für seine Sünden büßen. Als sein Sohn kann ich nur hoffen, dass er vorher die Familien um Vergebung bittet." Dieser Mann, der da ans Ufer gestoßen wurde, trug eine Fliegeruniform, und der Mann ihm gegenüber hielt eine Waffe in der Hand, die er nun erhob und betätigte. Der Schuss gellte bis zu ihnen herüber. Die Leiche stürzte ins Wasser, wurde von den zwei Helfern angestoßen, trieb aufs Wasser hinaus.

Fanny und Apollonia schreckten zusammen, die Karawane geriet ins Stocken.

„Was war das?", rief Fanny, Apollonia schmiegte sich fest an sie.

German antwortete nicht. Er versuchte den Mann in SS-Uniform zu erkennen, ging näher ran, bis er Gewissheit hatte. Die Hand ging zur Waffe in der Jackentasche, doch er griff ins Leere.

Der Knall ließ auch Henry aufmerken. Da vorne hatte sich ein Mann aus der Schlange gelöst, er war aufs Ufer zugerannt, wo ein paar andere standen. Trug einer von denen Uniform? Henry beschleunigte den Schritt, wollte sehen, was sich dort ereignete. Und je näher er kam, desto rätselhafter wurde die Situation. Bei dem Uniformträger handelte es sich um einen SS-Mann mit einer Waffe in der Hand. Er sah den anderen nicht, der auf ihn zurannte und einen Stein vom Boden aufhob. Wie wild geworden stürzte der sich auf den SS-Mann, holte aus und schlug zu. Einmal, zweimal, er hörte einfach nicht auf. Dann krachte noch ein Schuss, der Angreifer fiel getroffen zur Seite und bewegte sich nicht mehr. Der Uniformierte mühte sich auf die Beine, Blut floss ihm ins Gesicht.

Nicht nur der SS-Mann hatte keine Augen im Hinterkopf, auch Henry sah nicht, was in seinem Rücken geschah. Julius und Eugen waren ihm noch immer auf den Fersen. Sie rannten ihm hinterher, wollten ihn nicht entkommen lassen. Ihre Beine schmerzten, doch sie gaben nicht auf.

Da hörte Eugen plötzlich ein Geräusch. Es kam aus Richtung Heidingsfeld, es wurde lauter und bedrohlicher. Am blauen Himmel zeichnete sich ein Flugzeug ab, das im weiten Bogen auf die Karawane einschwenkte. Alle Blicke gingen nach oben, die Ersten warfen sich in den Graben, die, die nicht wussten, was da auf sie zukam, zögerten. Rufe wurden laut: Jabo! Jabo!

Eugen warf sich hin, er kannte diese verfluchten Jagdflieger von seiner langen Reise, wo sie Züge und Transporter beschossen hatten, auch Menschen, die am Boden ihrer Arbeit nachgegangen oder einfach nur unterwegs waren.

„Julius!"

Aber Julius hörte nichts. Mit der viel zu großen Pistole in seiner kleinen Hand rannte er diesem fremden Soldaten nach.

Noch bevor die ersten Maschinengewehrsalven niedergingen, sah Eugen das Aufblitzen des Mündungsfeuers. Dann schlugen die Kugeln in einer Zweierreihe ein. Sie begann irgendwo weit da vorne und fraß sich wie eine Säge durch die lange Reihe der ahnungslosen Flüchtlinge. Die Menschen gingen getroffen zu Boden, Schreie verloren sich im Motorenlärm.

Paul packte Vinzenz und zog ihn weg. Sie rannten aufs Ufer zu, suchten im Main die Rettung, andere rannten hinaus auf die Felder, wo ein paar Kühe grasten. Der Jagdflieger zog donnernd über sie hinweg, stellte ihnen nach wie zorniges Wespenvolk und hinterließ eine Schneise von zerfetzten Leibern. Eine Kuh schien durch die einschlagenden Kugeln förmlich zu explodieren, Blut und Innereien platzten heraus.

So schnell wie der Flieger gekommen war, so schnell war er hinter dem Neuberg auch wieder verschwunden. Die einen standen unbeweglich und geschockt, die in den Gräben riefen ihnen zu, den Weg zu verlassen und Schutz zu suchen. Jabos kämen immer ein zweites Mal.

„Ich kann nicht schwimmen", keuchte Vinzenz, erschöpft am Mainufer angekommen.

„Ich halte dich", erwiderte Paul, „schnell jetzt, er wird zurückkommen."

Und so war es auch, dieses Mal flog der Jagdflieger von Würzburg kommend auf die vielen am Boden Liegenden zu. Das Mündungsfeuer blitzte auf, wieder gingen die Kugeln durch die Reihen und vollendeten, was er beim ersten Anflug nicht geschafft hatte.

Es war nur ein einziger, kurzer Augenblick, als Paul in die Augen von Henry schaute. Sie standen sich unerwartet gegenüber, trauten ihren Augen nicht. Träumte er im Angesicht des nahenden Todes? Nein, das war Henry. Er lächelte, mindestens genauso überrascht wie sein Freund, für einen Moment flammte unfassbare Freude auf.

Doch dann ging Henry in die Knie, hinter ihm stand Julius mit der rauchenden Pistole in der Hand.

Der Junge formte mit seinen Lippen ein Wort, das Paul nicht verstand, er musste es auch nicht, denn diese Augen verrieten es.

Für meine Mutter. Und meine Freunde.

Paul glaubte, die Besinnung zu verlieren. Der Schmerz stach ihm in die Brust, ließ seinen Kopf vor Unverständnis bersten, und doch war es nicht der Schmerz allein, der ihm an diesem Tag das Leben kosten sollte. Am Horizont über Würzburg tauchte der Jagdflieger auf, an den Flügeln blitzte das MG-Feuer.

Die Kugeln prasselten auf sie herab, es war unmöglich, ihnen zu entkommen, sofern sie nicht einen sicheren Unterschlupf gefunden hatten. Fanny lag an der Seite Apollonias im Graben. Sie konnte vor Angst nicht aufblicken, hielt Apollonia fest im Arm, betete, flehte, schrie. Da rauschte die Maschine über sie hinweg, ein ohrenbetäubender Lärm.

Das MG-Feuer entfernte sich, die Maschine verlor sich dröhnend über Randersacker, tauchte hinter dem Marsberg ab und war verschwunden. Stille kehrte ein. Die Schreie und Rufe waren verebbt, niemand bewegte sich mehr, ein leichter Wind strich über die Büsche am Mainufer.

Am ganzen Leib zitternd hob Fanny den Kopf und blickte über den Grat des Grabens. Vor ihr lagen blutüberströmt und von der Wucht des MG-Feuers zerrissen unzählige Körper – Alte, Frauen, Kinder und auch Männer, die nicht rechtzeitig Schutz gefunden hatten. Sie waren gerade erst der Feuerhölle entkommen …

Was war das für ein Irrsinn? Fanny konnte es nicht begreifen. Warum war auf diese wehrlosen Menschen geschossen worden?

Was hatten sie verbrochen, was hatten sie getan? Was waren das für Menschen, die Verwundete und Wehrlose heimtückisch ermordeten? Das hatten Tiere getan, kein Mensch mit Ehre im Leib würde so hinterhältig und gemein sein, auf Flüchtlinge zu schießen.

Ihr zweiter Gedanke galt Apollonia. Sie lag neben ihr mit dem Gesicht nach unten und bewegte sich nicht.

„Apollonia?! Geht es dir gut? Bist du verletzt?"

Sie rührte sich noch immer nicht, obwohl Fanny keine Verletzung an ihr feststellen konnte.

„Apollonia? Sag doch was …"

Dann endlich regte sie sich. Sie zitterte, die Augen verweint fragte sie mit brüchiger Stimme: „Vorbei?"

Fanny fiel ein Stein vom Herzen. „Ja, ja, es ist vorbei. Keine Flieger mehr." Sie umarmte und drückte sie. „Dem Herrn im Himmel sei Dank."

„Weggehen", erwiderte Apollonia.

„Ja, wir gehen weg. Komm."

Sie standen auf, und erst jetzt wurde das ganze Ausmaß dieser Metzelei offenbar. So weit Fanny blicken konnte, lagen tote Menschen am Boden. Kinderwägen lagen umgestürzt und getroffen da, das letzte Hab und Gut, das man unter Lebensgefahr den Flammen entrissen hatte, war zerstört worden oder wurde vom Main weggetrieben. Das Wasser war an manchen Stellen rot von Blut, darin die getöteten Körper, reglos, als seien sie von der Strömung an Land geschwemmt worden.

Aus den Gräben kamen die Überlebenden hervor, langsam, gebeugt, schlugen die Hände vors Gesicht, weinten und schluchzten, sie begriffen nicht, was soeben passiert war.

„Schau nicht hin", sagte Fanny zu Apollonia. Sie nahm sie in die Arme und führte sie den Weg weiter nach Randersacker. Hoffentlich gab es dort noch Überlebende, hoffentlich fanden sie einen Ort vor, wo sie ausruhen konnten.

Sie waren nicht weit gegangen, als Apollonia plötzlich stoppte.

„Engelshaar."

„Was?", fragte Fanny.

Apollonia zeigte auf einen Jungen, der am Boden kroch, das Bein zerschossen, sie eilte zu ihm hin.

„Engelshaar." Sie kniete sich hin und streichelte ihm über die blonden Haare. Er blickte auf.

„Du?", sagte Eugen. „Wie kommst du …" Der Rest fiel dem Schmerz zum Opfer. Fanny kam hinzu, riss beim Anblick der Verwundung einen Fetzen aus ihrer Kleidung und band das Bein mit aller Kraft ab, sodass Eugen aufschrie.

„Du kennst den Jungen?", fragte sie.

„Engelshaar", wiederholte Apollonia glücklich. Sie nahm ihn in die Arme.

„Er braucht einen Arzt", sagte Fanny. „Vielleicht vorne in Randersacker. Komm, hilf ihm auf."

„Wir müssen Julius finden", sagte Eugen unter Schmerzen, als er endlich stand. Apollonia stützte ihn, gemeinsam würden sie es schaffen.

„Wer ist Julius?", fragte Fanny.

„Mein Freund."

„Ist er hier?" Sie schaute sich um, Tote und Verletzte zu allen Seiten. „Wie willst du ihn finden?"

„Er ist weiter vorne."

So gingen sie los, Fanny hielt Ausschau, doch nicht nur nach einem unbekannten Jungen.

Wo war German?

Vor dem Angriff war er hinunter zum Mainufer gelaufen, an der Stelle glaubte sie nun auch welche zu erkennen, die sich unterhielten, zu ihren Füßen ein lebloser Körper.

„Werft ihn ins Wasser", befahl Kurt seinen beiden Helfern. Er blutete am Kopf und aus der Nase, die Uniform schmutzig vom kurzen Kampf.

„Aber er ist ein Deutscher", widersprach einer.

„Und du wirst gleich der Nächste sein", fuhr Kurt ihn an. Er hob die Waffe, zielte auf ihn. „Los jetzt!"

Gemeinsam schleiften sie den toten German ins kniehohe Wasser, gaben ihm einen Stoß, dass er hinaustrieb und von der Strömung mitgenommen wurde. Wenig später sank er und blieb für immer verschwunden. „Los jetzt!"

Als Fanny dazukam, war German bereits in den Fluten verschwunden. Eigentlich wollte sie den SS-Mann noch fragen, unterließ es aber, da ein Mann, der am Boden lag und hemmungslos weinte, ihre Aufmerksamkeit auf sich zog. Auf den ersten Blick konnte sie ihn nicht erkennen, doch als sie sah, dass er nur über einen Arm verfügte, vergaß sie alles um sich herum.

„Vater?"

Tränenüberströmt blickte Vinzenz auf. Das Sonnenlicht stach ihm in die Augen, so dass er nicht erkennen konnte, wer da zu ihm sprach.

„Er hat sein Leben für mich gegeben", schluchzte er und meinte den toten Paul in seinem Arm.

„Wer ist das?", fragte Fanny.

„Ein Freund, ein Jude und treuer Kamerad, wie man sich ihn nicht besser wünschen mag."

Wenige Meter weiter fiel Eugen auf die Knie. Vor ihm lag Julius im Staub. Eine Kugel hatte ihm den halben Oberkörper weggerissen, in der Hand die Pistole. Der tote Feind – war er jemals einer gewesen? – war nur eine Armlänge entfernt.

„Vater", sagte Fanny, „ich bin es. Erkennst du mich denn nicht?"
Sie nahm ihn in die Arme und tröstete ihn.

„Fanny?"

Die Sonne hatte sich inzwischen weit über den Neuberg erhoben, ihre Strahlen wärmten die erschöpften Körper. Es würde ein wunderbarer Tag werden, wie der vorangegangene und vielleicht der kommende. Ein sanfter Wind kam den Main herauf, er spielte mit den wenigen Haaren, die Fanny noch geblieben waren. Apollonia stand vor ihr, an Händen und Füßen verbrannt, die Männerhosen bis auf die Schenkel zerrissen. Aber sie war glücklich und sie lächelte, dass ihre weißen Zähne hervorstachen.

„Engelshaar", sagte sie, und Fanny glaubte von irgendwoher eine Kirchenglocke läuten zu hören.

Der Main floss still dahin, nahm das Blut und die Toten mit in die ausgebrannte Stadt. Am Wehr der Alten Mainbrücke trafen sie auf weitere Tote, auf verbrannte und verunstaltete Körper. Über die Brücke hasteten die Überlebenden in die Stadt, auf der Suche nach dem Mann, der Frau, dem Kind … Was sie vorfanden, hatte niemand in seinen schlimmsten Befürchtungen für möglich gehalten, und wenn doch, dann hatte man ihm nicht geglaubt.

Das alte Würzburg existierte nicht mehr. Was über die Jahrhunderte gewachsen war und sich zur Blüte entfaltet hatte, war in nur einer Nacht in einen Trümmerhaufen verwandelt worden.

Manche hatten die ganze Familie verloren, andere alles Hab und Gut. Keiner blieb von der Katastrophe verschont.

Warum diese sinnlose Zerstörung?, sollte man sich später fragen, aber niemand wusste eine Antwort darauf.

Nachwort

„Mir scheint", schrieb der britische Premier Winston Churchill am 28. März 1945 an seine Stabschefs, „der Augenblick ist gekommen, da die Frage der Bombardierung deutscher Städte zu dem Zweck, noch mehr Terror zu verbreiten, überdacht werden sollte. Andernfalls werden wir die Kontrolle über ein Land erhalten, das völlig in Trümmern liegt."

Damit widersprach Churchill seiner eigenen Anordnung, die er zu Beginn des Bombenkriegs gegen Deutschland ausgegeben hatte. Nicht alle teilten seine Meinung, so wie der berühmt-berüchtigte Oberbefehlshaber des RAF Bomber Command Arthur Harris, von dem es heißt, er habe bis zu seinem Lebensende an den Erfolg von Flächenbombardements geglaubt. Die Ironie will es, dass Bomber-Harris gegen Ende des Bombenkriegs von seinen Landsleuten einen zweiten Spitznamen erhalten hatte –The Butcher, der Schlächter, nicht, weil er so viele Deutsche mit seinen Bomben getötet hatte, sondern weil rund die Hälfte seiner Bomberbesatzungen von ihren Einsätzen nicht zurückkehrten.

Was war seit der Ausrufung des Moral Bombing als erfolgreiches Mittel, den Feind in die Knie zu zwingen, und Churchills Rückzieher passiert? Hamburg: 40 000 Tote; Berlin: 25 000 Tote; Dresden: 20 000 Tote; Würzburg:5000 Tote. Diese Zahlen sind geschätzt. Fakt ist, dass es sich dabei überwiegend um zivile Opfer handelte.

In den letzten Kriegsmonaten, in denen das baldige Ende absehbar war, waren Vergeltungsschläge gegen die Zivilbevölkerung ein Zeichen der moralischen Verrohung auf beiden Seiten. Einen klaren Kopf darüber, was man da eigentlich anrichtete, bewahrte offenbar niemand mehr. Es ging nur noch um Vergeltung für zugefügtes Leid oder – sofern man einigen Quellen glauben will – um das Abarbeiten von Todeslisten im Hinblick auf die ihnen zugrunde liegende Zerstörungseffizienz.

Für die Würzburger wird die Bombennacht vom 16. März 1945 unauslöschbar in Erinnerung bleiben, sie gehört zu den dunkelsten und furchtbarsten Stunden ihrer langen, über 1300 Jahre alten Geschichte. Nicht allein wegen des unwiederbringlichen Verlustes der Alten Stadt, der ohnehin schwer genug wiegt, sondern wegen der Schrecken und der Erlebnisse der Würzburger, aber auch der vielen Geflohenen und Verwundeten, die sich in jener Nacht in der Stadt aufgehalten haben.

Ihrer zu gedenken war mir ein Anliegen, auch wenn Worte nicht fassen können, was ihnen widerfahren ist.

Neben den vielen anderen, die mir bei der Arbeit an diesem Roman behilflich waren, möchte ich mich besonders bei Roland Flade und Wolfgang Jung bedanken.

Roman Rausch

... schreibt seit den 1990er Jahren. Mit seiner Krimireihe um die Würzburger Kommissare Kilian und Heinlein wurde er bekannt. Es folgten Thriller mit dem Profiler Balthasar Levy und schließlich eine Reihe hervorragend recherchierter historischer Romane, darunter *Die letzte Jüdin von Würzburg*, für die Roman Rausch 2015 mit dem Bronzenen Homer ausgezeichnet wurde.

Er ist Autor diverser Theaterstücke und Recherchestipendiat für deutschsprachige Literatur 2021 der Senatsverwaltung Berlin für Kultur und Europa.